岩波現代文庫／社会 184

獄中記

佐藤 優

岩波書店

目　次

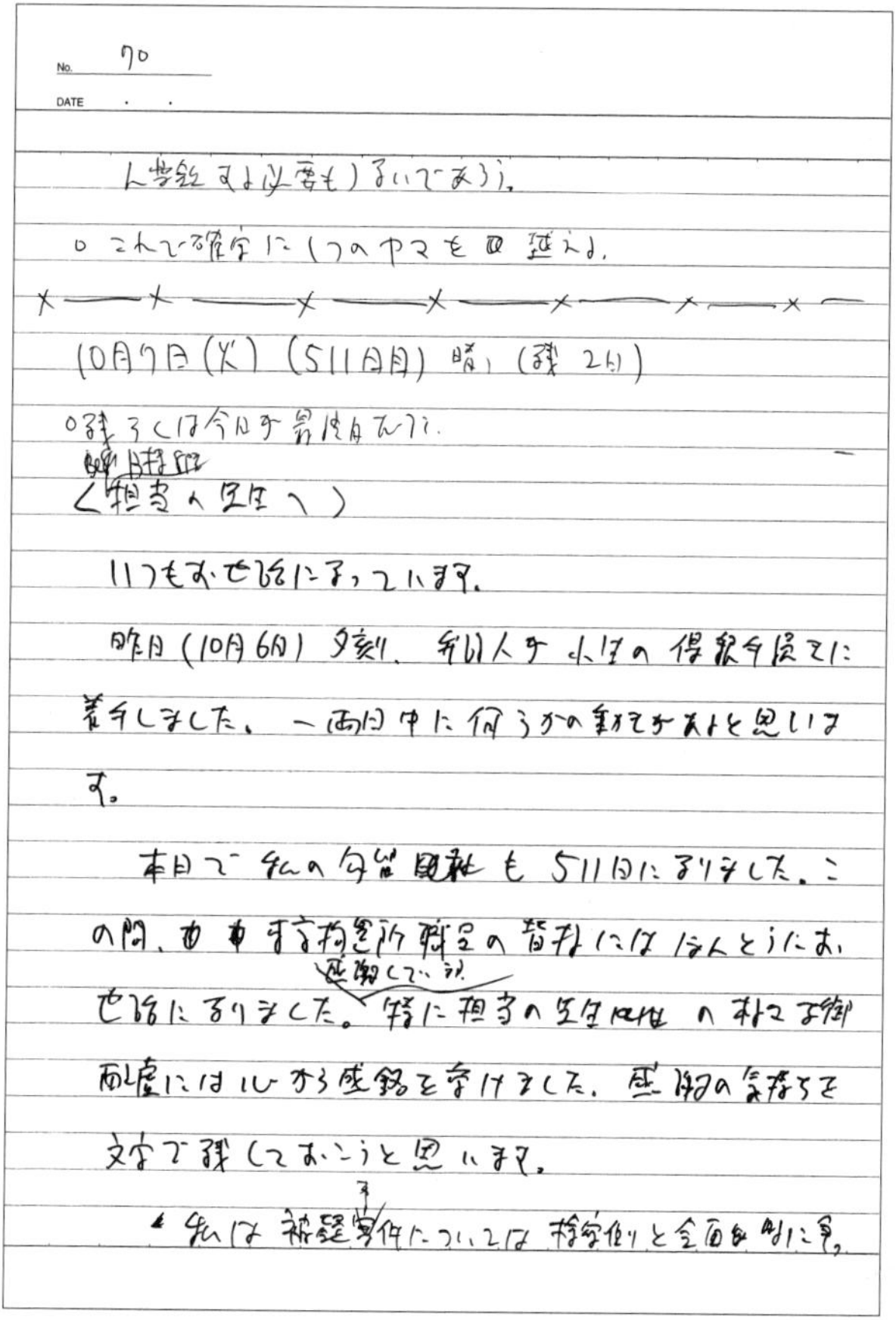
No. 70
DATE . .

人当然 すよ必要も)ないであろう。

○これで確実に1つのヤマを越えた。

×——×——×——×——×——×——×—

10月7日(火)(511日目)晴、(残2日)

○謙子くんは今日も面会なし。

(昨日接見)

〈担当の先生へ〉

いつもお世話になっています。

昨日(10月6日)夕刻、弁護人が小倉の保釈手続に着手しました。一両日中に何らかの動きがあると思います。

本日で私の勾留期間も511日になりました。この間、東京拘置所職員の皆様にはほんとうにお世話になりました。(感謝しています)特に担当の先生の親切な御配慮には心から感銘を受けました。感謝の気持ちを文字で残しておこうと思います。

・私は被疑事件については検察側と全面的に争う、

獄中ノート61冊目より

序章

二〇〇二年五月一四日(火)午後、東京都港区麻布台にある外交史料館三階の会議室で私は東京地方検察庁特別捜査部の西村尚芳検事に背任容疑で逮捕された。このときの感情を正直にいえば、これでマスコミから追い回され、世間から白い目で見られる日々から解放されるという安堵感だった。

逮捕に至る経緯については拙著『国家の罠――外務省のラスプーチンと呼ばれて』(新潮社、二〇〇五年、新潮文庫、二〇〇七年)に詳しく書いたので、ここでは繰り返さないが、二〇〇二年一月半ばに行われたアフガニスタン復興支援東京会議に二つのNGO(非政府組織)が招待されなかったのは鈴木宗男衆議院議員の圧力によるものではないかとの憶測を契機に始まった「宗男バッシング」の嵐に巻き込まれ、私に対してもメディアスクラムが組まれ、当時借りていた赤坂四丁目のアパートにも戻れないような状態になった。当初、都内のホテルを転々としていたが、出費もかさむので、途中から六本木にウイークリーマンションを借りて生活するようになった。四畳半の部屋にはユニットバス、ベッド、ガスコンロ付台所、電気炊飯器、電子レンジが備え付けられ、生活はそれなりに快適だった(ちなみに、その後、私が五一二日間暮らすことになる東京拘置所の独房は四畳で、このウイークリーマンションよりは〇・五畳狭いのであるが、ユニットバスと台所がないぶんだけ広く、居住環境は独房の方が少しだけマシだった)。

二〇〇二年二月二二日に私は国際情報局分析第一課から官房総務課外交史料館に異動になったが、新しい職場ではこれといった仕事は与えられなかった。時代劇でいうならば「追って沙汰があるまで外交史料館へ身柄を預ける」ということだった。外交史料館としてはいい迷惑だったと思うが、同僚たちは暖かく接してくれた。このことを私はいまでも感謝している。情報(インテリジェンス)勤務についているときは、帰宅は午前二時頃で、朝八時には政治家との朝食会や勉強会という日程が毎日のように続いた。平均すれば一カ月に一回は海外出張があったので、いつも時間に追われていた。外交史料館では午後六時に定時退庁ができる。ただし、外交史料館の前で報道関係者が待ちかまえているので、タクシーを拾って銀座や赤坂に出て、そこから一—二時間かけて尾行を振り切ってから帰宅するようにした。モスクワで十分積んだ尾行を振り切る経験がこんなときに役に立つとは夢にも思わなかった。

潜伏先のウイークリーマンションでは、学生時代に読んで印象に残った本をもう一度読み直した。特に印象に残り、また、その後の私の獄中生活で役に立ったのが和田洋一先生(一九〇三—九四、元同志社大学文学部教授)の回想録『灰色のユーモア　私の昭和史ノォト』(理論社、一九五八年)だった。私が同志社大学神学部、大学院で学んだ時期に和田先生はすでに名誉教授になられて教鞭をとっていなかったが、私の記憶では一九八一年、神学部三回生の冬の日、当時、神学部自治会委員長をつとめていた滝田敏幸氏(千葉県議会議員・自民党)の案内で、和田先生の私邸を訪問した。滝田氏は学生運動活動家であるとともに表千家の茶道サークルの幹部でもあり、このサークルの名誉顧問が和田先生だったからだ。私が国家公務員となり、さらに、犯罪者として指弾されることになり、また、滝田氏が自民党から地方議員になるという運命のレールが敷かれていたことを、当時、本人たちを含め、誰も予想していなかった。

和田先生には前科があった。一九三八年六月二四日に治安維持法違反(京都人民戦線事件)で逮捕され、翌三九年一二月一四日までの五三八日間の獄中暮らしをした経験がある。私の勾留日数は五一二日間だったので、和田先生より二六日間少ない。もっとも戦前の監獄では特別国家高等警察(特高)が多大な裁量権をもっていたようで、取り調べの合間に特高刑事と河原町に繰り出して、居酒屋で一杯やる(費用は和田先生もち)ことも頻繁にあり、この点では私よりも恵まれた環境にあったようだ。他方、当時の監獄では筆記に対する制限が厳しく、独房にノートを持ち込んで日記を書くことは認められていなかった。書くことが認められるのは特高警察によって与えられた課題に対する作文と家族に宛てた短信だけだった。知識人にとって、文書を綴ることを禁止されるというのは何よりの苦痛だ。このような状況に和田先生はよく耐えることができたものだと思う。

和田先生は私のことをとても可愛がってくれた。確か二回目に私邸を訪問したときのことと思うが、「恥ずかしいのでこの本を他人にあげることはあまりないのですけれど、佐藤君には是非読んでもらいたいと思うんで」といって、書棚から『灰色のユーモア』を取り出してくださった。新本だったが、出版から二〇年以上もたっているので本を包んだパラフィン紙は黄色く変色していた。私はこの本を一晩で読み終えた。読み終えた後も、何とも表現できない感情を覚え、寝付けずに、徹夜してしまった。和田先生はマルクス主義者ではない。そのことについては心ある特高警察官ですらみとめている。かつて和田先生を内偵していた特高刑事がこういう。

ある晩のこと、どういうきっかけでそうなったのかよく分からないが、今は情報係の巡査部長である木下と私と新村君(佐藤注：『世界文化』同人でフランス文学者の新村猛氏。戦後は『広辞苑』の編纂に携わる)と三人で、警察の近くのおでん屋でちょっぴり飲み、警察へまたもどって雑談をしているうちに、木下が私に向かって思いがけないことを言い出した。

「和田先生、あんたは警察の取調べにさいして、さっぱりたたかっておらんではないですか。和田先生がマルクス主義者、共産主義者でないことは、誰よりも私がよく知っております。それなのにあんたはマルクス主義者にされてしまって、起訴されようとしている。そんなばかなことはないですよ。和田先生はもっとたたかわなけりゃいかんのに、ちっともたたかわなかった。だめじゃないですか、刑務所へ入れられたりなんかしたんでは、お父さんや奥さんに申訳がないじゃないですか、先祖にたいしても申訳がないじゃないですか。『世界文化』のグループの中には、れっきとしたマルクス主義者、共産主義者もいましたよ。そういう人は起訴されて刑務所へいれられても仕方がない、しかし和田先生はマルクス主義者でも何でもないじゃないですか、それに何です、もっとしっかりせんといかんじゃないですか。

まあ留置場にもどって、ひとりになって、睾丸(きんたま)のシワをぐうっとのばして、ゆっくり考えるんですな、そしてもうすこししっかりして、人生をやりなおすんですなあ。」

木下は、私にたいして「たたかわなかった」という言葉を三度ぐらい繰り返した。留置場にとらえられ、むりやりに治安維持法にひっかけられようとしている大学の教授が、人もあろうに元特高から「たたかわなかった、だめじゃないか」といって叱られ、説教される。こんなばかげたこと、こんな滑けいなことが一体あるだろうか。(和田洋一『灰色のユーモア』107―108頁)

私はこの箇所にとても感銘を覚えた。治安維持法を拡大解釈することで元特高ですら滅茶苦茶だと考える逮捕や裁判が横行しているグロテスクな状況を和田先生はユーモアたっぷりに描いている。この時期はファシズムが社会全体を覆い尽くした灰色の状況であるはずなのに、和田先生が描く特高警察官、検察官、裁判官や、治安維持法で捕まるインテリたち、さらに獄中で一緒になる一般刑事犯もみんなユーモアにつつまれたどこか滑稽なところがある人々なのである。

『灰色のユーモア』を読み終えた翌日、私は和田先生に宛てて長文の手紙を書いた。そこで私は「このような厳しい時代状況をユーモアで受け止める和田先生に知識人としての強さを感じる。敵である特高警察官を人間的な温かい目で見ることができる和田先生の精神は、体制のモラルを乗り越えている。ユーモアこそがファシズムに抵抗する最大の武器だということがわかった」と書いた。

しばらくして和田先生から葉書をいただいた。東京と異なり、京都では一九八〇年代になっても風呂と電話がついていない下宿が標準的だったので、学生とは手紙や葉書で連絡をとることもよくあった。葉書には「いちどゆっくり話をしたいので、訪ねてくるように」と書いてあった。今度はひとりでおじゃました。

「『灰色のユーモア』を読んで、「和田先生はなんてだらしがないんだ」という感想を何人からもいわれましたが、「和田先生に知識人としての強さを感じる」といわれたのは初めてです。なぜ、佐藤君はそういう感想をもったのですか」

「現実に影響を与えず、いたずらに殉教を求めるような抵抗運動は無責任だと思うのです。たとえ日和見主義者、転向者と罵られようとも、現実に影響を与えるように最後の瞬間まで努力するのがキリスト教徒に求められる倫理と思うからです。和田先生の姿勢と僕がいま勉強しているフロマートカ神学が重なり合うのです」

ヨセフ・ルクル・フロマートカ(Josef Lukl Hromádka 一八八九―一九六九)はチェコのプロテスタント神学者で、第一次世界大戦後のチェコスロバキア共和国建国に貢献し、マサリク大統領側近の知識人だった。ファシズム、ナチズムに対して徹底的に抵抗し、第二次世界大戦中はアメリカに亡命し、ナチスに対してテロ闘争も辞さないロンドン派チェコスロバキア亡命政権(ベネシュ政権)の高官だったが、戦後、社会主義化した祖国に帰国する。東西冷戦期には共産党に協力する「赤い神学者」とみなされたが、フロマートカと門下の神学者たちは「人間とはなにか」という対話をマルクス主義者たちと進め、「プラハの春」の土壌をつくったのである。一九六八年八月、ソ連軍を中心とするワルシャワ条約五カ国軍の侵攻で「プラハの春」は叩き潰される。そのときフロマートカは真っ先にプラハのソ連大使館に乗り込み、チェルボネンコ・ソ連大使に外国軍隊の即時撤退を要求する抗議文を手渡す。その後、東側ではフロマートカとその門下は政治犯と見なされるようになる。フロマートカは一九六九年一二月にプラハで静かに息を引き取った。フロマートカは「フィールドはこの世界である」、「信仰をもつ者はつねに前を見る」といって、社会主義国家においてもキリスト者が無神論者を含む他者に対して、生活の具体的場面で誠実に接することで、マルクス主義者が内側から変質し、無神論を超克した新しい人間が生まれると考え、それを実践した。フロマートカの社会倫理は、体制と決して同一化しないが、「プラハの春」に対する軍事介入のような究極的な状況を除き、体制と全面的に対峙する道も選ばず、建設的批判者として社会に参与していくのがキリスト教徒の道であるというものであった。

「フロマートカの名前を聞くのは久し振りですね。確か、カール・バルト(Karl Barth 一八八六―一九六八）の盟友でしたね」

「そうです」

カール・バルトは二〇世紀最大のプロテスタント神学者で、反ナチスのドイツ教会闘争の指導者だ。

「実は、僕が治安維持法で捕まる前に『世界文化』に最後に書いた論文がバルトのドイツ教会闘争についてでした。日本がヒトラーの勢いに呑み込まれていくなかで、僕はドイツの神学者たちがナチズムに対して〝ナイン（否）〟を唱えていることを知って、ほんとうに嬉しかったし、勇気づけられた」

そういって和田先生は『灰色のユーモア』の末尾に記された『世界文化』総目次の項を開いて、昭和一二（一九三七）年一〇月号（第三四号）の水野七郎「ナチス・ドイツの教会闘争」の行を指さした。水野七郎とは和田先生のペンネームだ。

和田先生は、「僕は神学者ではありませんが、神学の動向には関心をもっています。佐藤君が研究している東欧社会主義国における国家と教会の関係について、日本では誰も研究していないので、是非、進めてください。ときどき話を聞かせてください」とおっしゃった。

お言葉に甘えて、和田先生の私邸にときどきおじゃましたが、神学の研究状況について説明するよりも、友人の学生運動活動家たちが熱心に取り組んでいる大学移転反対闘争や機動隊と衝突して逮捕された学生の救援についてお願いすることの方が多かった。

和田先生は「自由な精神」ということを常に強調していた。『灰色のユーモア』にも出てくるが、特高警察の朝鮮人に対する不当な取扱を目の当たりにして、和田先生は戦後、日朝友好運動をライフワークとした。その和田先生が私が大学院二回生のときに北朝鮮(朝鮮民主主義人民共和国)の現状を厳しく批判する『「甘やかされた」朝鮮　金日成主義と日本』(林誠宏と共著、三一書房、一九八二年)を出版した。ある日、同志社大学今出川キャンパスのそばの喫茶店で和田先生は私にこういった。

「北朝鮮の現状に対して沈黙していてはなりません。深刻な人権侵害が行われている。また、金日成から金正日への世襲権力制をつくるために歴史も書き換えられている。インテリとして北朝鮮をこれ以上甘やかせることは不誠実だと思う。僕は余命もいくばくもないからこのことを指摘したのです」

和田先生は京都の日朝協会理事をつとめ、北朝鮮の現状については帰国者や、北朝鮮の親族を訪問した人から聞いた「生《なま》の話」を聞くことができる立場にいた。そこから総合的に判断して、北朝鮮では客観的に見て、人道にもとる事態が進捗していると判断し、和田先生は決意を固めたのである。

「この前、私のところに朝鮮総連の幹部が訪ねてきました。そして、「共和国にさまざまな問題があるのは確かです。しかし、それを和田先生が公言することの意味を考えてください。ソウルのラジオが〈和田洋一同志社大学文学部名誉教授が甘やかされた北韓《ほっかん》という著書を上梓し、北の独裁体制を厳しく非難している〉と放送しています。先生の行動が誰を利するかよく考えてください」というのですけど、僕は北朝鮮に対して建設的批判を続けていこうと思う。実は、こう決めるにあたって、佐藤君からいわれたフロマートカのことが気になったんです」

「どういうことですか」

「教会がプロレタリアートや社会的弱者の救済というキリスト教が本来やるべきことを疎かにし、ブルジョア社会と同化してしまったため、その役割を社会主義者が担うことになったというのがフロマートカの考え方ですね」

「そうです」

「クリスチャンは社会主義者に負い目を感じている。しかし、フロマートカは社会主義者に対して人間の観点からいうべきことはきちんといわなくてはならないと考え、それを実践した。北朝鮮に対して、日本のクリスチャンは、過去の植民地支配に負い目を感じているのだけれども、やはり人間として問題があると考えるならば勇気をもって発言しなくてはならないのです。そう思って私はあえて「甘やかされた」という刺激的な形容詞を用いて北朝鮮について論じたのです」

この年の秋、私は外務省専門職員(ノンキャリア)試験に合格し、和田先生にその報告をした。

「佐藤君は神学研究はもうやめてしまうつもりですか」

「いや、そのつもりはありません。チェコ語専攻を希望しているので、プラハにいって神学研究を続けようと思っています。神学は私の好きなことです。やめようと思ってもやめることができません」

「それを聞いて安心しました。私は治安維持法で捕まった経験があるので〝官〟というのがどうしても好きになれません。官僚になる学生たちは要領がよく、知的水準もそこそこ高いのですが、役所につとめて数年経つと組織の論理でしか物事を考えなくなってしまいます。ただ佐藤君ならば、役所勤めを無難にこなしながら自分の道を切りひらいていくことができるかもしれません。もし外務省にいて自由に物事が考えられなくなっていると感じるようになれば、躊躇なく辞めて、京都にもどってくればいいです」

翌一九八五年四月に私は外務省に入省したが、研修を命じられたのはチェコ語ではなく、ロシア語だった。和田先生にそのことを報告すると「むしろ社会主義の本家本元であるソ連で生活することはよい経験になる」ととても喜んでいた。

モスクワに勤務するようになってからも和田先生と何回か手紙のやりとりをした。私は和田先生に「外交官として一生を送ってもよいと思うようになった。ゴルバチョフのペレストロイカ(立て直し)でソ連が根本的に変化していくのを見るのは興味深い。このような根本的変化に際しては学生時代に身に付けた神学の知識が意外と役に立つ」と書いたら、和田先生から「その話を聞いて、とても嬉しく思う」との返事をいただいた。一九九四年にモスクワで私は和田先生の訃報を聞いた。公務のため葬儀にも出席できなかった。

潜伏中のウイークリーマンションで情勢を冷静に分析すると、東京地検特捜部が私を捕まえるのは時間の問題だ。鈴木宗男衆議院議員を断罪するのが検察の考える国策だから、それに付き合わざるを得なくなるだろう。政治犯罪はいかなる国家にもどの時代にもある。戦前の日本には治安維持法があったから状況はわかりやすかった。戦後は、政治犯は存在しないという建前となっているので、政治犯罪を経済犯罪に転換するという作業が必要になる。それで贈収賄、背任、偽計業務妨害のような犯罪がつくられていくのだ。この構造が見えてくると、国家権力が私をターゲットとしている以上、絶対に逃げ切ることはできないという状況認識と、これは政治犯罪で破廉恥事件ではないのだから、正々堂々と検察官と対峙しようという腹が固まった。

外交史料館から東京地検に護送されるワゴン車の中で、私は和田先生のようにユーモアを失わずに、これから私の身に起きる出来事を受け止め、記録していこうと心に誓った。

二〇〇六年一一月一〇日記

第一章

塀の中に落ちて

——二〇〇二年五月二〇日（七日目）から七月二八日（七六日目）まで——

二〇〇二年五月二〇日(月)　[勾留から]七日目

ようやくノートが入り、楽しみが一つ増える。明後日(五月二二日)には、自分専用のボールペンも入手でき、ノートもあと二冊増えるので、訴訟用、学習用(何の学習か?)のノートも作ろう。★1

ここでの生活は規則正しく、周囲の雑音にも煩わせられないので、案外快適である。おそらく修道院の生活というのはこのようなものだったのだろう。

五月二二日(水)晴れ　九日目

ラジオが毎日数時間放送されるが、こんなにゆっくりラジオを聴くのは久し振り。ゆっくり考える時間があり、よく寝ることができるこの空間はなかなか快適。ラジオのニュースは連日瀋陽の北朝鮮人亡命問題。★2 事実関係について徐々に中国側の主張の根拠が強くなっている模様。

これから何を勉強するか。神学、哲学は当然今後も勉強するが、この機会に経済を勉強しようか? 法律はあまり勉強する気にならない。

コーヒーを飲みたくなった。こういう気持ちになるのは少し余裕がでてきたからか?

19:00のNHKラジオ・ニュース。★3 瀋陽の北朝鮮人五名の亡命問題が中心。明らかにナショナリズムが煽られている。中国においても、日本においても。やはり現代のナショナリズムについては、メディアを媒介とした道具主義的アプローチの方が説明しやすいのかもしれない。

ヘーゲル［一七七〇—一八三一］哲学についてもきちんと勉強しておく必要がある。これからは十分時間があるのだから、知的課題に取り組んでいきたい。

サッカーのワールドカップ★4もナショナリズムを昂揚させる。今後もナショナリズムを巡る問題は、国際情勢を占う上で重要なファクターとなる。

★1　佐藤は二〇〇二年五月一四日(火)に逮捕された。逮捕されてから最初の三日間は一切差し入れが認められない。弁護人が金曜日(五月一七日)に差し入れたノートが月曜日に独房に届いた。拘置所規則でノートの差し入れは認められるが、ボールペンは認められず、囚人が購入する以外のすべがない。文房具は金曜日に申し込み、翌週の水曜日に受領するというシステムになっている。この期間、被疑者は記録をとることができないという著しく不利な条件下で検察との攻防戦を余儀なくされる。

★2　二〇〇二年五月八日、五名の北朝鮮住民が中国・瀋陽の日本総領事館に駆け込んだが、館内に立ち入った中国の武装警官によって拘束、連行され、関係国間の交渉を経て、同月二三日、フィリピン経由で韓国に亡命した事件。

★3　実際は正午のニュースを録音し、検閲したもの。

★4　その後、二〇〇二年五月三一日—六月三〇日に行われた第一七回ワールドカップ・韓国／日本大会を指す。

五月二五日(土)晴れ　一二日目

外は今日もよい天気だ。土、日は拘置所内も平日とくらべると静かである。

七〇歳まで生きると仮定するならば、あと人生の残り時間は三〇年になる。もうこのような現実に煩わされる世界を避け、残った時間は学術研究に捧げよう。この一七年間は決して「回り道」ではなかったはずである。何とか生産的に活用しなくてはならない。まずはヘーゲルからである。「合理的なものは存在し、存在するものは合理的である」★1 ということを、正確に理解しなくてはならない。

外務省に入ってからは、緊張と忙しさで、ゆっくりと勉強する余裕がなかった。神学も哲学もロシア研究も、何もかもが中途半端である。少なくとも神学については、納得のいく研究を完成させたい。語学ももっときちんと勉強しよう。今回の「事件」は自らの転換にとって、案外よい契機になるかもしれない。

五月二六日(日)晴れ　一三日目

死んだ猫(チーコ)★2 の夢を見た。確か今年の一月二〇日に死んだはずである。一二歳の誕生日を迎えることはできなかった。

強気になる必要もないが、弱気になってはいけない。「合理的なものは存在し、存在するものは合理的である」との原則に従って、所与の条件を受け入れる他の術はないのだろう。

ここで人生の転換を余儀なくされることを神からの啓示ととらえるべきであろう。新しい人生を指向すべきである。誰かを憎む必要もないし、僕のことを悪く言う人たちについて僕から悪口や批判をする必要もない。もう一度、人間としての原点に立ち返って考えてみる必要があろう。もう一度、組織神学をきちんと勉強し直したい。

五月二八日(火)晴れ　一五日目

イスカリオテのユダ[★3]については、確かカール・バルト〔一八八六—一九六八〕が神の恵み(『教会教義学』第二巻「神に関する教説」第三五節「個人の選び」参照)の中でユダの存在を肯定的に評価していたはずである。どのような論理を組み立てていたか思い出せない。確か(『教会教義学』のこの部分を要約した)新教新書でカール・バルト『イスカリオテのユダ—神の恵みの選び—』が出版されていた〔一九六三年刊行〕。今は絶版になっていると

★1　ヘーゲル『法の哲学』(岩波版ヘーゲル全集9a)一七—一八頁における「理性なるものは現実的であり、そして現実なるものは理性的である」を念頭においている。
★2　モスクワから連れてきた雄のシベリア猫。
★3　イエスの直弟子かつ「一二人」の一人で、最期にイエスを引き渡した＝裏切った者。以後原始キリスト教は、このユダに自らの「影」を見、尽きざる恐怖を覚え続けると同時に、彼の像を信徒への警告材として活用した。

思うが。

「裏切り」という行動(行為)の構造を弁証法的に解明する必要があろう。

五月二九日(水)晴れのち曇り　一六日目

ロシア正教会で、ラザロの復活物語[★1]は何故に重要性を持つのだろうか。ヨハネ福音書が重視されるのもロシア正教会の特徴である。

昼のNHKラジオ・ニュース[★2]によれば、昨五月二八日、パキスタンが弾道ミサイル実験を行った由。印・パの緊張が拡大することは必至。

六月一日(土)曇り後晴れ、夜は雨が降る　一九日目

拘置所で迎える三回目の週末。来週半ばに起訴されるので、被疑者から被告人になる。何事も運命。

もともと物欲は強くない方だが、ここにいると物欲が一層小さくなっていく。インスタントコーヒーを飲むことができるだけで十分幸せである。土、日はコーヒータイムが一回になってしまうのが残念である。[★3]いずれにせよ取り調べ、弁護士面会を除けば、「毎日が日曜日」のような生活である。とにかくこの機会を利用して、いままでできなかった勉強を進めることだ。まずはヘーゲルと聖書研究である。ヘーゲル『精神現象学』をまとめたら、ハイデッガー[一八八九―一九七六]に進むか、ハーバーマス[一九二九―]に進むかをよく考えることにする。あまり関心の範囲を拡大しないように注意する。

六月二日(日)晴れ　二〇日目

ヘーゲル『精神現象学』上［樫山欽四郎訳、平凡社ライブラリー］を読み終える。きちんとノートにとって、完全に理解する必要がある。この本が理解しづらいのは、ヘーゲルの論理、特に弁証法の難解さ、術語の独自性に加えて、比較的初期の著作であるせいか、『精神現象学』の中においてヘーゲル自身の思考が錯綜していることにもある。あるいはヘーゲルの思想は常に形成途上にあったと考えるのが正しいのかもしれない。

六月五日(水)晴れ　二三日目

昨夜、「背任で起訴となった、検察官の要請に基づき初回公判まで接見等禁止措置★4がと

★1　ベタニアに住むマルタとマリアの兄弟で、病死して四日経った後、イエスに蘇生させられる。福音書記者はそれをイエスの死と復活の予徴としている。

★2　実際は午前七時のニュースを録音し、検閲したもの。

★3　平日は午前一〇時、午後三時の二回、休日は午前九時に一回、給湯があり、囚人はコーヒー、紅茶、ココア、ミニカップヌードルのいずれかを楽しむことができる

★4　罪証隠滅の恐れがあるため、弁護人以外との面会、文通、書籍・新聞を含む印刷物のやりとりを一切禁止する措置。

られる」との連絡を受ける。予想通りの連絡であった。寝つきはよくなかったが、熟睡できた。喉はあいかわらず痛い。扁桃腺が腫れているのは確実だ。一一時から断水のはずであったが、朝から水が出ない。食器を洗うことができないのは不便だ。

今日から無職である。特段の心境の変化もない。外交史料館に異動した際[★1]も、減給となった際も、逮捕されたときも、起訴され懲戒免職になった際[★2]も感情の動きは何もなかった。起訴されると時の流れも変わってくる。時間が落ち着いて、静かに流れているように感じる。

裏切りと背信の相違はどこにあるのだろうか？

「主わたしには言われる。裏切りの女ユダに比べれば、背信の女イスラエルは正しかった」（「エレミヤ書」3・11）

午後、大室征男弁護士、大森一志弁護士面会。外務省は起訴休職にしたということ。そういえば、国家公務員法では起訴になれば自動的に免職になるのではなく、とりあえず休職になるとの規定だった。

◎人間は形成途上にある。

「わたしは、既にそれを得たというわけではなく、既に完全な者となっているわけでもありません。何とかして捕らえようと努めているのです。自分がキリスト・イエスに捕らえられているからです。兄弟たち、わたし自身は既に捕らえたとは思っていません。なすべきことはただ一つ、後ろのものを忘れ、前のものに全身を向けつつ、神がキリスト・イエスによって上へ召して、お与えになる賞を得るために、目標を目指してひたすら走ることです。だから、わたしたちの中で完全な者はだれでも、このように考えるべきです。しかし、あなたがたに何か別の考えがあるなら、神はそのことをも明らかにしてくださいます。いずれにせよ、わたしたちは到達したところに基づいて進むべきです」(「フィリピの信徒への手紙」3・12―16)

フロマートカ神学[★3]の基本概念が「人間は形成途上にある」ということだった。

★1　二〇〇二年四月二日付の川口順子外相名の文書で佐藤は対ロシア外交を巡る外務省の省内体制を乱したことが国家公務員法上の信用失墜行為にあたるとして月給二〇%、一カ月の処分を受けた。

★2　これは佐藤の早合点で外務省は筆者に対する処分を行わなかった。

★3　Josef Lukl Hromádka 1889–1969. チェコの神学者。当初は自由主義神学を奉じたが、第一次大戦とロシア革命と宗教社会主義の衝撃や説教者の困窮から、バルトの神学との親和性を近くし、彼の盟友となった。三九年ナチス・ドイツのチェコ侵入直前にアメリカに亡命、四八年帰国。戦後のエキュメニカル運動、キリスト者平和運動に大きな貢献をしたが、ことに改革派マルクス主義者との対話は、社会主義社会の民主化、「人間の顔をした社会主義」を求めた「プラハの春」(一九六八)の源流の一つとなった。

六月七日(金)晴れ　二五日目

【弁護団への手紙】――1

小生の裁判準備過程において、日露関係、ロシア事情、さらにユダヤ人問題、情報《インテリジェンス》の世界などについて背景事情を把握しておくことが極めて重要になると思います。面会時の口頭説明では要領を得ない点がありますので、文書で御説明申し上げたいと考えております。来週半ばに原稿用紙を入手できると思いますので、現時点では草稿を書き進め、それをきちんと原稿にまとめていきたいと考えております。恐らく全体で原稿用紙三〇〇枚程度の報告書になると思います。

内容は大きく分けて四つの柱から構成されます。カッコ内は各論として、別途報告書を作成することが適当と考えられるテーマです。書き進めているうちに構成が変化する可能性も排除されませんが、とりあえず。

第一テーマ＝日露平和条約構想の全体の流れ(川奈提案、「二十二」方式、共同統治論、一九五六年日ソ共同宣言の意味、対露経済協力コンセプト、いくつかの用語、「二島先行返還論」、「四島一括返還論」などの整理)。

第二テーマ＝ロシア情勢の大きな流れ(ソ連とロシアの違い、チェチェン問題、複合アイデンティティー問題など)。

第三テーマ＝ユダヤ人問題(ユダヤ人とは誰か、ロシア・イスラエル関係、ユダヤ教・キリスト教・イスラム教の相互関係など)。

第四テーマ＝情報の世界。

六月一〇日(月)晴れ　二八日目

【弁護団への手紙】——３

『ラテン語初歩』(岩波書店)、『現代独和辞典』(三修社)、ドイツ語文法書の差し入れがなされたそうで楽しみにしております。語学書が届けば、東京拘置所神学・哲学研究センターは東京拘置所神学・哲学・言語学研究センターに拡大することになります。いままでゆっくり取り組みたかったのですが、仕事に追われ後回しになっていた研究に従事することで時間を有意義に使いたいと考えています。

六月一一日(火)曇り　二九日目

外窓の上部は透き通っているので外が見えることに気づいた。空しか見えないが、なぜ一カ月間このことに気づかなかったのであろうか。時間は坦々と流れていく。拘置所の内と外では時の流れの法則も異なっているように思える。甘夏みかんを二つ食べる。二週間前に差し入れられたもので、皮に皺が生じているので腐っているかもしれないとちょっと心配であったが、問題なし。むしろ甘味があり、おいしかった。

【弁護団への手紙】——４

午前中の緑川［由香弁護士］先生の面会後、今日はヘーゲルの『精神現象学』を読み直しています。二〇〇年前の本ですが、なかなか示唆に富んでいます。

「現れたところでは、犯罪の扱いを受けることが、内面においては善でありうることになる(まちがった行いが正しい意図をもちうる)。ただ現象においてだけ刑罰であり、自体的つまり別の世界では、犯罪者にとり恩恵となる」(ヘーゲル『精神現象学』上、194頁)

私の周辺で生じていることは、恐らく、一つの時代を、政治的に清算することに直接繋がっているのだと思います。まさにそれが現下の「国策」なのでしょう。私としては、自分自身の運命とは別に、この政治過程をできる限り客観的に捉えたいと考えています。そのことが、今後長期にわたって続くであろう大きな闘いに貢献することになると思うのです。

六月一二日(水)雨　三〇日目

和田洋一[★1][同志社大学名誉教授、故人]『灰色のユーモア』(理論社)を思い出す。和田先生が世界文化事件で治安維持法違反に問われて逮捕されたときの手記である。それからミラン・クンデラ[一九二九―]『存在の耐えられない軽さ』(集英社)も。「プラハの春」に連座したため、今は掃除夫になっている元大使が秘密警察について述べる。秘密警察の機能は三つある。

①こっそり聴き耳をたてて、反体制派の動向をうかがう。

②それにより摑んだ弱味で反体制派活動家を脅す。

③それが効果をあげない場合には、反体制派活動家が「ポケットにハッシシを入れていた」、「一四歳の少女を強姦した」というような事件を作り、信用失墜を図る。

つまり、政治犯を政治犯罪で捕らえるならば、それは政治の土俵に乗ってしまうことになるので、あくまでも破廉恥事件として処理する。チェコの秘密警察はナチス・ゲシュタポとソ連のKGB〔国家保安委員会〕の双方の伝統を継承しているのできわめて優秀で、そう簡単に政治犯を作らなかった。

【弁護団への手紙】——5

私はこれまで政務案件ばかりに従事しており、リーガルマインドに欠けるせいか、政治的関心のみが先行してしまいます。本件国策捜査・裁判をどのように理解するかということに現時点での私の関心は集中しています。つい先日まで、国家権力を行使する機構の末端にいた私にとって、国策捜査が必要になる場合があるということはよくわかります。私自身もかつて業務命令で「蟻地獄」を掘ったことがあるので、その手法もそれ程わかり難いことではありません。

現在の検察側の熱気に、かつて二〇〇〇年までの日露平和条約締結に向け、まさに国策

★1　一九三七年一一月から三八年秋にかけ、京都を中心に雑誌『世界文化』に拠って人民戦線運動の啓蒙に携わっていた中井正一、真下信一、久野収、ねず・まさしらの学者二十余人が相次いで検挙された事件。

により動いていた私たちがもっていたのと同じ熱気を感じます。

されている。

○川上徹《とおる》［一九四〇―］『査問』（ちくま文庫）。組織と個人の関係について優れた洞察がなされている。

○遠藤周作の『沈黙』（新潮文庫）については、クライマックスの「踏み絵」を踏む場面よりも、「この国は沼地だ。どのような苗を植えても、根が腐ってしまう」★1という部分の方が、今の私の心象風景にとっては重要である。

○かつて行った政治的行為が後に「犯罪」であると断罪されることは、それ程珍しくない。問題は何故にそのような価値観の転換がなされるかということである。ここで個人は記号化、象徴化され、一つの時代の責任を負わされる。重要なことは、このような価値転換の背景にあるパラダイム（位相）の転換を見極めることである。日露平和条約交渉を顧みた場合、その背後にはポスト冷戦後の一種のナショナリズムの台頭がある。

○ヘーゲルとエバーハルト・ユンゲル［一九三四―］の類似性。ユンゲルはバルトをヘーゲル的術語を用いて再解釈したとの見方は妥当であろうか。特にユンゲルの生成（神の存在に関する）概念はヘーゲルそのものであろう。

○ヒトラーとゲッベルス［一八九七―一九四五］の関係。ゲッベルスのみが第三帝国の理念に殉じた。

六月一三日(木)雨　三一日目

【弁護団への手紙】——6

面会後、房に戻ると、独和辞典、ドイツ語教科書、ラテン語教科書が届いていました。どうも有難うございます。語学の勉強は記憶力の強化にも繋がるので、所与の条件下でよい「玩具」ができたと喜んでいます。

体調の方は、バイオリズムがあるせいか、一日おきに調子がよかったり、よくなかったりですが、気力は十分です。

拘置所暮らしも今日でちょうど一カ月になります。思い出に残ること、思い出したくないことなど数々の経験をしました。私には怒りとか恨みとかいう感情が湧いてこないのです。一九九一年八月のソ連共産党保守派によるクーデター未遂事件、いや、より正確には一九九一年一月の「ビリニュス・血の日曜日事件」[★2]から今日に至るまで、自己を突き放して見る訓練を続けてきたからかもしれません。

どのような状況になろうとも、国益を基本に考えるという姿勢だけは堅持していきたい

★1　棄教司祭フェレイラがロドリコに対してこう言う。「この国は沼地だ。やがてお前にもわかるだろうな。この国は考えていたより、もっと怖ろしい沼地だった。どんな苗もその沼地に植えられれば、根が腐りはじめる。葉が黄ばみ枯れていく。我々はこの沼地に基督教という苗を植えてしまった」(『沈黙』一三二頁)

★2　一九九一年一月一三日のソ連軍によるリトアニア民族独立派に対する弾圧。

と誓っています。

六月一四日(金)雨　三二日目

『現代独和辞典』をとりあえず通読し、神学・哲学用語を抜き出しておこう。辞典を読むなどという優雅なことができるのも拘置所にいる特権である。外にいるときは忙しすぎて語学に腰を据えて取り組むことができなかった。

六月一五日(土)雨　三三日目

【弁護団への手紙】――7

リトアニアについてはいろいろな思い出があります。特に印象に残っているのは、ソ連共産党保守派によるクーデター未遂事件(一九九一年八月)後、一九九一年一〇月、日本と沿バルト三国[リトアニア、ラトビア、エストニア]の外交関係樹立のためにリトアニアを訪問したときのことです。

外交の本筋のことよりも、杉原千畝《すぎはらちうね》元カウナス領事代理の名誉回復の話が印象に残っています。杉原千畝は外務本省の訓令に違反して、日本の通過査証をユダヤ人に与え、六〇〇〇名の生命を救い、イスラエルでは国家英雄となっていますが、戦後、当時の岡崎事務次官から「君には例の件がある」と言われ、外務省を追われた人物です。一九九一年に杉原千畝の名誉回復は政治主導で行われました。

一九九一年一〇月、私たちは、カウナス市（現在のリトアニアの首都はビリニュスですが、同市は戦前ポーランドに属しており、首都はカウナスだった）の旧日本領事館を訪れました。この建物は共同住宅となっていました。住んでいる人々もあまり豊かではないとの印象を受けました。突然、パトカー先導による黒塗りの公用車が何台もやってきたので、住民が住宅を接収されるのではないかと恐れ、当初、堅く扉を閉ざしていたことが思い出に残っています。

また、リトアニアからラトビアに移動する際に、パトカーの先導が五台もついたのですが、私たちの乗っていた［排気量］七〇〇〇ｃｃくらいのリムジンが大馬力で走るのにパトカーが追いついていけず、そのうち一台が山中でオーバーヒートし、置き去りにされたことも懐かしく思い出されます。★1

今回のテルアビブ事件もユダヤ・ファクターと絡んでいますが、私にとって外交官生活の転換点となったリトアニア訪問もユダヤ人問題と結びついていることに運命の不思議を感じます。そのようなことを思いながら、毎日、ユダヤ教の正典である『旧約聖書』の勉強をしています。★2

★1　二〇〇〇年四月、イスラエルのテルアビブで行われた国際学会に日本人学者等を派遣した費用を外務省関連の国際機関「支援委員会」に負担させたことが背任に問われた事件。

★2　本件リトアニア訪問は、当時の鈴木宗男外務政務次官を政府代表とした国交開設ミッションであるが、拘置所による検閲を考慮して鈴木宗男氏の名前については一切言及していない。

六月一八日(火)雨　三六日目

ドイツ語に取り組む。なかなか頭に入らない。「漆塗り方式」で、この教科書に一〇回取り組もう。ラテン語も同じアプローチで取り組むことが適当と思う。それから、ドイツ語については辞書読みもおろそかにできない。拘置所にいて有利な点は身辺にある本の数が限られていること。[★1]いろいろな参考書、問題集、辞書に目移りすることがない。確か中世の大学では、書籍は一冊ずつ与えられ、それを筆写するか暗記するまでは次の本が与えられなかったはずである。ドイツ語の神学・哲学用語については、とりあえず罫紙に抜き出しておき、後でノートに写し、単語集としておくのが適当と思う。ノート五―六冊でおさまるであろうか？　また、ドイツ語、ラテン語については、これもまず罫紙にメモをつけるが、後でノートに見開きとなる形で例文集を作っておくことが適当であろう。文法ノートを作るかについては、少し時間をかけて考えた方がよい。いずれにせよ、本の数が少ないという制約条件を最大限有利にする方策を考えるべきであろう。

それから語学の勉強を始めた途端に紙の使用量が極端に増えた。Ａ4判で一日七〇―八〇枚も紙が必要になる。裏を用いれば半分で済むのであろうが、頭にきちんと叩き込むことを考えるならば、罫紙[★2]あるいはマス目のある表だけを使いたい。罫紙、原稿用紙、状況によっては便箋などの枠を最大限に活用し、紙を入手することが重要だ。一回あたりの購入制限量はどれくらいであるのか。研究してみる必要がある。とりあえず、毎週、Ａ4判の罫紙、原稿用紙をそれぞれ五冊ずつ注文して、様子を見てみよう。それにしても語学の勉強に着手すると時間があっという間に過ぎていく。ドイツ語の辞書読みのみならず、『岩波国語辞典』も通読して、漢字練習をしておくというのも日本語力向上のために役立つと思う。

ところで、江戸時代までは日本でも本は今よりずっと大切に取り扱われた。現在身辺にある本はパンフレットを含め一〇冊であるが、辞書が二冊含まれているので、当時の基準からすればたいへんな贅沢である。当時は、声に出して読むことのみを「読む」といって、黙読は「見る」といったはずだ。このスタンダードからすれば、小生は毎日本を「見て」いるに過ぎない。

ピンチはチャンスでもある。所与の条件を自己に有利にすべく思考を転換する必要がある。

それにしてもヘーゲルは難しい。『精神現象学』の術語を抜き出しているが、先に進まない。翻訳文ではよくわからないところもある。ドイツ語オリジナル、さらに英訳、露訳を参照すれば理解も深まると思うが、外国語図書の差し入れは認められていないので、外

★1　未決勾留者が規則で房内で所持できる書籍・雑誌は三冊以内。宗教経典、辞書、学習書については特別の許可をとれば、追加的に七冊まで所持することができる。これを拘置所では「冊数外《さっすうがい》」と呼ぶ。

★2　拘置所では文房具の購入量に制限が設けられている。

に出るまで我慢する他はない。今は拘置所で勉強できる内容のみに知的関心を限定することが賢明かつ得策である。

外ではかなり強い雨が降っている。これから『旧約聖書』「詩篇」を読むことにする。

【弁護団への手紙】——9

私自身はこの大きな闘いの中でひとつの「駒」を演じているに過ぎないと冷静に認識しています。過去の戦史でいうならば、太平洋戦争末期のレイテ沖海戦における小沢機動部隊、西村艦隊の役割を私は担っていると考えています。この二つの部隊が米艦船と戦っている間に、日本海軍の主力部隊はレイテ湾への突入を図ることになっていました。主力部隊の戦いを補助することが、「駒」としての最も重要な任務と考えています。

過去を振り返り、私はこれでよかったと思っています。テーブルは何本も脚がついているよりも、中心に大きな脚が一本ついているのがいちばん安定しています。私のこの信念は今でも変化しておりません。

六月一九日(水)晴れ　三七日目

過去二—三日とは打って変わったような快晴である。本日午後、鈴木宗男衆議院議員が逮捕される。小生は本日夕方より四八時間のハンストに入る。[★1] 弁護団も忙しくなるだろう。検察側、拘置所側には事前に通報しておいた。

弁護団に少し長い手紙を書こう。現時点での心象風景をきちんと残しておいた方がよい。

【弁護団への手紙】——10

このような事態が起きるのも、想定の範囲内ですが、言いようのない淋しさを感じます。行動の自由が制限されている状況で、私にできることは限られていますが、四八時間だけ私も想いを共にしたいと思います。★2

一九世紀フランスの権謀術数に長けた外交官タレーランが「外交とは恋愛のようなもの」と言いましたが、政治も恋愛のようなものだと思います。本当に苦しい状況の中でこそ、愛情の真価が問われるのだと思います。そして、私たちが愛情を抱いた対象は、特定の個人ではなく、日本という国家でした。

日本国家のためにすべてを捧げた人を、今日、この拘置所に迎えることになりますが、これも歴史の「弁証法」なのでしょう。

六月二〇日(木)曇り　三八日目

少し疲れたせいか、昨晩は珍しく減灯前、八時過ぎに床に入った。起床時までよく眠ったと思う。今日はゆっくりと聖書を読もうと思う。昨日は少しラテン語に取り組んだが、本格的に語学を勉強する気にはなかなかなれない。

食事をとらないとエネルギーが出てこない。まあ、あと二食我慢すればよいだけだ。

★1　「ハンスト声明」付録参照。
★2　鈴木宗男衆議院議員の逮捕を指す。

夕方から雨が降り出した。

【弁護団への手紙】——11

拘置所の中にいると、入ってくる情報が極端に少ないので、思い煩わされることも少なくなります。現下の状況では、拘置所の中にいた方が心理的負担が少ないと思います。以前、インド仏教思想でナーガルジュナ（龍樹）〔一五〇頃—二五〇頃〕の学説すなわち中観《ちゅうがん》思想を勉強したときのことを思い出します。この学説によると、苦しみとか悩みというのは、人間が情報に反応して、様々な意識を抱くゆえに生じるということになります。余計な情報が入ってこなければ、思い煩うことも少なくなるわけです。

緑川先生にお話しした「従来の国策」から「新たな国策」への転換について、私の考えを少し整理してみたいと思います。

ヘーゲルは「(知恵の象徴である)ミネルバのふくろうは夕暮れが近づいたときになって、やっと飛び始める」(『法哲学綱要』序文)と言っていますが、一つの時代がどのような時代であったかということが理論的(知的)に認識できるのは、その時代が終わるときだという意味です。私たちを巡る事件は、まさに一つの時代の終焉を象徴するものと思います。

私なりのとりあえずの理解は以下の通りです。ここで重要なのは内政と外交が結びついていることです。

「従来の国策」の内容は、国内的には地域格差是正、弱者に対する配慮、外交的には冷戦後の世界新秩序に対応すべく、日本が諸外国と地政学的バランスをとった積極的外交を行うことを基本とする政策です。

北方領土問題について、以前、評論家の大前研一氏が「北方領土は不要である。あのような過疎の島が返還されても開発に余計なカネがかかるだけだ」と述べたことがあります。確かに経済合理性だけから考えるならば、その通りです。しかし、国家が国家として存続するためには、経済合理性を超えた原理が必要になります。原理というよりも、非合理性をもつことから「神話」と言ってもよいと思います。大前氏流の「北方領土不要論」に基づくならば、人口は日本の五％を占めているにもかかわらず、国内総生産は一％に過ぎない北海道は、日本全体のために「必要ない」ということになります。経済合理性のみを基準にするならば、山陰も四国もいらなくなってしまい、首都圏、京阪神、中京地区を優遇することが比較優位の原則からしても適当ということになります。

しかし、同じ日本国民である以上、どこに住んでいようとも、等しく繁栄を享受し、裨益すべきであるとの考え方も成り立ちます。その様な考えに立ち、北海道や山陰など、経済合理性に基づく「ゲームのルール」では競争に耐えられない地域では、政治による格差是正が必要とされてきたのだと思います。平等社会日本を担保していたのが、この様な政治を前提とした「従来の国策」と思います。

外交政策に関しては、冷戦構造の下では、資本主義対社会主義という敵対味方の「ゲームのルール」が構築されていたため、日本としては「西側の一員」として行動することが国益に適っており、それ以外の選択肢はありえませんでした。

一九九〇―一九九一年のソ連・東欧社会主義体制の崩壊により、自由、民主主義、市場経済という原理は、旧東側陣営でも共有されることになりました。そのような状況を背景に一九九七年七月の橋本総理経済同友会演説が行われました。日本では対露三原則（「信頼」「相互利益」「長期的視点」に基づき日露関係を飛躍的に発展させるとの考え方）のみに注目が集まりましたが、より重要なのはその背景にある「東からのユーラシア外交」という戦略的見解です。

ちなみに、ロシアでもアメリカでも橋本演説の「東からのユーラシア外交」部分に最も大きな関心が集まりました。その骨子は以下の通りです。

①冷戦後、欧州ではNATO（北大西洋条約機構）の旧東欧諸国への拡大が行われ、ロシアを封じ込めようとしている。これが「西からのユーラシア外交」である。

②これに対し、日本は、ロシアをアジア・太平洋地域に誘う「東からのユーラシア外交」を展開する。冷戦後、アジア・太平洋地域の秩序は、日本、米国、ロシア、中国の四カ国により形成される。その中で、最も距離のある日露両国関係を近付けることは、日本にとってもロシアにとっても、アジア・太平洋地域、全世界にとっても有益である。

③そのためには、日露両国間の「喉に突き刺さった骨」となっている北方領土問題を解決し、早期に平和条約を締結する。

この「東からのユーラシア外交」という基本戦略の延長で「川奈提案」[★1]がなされ、プーチン大統領が「川奈提案」を拒否した後は、一九五六年日ソ共同宣言[★2]を梃子とする「二＋

二」方式による揺さぶり(二〇〇〇年一二月の鈴木宗男自民党総務局長とセルゲイ・イワノフ安全保障会議事務局長[書記]との会談)、さらには二〇〇一年三月の「イルクーツク声明」★3につながっていきます。

「新たな国策」は、「小泉改革」という形で具現化しましたが、その背景には平等社会日本の基礎体力低下(少子化、学力低下、経済不況等)を何とかしなくてはならないという焦りがあると思います。日本社会を活性化させるためには、強者をより強くして、機関車の役割を担わせるという発想です。そのためには、地域格差を是正する機能を果たしてきた政治に歯止めをかける必要があるということなのでしょう。外交に関しても、「東からのユーラシア外交」などという「ゲーム」にうつつを抜かしている余裕は現下日本にはなく、

★1　一九九八年四月一八日伊豆の川奈での橋本首相・エリツィン大統領会談で日本側からなされた秘密提案。日露間で締結する平和条約の中で、両国の国境線がサハリンと北海道の間並びに択捉島とウルップ島との間にあることを骨子とし、その上で日本側が譲歩した提案だったと報じられたが、エリツィン大統領は明答を避けた。二〇〇〇年九月に訪日したプーチン大統領は川奈提案を公式に拒否した(この説は佐藤による川奈提案の内容の確認を意味するものではない)。

★2　戦争状態の終結、外交関係の回復、国連憲章の尊重と内政不干渉、日本の国連加盟支持、賠償請求権の相互放棄、平和条約締結交渉の継続、平和条約締結交渉後の歯舞、色丹の日本への引渡しなどに触れる。

★3　二〇〇一年三月二五日、森首相とプーチン大統領との会談の結果出された声明で、クラスノヤルスク合意の実現に向けて平和条約締結交渉の骨子を明文化したもの。

速やかに国内改革を軌道に乗せ、日本の基礎体力回復を図るのが国益ということになります。

北方領土問題にしても、へたに返還が実現され、追加的投資を行わざるを得ない状況に追い込まれるよりも、「四島一括返還」の旗を高く掲げ、事実上、交渉を中断し、時間を稼ぐことが得策との判断に傾きます。

さらに、経済社会情勢が停滞している状況で、国民は将来に対する不安を強めます。この様な状況ではナショナリズム(民族意識)が高まります。ワールドカップ熱と北方領土問題に関する強硬論の台頭、瀋陽総領事館問題を巡る嫌中国感情の高揚を繋ぐ鍵は、日本ナショナリズムの台頭と思います。

「新たな国策」へ転換する舵は既に切られており、この流れを止めることはできません。恐らく、四—五年経って、日本の地域格差が拡大し、地方住民の不安が高まり、日本と周辺諸国との緊張がかなり高まるようになったところで、「新たな国策」の問題点が認識され、「従来の国策」の肯定的側面が見直されるのでしょう。四—五年では不十分で、この見直し過程に一〇年かかるかもしれません。

さて、古代、中世では、多くの政策転換が「神託」として、祭を中心に行われてきました。政治を「祭りごと」というのは適切な表現と思います。祭では、神(あるいは神々、天)に捧げる犠牲が必要となります。私たちはその犠牲に選ばれてしまったのでしょう。「従来の国策」の象徴として。

私は数百年、数千年を経ても、人間の基本的思考様式は変化しないと考えています。「従来の国策」に基づき忠実に任務を遂行していた私たちが「新たな国策」の故に徹底的に潰されていく過程が進行しているというのが、現時点での私たちを取り巻く状況だと思います。

このような状況を冷徹に見据えた上で、「思考する世論」に対して何を訴えていくかが、私にとっての重要な関心事です。

今日もリーガルマインドに欠けることを長々と書き、申し訳なく思っています。

六月二一日(金)晴れ　三九日目

何も食べていないと寝つきはよくなる。珍しく一二時前に寝てしまったと思う。★1 朝、日の出くらいの時刻に目が覚めた。

夢をいくつかみた。旧陸軍と自衛隊が一緒になっているような奇妙な夢だった。内容はよく思い出せない。とにかく奇妙な夢だった。

それから、バナナを食べている夢をみた。昨日、夕食についてきたバナナを部屋に残しておいたので、それに引きずられたのであろう。思わず本当に食べたのではないかと思ったが、夢で、きちんと残っていた。

お腹がすく。それに、手が少し痺れる。そろそろ限界だが、あと一食だ。頑張ろう。

★1　独房には時計がないので時間がわからない。

今日はたいへんによい天気だ。梅雨とは思えない。しかし、外に出たいという気持ちにはならない。運動には一度も出たことがない。小学校のときから体育は嫌いだった。

日用品で仁丹が購入できることを発見した。仁丹は薬ではないのだろうか。いずれにせよ、気分転換の材料になるので購入することとしたい。

明日で四〇日目、ちょうど小中学校の夏休みに相当する日数である。長いようで短かった。今後も長期戦になるだろう。

『旧約聖書』「コヘレトの言葉」(口語訳では「伝道の書」)が面白い。大学時代から『旧約聖書』は断片、断片で読み、全体に目を通しているとは思うのだが、短期間で通読したことはない。拘置所に入って、はじめて聖書を旧約、続編、新約と通しで読む機会に恵まれた。

「人は、裸で母の胎を出たように、裸で帰る。来た時の姿で、行くのだ。労苦の結果を何ひとつ持って行くわけではない」(「コヘレトの言葉」5・14)

六月二二日(土)雨　四〇日目

夜中に激しい雨の音で目が覚めた。昨晩は取り調べが遅い時間だったので、少し疲れた。寝付きはまあまあだった。

ラテン語の教科書を書き写していく。課が進むにつれて、覚えなくてはならないことが増えていく。きちんと覚えること。筆写や教材作りが自己目的化し、頭に入らないのでは何の意味もない。

六月二四日(月)晴れ　四二日目

昼食開始直後に診療呼び出し。採尿と採血。

六月一〇日頃より、一日おきに夜トイレに五―六回行く。

ふくらはぎが二回つった。

右脚がしびれることがある。

右下腹部に鈍い痛みがある。

右足がむくむことがある。

医師からは「現時点で特に悪いことはないと思う。ただし尿道感染の可能性があるので検査する」との話。

六月二五日(火)曇り　四三日目

【弁護団への手紙】――14

接見等禁止措置がとられている私にとって、弁護団の先生方が外界との唯一の窓口です。外界の様子についてニュースは全く入って来ませんが、だいたいどのような状況になっているのか想像することができます。却って余計な情報から遮断されている方が、大きな意味での戦略を練る上で好都合であると考えます。

私は拘置所での生活がかなり長くなると予測しています。長期戦に備えた心身の準備を行う必要があると考えています。

拘置所の中では、取り調べ以外にも、健康管理、精神的安定の維持等いくつもの試練があります。この中で最も重要なのは人間としての尊厳を維持し続けることです。いわゆる「プライドを高くもつ」ということではなく、人間的思いやりをもち、憎悪や嫉妬に基づいた人間性崩壊を防ぐことです。その意味で、拘置所生活は、自分の内面との闘いでもあります。

夜食用にリンゴをいくつか仕入れておいた方がよい。弁護団にお願いしよう。

ドイツ語の単語チェックをした。目が疲れる。

六月二六日(水)曇り　四四日目

○ボールペンの芯を新しくした。拘置所に来てから芯を三本使ったことになる。構想作りに関しては、筆ペンでメモを作るのがなかなかよい。

○ユルゲン・ハーバーマスの『公共性の構造転換』(未来社)が届く。ヘーゲルと比較するとずっと読みやすい。ヘーゲル『精神現象学』についても今後一―二週間で片づけてしまおう。因みに六月二八日(金)に『精神現象学』の期間更新をしなくてはならない。★1 今までのような牛歩でヘーゲルを読んでいても意味がない。まず、抜き書きを作り、まとめてみる。

【弁護団への手紙】――15

［弁護人との］面会後、独房に戻るとユルゲン・ハーバーマス『公共性の構造転換』が届いていました。どうも有難うございます。検閲にだいぶ時間がかかったようです。大学時代、熱中して読んだ本で、確かドイツ語でも通読したと思います。大学・大学院の指導教授の一人がドイツ人だったので、当時は毎日ドイツ語に触れる生活でした。過去一七年間、ドイツ語についてはときおり新聞に目を通すくらいだったので、ほとんど忘れています。神学部は語学のウエイトが高く、英語、ドイツ語、コイネー（新約聖書）ギリシア語、古典ギリシア語、ヘブライ語、ラテン語が必修でしたので、語学の勉強は文字通り地獄でした。[★2]それに加え、私は朝鮮語とサンスクリット語にも取り組んだのですが、ものになりませんでした。

以前の手紙にも書きましたが、拘置所内での生活は、中世の修道院のようです。中世の修道院や大学では、書籍は一冊しか所持することが認められず、それを完全に習得するか、書き写した後に次の本を与えられるシステムだったそうです。拘置所もそれにかなり近い

★1　独房で所持する書籍には原則として一カ月の期限が設けられる。それを超える場合には一カ月ごとの更新手続きをとらなくてはならない。

★2　学園紛争後、同志社大学神学部では必修科目は一回生時の神学概論だけになったが、神学を体系的に修得しようとする学生にとって古典語の履修は不可欠だったとの意。

ところがあります。私本については三冊しか房内所持が認められていません。大学時代より常に一〇〇〇冊以上の本に囲まれて生活してきた私にとって、いちばん苦痛なことは自由な読書ができなくなることと思っていましたが、案外、現在の環境で、少数の本を深く読む生活も気に入っています。以前差し入れていただいたヘーゲルの『精神現象学』も二回通読し、これから研究ノートを作ろうとしているところです。外でならば、半年集中してようやく出来るかどうかという作業が、一カ月足らずに短縮できるのですから、拘置所生活にもそれなりの効用があります。一九八七年、モスクワ大使館に勤務した後、ゆっくり読書に取り組む機会は一度もありませんでした。その点では拘置所暮らしにある種の満足を感じています。禁固刑ならば、書籍の差し入れと筆記具の使用が認められるとの条件の下で、何年でも耐えられるような気がします。

それにしても紙を多く使う生活です。一日、Ａ４判罫紙を五〇—六〇枚使い、ボールペンのインクは一週間でなくなります。文房具は、金曜日に注文し、翌週水曜日に受領する体制になっていますが、私は毎回、五〇〇—六〇〇枚紙を購入するので、拘置所側も少し驚いていると思います。水曜日に文房具を受け取る際には小学校低学年生のような喜びが湧いてきます。ソ連末期、私がモスクワ大学に留学していた頃、物不足がひどく、トイレットペーパーの売り出しが一年に二回しかなく、それも二—三時間行列して、一人一〇ロールしか購入できませんでしたが、〔拘置所で文房具を受け取るときの感覚は〕首尾良くトイレットペーパーを入手したときの感動にも似ています。

囚人心理が少しずつわかるようになってきました。恐らく、あくまで外に出たいと考えるタイプと環境に適応していこうとするタイプに分かれると思いますが、私の場合、明らかに後者です。まず欲望が小さくなります。その裏返しとして、ちょっとした食品や文房具を入手したときの喜びがとても大きくなります。また、所与の条件下で打ち込めることに全力をあげたくなります。恐らく、拘置所の食事がおいしいのも、料理を担当する受刑者が全力をあげて仕事に取り組んでいるからと思います。人間には生産的活動に喜びを見出すという本性があるのだと思います。ちなみに本日の夕食は、ビーフカレー、シーフード・サラダ(イカ・エビ・グリーンアスパラ)、福神漬、ヨーグルトドリンクでした。一流ホテルのカフェでも十分通用する味です。

六月二七日(木)雨　四五日目

○朝から雨が降っている。典型的な梅雨だ。

○いろいろ文章を綴っていると『岩波国語辞典』では少し物足りなくなってくる。『広辞苑』が必要だ。他方、学習書の枠は一杯なので、引きやすい『岩波国語辞典』を手放してしまうのは惜しい。『広辞苑』を差し入れてもらうかどうかについては、もう少し様子を見てから決めることにしよう。

○そういえば内村剛介《うちむらごうすけ》[一九二〇—二〇〇九](元上智大学教授)のソ連ラーゲリ体験記『生き急ぐ』(三省堂新書)でも、黒パン、砂糖、紅茶など、食べ物の話が多かった。これが典型的な囚人心理かもしれない。ソ連のラーゲリと比較すれば、今の生活は天国のようなものである。何事も考えようだ。

【弁護団への手紙】――16

今日の午前中は、昨日届いたハーバーマス『公共性の構造転換』を読んでいました。この本には国策捜査を考える上で参考になる論点が多々含まれています。

さて、私は哲学専門家には二つの種類があると考えています。

①独自の思想を作り上げることのできる専門家。しかし、このようなオリジナリティーのある哲学者の思想はわかりにくい。

②自らの能力はそれ程高くないが、オリジナリティーのある哲学者の思想を専門家以外の人々にわかりやすく説明することのできる哲学専門家。

私は生粋の哲学専門家ではありませんが、神学部で哲学の基礎的訓練を受けており、かつてモスクワ大学哲学部で客員講師をつとめたこともあるので、自己の能力の限界をよく知っています。私は明らかに②に属します。

「宇宙の果て」を飛んでいるような話をしていますが、実は現下の国策捜査の意味を正確にとらえるためには、社会哲学の助けが必要になります。この点について、私の考えをまとめてみたいと思っています。まずは、「国策捜査がよいとか悪いとか」という価値判断の問題を排除して、なぜこのタイミングで国策捜査が行われ、そのターゲットに私たちがなっていったのかを冷静に分析する必要があると考えています。換言するならば、このような、かなり乱暴な国策捜査を行う必然性に日本国家が何故に迫られているかについて、私なりの言葉でまとめてみたいと思うのです。その際、ハーバーマスのコミュニケーション理論が何等かの示唆を与えてくれると思っています。

今日から文房具などを夜間も部屋に置いてもよいとの許可が拘置所側から出ました。拘置所関係者の配慮に感謝しています。これで起床から就寝まで筆記が可能になります。[★1] 神学部ではカウンセリングも重要な科目で、特に夢判断（分析）は自己の心理状態を把握するためにも重要な手段です。夢を見ても起床時に書きとめておかないとすぐに忘れてしまいます。この点で、筆記具が常に身辺にあるということが私にとって重要です。

六月二九日（土）曇り　四七日目

拘置所暮らしを契機に、これまでのライフスタイルを転換するべきである。いつもなにかに追われているような生活と訣別し、ゆっくりした生活を送ろう。外務省時代、特に八八年六月に館務［モスクワの日本大使館勤務］についてからずっと走り続けてきた。ここでよい転換ができるかもしれない。これまで買いためてきた本を一生かけて読んでもいい。裁

★1　これまでは午後九時前にボールペン、シャープペンなどの筆記具やタオルが独房内から引き上げられ、翌朝七時過ぎに再度搬入された。要注意の囚人が夜間に布団に潜ってボールペンで喉や眼を突いたり、タオルを千切って紐にして首を絞めるような自傷事故を起こすことを避けるためにとられる措置。

判が終わった後は「余生」と考えてもよいのではないか。田舎暮らしは図書館も本屋もないので嫌だ。東京は避けたい。できることならば、京都でひっそりと余生を送りたい。健康にさえ気をつければ、二〇―三〇年の持ち時間があるだろう。今はあまり先のことまで考えないようにしよう。なるようにしかならない。

七月一日(月)雨　四九日目

【弁護団への手紙】―18

激しい雨の音で、今日は起床時間(午前七時)よりも一時間くらい早く目が覚めました。寝床の中でいろいろ考えごとができるのも拘置所生活の特権です。

今朝、拘置所側から七―一二月のカレンダーと団扇の配布がありました。また、入浴日もこれまでの火、金から一回増え、月、水、金になります。明後日(七月三日)からはアイスクリームの購入も可能になります。拘置所の中にいても季節の変化を感じます。梅雨のせいでしょうか、独房内がまだ涼しいのも幸です。まあ三〇年前までは、日本でもエアコンが普及していなかったのですから、少し昔にタイムスリップしたと考えればよいので、どのような環境でもそれなりに楽しく過ごしていけると思います。

今日の午前中はヘーゲル『精神現象学』の抜粋を作っていたら、あっという間に四時間が過ぎてしまいました。大森先生との面会後、ハーバーマス『公共性の構造転換』を横になりながら読んでいました。12:10―14:45、17:00―20:00は横になって本を読むことが許されていいます。夜はたいていこの時間帯に検事調べがあるので、この特権は昼しか活用できません。

ハーバーマスの本では、一七世紀末から一八世紀に、コーヒー、ココアを飲む習慣がヨーロッパの有産階級に普及し、それとともに喫茶店文化ができ、喫茶店を中心に政治について論じる空間ができたとの考察が面白いです。随想風の文にこの話をとり入れてみたいと考えています。

これから私も忙しくなりそうです。しかし、人間としての尊厳を失わずに、また、それと同時に与えられた環境を学習のために最大限活用したいと思っています。そのためにも弁護団の先生方の支援が私にとっては何よりも重要です。

書籍二冊を差し入れていただければ幸甚です。

①ハーバーマス『認識と関心』(未来社)

②新村出編『広辞苑』(岩波書店)

いろいろな文章を綴ったり、哲学書を読んでいると、『岩波国語辞典』(五万七千語)では対応できないことがあり、『広辞苑』(二三万語)が欲しくなりました。宗教経典・教育用図書も七冊までしか所持できず、現在、枠がいっぱいですが、『岩波国語辞典』を領置しようと思っています。辞書については「大は小を兼ねず」で、小型辞典にはそれなりの便利さがあるのですが、仕方ありません。私本三冊、宗教経典・教育用図書七冊、パンフレット一〇冊の枠を効率的に活用し、いかに知的世界を構築するかというのも面白い作業です。

検閲に二週間くらいかかるでしょうから、その間に現在読んでいる本も消化できると思います。

七月二日(火)雨　五〇日目

いよいよ五〇日目に入った。まだ折り返し点にも来ていないだろう。

どうも法律の世界というものが信用できない。法律という擬制の下で、政治的力関係を処理しているように思えてならない。この点についても国策捜査との絡みで考え方を整理してみる必要がある。

読書する大衆、すなわち活字メディア(月刊誌)の読者をターゲットとする。『世界』『論座』あたりが狙い目か。メディアの役割は決定的に重要である。ワイドショー型公共圏により、真紀子VS宗男の二項対立ができあがる。プロレス型。鈴木が悪役レスラー(ヒール)に。

経済、国家装置はシステム的に統合された行為領域である。ここに政治が関与して、民主的転換、政治的統合を行おうとすると、装置の機能面の能力を妨害する。

小泉改革は、機能面の能力強化を図っている。分配の問題についても、累進課税制を改め、間接税を主体とするのは、強い者をより強くして、強者に機関車の役割を担わせるため。

鈴木的な政治とは、民主的転換、政治的統合を重視する。正義、公平を重視する政治。

大きな政府・福祉国家的。ドイツや北欧の社会民主主義に近い。

　この矛盾は後期資本主義の特性。

　ハーバーマスを用いて、このように整理するとわかりやすいのではないだろうか。国策捜査がよいか悪いかという価値判断をせず、なぜ、いま、鈴木をターゲットとして行われているかについて考える。そこには国家存続のための必然性がある。何とも気の重い結果になる。

　この観点から、歴史の審判に耐え得る裁判を行う。われわれがターゲットとされたことが正しいか、否かは、裁判所ではなく、歴史が審判する問題。この背景を明らかにする。法的強制力にとって必要な政治権力は、それはそれでいかにして道徳的に制御されうるのか。

　↓

　カントは「法治国家」で応えた。[★1]

　カントはケーニッヒベルク（カリーニングラード）から一歩も出ずに世界史を教え、世界について思索した。東京拘置所の独房の中にいても日本について思索することぐらいはできるだろう。

　最後の命令。小野田寛郎《ひろお》［一九二二―］。ルバング島の残置諜者《ざんちちょうしゃ》。われわれにとって東京

★1　ハーバーマスやカントにとって国家や法は究極的に道徳によって基礎づけられているという解釈をとっている、と佐藤は理解している。

宣言に基づき二〇〇〇年までに平和条約を締結すべく全力を尽くすということが国策。この国策の中で鈴木議員との協力関係も構築された。二〇〇〇年一二月三一日で時計をとめた。いまもこの交渉は続いている。残置諜者のごとく、忠実に命令を遂行している。

七月三日(水)曇り　五一日目

気づかなかったが、一昨日から配盒《はいごう》の茶が麦茶になっている。これも季節の変化をうかがわせるものである。

夢を見た。

《モスクワの「モスクワ・ホテル」が見える野外のカフェにすわっている。四人くらいと思うが、その横に暗い顔の男がすわっている。恐らくシャドー[★1]なのだろう。地下鉄「革命広場」側にカフェがある》

「革命広場」側にカフェなどないのに不思議な夢を見た。いずれにせよ、もうモスクワに行くこともないであろう。

風呂に入った。さっぱりした。

【弁護団への手紙】——20

国後島ディーゼル発電所に関する偽計業務妨害の共犯容疑で再逮捕されました。

特段の感慨はありませんが、人間として崩れることなく、誠実に対処していきたいと思います。

ここでの生活も長くなりそうです。

今後ともよろしくお願い申し上げます。

七月四日(木)晴れ　五二日目

さて、再逮捕だ。特段の感慨はない。ただ、この生活がいつまでも続いていくような感じがする。ただそれだけである。もちろん愉快なことではない。しかし、こちら側に「土俵」を形成する力がない以上、やむを得ない。取り調べ回数は午後・夜となり、明日は裁判所に行かねばならないので忙しくなる。

再逮捕された日であるにもかかわらず、昨晩はよく眠ることができた。朝六時くらいに目が覚めた。夢を見たが、仕事と私生活、イスラエル、裁判のまざった不思議な感じだったが、具体的な内容を思い出せない。

食パンにピーナツバターをいっぱい塗って食べる。おいしかった。

【弁護団への手紙】——21

昨日、再逮捕で拘置所から東京地検に移動した際、カーテンの隙間から、少しだけ街の様子が見えましたが、特段、外に出たいとは思いませんでした。拘置所暮らしも今日で五二日目になりましたが、苦しいという感じは全くありません。実を言うと、私はある程度の環境適応性はあると思っていましたが、さすが、拘置所生活になると一週間で音をあげ

★1　佐藤の深層心理を反映した分身。

るのではないかと内心不安をもっていたのですが、大丈夫でした。

明日は裁判所に行くので、日中、好きな本を読んだり、勉強することができないので、少し残念ですが、仮監《かりかん》★1に官本があると思うので、小説でも読んで気を紛らわそうと思います。

七月五日(金)晴れ　五三日目

午前七時半くらいに出発して裁判所に行き、午後六時少し前に戻る。仮監にほぼ一日中座りっぱなしで少し疲れた。仮監に大森弁護士、大室弁護士が面会。多謝。

七月八日(月)晴れ　五六日目

【弁護団への手紙】——23

いろいろと御心配をおかけしていますが、私は元気にやっています。取り調べに対しても、緊張した雰囲気を基調としつつもユーモアを失わない対応をしています。

独房のラジオはあいかわらず切られたままですが★2、廊下から漏れ聞こえてくるニュース放送では、真夏日が続いているとのこと。それでも独房内は案外涼しいです。平日は午後アイスクリームを食べています。エアコンのない世界でのアイスクリームは格段とおいしく感じます。

逮捕も二回目なので、少し慣れてきたせいか、三〇分の面会制限時間内で、伝えたいことをほぼ伝えられるようになったと思います。それにしても不条理な世界ですが、「土俵」

は検察側が作るので、結局、そこに上って勝負するしかないということなのでしょう。今回も表面上は経済犯罪ですが、その本質は政治的責任追及ということなのでしょう。私が自己の政治的見解を転換するまで、この追及は続くと思います。しかし、最新の臨床心理学の成果をもってしても「ある人が何かを考えることを外部から禁止することはできない」のですから、いくら私を追及しても徒労に終わるだけです。取り調べには淡々と応じて、それ以外の時間を学習に振り向け、勾留期間を人生にとって無駄な時間にしないというのが、現在私がとっている戦術です。語学の勉強には、相当時間がとられるので、この機会を利用するのが適当と考えています。

無理とは思いますが「ダメモト」で『宗男の言い分』[★3]（飛鳥新社）を私本枠で差し入れてみ

★1　東京地方裁判所地下一階にある独房。二畳のスペースに水洗トイレと洗面所がついているが、ここには座布団がなく、ラジオも流れず、また横になることも認められていないので囚人にとっては厳しい環境だ。

★2　このとき佐藤は看守に頼めばラジオのスイッチを入れてもらうことができると知らなかった。ある日、担当の看守が「ラジオが切られたまま」という手紙の内容に拘置所幹部が佐藤が弁護人を通じて人権侵害と騒ぎ立てるのではないかと心配していると耳打ちしてきたことがあった。それくらい細かいところまで拘置所は佐藤の手紙を注意深く読んでいた。

★3　ジャーナリストの歳川隆雄と二木啓孝が鈴木宗男から逮捕直前に収録したインタビューをまとめた本。

てください。きちんとチェックしてみたいと思います。

今回の国策捜査との関連で、鈴木宗男論をまとめてみようと思い、構想を練っています。検閲を考慮しなければならないので、考えていることの全てを文字にするわけにはいきませんが、その点については、いつか自由の身になったときに補正すればよいと割り切るしかありません。また、勾留中という特殊な実存状況では、普段見えないものが見えてくるという利点があります。

現段階にメディアに発表しても、まともに取り扱ってもらえないような状況がしばらく続く以上、メモとして手許に残し、状況が変化してから公表することが適当と考えています。基本ラインは以下の通りです。

○鈴木宗男は「記号化」されている。「悪の権化《ごんげ》」ということになっているが、この目的は従来の国策が鈴木に人格化されているとの神話を作り、これを断罪することにある。

○小泉改革を「陽画《ポジ》」とすれば、鈴木路線は「陰画《ネガ》」である。換言するならば、小泉改革がなければ、鈴木が逮捕されることもなかった。

○小泉改革の目指すものはなにか。一言で言うと、日本の基礎体力回復による生き残りである。平等主義、弱者保護路線を切り捨て、強い者をますます強くし、機関車とすることにより、日本を引っぱっていこうとする。そのためには国民の圧倒的大多数に裨益しない政策を遂行する必要に迫られる。この点を隠すためにナショナリズムを煽り、また、人為的に「抵抗勢力」(国民の敵)を作り出す。

○鈴木路線とは何か。改革の必要は認めつつも、急速な構造改革は非現実的であるとし、段階的再編を主張する。現下の日本が深刻な問題を抱えているのは確かであるが、日本の基礎体力はまだ十分な潜在力を有していると考える。いわゆる「宗男疑惑」の対象となった事案の大部分は、図式的には公平配分を指向する動きである。
○小泉改革下、外交は「金喰い虫」で、レトリックはともかく、当面は内政に力を集中し、外交は「ひと休み」する。
○鈴木路線では、日本は多少経済的に苦しい状況にあるとしても、国際的には十分体力のある大国なのだから、応分の国際貢献が必要となる。

だいたいこのようなことを私は考えています。私たちが好む、好まざるとにかかわらず、日本国民の大多数が小泉改革を支持している限り、鈴木宗男と彼を支持する人々は、「改革の敵」＝「国民の敵」として断罪の対象になるということなのでしょう。小泉改革を遂行するためには、従来の国家政策を断罪する必要があるのですが、「個々の政治家は過ちを犯すことがあるが、国家は決して過ちを犯さない」というのが、当該国家が存立する限り成り立つ「ゲームのルール」ですから、従来の誤った国策の「記号」としての鈴木宗男潰しが進められているということなのでしょう。

私は司法の中立性などということを全く信じていません。第一次世界大戦時、ベルギーの中立を侵犯したことに対し、ドイツ皇帝ウィルヘルム二世〔一八五九―一九四一〕は、「必要は法を知らない」と述べましたが、その通りだと思います。ドイツの軍事理論家クラウゼビッツ〔一七八〇―一八三一〕は、「戦争は政治の延長である」と述べましたが、私は「裁判も政治の延長である」と考えています。

ここでもう一つ「なぜ他の政治家ではなく、鈴木宗男がターゲットにされたか」という問題がでてきます。これについては次回の手紙で私見を述べたいと思います。

七月九日(金)晴れ　五七日目

ひどい暑さだ。昨晩は、さすが何度も暑さで目が覚めた。小学生時代の夏休みを思い出す。

厳しい取り調べに対しても頑張らなくては。心を鬼にして「やっていないことは認めない」との方針を貫くこと。

余計なことを考えずに、とにかく頑張ることだ。余計なことを考えないためにも熱中できることを作る。

七月一〇日(水)晴れ、のち雨　五八日目

寝付きもよく、目覚めも爽快だった。昨日と比較すると涼しくてしのぎやすい。それにしても昨日の暑さは異常だった。汗で罫紙が濡れてしまい、ボールペンの走りが悪くなり、遂に途中でインクが出なくなってしまった。

昨日は散髪、今日は入浴だったが、鏡[★1]をのぞき込むと徐々に犯罪者顔になっていることに気づいた。環境は人相にも影響を与える。

【弁護団への手紙】――26

衣類の差し入れについては、一日あたり、パンツ、シャツ各一、一週間あたり、長そで上着、ジャージ・ズボン各一を差し入れていただければ十分です。

食料品については、以前差し入れていただいた菓子類、缶詰類もまだかなり残っているので、当面必要ありません。少しわがままを言うと(バナナ、オレンジは購入可能ですがリンゴが購入できないので、時折、差し入れていただければたいへんに嬉しいです。

書籍についても、以前お願いした歴史パンフレット、『広辞苑』、ハーバーマス『認識と関心』をよろしくお願いいたします。現在勉強中のドイツ語文法とラテン語の教科書を修了したら、追加的差し入れをお願いすることになると思います。

それから、B5判で、できるだけ厚いノートを三冊差し入れていただければ幸甚です。

昨日はひどい暑さでした。独房内の気温も三五度くらいあったと思います。さすが、昨日の昼は食欲も減退し、アイスクリームで生き返った感じでした。こんな猛暑が続くならば、もう集中して机に向かうことはできないと少し悲観的になりましたが、今日は涼しい

★1　独房に鏡はない。囚人が鏡を見ることができるのは、月一回の散髪と週二回のひげ剃り日だけだ。他の日も私用の電気ひげ剃りを購入した者はその他の日もひげを剃ることができるが、鏡は貸与されない。旧獄舎(新北舎)の風呂には旧い鏡がついていたが、新獄舎にはない。

ので、これならば、あと三―五カ月くらい勾留が続いても十分頑張れます。昨日、散髪のときに鏡に映った姿を見て、だいぶ犯罪者らしい顔になってきたなと思いました。

今日、鈴木宗男衆議院議員が起訴されます。今後は政治面での闘いと公判運営の兼ね合いをどうつけていくかが重要な問題になると思います。もちろん、検閲されているこの手紙に私が考えていることのすべてを書くことはできませんが、いずれにせよ、国策捜査について客観的な認識をもつことが不可欠と思います。前々回の手紙では、国策捜査の必然性について書きました。国策捜査で逮捕され、刑事被告人となった私が国策捜査の必然性について書くなどというのは、一種の悪い冗談のような感じもしますが、それだけに重みのある発言と思います。私は、国策捜査は、日本国家が「ある時代」から「次の時代」への転換をとげるためには必要であるとすら思っています。もちろんこのことは、私が運命をそのまま甘受し、検察の言いなりになるということではありません。主張すべきことは最後の最後まで主張していきます。

国策捜査が必要であることをわかっているとしても、当のターゲットになった人間(当然私を含む)には「何でよりによってオレが……」という思いがあります。その際、通常、①「不当だ」と言って大暴れする、②「運命」、すなわち、「悪かった、悪かった、運が悪かった」と思い、諦めるという二類型に分かれるのでしょうが、私はこのどちらの類型にもあてはまりません。「なぜ、この国策捜査が行われているのか」、「なぜ、自分がターゲットにされたのか」という二点について、できるだけ正確に事情を分析した上で、最も効います。

果的な手法で、自己の正当性よりも正統性《レジティマシー》★1を訴えていくことに私は最大の関心をもって

今回の国策捜査の意味合いについては、前々回の手紙に書いたように従来の政治・経済・外交パラダイム(ある時代のものの見方・考え方を支配する認識の枠組み)を転換するために必要な事件ということで整合的説明が可能になると思います。

そこで、鈴木宗男衆議院議員や私がターゲットにされた理由についてですが、この点については、まだ私にも整理がついていません。歴史的要因、メディアの役割、偶然の要素(特に田中真紀子外相のファクター)、鈴木議員なり私のスタイルの問題等が複雑にからみあっています。現在、私はこの分析に知力のほとんどを費やしていますが、まだ、納得のいく絵柄が見えてきません。もう少し時間が必要になると思います。

今回は、国策捜査の手法について、私なりの見方を記しましょう。

国策捜査の場合、「初めに事件ありき」ではなく、まず、役者を決め、それからストーリーを作り、そこに個々の役者を押し込んでいきます。その場合、配役は周囲から固めていき、主役、準主役が登場するのはかなり後になってからです。ジグソーパズルを作るときに、周囲から固め、最後のカケラを「まっ黒い穴」にはめこむという図式です。役者になっていると思われるにもかかわらず、東京地検特捜部から任意の事情聴取がなかなかこ

★1　検察の法的断罪などはたいしたことでなく、外交、インテリジェンスの世界の掟を守ることが正統性であると佐藤は考えた。

ない場合は要注意です。主役か準主役になっている可能性があります。

ストーリー作りの観点から、物証よりも自供が重要になります。ストーリーにあわせて物証をはめ込んでいくという手法がとられます。私がかつて行っていた仕事の経験からすると、情報収集・分析よりも情報操作《ディスインフォメーション》工作に似ています。国家権力をもってすれば、たいていの場合、自供を引き出すことに成功します。特に官僚や商社マンなどは、子供のころからほめられるのに慣れており、怒鳴られるのに弱いので、ストーリー作りのための恰好のターゲットになります。

情報操作工作の場合、外形的事実に少しずつ嘘を混ぜ、工作用のストーリーを作り上げていきます。ストーリーが実態からそれ程かけ離れていない場合、工作は成功します。

国策捜査の場合、どのようにストーリーが形成されていくかについて、私は注意深く観察しています。

七月一一日(木) 快晴　五九日目

台風一過の快晴である。思ったよりも涼しく、過ごしやすい。

午前のコーヒー(砂糖、クリーム入り)を飲む。ほんとうにおいしい。気分が落ち着く。

七月一二日(金) 快晴　六〇日目

よく眠った。国家院、モスクワ・ホテルあたりの景色が出てくる夢を見た。明らかに夏のモスクワだった。
とにかく頑張らなくてはいけない。いかに厳しい取り調べが続こうとも……。今日は涼しいので、アイスクリームを食べると少し肌寒い感じすらする。土、日はアイスクリームを食べることができないので、少し残念である。

七月一三日(土)曇り　六一日目

今日は蒸し暑い。台風前のようなひどい暑さにならなければよいが……。昼食はいつもの土曜メニュー[コッペパン、ピーナッツバター、クリームシチュー、煮豆]でたいへんにおいしかった。
今日は朝からドイツ語文法の勉強に集中している。時間がまたたく間に過ぎていく。

七月一四日(日)晴れ　六二日目

【弁護団への手紙】——28

週末に日露関係のレポートを書き進めようとしたのですが、どうも気が乗らず、ペンが全然先に進みませんでした。知性には、能動的知性と受動的知性があると言いますが、現在、私の能動的知性は一時休止状態の様です。こういうときは、もっぱら受動的知性に頼る語学の勉強に集中することが得策と思い、この土、日は、約一〇時間ずつドイツ語に取り組んでいました。いましがた、六月一二日に手許に届いたドイツ語文法の教科書を終えました。メモがＡ４判罫紙二四九枚になりました。大学で一年半かけて消化する教科書を三三日間で終えたわけですから、なかなか効率的です。ドイツ語からは約一七年離れていましたが、かなり思い出してきました。この先の教材として、以下の図書を差し入れていただければ幸甚です。

『独文解釈の秘訣』Ⅰ・Ⅱ、郁文堂

大学入試問題を集めた、確か水色のカバーがついた本と思います。神保町の三省堂か東京駅前の八重洲ブックセンターにあると思います。

「事件」を抱え、連日厳しい取り調べを受けることは決して愉快ではありません。しかし、私に「土俵」を作る力がない以上、所与の条件下で誠実に生きていくしか術がありません。もう少し読書時間を増やしたいのですが、一〇時間睡眠という「ゲームのルール」下ではどうしても限界があります。書籍の差し入れが途絶えないならば、正月を東京拘置所で送るのも悪くないと思い始めています。あと半年あれば、ドイツ語、ラテン語はかなり上達し、次の語学に取り組むこともできると思っています。

七月一五日(月)晴　六三日目

今日は四時半頃に目が覚めた。五時に外は完全に明るくなっている。サマータイムを導入して二時間くらい時間を早めた方が効率的と思う。

拘置所生活は病院生活に似ている。社会生活に適応できない病人ということなのだろうか。
　ドイツ語の勉強が面白くなってきた。ラテン語も手を抜いてはいけない。チェコ語、ドイツ語、ラテン語、フランス語をきちんとマスターすれば、フス［一三七二頃―一四一五］からカルバン［一五〇九―六四］までの宗教改革史をカバーすることができる。中世もしくは宗教改革史あたりが今後の研究テーマであろう。

七月一六日(火)晴　六四日目

　明日、ハーバーマス『認識と関心』『広辞苑』の差し入れ手続きが行われる由。私本枠が一杯なのではやくヘーゲルを仕上げてしまわないと。一時間ほど横になってヘーゲル『精神現象学』(上)を読んだ。もう少しでチェックが終わる。台風が去ったせいか快晴になった。

【弁護団への手紙】――30

　差し入れについていろいろ気を遣っていただき、恐縮しております。今日は「赤リンゴ」が入りました。久し振りのリンゴはとてもおいしかったです。『広辞苑』、ハーバーマス『認識と関心』が届くのも楽しみにしています。
　これまでは、コーヒータイム(午前一〇時と午後三時)に、語学の勉強をしながらコーヒーを飲んでいましたが、今日はぼんやりと考え事をしながら飲みました。確か大乗仏典に「過去を憂えず、未来を願わず、ただ現在だけを生きる」という文言があったと思いますが、コーヒーを飲んで考え事をしていても、所与の条件下で、いかに人間として崩れず、かつ、自分にとってもっとも効率的に時間を活用するかということの他、何の願いも憂いもありません。

欲望も明らかに小さくなっています。今日は食料品の受領日で、食パン、菓子パン、マーマレード、バナナ、オレンジが着きました。これだけで嬉しくなってきます。明日はボールペンの芯と原稿用紙が届きます。楽しみです。以前の手紙にも書きましたが、小学校低学年生の心理状態です。

午前(一〇時)のコーヒーを飲んだ後、ヘーゲル『精神現象学』の抜粋を作っていたら、あっという間に午後(三時)コーヒータイムになりました。五時間がまるで三〇分くらいにしか感じられません。子供の頃から椅子・テーブル生活だったので、畳・小机の生活に長期間耐えられるのかと初めの頃は少し心配していましたが、現在は完全にこの生活に慣れています。少し長い夏休みをとったと思い、自己研鑽に励みます。

外は快晴だ。台風一過ということだろうか。それにしても台風が連続している。

七月一八日(木)晴れ　六六日目

【弁護団への手紙】——32

今日は朝から心地のよい風が吹いていて、集中して勉強することができました。午前一〇時にコーヒーを飲んだと思うと、あっという間に午後三時のコーヒータイムです。夜の取調べの後は、食パンにいちごジャム、マーマレードをつけて食べていますが、これも楽しみの一つになっています。

内村剛介がシベリアの収容所生活について自己の体験を綴った『生き急ぐ』という本の中での独房で配盒される黒パン、紅茶、砂糖をどのように食べ、飲んでいくかについての詳細な描写を思い出しています。囚人は食べ物に強い関心を持つのだということを、自分が囚人になって痛感しました。

一昨日、「赤いリンゴ」が差し入れられた日の夜は夢を見ました。白黒の夢なのですが、リンゴの木になっている「赤いリンゴ」だけが、みごとに赤い色になっているのです。黒澤明の白黒映画『天国と地獄』で、煙突から出る煙だけが赤くなるシーンがありますが、そのような感じの夢でした。

拘置所生活も自分でリズムを作ってしまうと、それなりに楽しいです、過去数年間、否、一〇年以上にわたって、腰を据えてしたかったけれども、時間に追われ、できなかった勉強をするよい機会です。ヘーゲルの『精神現象学』も三読目に入り、上巻の抜粋が先刻出来上がりました。四〇〇字詰原稿用紙一〇二枚になりました。下巻の抜粋はもっと多くなると思います。ヘーゲルの弁証法概念は、これまで善とされていたことが、あるタイミングから悪にされてしまう仕組みを理解する上で、いまの私にとってとても重要です。

外に出て、将来家を建てることになったら、東京拘置所の独房にそっくりの小部屋を作り、思索と集中学習用の特別室にしたいと考えています。それくらい現在の生活を気に入っているということです。

七月二〇日(土)快晴　海の日　六八日目

朝五時過ぎに目が覚めた。睡眠は十分取れたが、右後頭部に鈍い痛みがある。夏風邪か、あるいは偏頭痛だろう。体調を崩さぬように注意しなくてはならない。

今日は土用丑の日だ。それで昨日の昼は鰻が出たわけだ。今から小・中・高校は夏休みに入る。

七月二三日(火)晴れ　七一日目

よく眠れた。明方、暑くなってTシャツを脱いだら、肩が冷え、風邪をひきそうになった。愉快な夢を見たが、内容は覚えていない。

【弁護団への手紙】——35

偽計業務妨害の勾留期間も後二日になりました。まだ気は抜けませんが、この手紙が検閲を経て、弁護団の先生方の手許に着くころには今回の「小物語」も一応終結していると思います。いずれにせよ、この「小物語」のおかげで、東京拘置所での滞在期間が延びたことだけは間違いありません。もっとも、以前の手紙に書いたように、外に出て、将来、家を建てるときには、独房そっくりの小部屋を作り、「思索と集中学習用の特別室」にしようと思っているくらい、ここでも読書、語学研究三昧の生活が気に入っているので、長期勾留は全然こたえません。それから、以前より手紙に詳細に書いているように、拘置所の食事はなかなかおいしく、栄養バランスもとれているので、こんな環境で税金で生活を面倒みてもらいながら勉強していてもよいのかと少し申し訳なくなってくるくらいです。裏返すと、過去数年間の外務省での仕事がどれだけ厳しく、肉体、神経の双方を擦り減らしてきたかということです。

それにしても、私が納得できないのは、私を巡る一連の「事件」は明らかに国策捜査に基づく政治性の強い「事件」であるにもかかわらず、なぜ背任であるとか偽計業務妨害といった下品な経済犯罪に引っかけられるのかということです。むしろ、「二〇〇〇年までの平和条約締結に向けて全力疾走したこと」、「鈴木宗男衆議院議員と親しいこと」自体を「犯罪」として摘発した方が、世間にとってもわかりやすいし、私にとっても納得できます。今回の体験で、「司法の中立性」などというのが擬制にすぎないことがよくわかりました。しかし、同時に私は国策捜査の必要性もよく理解しています。日本が生き残るためにパラダイム転換を必要としていることは間違いありません。そのようなことについて考えていると、供述調書についても、法的盲点について考えるよりも、歴史の検証に耐えうるものにしたいとの誘惑が強く働くのです。このような考え方は、検察官、弁護人の双方にとってわかり難いと思いますが、鈴木事件、佐藤事件の最終的評価を下すのは歴史であるというのが私の基本的な考えです。

本日はたいへんに暑い中、大森先生が面会に来て下さいました。元気づけられます。感謝しています。

今日は食料品の受領日で、目の前に菓子パンやバナナが山積みされており、とても幸せな気分です。

独房内の小机に向かっていると、ふと、数年前に死刑になった永山則夫〔一九四九―九七〕の『無知の涙』『木橋』を思い出します。正直言って、『木橋』が文学的にそれ程優れた作品とは思いませんが、三〇年近くの拘置所生活で、主に独房で知的空間を拡大していった永山の軌跡がなんとなくわかる気がします。独房生活も二カ月になると、廊下を歩く職員の鍵束の音を聞くだけで、自分の独房の扉が開けられるのかどうかがだいたいわかるようになります。死刑囚にとっては、この鍵束の音が何よりも脅威だったと思います。

あと二日です。頑張ります。

七月二四日(水)曇り　七二日目

【弁護団への手紙】――36

私が抱えている二つの事件を解く鍵は、「東京宣言に基づき二〇〇〇年までに平和条約を締結すべく全力を尽す」ことをうたった一九九七年一一月のクラスノヤルスク合意にあると思います。この観点からは、背任のみならず北方領土絡みの偽計業務妨害が加わったことにより、事件の構造を説明しやすくなったのではないかと考えています。

五月一四日に逮捕された時点から、私には、どうしても自分の身を守りたいとか、誰かを恨むとかいう感情が稀薄なのです。実際、検察庁や外務省に対しても、特定の個人に対しても憎しみや恨みを全く感じません。

私自身が鈴木宗男衆議院議員、東郷和彦大使[★1]たちと、歴代官邸の指示に基づいて行ってきた対露外交が国益の観点から見て間違っていなかったこと、このことをどう公判の過程で明らかにするかが、私にとっては、死活的に重要な課題です。法的擬制の枠組みの中で、いかに政治の現実を明らかにし、歴史に真実を刻み込んでいくかが私の責務と思っています。そのためには、おそらく法律家には理解しづらい弁証法的アプローチが必要になってくると思います。まだ時間があるので、自分の考えをよく整理してみたいと思います。

七月二五日(木)曇り　七三日目

【弁護団への手紙】——37

鈴木宗男先生に対するメディアの逆風はなかなか厳しいようですが、今日の雨のように昼はどしゃ降りでも夕方には晴れてしまいます。政治という劇場の入場券を買ってしまった以上、避けられないリスクなのでしょう。一五〇年前にジョン・スチュアート・ミル

★１　一九四五—。東京大学教養学部卒業後、外務省に入省し、ソ連課長、条約局長、欧州局長、駐オランダ大使などを歴任。外務省が鈴木宗男衆議院議員から強い影響を受けていた問題の責任を問われ、〇二年に免職された。退官後、ライデン大学、プリンストン大学ほかで教鞭をとり、現在、京都産業大学教授。

［一八〇六―七三］が「社会全体の中に、社会の暴力を世論の勢力によって不相応に拡張しようとする傾向が増大している」と述べていますが、メディアを通じた社会の暴力（不満のはけ口）が刑事被告人である私や鈴木先生を対象とするだけでは不十分なので、大室先生にも拡大してきているということなのでしょう。タイミングを見て、思考する世論に訴える以外の対抗策はないと思います。

大室先生にはお話ししましたが、本日午前一〇時のコーヒーは格段においしかったです。自分ではそれ程意識していなかったのですが、やはり緊張していたのだと思います。強制取り調べ期間が終了した後、はじめて飲むコーヒーが心身を本当にリラックスさせました。よく「拘置所では時間をもて余し、退屈しないか」と聞かれますが、打ち込むことがいくつかあるので、時間が足りないくらいです。現在はドイツ語に集中しているので、ラテン語や聖書研究に割り当てる時間がほとんどなくなっているのが残念です。

それから、外にいた頃に軽く読み流した浅田次郎の小説やエッセー（『殺《と》られてたまるか』『初級ヤクザの犯罪学教室』『プリズンホテル』等）が実践的観点から現在相当役立っています。それにしても、小説や実用書籍の遊び本を全然読みたくならない私の心理状態もちょっと不思議です。おそらく、「拘置所は学習と鍛錬の場」と自分で決めてしまったからでしょう。食事もおいしく、集中して勉強できる現在の生活を私は心底楽しんでいます。保釈も必要ありませんし、接見禁止が続いていたほうが会いたくもない面会希望者との会見を断り、気まずい関係になるよりもずっとよいです。この点で、検察庁、裁判所と私の利害は不思議なことに完全に一致しています。

七月二八日(日)曇り　七六日目

【弁護団への手紙】——38

強制取り調べ期間も終わり[★1]、私はかなりリラックスした生活を送っていますので、接見についても他の人たちを優先して下さい。これは決して遠慮して述べているのではなく、私の本心です。長期戦になるので、出来るだけ「省エネルギー」を図るべきと思います。

「能動的知性」が徐々に回復しつつあり、週末にハーバーマスの『認識と関心』を二五〇頁程読み進めました。客観的認識などというものはそもそも存在せず、まず、「認識を導く関心(利害)」があり、そこから事実の断片をつなぎ合わせて「物語」を作っていくのが、近代的人間の認識構造であるということを、カント、ヘーゲル、マルクス等のドイツ古典哲学の伝統、パース[一八三九—一九一四]等のプラグマティズム、さらにディルタイ[一八三三—一九一一]の「生の哲学」やフロイトの精神分析学の成果を消化し、見事にまとめあげています。特捜部の手法を理論的に解明する上での最良の参考書と思います。

ハーバーマスについては、あと三—四冊読めば、その思想の全体像をつかむことが出来ると思います。八月中、遅くとも九月末までには、論文を一本まとめあげて「卒業」したいと思っています。私の考えでは、ハーバーマスはいわゆる天才型の哲学者ではなく、過

★1　この時点では佐藤、鈴木宗男の他に鈴木の秘書三名も勾留されていた。

去の様々な哲学者の難解な思想の基本概念を明確に把握し、その意義と限界を整理する能力に長けていると思います。それだけに、いまひとつ迫力がありません。

少し気楽に読み進める本も手許に置いておきたくなりました。以下の書籍を差し入れていただけないでしょうか。

①上智大学中世思想研究所監修『キリスト教史二　教父時代』平凡社ライブラリー

②上智大学中世思想研究所監修『キリスト教史五　信仰分裂の時代』平凡社ライブラリー

③網野善彦、阿部謹也『対談　中世の再発見――市・贈与・宴会』平凡社ライブラリー

それからB5判コクヨのノートで差し入れ可能ないちばん厚いものを三冊お願いします。実は、取調担当検事が「手控え」用にB5判コクヨの一〇〇枚ノートをもっているのですが、これが羨ましくて仕方がないのです。私が購入できるのはアピカの四〇枚ノートで、これが何とも言えず貧弱なのです。以前の手紙にも書いたと思いますが、囚人になると欲望は小さくなるのですが、文房具と食品に対する執着は強くなります。以前、大室先生にコクヨの六〇枚ノートを差し入れていただいたことがあるので、甘える次第です。

第二章

公判開始

――七月二九日(七七日目)から九月二七日(一三七日目)まで――

七月二九日(月)晴れ　七七日目

よく眠れた。いくつも夢を見た。ゴロデツキー先生[★1]が出てきて、何やらこちらから英語で説明をしていた。それから別の夢では父親が出てきた。僕から何やら説得をしていた。決して重苦しい夢ではなかった。寝つきがよくなったのは、ほんとうによいことである。

今日も昨日同様に比較的涼しそうである。学習に集中しよう。

フスはよきカトリック教徒であろうとした故に、カトリック教会により火刑に処された。この弁証法をどう理解するか。

【弁護団への手紙】――39

今日は起床からずっとハーバーマス『認識と関心』を読んでいました。午後のコーヒーを飲んでからしばらくしたところで読み終えました。コーヒーを飲みながら、哲学書をゆっくりと読めるなどというのは、過去数年間、夢に見ていたことです。本当に独房での生活は楽しいのですが、これも弁護団の先生方が図書、衣類、果物の差し入れ等の生活面まで支えて下さるからです。

ハーバーマスは、社会で人々の合意がうまく達成されるためには、一方が他方に何らかの行動を強制しない状況下での対話が唯一の方法であると考えます。しかし、小中学校における教師と生徒、カウンセリング専門医と神経症患者の如く、パーソナリティーの観点から、一方のコミュニケーション能力に問題がある場合には、対等な立場での対話という「ゲームのルール」を一時中断して、「了解」から「説得」への転換を余儀なくされると考えます。恐らく、検察官から見た場合、被疑者というのは、パーソナリティーに問題があるので、「了解」する対象というよりも「説得」する対象なのでしょう。しかし、国策捜査の対象となるような被疑者の場合には、被疑者の内在的ロジックをある程度理解(「了解」)しないと「説得」も不可能であることを経験を積んだ検事ならば理解する筈です。こんなことを考えながら哲学書を読んでいます。

七月三〇日(火)晴れ　七八日目

【弁護団への手紙】――40

今朝、拘置所側から勾留期間を八月四日から一カ月更新するとの連絡がありました。当分、税金で養ってもらいながら勉強に専心する日々が続きます。一九世紀ロシアでは、獄中で優れた哲学、文学作品が生まれました。チャーダーエフ〔一七九四―一八五六〕の『哲学書簡』『狂人の弁明』やチェルヌィシェフスキー〔一八二八―八九〕の『何をなすべきか』です。東京裁判でA級戦犯に指名された大川周明〔一八八六―一九五七〕は、脳梅毒で入院した

★1　Gabriel Gorodetsky. テルアビブ大学カミングス・ロシア東欧センター教授。佐藤が起訴された容疑の一つである背任罪は、二〇〇〇年一月のゴロデツキー教授夫妻の訪日招待と四月に同教授が主催したテルアビブ大学国際学会にまつわるものであった。

松沢病院でコーランの翻訳をしています。才能に恵まれていない私ですが、せっかくのチャンスなので、東京拘置所収容中に何か「作品」を書いてみたいと思っています。

緑川先生との接見で、コーヒーの話が出ましたが、正直ベースでUCCザ・ブレンド117というインスタントコーヒーですが(カップが二つ付いて、コンビニでも売られている)、コクがあって、香りも悪くないです。ソ連時代、コーヒーはたいへん貴重品でした。特に私がモスクワ大学で研修していた頃(一九八七—八八年)は、たいへんな物不足で、インスタントコーヒーは「賄賂」として大きな効果を発揮しました。街の喫茶店では、大豆や草で作った代用コーヒーしかなく、インスタントコーヒーを家でふるまうのが最高のもてなしでした。コーヒーを使って、学者人脈を相当広げました(インテリはコーヒーを飲み、庶民は紅茶を飲むというのはソ連時代の常識でした)。そんなことも思い出しながら、毎日二回のコーヒータイムを楽しんでいます。

今日、緑川先生にお話しした内容の続きですが、鈴木対露外交について、私なりの見方をまとめてみる必要があると思いはじめています。鈴木外交が「私的外交」であるとか「二元外交」で、国益を毀損したとの誤解にはきちんと反論しておく必要があります。誠意をもって説明しておけば、「思考する世論」は、いますぐにではないとしても、必ず一定の理解を示すと思います。また、検察官という人種も知的水準が高く、正義感の強い人々であることは間違いないので、刑事被告人である私と基本的利害対立があるとの大前提の下でも、客観的データーをもとにした情勢認識については共通の基盤を構築できると思うのです。この辺から、「二項対立図式」にとどまらない、面白い公判を展開することができると思うのです。
それから、私と鈴木宗男代議士との関係についても、「私設秘書」と「恫喝政治家」というような関係ではなく、対露外交を推進する上での盟友でありかつ夏目漱石『こころ』の主人公と先生のような関係であることを検察側にどこまで正確に理解させるかということも、私にとっては重要なことです。

七月三一日(水)晴れ　七九日目

○朝日の「密室外交の破綻」(五月一九日前後に連載)では、橋本、小渕、森の三首相が対露平和条約交渉についていかに前傾姿勢であったかという側面に関する考察が欠如している。
○公判を対立の構造ではなく、矛盾の構造にいかに導いていくか。弁護団に差異、対立、矛盾のちがいを理解してもらう必要がある。

【弁護団への手紙】――41
今日は、起床時よりハーバーマス『公共性の構造転換』を読み直していると、午前のコーヒータイムになりました。考え事をしながらコーヒーを飲んでいると、緑川先生との面会呼び出しがあり、独房に戻ると昼食が小机の上に並べられていました。紋甲イカの塩焼き、コンブとがんもどきの煮付けに野菜汁でした。今月は和食系のヘルシーメニューが多く、味付けも良好です。

私の居住している独房は三階で、照り返しもなく、心地のよい涼しい風が入ってくるので、夜も寝苦しくありません。昼間は、11：00―14：00までは少し暑いですが、それ以外の時間は快適に勉強できます。この昼の暑い時間帯に弁護団への手紙を書いています。

図書の差し入れについて、いろいろと御迷惑をかけています。五月雨《さみだれ》式に何度も本屋に足を運んでいただくのは申し訳ないので、別添リストの図書を買いおいていただき、別途、こちらからお願いしますので、差し入れていただくという方式をとっていただければ幸甚です。キリスト教関連図書は銀座教文館三階、その他は八重洲ブックセンターで入手できるはずです。あるいは、電話かファックスで八重洲ブックセンターに注文し、宅配してもらうと手間が省けると思います。確か、私本は一回に三冊しか差し入れることが出来ないので、週二回、差し入れをお願いすることもあると思いますが、よろしくお取り計らい願います。

初公判（九月一七日）までにこれらの本を読み終えてしまいたいと思っています。もちろん公判準備も手抜きをせずに進めます。

ノートについても、説明不足で御迷惑をかけて申し訳ございません。指定業者を通じての差し入れならば認められると思います。

今日は購入用品の給付日で、罫紙八冊、原稿用紙五冊、仁丹が届き、幸せな気分です。なぜか食料品枠ではなく、日用品枠で仁丹の購入が可能で、気分転換のためのよい道具となっています。

緑川先生には少しお話ししましたが、公判では対立よりも矛盾が浮き彫りになるという構成をとりたいと考えています。日常的には、対立と矛盾はそれほど異なった概念として捉えられていませんが、哲学(特にドイツ系)の世界では、差異、対立、矛盾は全く別の概念です。

差異　各人の身長の差、顔つきの違い、趣味の違いのようなもので、解消することができないし、また解消を指向すること自体に意味がないもの。

対立　一方が正しく、他方が間違えている、あるいは一方が強く、他方が弱いとの構造。一方が他方を呑み込むことで解消できる。(司法のロジック)

矛盾　あるシステム内では、正しい目的や指令を達成するために、手続き違反や不正行為をせざるを得ないとの内在的構造がある。システムを転換することで問題が解消する。(歴史の弁証法)

こんなことを考えながら公判戦略を練っています。

八月一日(木)晴れ　八〇日目

今日、鈴木宗男先生が再逮捕される予定。島田建設との絡みで。それにしても人間の忠誠心などというものはどうなるかわからない。

○カール・シュミット［一八八八―一九八五］『政治的なものの概念』の世界。すべては友—敵に区分される。それ以外のカテゴリーは存在しない。

○体制内にいながら、どう闘うか。革命家の論理はとれない。むしろ体制の構造自体を問題にするとのアプローチ。

○国策捜査と情報操作工作の類似点と相違点。

類似点＝点と線をつなぎ、都合のよい物語を作る。

相違点＝国策捜査では物語を相手に推しつける。情報操作工作では、「こうなっているのではないか」という問いかけで、答えはいわない。暗示法。一種の「神秘戦術」。

少し長い夏休みをとっていると思って頑張ろう。

○国益とは、元島民を含め、具体的人間の利益を越えるもの。これも一種の擬制。ナショナリズム理解が必要。

【弁護団への手紙】——42

今日で勾留八〇日となりました。まだ折り返し地点にも来ていないと認識しています。暑い夏だけでなく、寒い冬も東京拘置所で過ごすことになると思います。十分勉強する時間がとれるということです。

学生時代、六年間住んでいた京都の下宿は、日清戦争時に建てられた木造家屋で、大家さんが火に対して厳しかったので、クーラーを付けることはできたのですが、冬は電気ごたつのみでした。一年に二回くらい、朝起きたときに、マグカップに飲み残したコーヒーに薄氷が張っていることがありました。

独房の作りを調べてみると、窓以外に、窓側、廊下側に通気口が一つずつあり、それを開けておけば風がよく流れるが、閉じれば熱が逃げない構造になっています。従って、真冬でも独房内で氷が張るようなことはないと見ています。やはり春夏秋冬を経験しないと、外に出てから東京拘置所暮らしについて十分な土産話をできないので、ここは是非長期勾留コースで頑張りたいと思います。

さて、今日は旧ソ連の司法システムについて雑感を記したいと思います。

ソ連刑法は極めて厳格で、特に経済犯罪に対して細かい規程が設けられていました。慢性的な薬不足でしたので、医療機関に勤めている人が親戚や友人のために金を取らずに薬を横流しすることも日常的でした。基本的に勤労国民はすべて公務員なので、これは国有財産に対する「背任」です。また、食料品加工工場に勤めていれば、食材を家にもってくるのは役得の一部でしたし、それを横流しすることも日常的でした。これも「横領」で、金絡みの横流しに関しては、「投機行為罪」や状況によっては「資本主義幇助罪」という重罪が科され、一〇年のシベリア矯正(強制)収容所送りになることもありました。要するに、国民全員が何らかの違法行為を犯さざるを得ない状況を作っておいて、ソ連共産党中央委員会の政治判断に基づき、民警、検察が特定のターゲットを摘発するというのがパターンでした。この辺については西側に亡命したソ連の特捜検事ニェズナンスキー『犯罪の大地』(中央公論社)に詳しく記されています。このようなシステムが為政者をして、政治的に好ましくないターゲットを経済犯としていつでも処理することを可能にしたのです。

しかも、旧ソ連には(今のロシアにも)、予審制度があるので、起訴されるということは、ほぼ確実に有罪ということです。つまり、裁判所は、有罪、無罪について争う機関ではなく、量刑を決定する機関なのです。

今日はアイスクリームを食べながら、こんなことを考えていました。

オレンジ三ケ(九〇キロカロリー)、アイスクリーム大(一五〇キロカロリー)を食べ、その後、午後のコーヒーを飲む(四〇キロカロリー)。幸せである。時間がまたたく間に流れていく。勉強が思ったよりも先に進まない。

拘置所の雰囲気は病室に似ている。足が妙に細くなっているが、お腹の脂の落ちていない人々が多い。社会に適応できない病人が集まっているということなのだろうか。

○拘置所内は超ローテクの世界である。この制約をどのようにして利点に転換するかをよく考える。恐らく、記憶力、構想力の強化ということになると思うが……。しかし、中世、近世と較べれば、文明の恩恵に浴している。紙もほぼ無制限に使えるし、図書も十分に入手できる。ボールペンという文明の利器もあり、夜は電灯の下で勉強できる。概ね、戦前の学者よりも恵まれた環境にあると見てよい(特にボールペンの点で)。

○鈴木外交を「私的外交」「単なる議員外交」と断罪することは国益を毀損する。今後も総理親書を携えた特使外交はいくらでも行われる。総理の命令により、親書を携行して行った鈴木外交を否定することは、日本の総理特使の権威を否定すること。

○三井公安部長[★1]はなぜ反体制の論理をとるのか。これではインパクトが弱い。

○それにしても一日二回、検閲済みのＮＨＫラジオニュースだけでも世の中のことはかなりわかる。

○ハズブラートフ[★2]、元通り、プレハーノフ経済大学で教鞭をとっている。

○共産党、人民戦線、ホーリネス、大本教ではなく、二・二六事件型の論理構築が必要になる。もっとも一部には大本教に似た点があるかもしれない。

○鈴木先生は官邸から権力の簒奪者と見なされた。外務省からも。小生はその「手先」ということなのだろう。

陽がだいぶ短くなってきた。七時ごろにはもう暗くなる。秋の気配を感じる。

八月三日(土)晴れ　八二日目

よく寝た。裁判の夢を見たが、えらく騒々しい裁判だった。何を暗示しているのであろうか。

★1　二〇〇二年四月に逮捕された大阪高検公安部長三井環氏のこと。

★2　ルスラン、ハズブラートフ Ruslan Khasbulatov 1942-。経済学者にして最高会議議長。一九九一年八月のソ連共産党守旧派によるクーデター未遂事件ではエリツィン大統領の盟友であったが、その後、対立し、一九九三年一〇月のモスクワ騒擾事件ではホワイトハウス(最高会議建物)に立て籠った。

コーヒーは『公共性の構造転換』のカントの部分を読みながら飲む。ドイツ古典哲学絡みの話は術語を整理しながらきちんと頭に入れる必要がある。

ヒゲをそる。

○ラジオニュースでは三井大阪高検公安部長との事件の関連で、検察庁が綱紀引き締め。それにしても、三井部長は何故に反体制の論理で闘おうとするのだろうか。これでは説得力がなくなる。

八月四日(日)晴れ　八三日目

土日はコーヒーが一回(午前九時)しかないのが本当に残念である。午後、気分転換のリズムをうまく作ることができない。

カール・シュミット「友・敵」理論。検察は道具にすぎない。

沖縄決戦、硫黄島の戦いから何を学ぶか。

【弁護団への手紙】——43

鈴木宗男先生の再逮捕後、状況は文字通り「八月決戦」になっていると思います。ここで二つの選択があると思います。

第一は、システムの外に出てしまう、つまり反体制と自己を規定し、「国策捜査による不当な弾圧」との論陣を張っていくことです。わかりやすい「二項対立」の図式を作っていくことです。例えば、三井大阪高検元公安部長のアプローチがこれです。ちなみに、接見禁止措置がとられている私でも、ラジオニュースは聴くことができるので、世の中の事情がかなりわかります。拘置所では、朝七時のNHKニュースを一二時に、一二時のニュースを夕七時に流していますが、これを注意深く聴いて、あとは健全な推理力で論理の組み立てを行えば、それほど間違えた解釈にはならないと思います。しかし、三井元部長の如く自らを守るために反体制のロジックをとった場合、公安検事としてまさに体制を守る側で生きてきた自らの過去をどのように整理するのでしょうか。むしろ自己の非を認めて、その上で、検察機構の問題を内部から抉り出すとのアプローチを取った方が、少なくとも「思考する世論」に対して影響を与えることができると思います。

第二の選択は、体制の内部で、国策捜査の必要性を認めた上で、現在の日本国家のメカニズムが抱えている問題点をその構造にまで踏み込んで解明していくことです。この方が、第一の選択よりはずっと難しいのですが、知的には面白いと思うのです。また、政治的インパクトも大きいと思います。

そろそろ自分自身の考えをシステマティックに明らかにする時期が来ているのかもしれません。どのような方法で発表するのが効果的であるかについてもよく考えてみたいと思います。

外から祭りの笛の音が聞こえます。昼食で「タイ焼き」がでました。縁日を思い出します。

八月五日(月)晴れ　八四日目

【弁護団への手紙】――44

面会に行く途中、他の勾留者の姿を見て感じるのですが、手足が妙に細くなり、お腹がそこそこ出ている人々が多いです。自分もその一人ですが、この風景をどこかで見たことがあります。父が長期入院していた病院で見た[長期入院]患者たちとよく似た体型です。当局からするならば、拘置所とは社会に適応できない人々を収容する「病院」ということになるのでしょう。

公判戦略・戦術を大いに練る必要があります。特にメディアと提携した戦略・戦術がとても重要になります。いつまでも接見禁止が付いていると私も身動きをとり難いのですが、知恵を働かす必要があると思います。私の趣味としては、あくまでも正面突破です。接見等禁止の一部解除を裁判所に申請して、自己の主張をメディアに正々堂々と述べていくことが適当と思います。それが拒否されれば、そのこと自体がニュース性を持つことになるでしょう。

繰り返しますが、私は、今回の事件は国策捜査によるものと理解しています。同時に私は、時代の転換のためには国策捜査は必要と考えています。もちろん、その手法がどのようなものであるべきかについては、大いに議論すべきであると思います。さらに、何故に時代の転換を行う機能を果たす国家機関が行政府や立法府ではなく司法府なのかということも、あわせて解明したい対象です。「司法の中立性」が擬制であること、そしてこのような擬制が国家システムを維持するためには不可欠であることを示すことができればよいと思います。

八月七日(水)晴　八六日目

よく眠った。夢をいくつか見たが、覚えているのは二つだけである。

①父、祖父とともに、ロンドンのチャーリング・クロス駅にいる。ピカデリー・サーカスに出ようとするのだが、祖父が違う方向に進んでいく。僕が声をかけようとすると、父が「放っておいてよい」と言う。

②奈良の東大寺か、京都の知恩院の上に、『ガリバー旅行記』に出てくる巨大な石が浮いている(もちろん空中)。そこから人が落ち、死んだと思ったら、寺の屋根に立ち上がり、その後、地面に着地したのに僕は見とれる。僕はワゴン車の中にいる。

【弁護団への手紙】──46

私はプロテスタント(新教徒)で、同志社大学の神学部もプロテスタンティズムの拠点なので、これまでカトリックの立場からのキリスト教史を勉強したことはありませんでした。今回、特にお願いして大森先生から差し入れていただいた『キリスト教史』はカトリックの正統的立場から書かれたものです。プロテスタントの世界で「善」とされていたことが、カトリックの見方では「悪」となってしまうのがとても興味深いです。プロテスタントからすると「宗教改革の時代」がカトリックの立場では「信仰分裂の時代」になるのです。

テルアビブの国際学会にしても、二〇〇〇年四月時点では川島外務事務次官が「よい企画だ」ときわめて肯定的な評価をし、東郷欧亜局長も「これこそ支援委員会予算の正しい使い方だ」と言い、倉井室長も全面的にその尻馬に乗っていました。それが二〇〇二年には「犯罪」として処理されるのですから、私自身が刑事被告人であるということをあえて突き放して言うならば、とても面白いです。「改革」と「分裂」という正反対の評価は、何も遠い歴史の話だけではありません。

プロテスタントから見れば、ルター、カルバンは英雄ですが、カトリックから見れば極悪人です。鈴木宗男先生にしても、二〇〇二年一月末までは外務省にとって「守護天使」でした。今では「悪魔」です。こんなことを考えながら、今日は午後のコーヒーを飲んでいました。

八月一〇日(土)晴　八九日目

母と妹の夢をみた。それから自動車運転免許更新の夢もみた。車を運転する気などまったくないのに不思議である。

八月一一日(日)晴　九〇日目

よく寝た。職場(私の机のそば)に液晶テレビを据える関係でトラブルが起きた夢をみた。そのような事実はなく、また、あの職場に戻ることはないにもかかわらず、不思議な夢である。

【弁護団への手紙】——48

たった今(八月一一日午前九時半)、証拠物[検察官による供述調書]読みを終了しました。八月八日付の書簡で大室先生が、外務省関係者の供述調書を読み、「この人たちはまともな大人なのかという疑問を抱いた」と述べられていますが、まさに外務省はそういう人たちの集団なのです。強大な権限をもち、成功した際はその成果を自分のものとし、失敗したときは他人に押しつけるのは外務省の「社風」と言ってもよいと思います。鈴木宗男先生を利用するだけ利用しつくし、いざ調子が悪くなるとドブに蹴落とすというのもいかにも外務省的で、何の意外性もないところが恐ろしいです。だからこそ、私は対露外交交渉のみならず、「政官関係」について佐藤裁判を通じて明らかにすることが、鈴木先生の名誉のために重要だと思っているのです。

ところで、私と弁護団の関係について種々の情報操作がなされているようですが、私は弁護人を変更したいなどと考えたことは一度もなくそのようなことを(そもそも考えていないのですから)検察側に対して述べたことも一度もありません。また、少なくともテルアビブ事件で起訴された後、検察側から小生の絡みで「弁護団云々……」という話もないですし、最近では、基本的利害関係が対立しているとの大前提の下で、検察側もわが弁護団に対して、法律家として敬意を払っているとの印象を受けます。いずれにせよ、私については気力も体力も充実しています。

それから、接禁の全面解除、保釈に関しては、当面、全く必要ありません。まず第一に私は現在の生活を楽しんでいます。第二にプロトコールオーダー〔外交儀礼〕が私にとってきわめて大切で、まず鈴木先生の接禁全面解除がなされてから、私の接禁解除、鈴木先生が保釈されてから、私が保釈されるというのが筋です。ですから、まず、鈴木先生の保釈実現に全力をあげてください。この点について私は「原理主義者」で、今後も考えが変わることはありません。

八月一二日(月)曇り　九一日目

珍しく曇っている。

日露戦争の旅順港閉塞作戦に参加した夢をみた。しかし、場所は琵琶湖のようで、明らかに淡水だった。何を示唆しているのだろうか。

八月一三日(火)曇り　九二日目

【弁護団への手紙】――50

今日の夕食には餅米とこしあんがでました。餅米がでたのは五月一四日に逮捕されてからはじめてのことです(今日で拘置所暮らしも九二日目です)。お盆なので、特別の配慮だと思います。この前は冷やしスイカが出たりで、食事について拘置所側がそれなりに収容者に対する気遣いをしていることがわかります。

今日は読書とドイツ語の勉強に集中していたら、またたく間に夕方になってしまいました。時間が不足気味です。古代キリスト教史を読んでいると、修道院の独房で一〇年、柱の上で三〇年苦行を積んだなどという話がでてきます。それと較べれば、東京拘置所の暮らしは天国のようなものです。

自分の勉強と公判準備をうまく組み合わせ、時間を大切にしたいと考えています。

八月一四日(水)晴　九三日目

昨晩はたいへんに寝付きがよかった。涼しくなってきたせいであろう。熟睡した。仕事と取り調べ絡みの夢をみた。前島氏が本日付で[外務省を]懲戒免職になるという話を聞いた関連かもしれない。こちらは、できるだけ静かに日々を送っていくことが大切だ。中世の修道士のごとく、できるだけ独り言もつぶやかないように努力しよう。集中力を養う必要がある。読書にしても語学にしても余計なことを考えずに対象に集中する訓練をする。

【弁護団への手紙】――51

網野善彦[一九二八―二〇〇四]『無縁・公界・楽』(平凡社ライブラリー)はとても興味深い本で、特に「縁切寺」と牢獄の関係についての考察が面白いです。中世において「縁切寺」の領域に入れば、離婚のみならず借金も帳消しになります。「縁切寺」の影響が強いところでは牢獄に収容される人間の数が少なかった由で、中世において「自由」な場である「縁切寺」には牢獄と同じロジックがあるとの仮説がたてられています。中世では「牢は社会に害をなした人間を閉じこめるというよりは、本来は、犯人を追跡者の実力行使(復讐)からしばらくの間、守るという面をもっていた」(32頁)ことが指摘されています。

現在でも、確かに外にいて、新聞・雑誌やテレビの報道に追い回されるより、東京拘置所の中にいる方が私自身「守られている」という感じをもちます。

「幕府や一般諸藩において罪人を収容する牢獄そのものが、裏返された『自由』の場であったということも可能になる。これは、縁切寺とは逆に、社会から縁を切られた人々のたまり場であった。それ故、牢獄の中では、恐らく世俗の秩序と異なる階層が成立していたに違いない。娑婆でもてはやされた人が、俗にいう『牢名主』になれたわけではあるまい。全くの推測であるが、多分、入牢の時期、罪そのものの性格(罪の『芸能』)によってきまっていたのではあるまいか」(29頁)

確かに私も外務省、検察のおかげで、社会から縁を切られかけている状況にあることは間違いありません。背任も偽計業務妨害も確かに一種の「芸能」かもしれません。こんなことを考えているから、拘置所暮らしがいくら長くなっても退屈しないのでしょう。

たった今、午睡後のアイスコーヒーキャンデーの配給がありました。確かに拘置所は中世的な「自由」の世界だと思います。

八月一八日(日)雨　九七日目

久し振りの雨である。かなり涼しくなった。今日は弁護人面会も検事取り調べもないの

で勉強に集中できる。★1

【弁護団への手紙】――53

ドイツ語、ラテン語に加えロシア語の勉強もしているので毎日がとても充実しています。チェーホフ〔一八六〇―一九〇四〕の『結婚申込み』(大学書林)を暗記してしまおうと思っています。一九世紀のロシア語の言い回しは現代と異なるところも多く、興味深いです。露和辞典もていねいに読んでいます。独房は語学学習のためには最適の場だと思います。

八月一九日(月)雨　九八日目

【弁護団への手紙】――54

今日は台風一三号の影響のせいか一日中雨が降っていました。独房内は涼しいですが、湿度が高く、買い置きの菓子類が湿気ってしまうのではないかと心配しています。

朝から『キリスト教史三　中世キリスト教の成立』(平凡社ライブラリー)を読み、昼過ぎに読了しました。次の本が届くのが楽しみです。

さて、今回の鈴木宗男国策捜査については、その背後で、検察、官邸の思惑を超えた何か大きな力が働いているような気がしてなりません。反鈴木で策動した辻元清美〔一九六〇―〕、田中真紀子の両議員が辞職を余儀なくされた背景にもこの大きな力が働いている

★1　休日は弁護人との面会はできない。前日夜の取り調べ時に西村検事より佐藤は「明日は取り調べなし」との事前通告を受ける。

のだと思います。特定の人物や集団が企てている「陰謀」ではなく、もっと大きな歴史の力が働いているような気がします。この流れに抗することはできないのではないか、自分の身にこれから何が起きるのか、正直いってよくわかりません。

タブーがなくなりつつあります。これまで、外交機密がかかわる話について事件化されることを外務省は全力をあげて阻止してきたのですが、その力は今の外務省にはありません。検察は外交の機微をよくわからないため、いつのまにか統制不能の事態に発展することを恐れています。嫌な感じがします。

八月二一日(水)晴　一〇〇日目

ついに拘置所生活一〇〇日目を迎える。客観的に見てまだ折り返し点にも来ていない。特段の感慨はないが、書籍の差入れと文房具、コーヒー、食料品の購入が担保されるならば、あと二―三年この生活が続いても十分平気である。集中して勉強できる環境が保証されるのはよいことで、過去一五年の研究の遅れを取り戻すべく全力を尽くそう。

昨日ほどではないが、今日も強い風が吹いている。完全に秋の雰囲気になった。今日からは日中は独房内で長ズボンをはくことにする。

【弁護団への手紙】――55

今日で拘置所暮らしがちょうど一〇〇日になります。特段の感慨はありませんが、客観的に見て、まだ折り返し点の半分にも至っていないと認識しております。「嫌な感じ」は相変わらず続いていますが、取り調べには淡々と対応しています。今日はタイミングがよかったので、午前、午後ともコーヒーを飲むことができました。至福のひとときです。

ハーバーマスのコミュニケーション論で面白い記述を見つけました。論理的観念と真理は関係がないという点についての考察です。

①一つの壺が燃焼中に割れてしまった。これはおそらく塵のせいである。壺を検べて、塵が原因かどうかを見てみよう。これが論理的かつ科学的な思考である。

②病気は魔法使いのせいである。ある人が病気である。だれがその病気の原因である魔法使いなのかを見付け出すために、お告げに伺いを立ててみよう。これは論理的であるが非科学的思考である(ハーバーマス『コミュニケイション的行為の理論』上、未来社、92—93頁)。

国策捜査、司法的擬制の世界は明らかに②の「論理的であるが非科学的思考」に基づいて動いています。鈴木宗男代議士は巨悪である。それにいつまでも忠誠を誓っている私も悪であるということで、論理が組み立てられているのでしょう。

私は拘置所生活ができ、本当によかったと思っています。この経験をして、見えなかったものが見えてきただけでも大きな成果です。人間の誠意、友情に対する信頼を再確認しただけでも私にとっては財産です。また、弁護団の先生方との出会いも一生忘れることはないと思います。この点については、いつか自由な身になったときにゆっくりお話ししたいと思います。

個人的には健康状態が改善したことと、ゆっくり勉強できるのが、ここでの何よりの成果です。

外交の流れは速いです。また、国際政治は残酷で、個々人の物語にかかずらわっている感傷など持ちあわせていません。私は明らかに過去の人間になってしまいました。外務省は私を汚点として処理しました。組織保全のためにはそれ以外の方策はないのです。しかし、幹部を含め、本当のことをわかっている外務省員も少なからずいます。私にとって重要なことは、私の名誉ではなく、私たちが行ってきた「事」がどのように継承されていくかです。

もう一つ重要なことは、人間としての生き方の問題です。私は、自分が対露外交の最前線で活動してきた時代に対して、誠実に責任を負っていきたいと思います。そうしないと、将来、必ず後悔すると思うのです。

今は書物の世界が面白くて仕方ありません。洋書が読めないのが残念ですが、与えられた条件の中で、日々の生活を最大限に楽しむとともに有効に活用したいと思っています。もちろん、公判準備も手を抜かないで行います。

追伸：今日、村上正邦★1先生からリンゴとオレンジの差入れがありました。多謝。

八月二二日(木)晴　一〇一日目

【弁護団への手紙】──56
ようやく秋の気配がでてきました。蟬の声が静かになりつつあります。拘置所の中は自然に恵まれているので、もう少し経つと鈴虫の声が聞こえるようになると思います。拘置所内には野良猫もたくさん住んでいるようですが、私はとても猫が好きなので、弁護人面会、検事調べに連行される途中で猫の姿を見ると外界の生活がとても懐かしくなります。

今日は午後、短時間の取り調べがあっただけで、ほぼ一日中机に向かってロシア語とドイツ語の勉強をしていました。コーヒーも無事二回飲むことができ、幸せでした。

「嫌な感じ」を拭い去ることができず、創造的活動をする気になりません。しかし、語学には十分集中して打ち込むことができています。

シュバイツアー〔一八七五―一九六五〕が神学者から医師に転換したのが四〇代はじめ、夏目漱石が学者から小説家に転身したのが四〇歳であったことを考えるならば、私にもまだ人生を楽しむ可能性があると思っています。とにかく、公判を含め、この「物語」が終わるまでは、多少時間がかかっても外交官(国家公務員)としての筋を通したいと思います。これまで滅私奉公できたのですから、もうしばらくこのゲームを続けようと思います。

ソ連時代のホテルはサービスが悪いというよりも、サービスという概念が存在せず、ホテル内のレストランでは一時間行列し、ひどい餌を一〇分間でかき込み、ルームサービスなどはなく、部屋でコーヒーを飲むのも至難の業でした。それにベッドは小さく、布団や枕が臭いのに閉口しました。それと較べれば、今の生活に何の文句もありません。物理的

★1　一九三二―。元労相。「参議院の村上天皇」といわれた右翼、国家保守陣営の有力政治家。収賄事件(ＫＳＤ事件)で実刑有罪が確定し、現在服役中。

にある程度自由を拘束されていますが、精神的自由は完全に保証されています。拘置所の職員たちは親切で、人間的な温かさを感じます。

「嫌な感じ」について見通しがつき、公判準備に専心できるようになれば、もっと知的、生産的な作業にも従事できると思います。

八月二三日(金)曇り　一〇二日目

いくつか夢をみたが、不思議な夢を一つだけ覚えている。ゲームセンターで射的をしている。対象は大きな目で、ひどくリアルな感じがする。三〇円必要なのであるが、持ち合わせがない。小便をすると体内から一〇円玉、一円玉が数枚でてくる。これでゲームができると思ったところで目が覚めた。

八月二五日(日)晴　一〇四日目

【弁護団への手紙】——57

週末は拘置所内での作業が少なく静かで、ラジオ放送も歌謡曲が中心なのでだいぶのんびりした雰囲気です。拘置所生活については、自分のリズムを作ることに成功したので、毎日楽しく過ごしています。ソ連や北朝鮮の「強制収容所」に関する本はこれまで何度も読んでいるので、逮捕されるまでは、その辺を基準に拘置所生活を考えていましたが、それに較べると現在の生活はきわめて快適です。「嫌な感じ」の取り調べさえなければ、二

―三年ここで暮らして、ラテン語、ギリシア語、ヘブライ語、アラム語（キリスト教神学を研究する上での必須語学）に加えて、以前から手をつけてみたいと思っていたサンスクリット語を勉強するのもよいかなと思いはじめています。外に出ると、語学に一日一〇時間、三カ月以上集中して勉強することは、物理的にも精神的にも不可能と思います。拘置所は社会から縁を切られた者にとっての「自由」の場であると捉えるのが妥当で、再び社会に復縁するときに備えて、この時間を最大限効率的に活用することが自分のためになると思います。ですから、結審までずっと勾留されていても全然不満はありません。一つだけ気がかりなのは、差し入れ、接見等について、弁護団の先生方をはじめとする関係者の皆様にいろいろ迷惑をかけ続けることです。

偽計業務妨害の証拠物をメモをとりながら読み始めました。それぞれの被告人が、それなりの方法で、この「物語」に自ら納得できる終止符を打とうとしていることがわかり、私としても各人の心情はできるだけ尊重したいと思うのですが、私がどうしても理解できないのは、なぜ、まともな大人が熟慮した上でとった自己の行為について、簡単に謝ったり、反省するのかということです。一〇〇年ほど前、夏目漱石が『吾輩は猫である』の中で、猫に「日本人はなぜすぐに謝るのか。それはほんとうは悪いと思っておらず、謝れば許してもらえると甘えているからだ」と言わせています。猫好きの私としては、この猫の洞察通りのことが国策捜査の中で起きていると考えています。私や鈴木先生のとった行動が正しかったか否かを判断するのは歴史であり、政治化した裁判所ではありません。司法官僚相手にエネルギーを使うことが率直に言って時間の無駄に思えてなりません。国策捜査は必要なのですから、それならば、鈴木先生や私だけでなく、官邸、外務省を含む日本国家機構に内在する「巨悪の構造」の解明に検察も真剣に取り組めばよいのです。しかし、検察にはそれはできないでしょう。国策捜査は「引っかけ」で始まりますが、「構造問題には手をつけない」という狭い回廊の中で、対象者を徹底的に痛めつけるという形で行われるという「ゲームのルール」が存在しているように思えてなりません。「嫌な感じ」もこの「ゲームのルール」と関係しているのかもしれません。何かとてつもない「大きな力」が国策捜査の幅を規定しているように思えてなりません。

鈴木先生がなぜこのタイミングで国策捜査の対象にされたのかについて、私なりの考えがまとまりつつあります。議院運営委員長のポストを賭して、田中真紀子外相を更迭に追い込むべく、小泉総理に影響力を行使したことを契機に、小泉総理は鈴木宗男が総理の閣僚人事権にまで干渉する「権力の簒奪者」となる危険を感じたのでしょう。しかし、その背後にもっと「大きな力」が働いていると思います。昨年秋から何度か行われた岡本行夫★1総理秘書官の鈴木先生への働きかけ★2に、この謎を解く鍵があるように思えるのです。

今のところ、私は自分の守りたい価値を守ることができています。この意味では満足しています。これも弁護団の先生方の適切な助言のおかげです。感謝しています。

「嫌な感じ」が収まっていくのか、発展していくのかについては八月中に見通しがつくと思います。いずれの結果になるとしても、それは検察ではなく「大きな力」の判断によるものと私は見ています。この「大きな力」に逆らうことは危険です。ある程度、流されていくことも生き残りのための方便かもしれないと思い始めています。

八月二六日(月)晴　一〇五日目

【弁護団への手紙】——58

午後、検事取り調べの際に「これで事件は終了」との話がありました。調べ室も完全に片付いていたので、とりあえず額面通りに受け止めてよいと思います。もちろん、何事につけ油断は禁物ですが……。「鈴木・佐藤」対露外交を揺さぶっているうちに「大きな力」にとって都合の悪い部分がでてきたので、捜査にブレーキがかかったのではないかというのが私の憶測です。国策捜査は一定の幅の中でしかできないということなのでしょう。逮捕から今日で一〇五日になりますが、その内、取り調べがなかったのは、小生のハン

★1　一九四五—。外交評論家。一橋大学経済学部卒業後、外務省に入省。北米局安全保障課長、北米第一課長等を経て、九一年、外務省を退官、その後も政府要職を歴任している。

★2　岡本行夫が鈴木宗男に非公式の会見を求め、「外務省内部で評判の悪い佐藤優との関係を切った方が鈴木先生の将来のためになる」との働きかけを指す。後に岡本は佐藤にこの会見が外務省幹部(小町恭二官房長)の要請に基づいて行われたことを説明した。この時期にこの幹部は佐藤を通じ、鈴木との面会を求め、会見の席上、「田中真紀子と闘うために(鈴木)大臣の力をかしてくれ」と依頼した。鈴木に対する外務省のダブルスタンダードがよくわかる。

スト二日間を含め、全部で六日ですから、九九日間取り調べが行われたことになります。私に関しては、検察官から無理な取り調べや自白の強要はありませんでしたが。また「引っかけ」もなく、基本的に検察の私への対応は公正だったと認識しております。担当検察官としても「佐藤を捕まえて、有罪にしろ」という国策捜査の枠内で、良心的に行動したということなのでしょう。もっとも、他の被告人や参考人の調書を見ると、かなり無理な取り調べ、事情聴取の痕跡が窺えるので、私の経験だけをもって特捜に対する評価をするのは正しくないのでしょう。

昨日の手紙にも書きましたが、これまでのところ、私は自分の守りたい価値を全て守ることができました。鈴木宗男先生と私の利害対立が起きるような事件が作られなかったことも、わが弁護団の巧みな働きかけによるところが大きいと思います。感謝しています。

これからは法廷闘争とメディアを通じた法廷外闘争をいかに組み合わせていくかが重要な課題になります。司法官僚の思い通りに土俵を作らせることだけはしません。これは刑事(経済)事件という擬制をとった政治裁判であることを世論に訴えていくことが課題です。それ故に実刑になっても何とも思いません。仮監で読んだ宮本(ヤクザ小説)の中に「刑務所は男を磨く場」というフレーズがありましたが、二―三年、男を磨いてくるのもよいのかもしれません。

マックス・ウェーバーの用語を用いるならば、「目的合理性」という観点から、私たちの行動には何の問題もありません。「手続合理性」の観点からも、若干不適切な点はあったとしても必要な条件は満たしています。それでも私たちが刑事被告人になるという、この国策捜査がなぜ必要とされたかというメカニズムを裁判所の中と外で、「思考する世論」に対して訴えていきたいと思うのです。

外務省幹部の無責任体質も今次公判の重要なテーマです。外交交渉が失敗した場合、それに関与した人々は、その関与度に応じて結果責任をとるというのは当然です。「二〇〇〇年までに平和条約ができなかった」ということに対する結果責任ならば、私は喜んで負うつもりがあります。

菅原文太主演のヤクザ映画『仁義なき戦い・代理戦争』という映画を思い出します。二つの広域組織暴力団の対立を受け、広島の二つの小組織が「代理戦争」を展開するが、あまりに戦線が拡大したために上部組織が手打ちをし、ただ下部組織だけが死屍累々になったという話です。

私は自己の外交活動について、国民に対して謝罪する点はまったくないと思っています。この点については公判でも貫き通します。所与の条件下、最善の選択をし続けてきたし、今も続けていると確信しています。

それはそれとして、小泉政権以後の外務省、官邸、国会、メディアを見る中で、私は官僚の世界のみならず、公的な世界に心底嫌気がさしています。これは虚構によって塗り固められた世界です。その最終的仕上げがこの司法的擬制の世界だと思うのです。

八月二七日(火)　曇り　一〇六日目

長期勾留を覚悟し、気を弛めることなく、研究に力を入れよう。過去一七年間の「遅れ」を取り戻さなくてはならない。外交官としての仕事(残務整理)は裁判終了もしくは刑期終了までで、その後に向けた潜在力をつけねばならない。ただし、裁判の過程では、マスメディアも最大限活用して実刑覚悟で大暴れする。

【弁護団への手紙】——59

もう店じまいをしてもよいのですが、せっかく乗りかかった船なのですから、この機会を利用して、裁判を政治闘争の場にしてみせます。「とんだ者を逮捕してしまった」と司法官僚たちが後悔するくらい、裁判の過程ではマスメディアも最大限に活用し、実刑覚悟で大暴れするつもりです。

公判のタイムリミットとしては、二〇〇三年一二月までに保釈されれば、後はどうなってもよいと思うようになりました。あと一年四カ月あれば証拠調べも終わるでしょう。二〇〇四年四月から、大学院に行って博士論文の準備をしようと思っています。それ以後は出たとこ勝負です。

せっかく暑い夏が過ぎ、気候もよくなっているので、仮に「もう出ていってくれ」と言われても「是非、拘置所の中でもう少し勉強する機会を与えてほしい」とお願いしようと思っています。検察も私に対しては「保釈カード」が全然効果がないのに困っているようです。

大森先生が差し入れて下さった『キリスト教史四　中世キリスト教の発展』『キリスト教史九　自由主義とキリスト教』『キリスト教史一〇　現代世界とキリスト教の発展』も本日届きました。有難うございます。近現代と時代が現在に近づくにつれてこのシリーズも読みやすくなってきます。しかし、近現代史に関しては個々の事件に対する評価はもとより、取り上げる事件自体が私が勉強してきたプロテスタントのキリスト教史とは大きく異なっています。プロテスタンティズムとカトリシズムを「キリスト教」という一つの傘で括るのに無理があることがよく分かります。「国策」といっても、私や鈴木先生が追求してきた「国策」と、現在、検察が鈴木捜査で追求している「国策」を一つの傘で括れないのと同じだという印象を私はもっています。午前、午後に一五分位ずつ、コーヒーを飲みながら、少しほっとして、そんなことを考えています。

取り調べの過程で、私は誰のことも裏切らず、誰か他人に責任を転嫁することもなく、自分の価値を守ることができました。さらに反体制の論理に立たず、現在の日本国家体制を維持する側にとどまり続けることができたことに本当に満足しています。

政官関係の「ゲームのルール」が存在しない状況で、当時の「国策」に基づいてひじょうに困難な課題を私も鈴木先生も官邸と外務省から与えられ、その過程で「事件」が発生したというのが正直なところです。この構造を公判で明らかにするのが、とても重要かつ面白いと思うのです。裁判を出来るだけ面白く、わかりやすく、「劇場化」することが適当と思います。

八月三〇日(金)晴れ　一〇九日目

【弁護団への手紙】——62①

今、いろいろと考え事をしながら午後のコーヒーを飲んでいます。コーヒーを飲みながら、外で私のことを待っている友人たちのことや、昔の思い出、今後の研究課題等について考えるのが、いちばん楽しいひとときです。刑務所ではゆっくりコーヒーを飲んだり、語学の勉強に打ち込むことは難しいようですが、木工や塗装などの技術を身に付け、また、いろいろな犯罪者との人脈も拡大することでしょうから、それはそれでよい体験が出来ると思います。公判では実刑覚悟で主張すべきことを主張しようと思っていますので、是非、御支援の程よろしくお願い申し上げます。メディアも私の動向に関心をもっているようなので、最大限に活用しましょう。

私は退屈して外に出たくなったり、閉塞感から精神や情緒に変調を来たす可能性は全くありません。「毎日が日曜日」のようなこの生活を思いっきり楽しんでいます。このような状況で危険なのは、関心領域が散漫になり、体系的な知識が身に付かなくなることです。知的好奇心にブレーキをかけ、語学、歴史、哲学等の普段、外では時間がかかるので、敬遠しがちな面倒な事象を記憶に精確に定着させる作業を重視したいと思っています。

幸い、ドイツ語の勉強は思ったより順調に進んでおり、あと三カ月あれば、専門書もそれほど苦労なく読めるようになると思います。先日、差し入れをお願いした『独文解釈の秘訣』という問題集は、一〇〇題の例題からなる文科系大学院用の受験参考書ですが、このうち二〇題をきちんと消化していれば、大学院入試はまず心配ないといわれています。きちんと一〇〇題消化してみようと思います。

法律や経済学のような実学と異なり、神学研究にあたっては合理的な思考とともに、近代人には理解することが難しい超越的思考力も求められます。かつてはこのような近代知の外側の思考様式を私もかなり身につけていたのですが、過去一七年の役人生活の中で明らかに思考力が弱っているので、今後、一年になるか一年半になるかわかりませんが、拘置所独房内の勉強でこの遅れを取り戻そうと思っています。

○この世界は軍隊に似ている。拘置所は内務班。検事―将校。立合事務官―当番兵。

八月三一日(土)晴れ　一一〇日目

今日で八月も終わりである。時間の流れは思ったよりも速い。これならば、一年はまたたく間に過ぎてしまう。一度生活のリズムが出来てしまうと、なかなかそれから離れたくなくなってしまう。死刑囚が死刑を嫌がる要因はその辺にもあるのだろう。永山則夫は、未決囚としての拘置所生活が快適だったのだと思う。永山の抱えていた環境と私の環境はほぼ同一である。ただし、スタート時で、一応高等教育を受けていたというのが私のプラス、一九歳で拘置所生活が始まったというのが永山のプラスであろう。死の恐怖が強ければ強いほど、現実を受け止める実存的感性も強まるはずである。

【弁護団への手紙】――62②

土、日はコーヒーが朝九時に一回飲めるだけなので、午後の気分転換が難しいです。拘置所で購入できるコーヒー牛乳は、エスプレッソ仕立てなので、なかなかおいしいのですが、少し甘すぎます。午後はコーヒー牛乳を飲みながら考え事をしていましたが、やはり熱いコーヒーにはかないません。もっとも、土曜日の昼食には、焼きたてのコッペパンと熱いシチューと汁粉がでるので、食事に関しては、最も楽しい日です。

ラジオで小泉・金正日会談[★1]について聞きましたが、九月一七日でしょうか、それとも九月一一日でしょうか。アナウンサーは、「来月じゅうひち(いち)日」と言っていたので、よく区別がつきませんでした。九月一七日で、私の初公判と重なるならば、新聞やメディアはすべて北朝鮮一色になるので、当分のメディア戦術としては週刊誌、月刊誌を重視した方がよいと思います。

供述調書を読み進めるにつれ、外務省をはじめとする「公の世界」がますます色褪せてきます。むしろ、よく今までこのような人たちと付き合ってこれたのだと不思議になってきます。

弁護団の先生方はお気付きと思いますが、同志社の神学部出身者には特別の連帯感があります。やはり、あの世界が私にとっては居心地がよいのだと思います。また、学者にしても、メディアによく登場し、政府の諮問委員になっている学者たちは「政治屋」で、アカデミックな水準に限界があります。本当に研究に打ち込んでいる学者は「公の世界」に関与する余裕などないのです。

私は、残りの人生は、学術研究に打ち込みたいと考えています。幸い、イギリス、ロシアで勤務した時代に、大学、大学院時代から関心を持っていた中世神学を含む日本で入手できない神学書、哲学書、歴史書等を三〇〇〇冊くらい購入したので、博士論文の資料については特に困らないと思います。あとは資料を解読するに足る語学力、背景知識を確実に身につけることです。この作業は、外にいるよりも拘置所の中での方がよくはかどると思うのです。

以前、緑川先生、大森先生にはお話ししたことがあると思いますが、私にとって、外交官の仕事は決して好きな仕事ではありませんでした。外交、特に情報(インテリジェンス)の仕事について、私は適性がありましたし、それなりの成果もあげてきたと自負しています。情報の仕事は、結局、人間対人間の真剣勝負なので、日々緊張の連続です。情報の世界では信頼、友情が最高の価値で、この信頼、友情はそれぞれの情報機関員の公の立場を超えたところでも存在するからです。人間性の勝負であるこの世界には独特の魅力があります。また、情報機関は、いかなる対価を払っても、機関員を守ります。残念ながら、日本の外務省には、国際スタンダードでの情報《インテリジェンス》文化が存在しないことが、私を巡る事件で明らかになりました。今回の事件で、日本が失った最大の損失は、「情報《インテリジェンス》コミュニ

★1　二〇〇二年九月一七日の平壌での小泉首相・金正日国防委員会委員長対談を指す。

ティー」からの信頼喪失です。恐らく今後一〇―二〇年はこのダメージを回復することは出来ないでしょう。まさに、この信頼を壊すことを「大きな力」が意図したのだと思います。この点については、もう少し評価を整理したうえで御報告したいと思います。

私個人にとっての教訓は、人間には「出来ること」と「好きなこと」があり、その二つが一致しないときに、これまで私は「出来ること」を選択してきましたが、これは必ずしも正しい選択ではなかったということです。これからは「好きなこと」を中心に人生を組み立てていきたいと思います。これが「公の世界」との縁切りにより、私が実現しようとする当面の目標です。その一部は拘置所の中で既に達成できています。朝から晩まで机に向かう世界は私の「好きなこと」です。

しかし、同時に、私は無責任な形で「公の世界」を去りたいとは思いません。その通過儀礼として、今回の裁判は大きな意味をもっています。だから、書証に全部同意し、裁判を小さくまとめずに「大暴れ」するわけです。

もう一つ、正直に言うと、私の鈴木宗男代議士に対する想いには、とても強いものがあります。結局、鈴木先生は「大きな力」に、ある程度意識的に対抗しようとしたために潰されたというのが、私の基本認識です。私は、その気配に気づいていました。もっと真摯に鈴木先生に対し、この危険性について直言していれば、あるいはこのシナリオは避けられたかもしれません。

それから、外務省が鈴木代議士を利用するだけ利用して、捨て去ったというこのやり方には、私は最後の最後まで抵抗するつもりです。これは、信頼、友情を最高の価値にしてきた情報屋としての私に染み付いている「第二の本性」とも言えるでしょう。

かつて外務省の幹部たちは「浮くも沈むも鈴木大臣と一緒」といつも言っていました。土下座して、無理なお願いを鈴木代議士に対して行う幹部たちの姿を私は何度も見ています。ルールなき政官関係という「あの時代」が裁かれる必要があるというならば、それはそれで受け入れるしかありません。外務省から私以外に「鈴木大臣と沈むも一緒」を実践する者がいない状況で、私は恐らく一〇年かかるであろう鈴木裁判に最後まで同行することはできませんが、少なくとも鈴木代議士が保釈されるまでは、私も拘置所の中にいようという決意を固めました。弁護団の先生方におかれても、この心情を是非尊重してほしいというのが、私の希望です。私の帰りを待っている、外にいる友人たちも、私の心情を理解してくれるものと思っています。

九月一日(日)晴れ　一一一日目

【弁護団への手紙】――62③

ひどい残暑です。独房内の温度が三〇度近くになると食品がすぐに黴びてしまいます。パン類は一日、賞味期限一カ月の菓子類は三―四日で黴びてしまいます。買い置きの食品が黴びてしまうと大きな財産を失ったような淋しさを感じます。

温度が高いせいか、昨晩はダニに悩まされました。初めてのことです。今朝は独房の大掃除をし、ていねいに雑巾がけをしました。明後日から気温も低くなる由ですので、黴やダニとも「お別れ」と思っています。

証拠物のメモ作りをして、ドイツ語に取り組んでいたら、もう夜の七時です。コーヒー牛乳を飲みながら、考え事をしています。

ある意味で、拘置所内の生活は、夏目漱石の『それから』における代助、『こころ』における先生のような「高等遊民」[★1]の世界に似ていると思います。

一九九六年一二月に過労がたたって、扁桃炎がなおらなくなり、入院したことがありますが、腎臓の専門医から、「このような生活を続けていると、あと五―六年で腎臓が破壊され、人工透析に頼らざるを得なくなる。健康という観点からだけ考えると、転職を真剣に考えた方がよい」とアドバイスされたことがあります。

確かに、拘置所生活が長くなるにつれて体調がよくなってきます。

結局、私は何もかも投げ出して、二〇〇〇年までの平和条約締結という目標に向かって走り続けてきました。二〇〇〇年を過ぎても、「走り続ける」ということでしたので、ずっと走っていました。それはそれで充実感のある生活で、他の人が経験できない多くの歴史的事件の現場証人となったので、それはそれでよかったと思います。国益のために全エネルギーを投入するという人生もあってよいと思います。しかし、このような状況になって、私がそのような人生を続ける可能性は客観的に閉ざされています。それもそれでよいと思います。これで、少し肩から力を抜いて、自分の「好きなこと」を中心に人生を組み立てていく可能性が生まれました。

逮捕翌日、五月一五日の朝、大室先生に私の希望として以下の三点をお伝えしたと思います。

①国益を最優先する。特に諜報(インテリジェンス)や対露秘密外交の内容が表に出ないようにする。

②法的利益よりも政治的利益を優先する。

③鈴木代議士と私の利害が対立する場合には、鈴木代議士の利害を優先する。

①②の希望は完全に叶えられています。③の状況は、幸いにして生じませんでしたし、恐らく今後も生じないでしょう。この三つの希望が満たされたのは、弁護団の先生方の尽力のおかげです。あらためて感謝します。

私は本当にこれでよかったと思っています。私たちの外交的業績は、将来必ず再評価されると信じています。それから、私の志を継ぐ人々が外務省の中で着実に育っています。これ以上、私の望むことはありません。

しかも、私は、以前から、このようなせわしい生活を離れ、もう一度、きちんと勉強したいという希望を強くもっていました。このことを誰よりもよく知っているのは鈴木宗男先生です。ですから、鈴木先生は、私が拘置所でこの「高等遊民」としての生活を楽しんでいるというのが私の本心であることをよく分かっていると思います。

★1　高等教育を受けていながら、職業につかずに暮らしている人。

キリスト教神学では「何事にも時がある。[★1]時が満ちて初めて、次に進むことができる」という時間概念があります。今はじたばたしても仕方ありません。「時が満ちる」のを待って、ひたすら潜在力を付けることが賢明と考えています。他人を憎んだり、人間としての優しさを忘れ、自己中心的になるのではなく、あくまでも人間として崩れずに、「時が満ちる」のを待ちます。

九月二日(月)晴れ　一一二日目

ダニには悩まされなかった。明らかに昨日の掃除の効果があった。今日は昨日、一昨日よりはかなり涼しい。

〔同志社大学〕神学部の友達(大山、[★2]滝田等)の夢を見た。気分がだんだんそちらの世界に向かっているのだろう。英語の勉強についても考えなくてはならない。

【弁護団への手紙】──63

私が見るところ、国策捜査のいちばんの弱い環は、「巨悪の構造」の解明に踏み込めないところにあります。今回の「事件」でも、「鈴木─佐藤の政官関係」を正面から取り扱うと、鈴木代議士と歴代総理(アフガン、中央アジア反テロ問題、田中外相降しについては、小泉総理も直接絡んでくる)との共謀、私を通じ歴代外務省幹部(特に川島〔裕〕次官、丹波〔實〕駐露大使)、[★3]さらに私に対する小渕総理、森総理の特命の問題が表に出てしまいます。そうなると「巨悪」は官邸と外務省最高幹部にも及ぶことになります。それ故に、私にしても、鈴木代議士にしても、「経済犯罪」＝「破廉恥事件」という形で、「巨悪」の構造に触れることなく、「事件」が処理されていくのでしょう。

ですから、ここは逆転の発想で、「あの時代が何だったのか」という観点から、こちらが「巨悪の構造」に迫っていくことが、「思考する世論」をこちら側に近寄せるために効果的と思うのです。私のような人間を捕まえた以上、検察に安易な店じまいはさせません。

九月三日(火)晴れ　一一三日目

【弁護団への手紙】――64

夕方、涼しくなってきてから、ラテン語の文法書に取り組んでいます。練習問題を初学者向けにかなりかみくだいているので、この教科書(『ラテン語初歩』岩波書店)をマスターしただけでは、残念ながら実際の歴史的文献を読むことはできないと思っています。このラテン語の教科書は、改訂第二版ですが、初版の方が、練習問題の数が多く、しかも内容もずっと難しかったです。明らかに最近の大学生の学力低下を考慮した改訂がなされてい

★1　「何事にも時があり、天の下の出来事にはすべて定められたる時がある」(コヘレトの言葉3・1)

★2　大山修司　日本基督教団膳所《ぜぜ》(滋賀県)教会牧師・元同志社大学神学部自治会委員長。

★3　一九三八―。東京大学法学部卒。外務省入省後、北米局安全保障課長、ソ連課長、国連局長、条約局長、駐サウジアラビア大使、外務審議官、ロシア大使などを歴任した。

ます。

実は、日本の外交官が、ロシアで(恐らくはヨーロッパ全域で)良好な人脈を構築できない要因の一つが、教養の不足にあります。本省からの訓令に基づき、案件を処理するだけならば、特に教養がなくとも十分仕事をこなせます。しかし、ロシア人、特に政治エリートは知性の水準が高く、よく本を読んでいます。また、議論については、ソ連時代の「弁証法的唯物論」で鍛えられているので、こちら側も相当準備をしておかないと、相手にされません。そこで、私は若い外交官たちの教育にはとても力を入れたのでした。結局、現在の外務省はこれを特定政治家と結びついた「派閥作り」という形で整理しましたが、「外交は人」だというテーゼは不変と思います。本格的に研修生教育に着手したのは九六年からですので、三〇人のロシア語研修若手外交官は教養の重要性を認識し、真剣に研修したと思います。このような私の「遺産」はいつか将来の日本外交に生きてくると思います。

法が政治の擬制であるとすれば、国際公法の世界では、究極的に暴力の行使(戦争)が容認されていることに如実に現れているように、国際政治の本質は冷酷な力そのものです。今日、緑川先生が見せて下さった『イズベスチヤ』の記事よりも、現実はもっと厳しく、日露両政府とも、私と鈴木代議士の対露外交に対する貢献は「なかったこと」として整理してしまったと見るのが実際のところと思います。外交とはそういうものなのです。私たちは過去の人間になったという現実から、すべてを考える必要があると思います。

レーニンは「国家権力の本質は暴力だ」と規定しましたが、その通りだと思います。ただ、日本の場合は、旧ソ連や北朝鮮とは異なり、その暴力性が見えにくいというだけに、質が悪いと思います。検察側にとって、国策捜査のもう一つの狙いは、被告が「ウソツキ」であるという印象を公判を通じて世論に植えつけ、「ウソツキの言う政治的主張は信用出来ない」という結論を導き出すことになると思います。証拠調べについても、この点についても注意しつつ、入念な準備を行う必要があると考えています。

九月四日(水)晴れ　一一四日目

取り調べ終了後、毎日はほんとうに充実している。こんなに集中して勉強できる環境が整えられたのはほんとうに久しぶりである。書籍の保持数が限られているのは、残念といえば残念だが、学習対象を拡散しなくなるので、特に語学習得の観点からは、逆に好ましいと言えよう。

それにしても、一日に出来ることの量は限られている。机に向かっていると、あっという間に夕方になってしまう。時間を大切に、特に集中力をつけなくてはならない。

それにしてもイライラすることが全然なくなった。性格が変化したからだろうか。それとも環境のせいだろうか。

九月五日(木)晴れ　一一五日目

【弁護団への手紙】——65

お手紙に書かれている公判方針の大枠については私の考えと一致しています。私自身が外交の特定分野の専門家でした(過去形で表すのが適当でしょう)ので、素人が専門家の世界に口出しすべきではないとの原則をもっています。従って、法的世界の事柄について、私は原則的にクレームをつけません。唯一、お願いしたいのは、今後、法的利害と政治的利害が相反するような状況が生じる場合には、政治的利益を優先して欲しいというのが私の極めて強い意向だということです。

私は結果主義者で、結果がすべてであるという考えでこれまで活動してきましたし、今もその考えは変わっていません。この結果主義こそが、私の心象風景を理解する鍵です。「東京宣言に基づき二〇〇〇年までに日露平和条約を締結する」という課題に対する結果が出なかったからこそ、私はおとなしく東京拘置所で暮らしているのです。背任事件や偽計業務妨害事件に対する責任は全く感じていませんが、これら事件の背景にある平和条約が締結できなかったことに対しては、自分自身、それに深く関与したものとして応分の責任を負うべきと考えています。

結果主義者であると同時に私は現実主義者です。所与の条件下、私の守りたい価値を現時点までのところ完全に守ることができています。この点については弁護団の先生方の御助言なくしてはできなかったことです。たいへんに感謝しています。検閲を考慮せねばならないこの手紙で具体的な内容について述べることは適当でないので、結論をはしょって言うと、公判過程で、私が一生懸命守ろうとしている価値が守れなくなってしまうことだけは是非とも避けたいと考えます。この点については現段階でいろいろなケースを想定してもあまり生産的でないので、公判の進捗状況を見ながら、私の考えを述べたいと思います。

今日は、暑さもいくぶんましになり、ラテン語、ドイツ語の勉強、証拠物読みと証拠物への板目紙[★1]の表紙付け(これに結構時間がかかる)をしていたら、もう午後五時近くになりました。五時に大部分の職員が帰り、ラジオが鳴り始めるので、拘置所の雰囲気が変わります。

外にいた頃、私の蔵書は分散しており、赤坂に二五〇〇冊、役所に八〇〇冊、与野の実家に七〇〇冊、計四〇〇〇冊くらいで、これが私にとって何よりの財産であり、楽しみでした。しかし仕事のために読まないとならない本があまりに多かったため、自分の好きな本を読む時間はほんとうに限定されていました。今は、房内所持ができる書籍の数に限りがあり、辞典、聖書、語学などの冊数外が七冊、私本枠での学術書が三冊なので、身辺一〇冊の本だけで知的な世界を作らなくてはなりません。しかし、公判資料を別にすれば、以前から読みたかった本を読み、以前から集中して勉強したかったドイツ語とラテン語に

★1　囚人は特別に申請すれば板目紙(厚紙)の購入を認められる。佐藤はこの紙を拘置所職員に依頼し、A4判、B5判に切ってもらい、書類綴の表紙にしていた。

取り組んでいるので、呑気かつ楽しい生活です。総合的に考え、これでよかったと思っています。他方、裁判に対する私の闘志は全然萎えていませんので、ご心配なく。この点については検察側も相当不安を感じていると思います。

ところで、私の見立てでは、ロシアでも日本でも政治家は「肉食人種」です。肉を嫌う政治家はほとんどいないというのが私の経験です。鈴木宗男代議士も焼肉は大好きで、大室先生の事務所からそれほど遠くないところに「巨牛荘」という、安いけれども、なかなかおいしい焼肉屋があるので、本年の忘年会はまだ保釈にならないので無理でしょうが、来年の忘年会には鈴木代議士も誘い、佐藤裁判をきっかけに集まった仲間たちで、一晩楽しく遊びましょう。政治闘争というものは、どこかに「遊び心」がないと長続きしないというのが、私の経験則です。

九月六日(金)雨　一一六日目

【弁護団への手紙】――66①

弁護団の先生方にとって、正直なところ、私の考えの中で一番わかりにくい部分は、私が本件を「国策捜査」と認識しているから、そのような政治捜査、さらには政治裁判が必要であるとの「国策捜査肯定論」に立っていることだと思います。これは私が検察に迎合しているのでもなければ、検閲を考慮したうえでのレトリックでもありません。本心からそう思っているのです。しかし、なぜ、そう考えるかについては、今まで私が外交官として行ってきた、極めて特殊な業務についてかなり踏み込んで説明しなくては、理解してもらえないと思います。しかし、そのことについて、検閲が想定されるこの手紙に詳細について書くことが適当でないのはもとより、いかなる形態であれ、文書には残してならない話もあります。また、ある種のエピソードについては、誰にも話さず、私が墓まで持っていくことになるでしょう。秘密外交というものにはそのような側面が常にあります。そして、この世界には「種明かし」もなければ「時効」もありません。一生背負っていかなければならない負担が、秘密外交という仕事にはつきまとっているのです。

この仕事の中で、私は、個人の出世とか名誉とかいうものよりもずっと重要な価値があるということが心の底からわかりました。そして、その価値は、国家と固く結びついているということもわかりました。この国家は、近代の国家概念なので、国民国家(Nation-State)と考えていただいて結構です。ソ連の崩壊を目の当たりにする中で、人間の幸福は国家という器次第でいかようにもなるということを痛感しました。国家とは、学術的に見るならば想像の政治的共同体、すなわち、人為的産物であることに間違いありません。他方、この国家は、国民に対して、戦争という形態で死を強制することもできる力をもっています。これが今も国際スタンダードです。先の大戦に至る極端な国家主義に対する反動で、外交官を含め日本人のほとんどが「国のために」という価値を軽視するようになってしまったが、そのような状況が続くと日本は弱体化してしまい日本人一人ひとりが不幸になるという危惧が、ソ連の崩壊過程とその後のロシア、ユーラシア地域の混乱を体験する中で、私にとって、強烈な問題意識になりました。

九月八日(日)雨　一一八日目

【弁護団への手紙】——66③

証拠物読みを進めていますが、本当に退屈です。内容云々以前の問題で、このような司法的擬制により、犯罪を作り上げることが可能な世界に対し嫌気がさします。国家権力の強い意志をもってすれば、任意の人物を犯罪者に仕立てることは可能であるということを、私は今回の事件を通じて痛感しました。これは暴力そのものです。今後の人生では、私はこのような暴力を行使する側にも、暴力を加えられる側にもいたくありません。このような「公の世界」から出来るだけ距離を置き、「私の世界」で、ひっそり交遊も本当に親しい友人だけに限り、自己の知的関心を満たすようにしたいと思います。「高等遊民」の世界が理想です。

それにしても、日本国家に対する私の想いはいまだに強いです。かつての仕事、今回の公判、大学時代の生活が混ざった不思議な夢をよく見ます。今朝も見ました。かつて行ってきた仕事については、公表はしないとしても、きちんと整理しておかないと、一生、このような夢を見続けることになります。

『動物農場』『一九八四年』で有名なイギリスの作家ジョージ・オーウェル〔一九〇三―五〇〕は、もともとアナーキストだったのですが、一九三〇年代のスペイン市民戦争〔一九三六―三九年の内戦〕で、ソ連が自国の利益のためにソ連を支持しないアナーキストやトロッキストを主敵とし、事実上、フランコ将軍〔一八九二―一九七五〕やナチスを助けているのに嫌気がさし、国家主義化していくのですが、オーウェルが「左であれ、右であれ、わが祖国」と言っていたことを思い出します。

私は、小泉総理が指揮した、今回の国策捜査は間違っていると思います。しかし、私としては現在の国家体制を壊す方向での戦いをすべきではないと考えています。国家が誤った選択を行った場合、国家に対して、あくまで忠実であろうとする人間が、国家体制の枠組みの中で、しかも自分の良心を曲げずに闘っていくということは、本当に難しい課題です。しかし、何らかの答えは出ると楽観しています。

九月一〇日(火)曇り　一二〇日目

ロシア語で夢を見る。行ったことのないスタローバヤ[★1]がでてきた。それからホブズボウム〔一九一七―〕の「極端な時代」という言葉が何度も頭の中を走る。

【弁護団への手紙】――68②

午後、二時から一時間半、西村検事の取り調べがありました。九月六日の打ち合わせを踏まえた上での意見交換が主目的のようでした。これから週一回はこちらに来るそうです。検察側は、小生がいかなるメディア対応をするかについて強い関心をもっています。

★1　ロシアの大衆食堂。

ラジオニュースで、小泉総理の訪米、日朝首脳会談の見通しについて報じていますが、明らかに戦略的にも戦術的にも場当たり的外交に終始しています。鈴木代議士が関与していれば、もっと違ったシナリオを描けたと思います。現下の外交のポイントはイラク問題で、その背景には国際石油利権があるということに気づいている人がほとんどいないのは不思議です。昨年九月一一日の連続テロ事件の時、なぜ私が鈴木代議士とともに対中央アジア外交に力を入れたかについても、そのうち説明する必要があると思っています。書かないとならないことが沢山あるので、勾留期間はできるだけ長い方がいいと思います。なぜか過去数日ラテン語に対する意欲が強く湧いており、今日も朝七時一〇分から、大森先生との面会、検事取り調べ以外の時間はひたすら文法と取り組みをしています。もう夜の八時です。この手紙を浄書し終えるころには就寝のチャイムが鳴ることと思います。

九月一一日(水)晴れ　一二一日目

【弁護団への手紙】――69

昨年の九月一一日は、夜、役所で作業をしながらNHKのニュースの実況中継で二機目のB―767が世界貿易センタービルに突入するのをみた瞬間から、在京イスラエル大使館と緊密に連絡を取り、鈴木宗男先生に種々の情報を入れたことを思い出します。

その後、三時間睡眠を切る日々が三カ月も続きました。充実した日々でしたが、これが今回の国策捜査を作り出す遠因になったのだと思います。この点についてもきちんとまとめておかなくてはなりません。

九月一二日(木)晴れ　一二二日目

【弁護団への手紙】——70

勾留生活も一二二日目、弁護団への手紙もこれで七〇通になります。この生活のリズムが完全に出来ていて、楽しい毎日を送っています。検閲の関係で原書が読めないので、いつかは外に出ないと満足のいく研究ができませんが、語学の勉強、邦語文献で身に付けることのできる知識だけはきちんと習得しておきたいと思います。

最近、京都の夢をよく見ます。しかし、気分がそちらのほうに行かないように、昼間、起きている時は、「公の世界」における生活のまとめとして、公判闘争についていつも考えています。

以前の手紙にも書きましたが、外交官時代に集めた学術書を読むだけでも一〇—二〇年を充実して送ることが出来るでしょうが、やはり、この「公の世界」で経験したことを「私の世界」から冷静に見つめ直してみたいと思います。この作業にも一〇—二〇年はかかるでしょう。

私は思想犯ではありません。思想について私は体制側のイデオローグといってもよいくらいと思います。自由主義的保守主義というのが、私の基本的な考え方です。他方、私は明らかに政治犯です。鈴木宗男先生を含む私たちの陣営が政治闘争に敗れたからそうなったのです。「思想犯ではないが政治犯である」ということを、どうわかりやすく「思考する世論」に対して説明していくかということは、なかなか難しい課題です。

過去の歴史的事例についてもなかなか思いつきませんが、一九三〇年代ソ連の「ブハーリン裁判」[★1]、日本では「第二次大本教事件」[★2]が似ているかもしれません。

九月一四日(土)曇り　一二四日目

一雨降って本格的に涼しくなった。もう夏への逆戻りはないであろう。夜中に窓を閉め、毛布を布団に切り替えたのは正解であった。ここしばらくは風邪を引かないように注意しなくてはならない。

勉強時間をこれ以上延ばすことは物理的に不可能であるので、後は集中力をどれだけつけるかである。この点ではまだまだ改善の余地がある。

シモーヌ・ベイユ[一九〇九―四三]のように苦悩とは物理的にも共有しなくてはならない。鈴木宗男代議士が勾留されている間は、私も拘置所の中にいることにしよう。このような姿勢は将来の私にとって必ずプラスになるはずである。

いつかきちんと失敗の研究をしたい。フロマートカ研究も「失敗の研究」として取り上げた方がよいかもしれない。特にキリスト者平和会議[★3]について。

本質的なテーマは民族と福音である。この中で社会主義の問題も取り扱うべきであろう。ヤン・ミリッチュ[?―一三七四]―フス―コメニウス[一五九二―一六七〇]―ヘルチツキー

［一三九〇頃―一四六〇］、パラッキー［一七九八―一八七六］―マサリク［一八五〇―一九三七］の系譜も無理なくはめ込むことができる。エトニー論[★4]も活用できるであろう。

【弁護団への手紙】――71②

あと三〇分で就寝時間です。今日も平穏に一日が終わっていこうとしています。過去、少なくとも一九九〇年に旧ソ連の国内情勢が不安定化してから、「平穏な一日」などということだった。

★1　ブハーリン（一八八八―一九三八）は、一九〇五年にロシア社会民主労働党に入党、ボリシェビキに属した。スターリンに対する旧反対派へのテロルの開始の中で、三七年に逮捕され、翌年の公開裁判によって日独のファシストの手先として処刑された。逮捕の前夜、若い妻に名誉回復の上申書を記憶させた。名誉回復、復党が認められたのはペレストロイカのさなかの八八年になってからだった。

★2　第一次大本事件の後、大本は満蒙が世界平和の要になることを力説、軍部や政府の一部要人からも賛同を得た。一九三四年、出口王仁三郎を統管、内田良平を副統管とする昭和神聖会が九段の軍人会館で発会。以後、昭和神聖会を拠点とした政治的活動が活発になり、これが官憲の弾圧を招くこととなり、翌年、第二次大本事件勃発。不敬罪と治安維持法違反の容疑で本部施設は徹底的に破壊され全組織は解体、全幹部が拘束された。

★3　プラハに本部を置くキリスト教国際組織。

★4　エトニーはフランス語の〈民族〉。がんらい文化的共同性に立脚し、共属感覚・共属意識に支えられた集団を指し、エトニー論はエトニーの生成・変容の過程を重視し、集団間の相互連関・相互交渉の過程に注目する。

うのは文字通り一日もありませんでした。普通ではない生活が続いていたのだと思います。私自身、仕事に対して自負と充実感を持っていたのは確かですが、このような生活はいつか終わりにしたいと思っていたのも事実です。

人生を転換するには、それなりの筋道が必要です。大室先生に対して申し上げましたが、外務省に対して未練がないということと、こちらから辞表を出す、あるいは外務省による懲戒免職を受け入れるというのはまったく別の話です。私は、テルアビブの国際学会にせよ、北方領土問題にしても、外務省という組織の一員として関与したのですから、今次刑事裁判に「無職」としてではなく「起訴休職国家公務員」として臨むことは、筋道の上で極めて重要なのです。私の方から事を荒立てるつもりはありませんが、もし外務省が事件を揺さぶってくるならば、こちらから人事院を徹底的に揺さぶり返そうと思っています。

五月一四日に逮捕されて以後、四カ月間で、私の見解が外部に発信されたのは「ハンスト声明」だけでした。九月一七日の「罪状認否」が第二弾となるわけです。恐らく、公判では、私自身も「言葉の重み」ということを再認識することになると思います。私の発する言葉が、「思考する世論」の一部によって、果たして聞き取られるか否かという、私にとって、とても大きな「勝負」が待っています。

九月一五日(日)曇り　一二五日目

いろいろと夢を見た。話題の中心は、父に中学生時代に買ってもらったブラザーのパイカ書体ユニバーサルタイプライターだった。大学院まで使っていた。誰かにあげてしまったと思う。とっておけばよかった。タイプライターには「当り」「はずれ」があるがこのタイプライターは「当り」だった。もうユニバーサルタイプライターは製造していないだろう。

高校生時代三省堂で買ったplusのロシア語タイプライターも「当り」だった。これはモスクワでシュベード[★1]にあげた。モスクワで買った露文タイプライター、チェコで買ったチェコ語タイプライターは「はずれ」だった。チェコ語のタイプライターはほとんど使わず、今回の引越しで捨てた。

しかし、モスクワ時代についても、外交官としての夢はほとんど見なくなり、アカデミックな活動のことばかりが出てくる。人間の記憶の組み立てというものは本当に興味深い。それにしても細々とでも学術・研究活動を続けておいてよかった。ここから先に繋がる道が拓けるかもしれない。もちろん、楽観してはならないが……。

今日はドイツ語から始める。文法書の復習を続ける。

一九八七年、モスクワに着いてからしばらくして、イズマイロワ[★2]でチェスを見たことを思い出す。

★1　Vladislav Shved. 元リトアニア共産党第二書記。
★2　モスクワ郊外の公園で休日には露店市が行われた。

【弁護団への手紙】――71③

今後の公判に関する私の考えを断片的ですが、少し記してみたいと思います。

この関連で、ハーバーマスのコミュニケーション論[★1]はとても参考になります。同人の用語を用いるならば、「演技型コミュニケーション」に徹することが重要です。被告人が裁判官に対して訴えるという姿勢だけに徹した場合、政治的には負けます。私は裁判官に対して何か主張をするのではなく、傍聴席にいるマスメディアに対して呼びかけます。罪状認否もそのような観点から行うのが妥当と考えています。

国会の論戦も、相互理解を目指すディベートではなく、あらかじめ立場(役割)を決めた「演技型コミュニケーション」です。政治家としては、鈴木宗男代議士の方がはるかに真摯かつ誠実であり、見識も深いにもかかわらず、世論が小泉純一郎、田中真紀子、菅直人等になびいたのは、これら政治家が「演技型コミュニケーション」に徹しているからでしょう。

さらに、私に関しては既に「悪役」が割り振られているので、この枠組みは崩さない方が効果的と思います。要するに「盗人にも三分の理がある」という方向に「思考する世論」を導き、「三分」を「六分」に引き上げることができれば、こちら側の作戦は成功と思います。

外務省に対する「鈴木支配」の問題についても、それを否定するのではなく、「それが国益だったのだ」と、当時の国策を強調するとのアプローチを取ったほうが説得力が増すと思います。鈴木代議士の「恫喝」による支配だったということではなく、外務省は行革における組織防衛[★2]、沖縄問題[★3]、日露平和条約交渉のような困難な案件について、いわばリスク回避装置として鈴木代議士を用い、成功した場合は、主たる成果は外務省が取り、一部を鈴木代議士に分配し、失敗した場合にはそのリスクを鈴木代議士が全面的に負担するという、極めて特殊な政官関係が出来ていたということを明らかにする方が説得力がありました。この政官関係は鈴木代議士が政治的に困難な状況に追い込まれたことにより、当初の想定通り、「そのリスクを鈴木代議士が全面的に負担する」ということになったというのが、客観的なところだと思います。

政治家が官庁に対する自己の影響力拡大を追求するのは当然のことです。それをわかっ

★1　ハーバーマスが一九八一年に著した大著『コミュニケーション的行為の理論』に展開されたもので、ホルクハイマー／アドルノの批判理論の伝統を、オースティン／サールの言語行為論と媒介させて、現代社会における生活世界の批判的ポテンシャルを活性化させるべく、社会の規範的分析の出発点として用いる概念を指す。

★2　橋本行革の一つである省庁再編で外務省が縮小化される危機にあったとき、外務省は鈴木宗男議員を前面に立てて組織防衛に腐心した。

★3　橋本首相が一九九六年にクリントン大統領との交渉で普天間飛行場の返還で合意に達したのを受けて、返還の代替基地として沖縄県や受け入れ先の自治体と政府との交渉が重ねられてきたが、地元住民の反対などにより、最終的な決着を見ていない。

ていながら、外務省が「共存共栄」体制を構築するために鈴木代議士に擦り寄っていったという現実を明らかにすることは、鈴木先生の名誉のためにも重要だと思います。

それにしても、何故保釈が検察にとってカードになるのか私には全く理解できません。拘置所で暮らしていても殴られたり蹴られたりするわけでもなし、怒鳴られるわけでもありません。生活は基本的に快適です。少なくとも、旧ソ連のホテルでの長期滞在と比較した場合、拘置所の方がずっとサービスも良く、囚人服さえ目に触れないならば、勾留されているという現実がそれほど実感として迫ってきません。

とにかく、よく観察し、よく勉強し、よく考えた上で、適切なタイミングで適切な行動を取ることが大切と考えています。今回の事件に関し、逮捕前、逮捕後の自分の行動を省みて、後悔するようなことは何もありません。この点では弁護団の先生方の適切なアドバイスに助けられたところが大きいです。感謝しています。

旧ソ連、ロシアでは政争の中でつぶれていった政治家の姿を身近で何度も見てきました。これら政治家の「それから」をみると三つのパターンに分かれます。

（一）アルコール依存症になり、自己崩壊してしまう。

（二）政治とは一切手を切り、ビジネスマン（あるいは学者、宗教人）として生きる。

（三）政界に復帰する。第一線に戻ることはなく、影響力も極めて限定的な形になる。

しかし、いずれの形態であるにせよ、結局のところ、政治家として嘘をつかなかった人々のことが、私の記憶には強く残っています。そういう人々の言葉は、公職を去った後も独特の説得力をもつのです。私が国策捜査の対象となっても比較的平然としていられるのは、このような政治家たちの姿を旧ソ連、ロシアで沢山見てきたからでしょう。

もう一つは、神学を研究してきたこともこのような状態に比較的冷静に対応できる理由と思います。

【弁護団への手紙】——71④

神学論争を他の学問上の論争と比較した場合、私が見るところ、キリスト教神学には二つの特徴があります。

まず第一に、理論的に正しいグループが負ける傾向が強いです。そして、勝ち組は、政治力や警察力を行使し、本来は理論的問題である神学論争に介入します。ここで、人間の知には合理的要素と非合理的要素の双方があると考えるならば、これでバランスがとれるのです。論争に政治力を使って勝った正統派には「理論的には正しくない」という弱さが残ります。敗れて異端の烙印を押されたグループは、「自分たちの方が真理を担っている」という認識をもつので、キリスト教世界が、一つの見解のみに固まり自己硬直化を起こすことを防ぐ作用があります。要するに全体としてうまくバランスがとれるのです。

第二に、神学論争は積み重ね方式ではありません。ある論争が激化すると、政治の介入により終止符が打たれるか、論争する双方が疲れ果てて、いつのまにか論争がなくなってしまうことも珍しくありません。そして、ある程度時間が経つと、少し形態を変え、同じ論争が蒸し返されるのです。

国策捜査の本質を捉えるにあたっても、案外、このような神学的知識が役に立ちます。理屈の上では正しくとも取れることは、それほど珍しくありません。そして、このような問題は、役者は鈴木宗男、佐藤優ではなくなりますが、一定の期間を経た後に必ず繰り返されることになります。「こんなものなんだ」と状況を突き放してみることも重要と思います。

私は、後半の人生で、国策捜査の対象となったというこの経験を、政治的な言葉ではなく、神学的あるいは哲学的な言葉で、わかりやすく、面白く解明したいと考えています。そのためには三―四年の学術的な訓練が必要になります。

もちろん、本件を政治的言語で説明することも必要です。この作業は比較的早く行わなくてはなりません。対鈴木宗男国策捜査が偶然でありかつ必然であったということを政治家、官僚、政治部記者にわかる言語で明らかにする作業です。

このための基礎作業を私は獄中で終えてしまいたいと考えています。この関係で、カトリックの哲学者、シモーヌ・ベイユの思想が、最近、現実感をもって迫ってきます。ベイユは第二次世界大戦中、英国に亡命していましたが、ナチスに占領された祖国フランスの人々と苦難を共にしたいということから、減食し、餓死しました。苦難を頭だけで理解するというのでは不十分で、身をもって共有することが不可欠というのがベイユの思想です。鈴木代議士が日本の国益のために外交に従事していたことは間違いありません。もし、鈴木代議士のみが逮捕され、私が免れていたならば、私は強い自責の念に悩まされたことでしょう。その点でこれでよかったと思うのです。私にとって拘置所暮らしは決して苦難ではありません。しかし、いずれにせよ、盟友鈴木代議士が拘置所にいる間は、自分も拘置所にいるというのは、キリスト教神学倫理の世界では極めて普通の考え方です。

そもそも、キリスト教の教祖(イエス・キリスト)は、政治犯で死刑囚だったのですから、国策捜査で刑事犯となっても、それは私の価値観に何の影響も与えません。私の親しい友人たちもこのことはよくわかっていると思います。むしろ、キリスト教神学の主要テーマである苦難と自由の弁証法的関係について思索を掘り下げるのに独房は良い環境です。

私は、人を殺したのでもなければ、他人の物を盗んだのでもありません。国益のために仕事をしてきたことが「犯罪」とされているわけですから、私としてはきちんと筋を通していけばよいと淡々としてアプローチを続けていこうと思っています。

九月一七日(火)曇り時々雨　一二七日目

初公判。これから出廷だ。頑張ろう。準備もすべて整った。

【弁護団への手紙】――71⑥

今しがた(午後四時過ぎ)に独房に戻ってきました。思い出に残る一日でした。やはり初公判というものは、なかなか重みのある経験だと思います。

本日は大室先生、緑川先生が後半で検察側の冒頭陳述に対し、鋭い切り込みをなされ、被告人としては愉快でした。初公判についての分析、コメントについては、一晩寝て、よく考えた上で、明日以後の手紙に書きたいと思います。

今日はごく簡単に印象だけ記します。それにしても検察側の冒頭陳述は水準が低いと評価せざるを得ません。これならば政治的にこちら側が勝つ可能性も出てきます。あとは、メディアに対する「技法」が重要になると思います。

それから、前島★1、飯野《いいの》★2、島嵜《しまざき》★3の三氏がひどくやつれており、前島氏は首筋に沢山吹き出物が出ており、島嵜氏は目もうつろで、心配になってきました。検察のあまり出来のよくないストーリーを三人とも目をつぶったり、下をうつむいて聞いていましたが、唯一私だけが元気で、検察官の様子を観察したり、傍聴席の関心を探ったりしていたと思うと、笑いがこみ上げてきます。これこそ「劇場」以外の何ものでもありません。

私の裁判については、日朝首脳会談の関係で、明日の新聞ではほとんど扱われないと思いますが、記者席もほぼ一杯で、記者だけでなく(似顔絵を描く)絵師もきていたので、メディアの関心もある程度持続すると思います。一〇月九日の第二回公判の前後に少し「仕込み」をする必要があると思います。

本日はお忙しい中、まさに公判の合間をぬって大室先生が面会に来てくださいました。元気づけられます。感謝しています。

それから、本日、独房に戻ると、大森先生から領置金二五万円強が差し入れられたとの連絡を受けました。これで安心して年を越すことが出来ます。どうも有り難うございます。

独房に戻ってくるとほっとします。一二七日も住んでいると、この四畳の独房もすっかり「暖かいわが家」になっています。

仮監は殺風景で生活感が全くなく好きになれません。唯一の暇つぶしである官本も過去三回の経験ではヤクザ・コミックスや犯罪小説だったので、ほんとうに退屈でした。しかし、今日はついていました。今回の官本は林望《はやしのぞむ》［一九四九―］というおそらくは日本文学専攻の大学教授が書いた『イギリスはおいしい』という、イギリスの食文化を巡るエッセーだったので、私自身のイギリス研修時代の思い出と重なり、面白かったです。一五〇年前のレシピーが今も標準的に使われており、それ故に野菜を二〇―四〇分もゆで、素材の味をだいなしにしてしまうとか、塩味に対して鈍感だというのは、その通りと思いました。私の経験からしても、イギリスの一流ホテルの食事よりも東京拘置所の配給食の方が圧倒的においしいです。この点だけは間違いありません。ちなみに、今日の仮監での昼食は、だし巻き卵、里芋とイカの下足《げそ》の煮付、こんにゃくとちくわの汁、独房に戻ってからの夕食はチンジャオロースー、小海老と野菜の中華スープ、野沢菜にコーヒー牛乳でした。勾留太りに気をつけつつ、長期戦に向けて頑張ります。

ＮＨＫラジオでは、大相撲中継を中断して、日朝首脳会談で拉致日本人五名の生存、八名の死亡が確認されたと臨時ニュースを報道しています。小泉政権、外務省はこれを大き

★１　前島陽ロシア支援室総務班長。

★２・３　飯野政秀、島嵜雄介。共に三井物産社員で、佐藤と同様の国後島ディーゼル発電機供与にからむ偽計業務妨害容疑で逮捕された。

な成果として世論工作を考えているのでしょうが、このようなパフォーマンス外交では後で大きなツケを払わなくてはならなくなります。金正日がおわびしたといっても、これが悪い意味で日本のナショナリズムに火をつけ、案外、深刻な状況が生じるかもしれません。まあ、三カ月くらい様子を見れば、どうなるか先の様子が見えてくるでしょう。

九月一八日(水)曇り　一二八日目

壮快な朝である。五時過ぎに目が覚めた。初公判も終わり、非常にリラックスした気分である。知的にも活性化している。

九月二〇日(金)晴れ　一三〇日目

独房も、シベリア大陸横断鉄道の一等寝台車のコンパートメントにお手洗いがついていると考えれば決して悪くない。

【弁護団への手紙】――74①

日朝首脳会談は、プロの情報屋の目からすると大失敗です。情報ハンドリングさえきちんとしていれば、こんなことにはなりませんでした。北朝鮮のような国との交渉では、諜報チャネルを用いた「密室外交」がまさに必要なのです。現在の官邸は北朝鮮側に対しては「密室外交」とのメッセージを送り、日本国内では「劇場外交」をするからこのようなことになるのです。かつて見たことのない官邸主導外交の失態です。今後、一―二週間の事態の推移によっては、小泉政権権力基盤に大打撃を与える可能性すら排除されません。ちなみに、本件は、鈴木外交を考える上でも、いろいろな材料を提供しています。日露交渉では、このようなヘマは一度も起きませんでした。それにしてもこの失態は外務省の基礎体力低下を如実に示すものです。日本外交のために何とかしなくてはなりません。

こんな気持ちがあるので、知的にも活性化しています。

九月二一日(土)晴れ　一三一日目

昔飼っていた白黒のブチネコ・ミーコ[★1]の夢を見た。左耳が少し切れているところまで、とてもリアルだった。なつかしい。

【弁護団への手紙】――74②

それにしても日朝首脳会談は日本のナショナリズムも悪い意味で刺激したと思います。どうも嫌な感じがします。六カ月前、鈴木代議士が「ジャパン・プラットフォーム」というNGO団体がアフガン復興東京会議に参加することを阻止したという全くの作り話から、私と鈴木代議士をターゲットとする国策捜査への流れが出来てきたと思うのですが、あのときアフガニスタンへの日本のプレゼンスという問題は今や日本人の意識から完全に消えています。官邸、外務省もアフガニスタン問題にはもはや真剣に取り組んでいません。国

★1　佐藤が中学一年生(一九七二年)に拾った白黒の雌猫。三キロ強の小さな猫だったが、一八年生きた。

際社会は日本を道義国家と思うのでしょうか。官邸はこのような外交姿勢が国益を毀損するということにどうも気付いていないように見えます。日本国家の基礎体力が低下していま
す。

初公判後も「公の世界」に戻りたいという気持ちは全然起きません。少し考えが変化しつつあるのは「高等遊民」では食べていけないので(何人かの友人に頼めば、一―二年は支援してもらえそうだが、何か後でひどく高いツケになりそうな感じがする)、できれば「高等遊民」に近い形でなおかつ食べていける道を探す必要があるかもしれないと思い始めています。

しかし、今、集中しなくてはならないことは、どのようにして佐藤公判への「思考する世論」の関心を引っぱり続けるかということです。そのためには「仕込み」が不可欠です。雑文も、何が「仕込み」になるかを考えながら綴っています。完全詳報からはほど遠い状況で書いておりますので、ピントがずれているかもしれません。他方、メディアの熱気に煽られず、冷静に物事を見ることが出来るという利点もあります。

読書はウィクリフ[一三三〇/三〇―八四](一四世紀イギリスの宗教改革者)を読んでいます。一四世紀、一五世紀は中世の秩序が内部から崩れていく時期で、この時代の内在的ロジックをとらえれば、パラダイム転換の際に人間がどのような思考や行動を取るかについてのパターンがわかると思うのです。

それでは証拠物読みに取り組みます。

九月二二日(月)雨　一三三日目

【弁護団への手紙】──74④

初公判後、むしろ拘置所から離れないとならない日がいつかやってくるのが淋しくなり、少し店を広げてでも長居をしようかと思い始めています。

秋分の日だということで、今日の昼食は特別でした。餅米と小豆餡が出ました。「おはぎ」の雰囲気を楽しみました。さらに「おでん」が出ました。餅米は一カ月前に出たことがありますが、「おでん」は五月一四日に入所して以来初めてです。逮捕前日に記者連中と食べたのが「おでん」だったので、あの頃を懐かしく思い出しました。

今日は休日なので、ほぼ一日中、ラジオが鳴っています。音楽番組が中心ですので、一昔前の喫茶店にいるような感じです。

拘置所内でどれくらい学術書を読んでいるか、チェックしてみました。逮捕後一カ月は、本を読むどころではなかったので、結局三カ月で一四冊(語学書を除く)を読んでいます。月平均五冊、一冊平均四〇〇頁として月に二〇〇〇頁、一日当たり、七〇頁弱になります。四〇〇字詰め原稿用紙に換算すると一四〇枚程度です。外にいる頃は一晩でこの一〇─一五倍の文書を読んでいたと思いますが、独房内で現在読んでいる本は、相当難しく、頭に入り難いので、この程度が私の能力の限界なのでしょう。

過去数日は、中世異端審問所の起源に関する箇所を読んでいます。政治裁判の原型として興味深いです。
(一) まず、被疑者に対して慈悲深い処置を約束して、罪の告白を勧告する。
(二) 被疑者が罪を認めない場合には、「正しい」信仰をもっている者に告発を命じる。
(三) 告発者の名前は最後まで明らかにされず、審理される。
(四) 反証責任は被告人に課される。
(五) 身の証しがたてられないときは、徹底的な尋問に委ねられる。
(六) 尋問の目的は異端であるという告白を得ることであり、告白が得られると程度の違いはあれ、刑罰が決められる。
(七) 異端であることを認めない者、認めても自説を撤回しない者は火刑に処す。

これと今回の国策捜査も理屈はだいたい同じです。
[一] 寛大な措置を約束して、これまで鈴木宗男衆議院議員の手先となり「不適切な行為」をしていたことを認め、鈴木代議士との決別を表明することを勧告する。
[二] 被疑者がそれを認めないので、反鈴木という「正しい」思想をもっている者に告発を命じる(怪文書の作成を含む)。
[三] 告発者の名前は最後まで明らかにされない。
[四] 話を作り上げ、証拠が固まったような体裁を取り、無実だと主張するならば、被疑者が反証しなくてはならないという形で外務省内のヒアリングを行う。
[五] 外務省では整理できないので検察に引き渡す。

［六］捜査の目的は、鈴木代議士と共謀して罪を犯したとの自供を得ることである。
［七］自供した者は、象徴的な刑に処し、公判も小さくまとめ、出来るだけメディアのターゲットにならないように「配慮」する。
［八］容疑を否認する者、事実関係を認めても違法性認識のない者については、出来るだけ重罰〈実刑〉にするとともに、メディアを通じて二度と社会生活に復帰できなくなるように信用失墜を図る。

これまで、私は異端審問についてはその神学的理論構成に関してしか興味を持っていませんでしたが、今では裁判手続きにもとても関心を持っています。これは今回逮捕された「成果」と言えるでしょう。

それから、検察用語と世間一般の用語の「差異」もなかなか興味深いです。このような辞書を作ってみるのも面白いです。カッコ内が世間一般で意味するところです。

「頑強に否認」あるいは「大ウソをつく」（事実を述べている）
「淡々と供述し」（検察に迎合した供述をする）
「素直に供述し」（ふにゃふにゃになって、検察から押しつけられた供述にサインするだけの自動調書製造機になる）
「気味が悪い」（是々非々で、自己に不利益なことを含め、事実を供述するが、検察には迎合しない）

検察「文化」の研究も今後の重要な課題です。

九月二四日(火)晴れ　一三四日目

○necessitas non habet legem.「必要は法をもたない」

九月二五日(水)晴れ　一三五日目

【弁護団への手紙】――76①

昨日、『旧約聖書』を読み終えました。一五〇二頁、四〇〇字詰め原稿用紙に換算すると約四一〇〇枚になります。四カ月足らずの短期間で、決して読み易いわけではない宗教経典を通読できたのも拘置所に入ったおかげです。聖書には闘いのヒントがいろいろと隠されているので、公判対策にも役立ちます。

○あれだけ熱気に包まれていた検察がなぜ今は、鈴木公判を小さくまとめようとしているのか。それは目的が達成されたからである。それではその目的とは何か。これを探求していくことである。

【弁護団への手紙】――76②

『世界』一一月号に原稿が掲載されていないのは残念[★1]ですが、北朝鮮もの、「日朝首脳会談[★2]」と「ノンペーパー[★3]」だけでも何とか掲載できないか試してみて下さい。もし『世界』がダメならば、『週刊金曜日』に投稿するか、場合によっては『噂の眞相』でもよいので、とにかくこちら側に発信する意志と能力があるのだということを一〇月に刊行される活字メディアで明らかにすることが、私にとっては死活的に重要です。是非試してみて下さい。「国策捜査を考える　公判を終えて」[★4]という仮題で、原稿を書き下ろしてみようと思います。やる気になっているので、今から原稿を書き出そうかと思ったのですが、いずれにせよ一一月号の締め切りには間に合いませんし、書証のコメントが週をまたいで来週になると、またやる気がなくなり、第二回公判に間に合わなくなる危険性を感じるので、今回は禁欲し、週末回しにしようと思います。

今日、質問のあった「なぜ今もって鈴木宗男代議士と結びついているのか」、「外務省内で鈴木代議士の威光をカサに着て怒鳴り散らしていたのか」という二つの件については、答えるのはそれ程難しくないのですが、「思考する世論」に対してどう誤解されないよう

★1　弁護団は公判への否定的影響を懸念し、そもそも原稿掲載について『世界』編集部と折衝していなかったのであるが、佐藤には原稿がボツになったと伝えていた。弁護団の判断であるというと佐藤が強く反発することを恐れてとった対応と思われる。弁護人と獄中の被告人のコミュニケーションの難しさをうかがわせる事例である。

★2　日朝首脳会談について書いたレポート。佐藤優『国家の罠』に収録されている。

★3　「ノンペーパー」とは、公式には口頭メッセージであるが、正確を期すために発言内容を記した文書。

★4　結局、この原稿は作成されなかった。

に説明するかは、なかなか難しい課題です。いずれにせよ、これらの点はこれから書き下ろす「鈴木宗男論」(『世界』の原稿とは別)の中に盛り込みたいと思います。[★1] 私の能力、筆力の限界で、雑誌編集部が採りあげてくれないならば諦めざるを得ませんが、公判との絡みで私の不利益になるとの配慮はいりません。一一月一一日鈴木初公判(総合雑誌の発行日は毎月一〇日前後)はまたとないチャンスです。これを逃してはなりません。

私の事件を「キャリア」「ノンキャリア」で区分し、「ノンキャリア」の暴走とする図式に世論も何となくしっくりしていない部分があると思います。前島[陽]氏はキャリアですし、本来逮捕されるはずだった東郷[和彦]氏は外務省幹部です。

真実の対立図式は、政治サイドから困難な課題が与えられた場合、

①「成果は出なくてもよいから、リスクを冒さず、ルーティーンワークで済ませる」と考えた外務官僚と

②「リスクを冒してでも成果を出すために全力を尽くす」と考え、実践した少数の士気の高い外交官(外務官僚ではない)との対立なのです。

つまり②である我々にとっては、「不作為」こそが国益を毀損すると考え、リスクを負担しつつ走ってきたのです。これは、「目的のためには手段を選ばない」ということとは違います。手段を選んでおり、官邸、外務省の手続きはきちんと踏んでいます。このことを「言い訳」と受け止められないようにどう説明するかという課題はなかなか難しいです。

昨日、中世キリスト教史の本を読んでいると、

necessitas non habet legem.(ネケシタス　ノン　ハベト　レゲム)「必要は法をもたない」という格言が出ていましたが、私たちの場合、法律は守ってきたと思っています。

いずれにせよ、本件を知的に面白い裁判にしなくてはなりません。

正月は、是非拘置所の中で迎えたいと思います。どのような食事が出るのかも楽しみです。

それから、思索をする場として、独房というのはたいへんによい環境です。一種独特の緊張が知的営為に対して明らかに肯定的影響を与えます。

政治戦術的観点からも、当面の間、鈴木・佐藤獄中闘争という形態をとった方が得策です。原稿を持ち込む場合でも、単なる「手記」と「獄中記」とでは重みが違ってきます。この辺については、別の機会にもう少し詳しく私の考えを説明します。

弁護団への手紙や雑文もそこそこの量になったので、年明けくらいのタイミングで出版を考えたいと思います。特に六月二二日付の「現下の所感」[★2]を始めとする初期のものは、現在のような余裕がなかったので、それだけに「言葉の重み」があると思うので、是非生かしたいと思います。

★1　「鈴木宗男論」は断片的メモの作成で終わり、論文の体裁にまとめることにはならなかったが、この獄中メモは佐藤が保釈後『国家の罠』を執筆する上でとても役に立った。

★2　本書付録に収める。

九月二七日(金)曇り　一三七日目

【弁護団への手紙】――78①

九月末から一〇月はじめは拘置所の引っ越しシーズンのようです。人の出入りが多く、空房も目立ちます。私は引っ越しは大嫌いなので、いつまでもこの独房にいたいと思います。四カ月以上も住んでいると、この独房のコンクリートや畳にも私の魂の一部が乗り移っていきます。

今日は、午後、風呂に入りました。さっぱりとしました。来週からは風呂も一回減って週二回(火、金)になります。拘置所も秋の体制に移行することになります。

〇「今となって考えてみれば……」これが検察の切り口である。今となって考えてみれば問題があるならば、当時も問題を感じていたはずであるという形で違法性認識への道を作る。要するに物語を再編させるわけである。しかし、現在の視座で過去の物語を再編する権利は誰にもない。自らがコミットしたあの時代に対する責任を放棄することになる。一度、このような踏み越えをすると永遠に「物語」の再編におびえなくてはならない。権力の圧力による自己の過去の再編を、インテリは受け入れるべきではない。

第三章

獄舎から見た国家

――九月二八日(一三八日目)から一二月三一日(二三二日目)まで――

九月二八日(土)雨　一三八日目

よく寝た。砂漠でキャンプをしている夢を見た。砂漠の夜は寒いというところで、目が覚め、独房の小窓を閉めて、また寝た。後は役所と映画が混ざった夢を見た。

九月三〇日(月)雨　一四〇日目

【弁護団への手紙】——79②

今、午後七時過ぎです。半日遅れのNHKニュースを聴いています。内閣改造が午後に行われると報じています。しかし、経済においても外交においても、政治改革においても何の成果も上げていないにもかかわらず、内閣支持率が五〇%もあるというのは、日本社会が病んでいることの反映です。小泉—田中現象で、私がいちばん違和感をもったのは、一般世論のみならず、政治エリートを含む日本全体の「反知性主義」です。大多数の人々は「反知性主義」に与していると考えていないのでしょう。また日本の政治、メディアのエリートも「日本は教育水準が高い」という恐らく三〇—四〇年前の「神話」をそのまま信じているようです。この点についても、外交との絡みで、私の考えをまとめてみたいと思います。鈴木代議士と田中外相の論戦にしても、理屈の上では勝負以前の話なのです。しかし、この過程を通じて何故か鈴木「悪役」イメージが出来上がり、国策捜査に繋がっていったというのが現実です。このメカニズムについて解明しなくては、こちら側も有効な対メディア戦略・戦術を構築できないと思っています。

そんな思いもあって、ポパー［一九〇二―九四］『開かれた社会とその敵』を読み始めました。四〇〇字詰め原稿用紙換算で二八〇〇枚になる大著です。歴史に何らかの意味があると考えるのが全体主義で、ナチズム、ファシズム、共産主義は同根だという論議を展開しています。そして、諸悪の根源はプラトン、ヘーゲル、マルクスということになります。政治的にはとてもわかりやすい内容ですが、少し哲学を勉強したことのある者にとっては耐えられないくらい水準の低い本です。ハーバーマスとは、そもそも同じ土俵に乗らないくらいのひどいレベルです。しかし、ポパーの思想が冷戦後、現実の政治に無視できない影響力をもっていることを考えると、「反知性主義」というのは世界的傾向なのかもしれないと思います。

あまりこのようなことに関与していると、外に出てから再び現実と関わるような世界に足を引きずり込まれる危険性が生じるので、社会哲学の勉強はほどほどにしようと思っています。

一〇月一日(火)雨　一四一日目

久しぶりに職場(外務省)の夢を見た。一日だけ保釈になり「お礼参り」に行く夢だった。もし実現すれば、怯える人物の数は少なくないだろう。

一〇月二日(水)快晴　一四二日目

【弁護団への手紙】――81②

関係者がトランクルームに行くということなので、以下の書籍を引き出していただき、適当なタイミングで差し入れていただければ幸甚です。拘置所の領置箱にどれくらいの冊数の本を預けることができるかわかりませんが、長期勾留になることは確実なので、この機会を生かして、外ではなかなか読めない今読んでいるより少し難しい本を読もうと思っています。

『宇野弘蔵著作集』(岩波書店)(確か別巻を含め約一〇冊)★1

『廣松渉著作集』(岩波書店)(確か約一〇冊、★2 そのうちの一冊の確か「近代の超克論」は箱だけがトランクルームにあり、中身は与野の実家にあるので、いずれかのタイミングで取り寄せて差し入れて欲しい)

『廣松渉コレクション』(情況出版)(確か約六冊、箱なし、クリーム色のカバー)

『スターリン全集』(大月書店)、第二巻、第七巻

これらの本を読んで、「近代とは何なのか」ということについて、思想的整理をしてみようと思っています。

しかし、中世神学に本格的に取り組もうとすると社会哲学、近代思想等をきちんと押さえておく必要が出てくるので、(「近代とは何なのか」ということを理解していないと、中

世の特徴がわからない）、準備作業がなかなかたいへんです。

それにしても、日本の場合、哲学や思想において、国際スタンダードに達しているのが、戦前の西田哲学[★3]、田辺哲学[★4]等の「京都学派」を除けば、（仏教思想は別として）宇野弘蔵［一八九七―一九七七］や廣松渉［一九三三―九四］といったマルクス主義陣営に人材が片寄っているというのは本当に情けなく思います。私としては、何とか保守系で面白い思想を形成してみたいと思っているのですが、これもなかなか難しい課題です。

残りの人生のうち、知性が働く期間をあと三〇年と仮定した場合、熟読できる学術書は（一冊平均五〇〇頁として）一カ月に一〇冊が限度でしょう。三〇年でわずか三六〇〇冊しか読めないのです。書く作業にも時間を持っていかれるので、実際に読める本の数はもっ

★1　実際には一〇巻別巻一。

★2　実際は全一六巻。

★3　近代日本の哲学者であり京都学派を創始した西田幾多郎（一八七〇―一九四五）の思索と哲学的著作を特徴付けた呼称。西田は古今の西洋哲学を意欲的に吸収し、フッサール現象学においていちはやい紹介者でもあったが、仏教をはじめとする東洋的思惟の伝統の上でそれらを生かそうと努めた。

★4　西田幾多郎とともに京都学派第一世代を形成する哲学者田辺元（一八八五―一九六二）の思想体系を指す。西田の観照性・無媒介性にあきたらず、鋭い言葉で論難し、あらゆる直接的実体の定立を排する絶対媒介の概念を提起した。さらに国家社会の構造を究明する〈種の論理〉を提唱し、戦争への反省から、後に「懺悔道としての哲学」に想到した。

と少なく、これら読んだ本の中から頭に定着させることのできる知の量はもっと限られてきます。三六〇〇冊の本ならば、天井まで積めば、この独房にすべて収まるでしょう。そう考えると、人間が一生の間に出来ることはとても限られていると実感します。

独房で、私は二つの世界に足をかけていることになります。ひとつは過去の世界で、外交官という「公の世界」での半生の整理です。もうひとつは未来の世界で、おそらくは中世末期の神学、哲学を研究していくという「私の世界」におけるこれからの人生に向けての準備です。この二つの作業を同時に進めていても私には特に違和感がないのです。ということは、私の中では、この二つのテーマがどこかで繋がっているということになります。恐らく、「人間とは何か」という問題意識で繋がっているのだと思います。

今日の午後は、三〇分間、屋上で「熊歩き」をしてきました。[1] それから多摩川のゴマフアザラシ[2]「タマちゃん」に関する雑文を書き、鈴木宗男論の草稿を五枚書き進めたところで午後七時です。この草稿はどれくらいの分量になるか皆目見当がつきません。ただし、それなりに面白いものにはなると思います。

それではこれからラテン語に取り組みます。

一〇月四日(金)晴れ　一四四日目

【弁護団への手紙】——82③

難しいテーマを扱うときは、思いつきをそのまま文字にはせず、まず、筆ペンでポイントだけを箇条書きにし、一晩寝かせてから翌日文章にすることにしています。一晩寝かしても崩れてしまわない内容は単なる思いつきではなく、自分の「考え」なのだと思っています。

それにしても書くことにより、世界が確実に広がります。囚人になって、書くこと、読むことが、人間が人間として生きていくためにどれだけ重要かということを実感しました。この経験は私の今後の人生においてもプラスに作用することと思います。

一〇月五日（土）晴れ　一四五日目

【弁護団への手紙】――82④

外交とインテリジェンス（諜報）は扱う対象は同じですが、「文化」や「ゲームのルール」が全く別です。

インテリジェンスの世界では結果がすべてです。結果が出れば、あとはどのような理屈付けをしてもそれは認められます。とにかく結果さえ出れば、あとは「よくやった」ということで終わりです。そのかわり結果が出ないと、言い訳は一切認められません。いくら努力をしても「あいつはいい奴だが……」で終わってしまいます。それから、インテリジェンスの世界では、世間一般に「見えない」ということが極めて重要なので、何もしない

★1　旧獄舎（新北舎）の屋上にコンクリートで囲まれた独房収容者専用の運動場がある。

★2　実際はアゴヒゲアザラシ。

でその姿が「見えない」ときと、工作が完璧で「見えない」ときが表面上、同じなのです。一〇〇回の工作に成功しても、一回失敗してその姿が見えてしまったら、二度とインテリジェンスの世界では活動できません。

私が見るところ外交の世界は、結局のところ、結果主義ではありません。失敗しても、相手に責任を転嫁し、言い訳をすればほとんどの場合、逃げることが出来ます。また、国民的理解を得ながら進めなくてはならないので、その姿を見せる必要があります。

外交とインテリジェンスをうまく噛み合わせないと難しい外交案件を進めることは出来ません。今回の「鈴木・佐藤事件」のもう一つの隠れたテーマはインテリジェンス活動で、残念ながら日本ではまだインテリジェンスに対する理解が不十分だということです。

外務省関係者については、嫉妬の要素があるでしょう。要するに、インテリジェンスの重要性はわかっていても、それによって自分のテリトリーを浸蝕されるのが許せなかったのでしょう。政治の世界では、結局のところ、鈴木代議士以外、プロのレベルでインテリジェンスを理解していた政治家がいなかったということなのでしょう。

一〇月六日(日)曇り　一四六日目

【弁護団への手紙】――82⑥

今日は珍しく朝から食欲があり、麦飯を全部平らげました。ちなみに、拘置所の御飯は金属の弁当箱で炊きあげたものですが、朝は素手で弁当箱を掴むことができないくらい熱い炊きたての御飯がきます。朝食のおかずは、みそ汁(具は毎日かわる)の他、ふりかけ、佃煮、納豆、魚の缶詰のうちどれか一品が日替わりでつき、それに海苔、なめこ、山菜、梅干のつくことがあります。温泉旅館の朝食とだいたい同じです。今日はおいしい野菜汁がついていたので、それにつられて朝からきちんと食べてしまいました。

一〇月七日(月)曇り　一四七日目

【弁護団への手紙】——83①

明後日(一〇月九日)は第二回公判なので、気を引き締めて取り組みたいのですが、具体的に何をすればよいのかよくわかりません。「公判で霞が関に行くのは気分転換になるだろう」などという質問を受けることがありますが、出廷自体はそれなりに面白いのですが、移動は退屈で、仮監にいる時間は本当に無駄に感じます。仮監に置いてある官本が「当たり」ならばそれなりに意味のある一日になりますが、ヤクザ小説や犯罪小説上下巻のうち、下巻しか入っていないと、ストーリーもよくわからず、筆記用具もないので何か別の作業をすることもできず、時間がひどく長く感じられるのです。心理的には仮監の一日は独房の一週間に相当します。

【弁護団への手紙】——83②

今後の対露外交を考えるならば、今回の私の裁判を文字通り政治裁判とすることが適切です。日本国内の対露関係改善積極派(親露派ではない。日本の外交活動の幅を広げるというあくまでも日本の国益を増進するとの観点からロシア・カードを使おうとしていたにすぎない)がとりあえず敗れたので、このような国策捜査が行われたとの認識をロシア側に抱かせることが肝要です(それに情勢を深く分析するとこの見方は決して誤っていません。これについては別の機会に詳しく私の考えを説明します)。

ロシアとしても、「鈴木宗男をチャネルとした外交は正しかった。しかし今回は運が悪かった。路線闘争ならやむを得ない」との認識を持つことは十分あり得るシナリオで、そうなれば今後の外交に与えるダメージのミニマム化に繋がることになります。

私が見るところ、最も危険なシナリオは、「日本の総理大臣は弱い。総理特使を送り、秘密交渉を行っても、その責任をとることができない。日本を相手に交渉する場合、政治家は迂回した方がよい」との認識をプーチン大統領が持つことです。

鈴木グループが排除されたことは、日本で考えられているよりもずっと深刻にロシアでは受け止められています。外務省で私たちの関係者が対露外交の第一線から外されたので、クレムリンとの人脈のみならずロシアの政治・経済・学術エリートのほとんどと日本は関係を失ってしまいました。これは、決して自己過大評価ではなく、客観的状況です。

プーチン政権は、小泉政権を相手に対日関係の抜本的改善は非現実的と考えているでしょう。日本側もとりあえず時間を稼ぎたいということだと思います。問題は、日本の現政権エリートがロシアの潜在力を正しく認識していないことです。あの国は極端から極端に振れる国で、「味方でなければ敵」との図式に傾きやすいのです。ロシアと対峙することになった場合、日本が益することはあまりないでしょう。私の裁判をロシア側は詳細にウオッチしています。そのことを考慮してどのようなメッセージを出していくかについて考えなくてはなりません。

第二は、インテリジェンス(諜報)の問題です。私たちが構築した、イスラエル、ロシアのインテリジェンス・コミュニティーの関係も、近未来は活用することはできませんが、いつかまた活用する状況が生じます。状況がそのような必要を生み出します。そのとき、その任務に従事するのは外務省内では数少ない実務経験を持つ私の同僚たちです。彼らが、私のような形で責任をとらされることがないように、私の裁判を通じて(裁判所の中のみならず、ある程度はメディアを通じても)、何らかの教訓を明らかにしておく必要があります。この際、インテリジェンスの機微な内容には一切踏み込めないので、なかなか難しい課題です。

ちなみに、東京のインテリジェンス・コミュニティーも私の裁判を注意深くフォローしています。もし、公判でインテリジェンスに関する事項がひとつも出てこなければ、日本のインテリジェンス活動(私の活動を含む)は合格点に達しているということになります。

いずれにせよ、よく考え、整理しなくてはならない課題です。とにかくこれは普通の刑事裁判ではないので、これから政治的外交的利害の調整がなかなかたいへんになると思いますが、現時点では具体的な「絵」が見えません。「明日のことは、明日になってから悩めばよい」ということで、今、あれこれ考えても仕方ないと認識しています。いろいろな意味で長く、複雑な闘いになります。

一〇月九日(水)曇り　一四九日目

第二回公判の日である。開廷の一五時三〇分までほぼ半日ある。仮監の中で退屈することであろう。

【弁護団への手紙】――85

東京地裁からの帰路、渋滞にかかり、独房についたのは午後五時三五分でした。★1 食事を済ませ、身の回りを整理し、一息ついたところです。

本日はたいへんお世話になりました。とりあえず気づいた点は以下の通りです。

○プレスの関心が思ったより高い。記者はペンだけで一五人来ていた。そのうち一人は某大新聞社の外報部デスク、他にも顔見知りの政治部記者も二人いた。単なる刑事事件に対する関心とは異なる。この様子ならば、公判で外交問題を出しても記者はついてくる。

○裁判長は、「自分が世界でいちばん頭がよく、正しい」と考えている田舎の小学校の校長先生タイプ。

公判は充実していましたが、今回の仮監は最低でした。まず、空調の関係か肌寒く、官本がヤクザ・マンガが二冊で、小説に交換することもできず、時間をもてあましたので、マンガの吹き出しを小声でロシア語に訳していました。合計七時間も仮監にいたので、一週間分くらい疲れました。

一〇月一〇日(木)快晴　一五〇日目

【弁護団への手紙】──86①

今朝は快晴です。昨日の仮監生活で疲れたせいか、ぐっすりと眠れました。まだ少し疲れが残っています。

戦前の陸軍刑務所の如く、独房で一日中正座していることが義務づけられているならば、正座には慣れても退屈から耐えられない疲れが蓄積していくことでしょう。人間にとっては、何もやることがないというのがいちばん辛いのだと思います。幸い、私には獄中でもやることがたくさんあります。

今週末は三連休です。こちらは「毎日が日曜日」のような生活なので、実際には平日とあまり大きな違いはありません。しかし、拘置所全体が静かなのと、コーヒーが一回だけで、一日中ほとんどラジオが鳴っているという点で、囚人にとっては主観的にかなりの変化になります。この間に書く作業をずっと前に進めようと考えています。

今日は少しペースダウンして、読書を中心にゆっくりとした一日を過ごし、三連休の計画を立てたいと考えています。

★1　佐藤を連行した看守の腕時計を盗み見して時間を知った。

一〇月一二日(土)快晴　一五二日目

【弁護団への手紙】――86②

『太平記』は軍事物語であるとともに政治物語、さらに人間の心理物語でもあると感じています。例えば、この時代に無礼講が始まるのですが、実は無礼講の目的は、上下のへだてなく、あたかも友人のような感じで酒を飲みながら、クーデターに参加する意思がどの程度あるのか腹を探るといったように、私が赤坂の料亭でよく見た風景そのものです。

私自身が『太平記』の中でいちばん感情移入できるのは僧侶たちです。当時の知識人は公《く》家《げ》と僧侶なのでしょうが、僧侶の方がより哲学的です。理論面を重視する顕教とともに呪術的な密教が並立し、対立しているというのも、ロシア課(顕教)とわれわれ特命チーム(密教)の対立のようでとても面白いです。当然、密教の方が政治との結びつきを強めるわけです。

一〇月一三日(日)快晴　一五三日目

久しぶりにチーコ(シベリア猫)の夢を見た。毛が緑色に輝いていた。

【弁護団への手紙】――86⑥

永山則夫氏が、ノート、書籍と向かい合い(永山氏の場合、数年間は雑居房にいたので、同居者との意見交換も含まれるであろうが)、知的空間を作り上げていった過程が拘置所生活をしているとよくわかります。外界から遮断された状況に置かれると人間の知的営為が深みを増すというのは(もちろん知的営為を行うという前提での話ですが)、自然の成り行きだと思います。知的営為が深みを増せば、創造的知性を刺激します。それ故に獄中でいろいろな「作品」が生まれるのだと思います。

外界から遮断されているということのもう一つの利点は、現下アカデミズムの流行、人間関係に配慮せずに知的作業を展開することができることです。日本では「浮き世の義理」を無視しては生きにくいということで学者が行う自己検閲が深刻な問題です。例えば、現下の情勢で、北朝鮮の肯定的側面(どんな国家にも肯定的側面はある)について発言することや在日朝鮮人問題(第二次世界大戦中の強制連行や慰安婦問題)と今回の拉致問題を絡めた真面目な議論もできないと思います。この点、拘置所の中では「自由」に考えることができます。中世の縁切り寺や賤民共同体における「自由」と拘置所の中で私が感じている「自由」の間には繋がりがあると思います。それは外界での自由とは異なるカギカッコ付の「自由」な世界なのです。

永山氏に対して私がいちばん違和感をもつのは、同氏に責任感が完全に欠如していることです。責任感は、学習能力や表現力、判断力とは全く位相を異にする概念です。帝王学では、あえて責任感の欠如した人物を作ります。金正日に対してわれわれが違和感を覚えるのも金正日の拉致問題に対する責任感が極めて希薄だからと思います。しかし、北朝鮮のこのシステムが、日本の近代天皇制のコピーであることに気付いている日本の知識人がどれくらいいるかということです。永山氏の場合も拘置所独房の中で思想的には「天皇」

になってしまったのだと思います。それ故に私は永山氏の小説『木橋』を退屈に感じるのだと思います。

人は易きに流れるので、私は、拘置所の中では小説や実用書を遠ざけています(唯一の例外がカロリーブックです)。そうすると、外にいると手間がかかるので読まない古典作品ですら娯楽本になってきます。『太平記』を一日半で一九〇頁読みました。中世の政争の世界が今の私にはリアリティーをもって迫ってきます。現在、私が置かれている状況と重なるのでしょうが、どうしても南朝にシンパシーを感じます(以前、私は政治的リアリズムの観点から北朝にシンパシーを感じていた。今でも足利義満は私が感情移入できる数少ない歴史上の人物である)。

(現在、朝の九時で、コーヒーを飲んでいます。コーヒーは本当によい気分転換になります。これもいつでも自由に飲めるのであればこれ程有り難く感じないと思います。)

北朝側(足利氏)は、権力を実際に握り、国家運営にあたっていました。特に足利義満は、明という超大国に日本が呑み込まれてしまわないようにするために、日本の国家体制を整備し、自ら王(天皇ではない)になる道を着実に歩んできた政治家としてとても興味深いのです(恐らく最後は毒殺された)。金閣も、隠居所ではなく、あそこに新たな王宮を作ろうとしていたという解釈の方が合点がいきます。

これに対して、南朝側は実際の政争には敗れました。しかし、『神皇正統記』『太平記』において、南朝側が正しいのだということが定着し、後世で再評価されるわけです。北朝側が権力に酔っている間に、南朝側は記録を残したのです。南北朝の動乱は、軍事的には北朝側が勝利しましたが、歴史的には南朝側が勝利しました。

今回の国策捜査についても、「南朝的な闘いを展開するにはどうすればよいか」について私は毎日考えています。その意味で公判をどのように展開し、記録に残すかが重要な課題と考えています。

私が学術書を精読するときは、同じ本を三回、それも少し時間をおいて読むことにしています。

第一回目、ノートやメモをとらず、ときどき鉛筆で軽くチェックだけをして読む。
第二回目、抜粋を作る。そして、そのとき、内容を再構成した読書ノートを作る。
第三回目、理解が不十分な箇所、あいまいな箇所についてチェックする。
このような読み方をすると、一〇年経っても内容を忘れることはまずありません。

一〇月一四日(月)快晴　一五四日目

【弁護団への手紙】——86⑧

独房で聞こえてくるラジオニュースも有益です。イラク情勢を巡る緊張と昨日(一〇月一三日)インドネシアのバリ島で発生した「爆弾テロ」[★1]のリンケージも見えてきます。「イスラーム共同体(ダール・アル・イスラーム)」という観点に立つと、外部世界=「戦争の家(ダール・アル・ハールブ)」からの侵略の危機が迫っているということになります。テロリストの自己意識の世界では、攻めているのではなく、守っているのです。イスラームとテロリズムの関係についてもわかりやすく説明できる専門家が日本には少ないのです。二〇〇一年九月一一日以降は、イスラーム問題も私の仕事の中で大きな位置を占めていました。この手の問題が起きると、地域、宗教、軍事、テロ、国際政治、諜報の知識を綜合する能力が問われるのですが、これをできる専門家が日本にはなかなかいないのです。この点で私と山内昌之[一九四七—]教授の協力体制にはとても意味があったのです。

『太平記』を読んでいて感じるのですが、われわれにとって『太平記』や『平家物語』の世界ははるか昔、中世の物語です。これらの世界は「物語」であり、批判的考証を経た歴史とは異なります。

しかし、イスラーム世界の人々(特に原理主義者)にとっては、コーランや伝承(ハーディース)に書かれている世界がそのまま現実として受け止められています。

現在の私たちの時代は源平合戦、南北朝の動乱、第二次世界大戦あるいは湾岸戦争を直接体験しているわけではありません。これらについては(教育を含め)情報として受け取った上で歴史的世界像を形成しているのです。日本でも、少し前まで、例えば、幕末の志士たちは、『神皇正統記』『太平記』の世界と現実の世界の間に六〇〇年の時の隔たりがあるとは考えていなかったと思います。イスラーム世界は、今でも七世紀のムハンマド(モハメッド)と異教徒の戦いなどというのが、昨日、すぐそこで起きたことのように受け止められているのだと思います。原理主義者たちは、歴史的事実の断片と現下情勢の断片を繋ぎ合わせ世界像を作っているのです。

これは、私たちにとっても決して荒唐無稽な話ではありません。今回の国策捜査で、検察が事実の断片を繋ぎ合わせ、それでも足りないときは事実を作り(自供中心主義なので事実を作ることはそれ程難しくない)、現下の国策にとって都合のよい「真実」を追求し、裁判所がそれを追認するというのは、構造的に見るならば、原理主義国のイスラーム法廷と一緒です。強いて違いをあげるとすれば、日本の場合、石打ち、斬首といった刑がないことくらいでしょう。

『太平記』を読んでいて気付いた他の興味深い点は、日本が中華(中国)文化圏の辺境に位置しているのだということです。『太平記』の中で行動規範として引用されているのはすべて中国の古典からです。古事記、日本書紀の世界が行動規範になっていません。

★1　dāar al-Islāam「イスラームの家」が原義で、イスラーム法が適用される領域。ダール・アル・ハールブ(戦争の家)、ダール・アッ・スルフ(和平の家)とともに、イスラームの世界観に基づく領域的概念。ダール・アル・イスラームとダール・アル・ハールブの間では、領域民の保護という現実的な観点から外交関係の確立や和平条約の締結により安定関係を保つことが必要とされた。現代の世界観にあてはめれば、ダール・アル・イスラームはイスラーム諸国、ダール・アル・ハールブはイスラーム諸国との交戦国、またダール・アッ・スルフとは和平条約が締結されている友好国ということになろう。

最近の日本のデフレ現象にしても、大きな流れとしてみるならば、日本が中華文化圏に再併合されていく過程なのかもしれません。デフレで賃金が下がっても、生活水準が下がらないのは、ユニクロに代表されるような廉価で良質の中国製品が入るからで、野菜にしても日本の技術により中国で作られたわれわれの嗜好に合う廉価な野菜が入ってくるので、シェアが高まるのは当然でしょう。この流れが進むとあと数年で、日本と中国の相互依存関係は一層強まり、切っても切れなくなるのは必至です。

それだからこそ、現段階で両国間にどのような「ゲームのルール」を構築するかが重要なのですが、ここまで目配りの利いている政治家はまだいないと思います。私は知識人というのは、自己の利害関係がどのようなものであるかを認識した上で(つまり、自分には偏見があるということを認めた上で)、自己の置かれた状況をできるだけ突き放してみることのできる人間だと考えています。この訓練が一般教養であり哲学なのだと思います。この訓練を欠いて知識や技法だけを身に付けると、自分の世界の切り口からしか他の世界を見ることができなくなってしまいます。

今回の国策捜査を経験する中で、そのことを確信しました。検察の見方は、基本的には「庶民の常識」です。不況が長引けば「税金の無駄遣い」ということがキーワードになってきます。従って、ルールブックをできるだけ「庶民の常識」に合致するように適用し、そのような形での「犯罪」を作り上げていくのです。

他方、外交の世界では(特に秘密外交の世界では)、経済合理性では測れない世界があります。ある特定の人をターゲットに定めて、そこから得る情報が死活的に重要になることがあります。例えば、日本はエリツィン大統領と北方領土問題の突破口を切り開こうとしているが、同大統領に健康不安がある場合、主治医(ターゲット)と人脈を作って情報を得ることはとても重要になります。ターゲットと人脈ができても医師の口の堅さはどの国でも一緒なので、この先の情報入手には深い知恵を働かす必要があります。このためには、特別の便宜供与も必要になれば、接待にカネもかかります。どの程度が適切かは、工作担当者にしかわからないのです。「この工作を行う」ということが組織によって決定されれば、基本的に青天井で工作費が出るというのがこの世界の常識です。もちろん、他国の元首の健康状態を探るというのは表には出せない話なので、このような努力も闇の中に隠しておかなくてはなりません。

しかし、エリツィンが引退してしまえば、このような工作は全く意味がなくなります。結果としては、この工作に費やされたカネと努力は無駄になるわけです。「庶民の常識」から見るならば、「税金の無駄遣い」ということになります。秘密外交上の工作などというのはこのようなことの繰り返しなのです。

しかし、このような作業なしに外交交渉を日本に有利な方向に導くことはできません。その時点で必要であった工作が、後から「庶民の常識」で断罪されるのでは、誰も秘密外交には従事しません。従って、このような「断罪」から秘密工作に従事する外交官を守るのが「政治」の役目なのです。しかし、今回は「政治」がわれわれを潰すことにした訳ですから、私の側ではなす術がないのです。

今回の経験で、検察官文化もよくわかりました。外交官の仕事は何かを作ることが多いのに対して、検察の仕事は守りが多いということです。「物差し」が違うので、共通の言葉を見いだすことは難しいです。そうなるとどちらの「物差し」を使うかということですべては決まってきます。当時の「政治」はわれわれに外交の「物差し」を使えと言ってきたのでそうしたわけですが、現在の「政治」は検察の「物差し」、それもできるだけ「庶民の常識」に近い「物差し」を使えと言っているわけです。だから公判で有罪・無罪を争った場合、こちら側に極めて不利であるというのが当初からの私の認識です。守らないとならないのは外交ですし、外交に今後も貢献していく人材です。この点については、たまたま検察が話を大きくするつもりがなかったので、私も自分の守りたい価値を守ることができているというのが現実だと思います。

私がこのような形で刑事責任をとらされるならば、今後、「政治」が国益上必要な命令をしても少しでもリスクがあるならば、外務官僚がサボタージュするという状況が定着します。私はこの傾向に歯止めをかけたいのです。私を巡る事件は、公金で競走馬を買っていたとか、愛人とホテルに泊まっているという類の話とは本質的に異なります。まさに業務を遂行する上で必然的に発生した事件です。そして、今度もこの種の事件は繰り返されます。この構造を明らかにし、記録に残すことが、まず、第一段階の課題です。

一〇月一六日(水)快晴　一五六日目

【弁護団への手紙】――88①

『太平記』は三二八頁まで読み進めました。古文のみならず漢文も入っているので、高校生時代の知識を総動員しています。幸いなことに『広辞苑』は古語事(辞)典でもあるので、とても役に立ちます。

廣松渉(故人、元東大教養学部教授)は一般にはマルクス主義哲学者と見られていますが、私の見解では、西洋の科学哲学と日本の仏教思想を結びつけた人物です。たいへんに博学で語学もよくできますが、外国に行ったことは一度もありません。「毛唐なんぞにものを教えてくれと頭を下げられるか」と言っていたのは有名です。一日で新聞、雑誌、小説類以外に学術書を(外国語を含め)一五〇〇頁読むのを日課にしていた学者ですから、外国に行く時間が惜しかったのでしょう。このような生活をしていたので、五〇歳代で死んでしまいました。

私も外にいるときには速読で一日一五〇〇―二〇〇〇頁は書物を読むようにしていました。私の場合、速読とはペラペラと頁をめくりながらキーワードを焼きつけていく手法です。目次と結論部分だけは少しゆっくり読みます。対象となるテーマが馴染みのものならば、五〇〇頁程度の学術書ならば三〇分、一般書ならば一五分あれば読めます。そして、ワープロで、読書メモ(これには二〇分くらいかかる)を作ります。こうすると一日で一五〇〇―二〇〇〇頁くらいの書物を読むのもそう難しくありません。ただし、対象についての知識のない本については不可能です。どんな本でも斜めに読むことができるという意味での速読法はないと思います。まずは背景となる知識(「教養」)がどの程度あるかが問題になります。この「教養」をつけるという作業が本当にたいへんです。だから今回は拘置所において「教養」の幅を広げることを目論んでいるのです。

一〇月一七日(木)晴れ　一五七日目

【弁護団への手紙】——89①

政府の分析専門家として重要なことは、エセ理論と本物の学術的論題を見分ける能力です。自らきちんとしたアカデミックな論題を組み立てていく作業には相当の訓練がいりますが、おかしな理論に引っかからない訓練ならば、半年から一年も集中的訓練を受ければ十分です。語学にしても同様で、高度な通訳になるのは時間がかかりますが、私が若手職員に対して行っていたのは、そのような訓練でした。その意味で、アカデミズムの国際水準がどのようなものであるかを体験として知っておくのはとても重要なのです。このこともテルアビブの国際学会に若手職員を派遣した理由のひとつです。

ところで、ポパーの注を読んでいて、プラトンが説得を三種類に分けていたというところが出てきたのですが、一寸面白いので紹介します。

①理屈による説得

②威圧による説得

③贈り物による説得
この三つの説得はどうも等価値のようです。現在的に考えるならば、②は恫喝による強要で③は贈収賄です。

検察による説得には②③の要素が大きいと思います。「実刑にしてやるぞ」というのは②で、「保釈をきかせる」とか「これを認めれば、不正蓄財については見逃してやる」などというのが③でしょう。

「自己の意思に他者を同意させる」ということが説得ならば、恫喝も贈賄も説得の手段ということで整理できるのでしょう。

【弁護団への手紙】——89②

あと三〇分で就寝時間です。今日は午前中、少しドイツ語に取り組み、午後に神学書を読んでいました。かなり難しい本(モルトマン[一九二六—]『創造における神　生態論的創造論』)を読み終えました。

うまく表現できないのですが、現代プロテスタント神学には固有の「型」というものがありません。同時代の哲学や思想の枠組みを借りてくる「やどかり」のような性格が強いのです。これに対して、カトリック神学は、現代には明らかに適応していない中世的枠組みで学問的営為を営んでいます。今回読んでいるモルトマンは、ハーバーマスから「やどかり」しているので、神学の勉強と社会哲学の研究がうまく噛み合いました。

一〇月二〇日(日)雨　一六〇日目

【弁護団への手紙】――89③

私は「必要は発明の母」、言い換えるならば「環境が人を作る」と考えているので、再び日露関係の強化という政策課題が生じれば、それに対応できる外交官が外務省に生まれてくると楽観しています。そして、その人材は私が作ってきた若手のうちから現れるでしょう。

商社ならば、例えば、三井物産にトラブルがあれば、三菱商事なり伊藤忠が代替することができるわけですが、外務省を代替する組織は存在しません。私が事務所を構えるか、あるいはどこかのシンクタンクで働き対露ロビイスト的活動をすれば、何らかの仕事はできるでしょう。しかし、そうなると外務省本体による外交活動を混乱させることになります。私自身はこの公判が終わるとともに一切ロシアから手を引くということが、私が育てきた人材が外務省で円滑に活躍するために必要だと考えています。

私が獄中にいても法律にほとんど関心を持とうとしないもう一つ理由は、私自身の経験、特にソ連の崩壊という大きな経験の結果、法律というものに対し、一種独特の先入観ができているからです。国策捜査などというのは要するに政治的力関係を法的術語で確定しているに過ぎないと確信しているからです。「法律書を読んで、事例研究をすればするほど、却って法的知識をいくら身に付けても、結局は力の強い現政権の思惑を押しつけられるに過ぎない」という思いが強くなり、途中で、「バカバカしい。こんな見せ物はやめだ」と言って、裁判を放り出す可能性が生じます。法律家にはわかり難いでしょうが、裁判をまともに受け止めず、徹底的に「おちょくる」というのは、政治犯の世界ではそれ程珍しくありません。しかし、私はこの戦術をとるつもりはありません。それはあくまでも「私は現行システム内の人間である」というこだわりがあるからです。

ヘーゲルの法哲学からすると、「犯罪者は法秩序に違反していない」という奇妙な結論になります。このロジックは、市民が犯罪人として摘発され、裁判にかけられ、刑を受けることによって犯罪者と国家の間に和解がなされるわけであり、従って法(秩序)は維持されているということです。ヘーゲルによれば、法(秩序)に対する違反は、犯罪者によってなされるのではなく、国家が本来犯罪として裁かなくてはならない人物を放置しておくことによって生じるのです。そう考えてみると、私、前島氏、倉井氏、東郷氏のうち、誰が法(秩序)に違反しているかということも全く異なってきます。こういう逆転の発想にヘーゲル弁証法の面白さがあります。

一〇月二一日(月)雨　一六一日目

【弁護団への手紙】――90①

語学の勉強はなかなか厄介で、記憶に時間がかかります。私が今まで会った中でもっとも語学に通暁していたのはロシア科学アカデミー民族学・人類学研究所のセルゲイ・アルチューノフ★1教授で、学術論文を書いたり、講演できるレベルに達しているのが、ロシア語、英語、日本語、ドイツ語、フランス語、グルジア語、アルメニア語で、読むだけならば、ギリシア語、ラテン語、中国語、ヒンディー語、イヌイット語等の四〇カ国語ができるという人です。ちなみに、いちばんはじめに本格的に勉強した語学は日本語で、一九六〇年代にソ連からの戦後第一号の留学生として日本に来て、日本人の生活習慣に関する研究で博士号をとった後、世界の食文化の研究、北方少数民族研究を経て、過去二〇数年はコーカサス研究に従事しています。まさに「歩く百科事典」という学者ですが、大いなる常識人で、人格円満な天才型の知識人です。現在は科学アカデミーでの研究を続けるとともにモスクワ大学モスクワ・ヘブライ大学で半年教え、アメリカのカリフォルニア大学サンタバーバラ校で半年教えています。ロシア政府の民族政策にも助言をしています。アルチューノフ教授はアイヌ語にも堪能で、研究書も二冊出しています。私は北海道アイヌの歴史についてはアルチューノフ先生の本で学びました。私などは一〇〇年勉強してもこの先生の水準には追いつかないでしょう。明らかに頭の構造が違います。私はこの先生の勉強法からいろいろと学びました。

この先生は、新しい語学を半年くらいで学術論文を読める水準までマスターしてしまうのですが、いわゆる趣味や教養のために語学を勉強するということはせず、読まなければならない文献があるとか、少数民族の間に入って生活しなくてはならないという必要に迫られてから、集中的に勉強します。「語学などというのは、覚えなければいけないのは二つのことだけだ。文法と単語だ」などと言って、他の人ならば五年はかかるであろう作業を三カ月くらいで終えてしまうのです。集中力といい、速読法といい、この先生から学んだことは多いのですが、何よりも重要なのは研究をする「動機」だということを学びました。

一〇月二三日(水)曇り　一六三日目

【弁護団への手紙】――92①

今朝はどんよりと曇っています。近くの房で移動があるようで、朝早くからにぎやかです。

日本の外交官(そしてその集団である外務省)は(恐らく過去五〇年以上戦争のような修羅場をくぐっていないせいと思いますが)弱すぎます。特に以下の点にその弱さを感じます。

①秘密が守れない。口が軽すぎる。

②自己顕示欲が強く、組織人として行動できない(その裏返しとして、出世街道から外れると、イジけたひねくれ者になる)。

③語学力が弱く、十分な意思疎通ができない。

④任国事情や一般教養に疎く、任国エリートから相手にされない。

★1　Sergei Artyunov ロシアの民族学者。ソ連東洋学アカデミーで日本研究者として出発。その後、北極圏、コーカサス地域の研究で国際的に認知される。ロシア科学アカデミー準会員。

⑤人情の機微をつかむことができず、人脈を作れない。

⑥セクハラが横行しているため、女性外交官の能力を活用し切れていない。

外務省がこのような弱さを克服するためには、制度的な手直しだけでは駄目です。一人ひとりの能力を向上させ、自信をつけさせるしかないというのが私の見解です。

恐らく、日本のエリートはひ弱に育っているため、「失敗する」「評価されない」「競争に敗れる」ということに不必要な恐怖を感じており、自ら作った温室の中で、狭い集団だけで通用する価値観のヒエラルヒーの中で、少なくとも自分はそのヒエラルヒーの上層部にいるという自覚により生きていくという習性が身に付いているのだと思います。結論から言うと、これでは日本の国が国際競争の中で生き残っていくことはできません。

これに対して、政治家は、自己の政治生命がかかっている問題についてならば、口はきわめて堅く、秘密を守ることができます。また、人情の機微をつかみ人脈をつくることは政治家の仕事ですから、この点について、日本人であれ、外国人であれ、天性の外交官と言えます。

鈴木代議士と東郷局長、私などが形成していた「政官関係」は「必要悪」ではなく、機微な外交課題を遂行する上では理想的形態なのです。そして、この構造は役者がかわるだけで今後も続いていきます。

私が意図しているのは、このような事件の「再発防止」で「再犯防止」ではありません。

外交を機能的に遂行していく上での「政官関係」が今後「犯罪」として摘発されることがあってはならないということです。このために何ができるかということを私は独房の中で毎日考えているのです。

逮捕された時点で私が立てた三つの目標は弁護団の先生方の尽力で見事に達成することができました。

①事件を日露秘密外交交渉、諜報の問題に絡む形で展開させない。

②私が育成してきた外交官たちに手をつけさせない。

③鈴木代議士絡みの外交事件を作らせない。

いずれの目標にせよ、我が方が然るべき対処方針をとらなかったならば、検察は確実に踏み込んできたと思います。

「鈴木代議士絡みの外交事件を作らせない」ということも、私の鈴木代議士に対する信条の問題というだけでなく、そうなった場合、秘密外交、諜報の世界が表に出て、それに関与した外交官全体に災いが及ぶ、つまり③に火がつけば、①②に必ず波及するとの読みがあったから最重要視したのです。

検察側が悪意をもって、秘密外交や諜報の「壊し」に取りかかってくるということならば、こちら側もメディアを用い、国際世論に訴えて闘おうと思っていました。私が見るところ検察官にも「仕事中毒者」は多いです。この類の人種は上司の意向を過剰忖度《そんたく》して事件を作る傾向があります。他方、検察庁としては、単に事件を作り上げることだけではなく、国際的反響、公判維持等を考慮に入れた総合的判断が重要になってくる筈だと私は考えました。ここは一種の「賭け」でしたが、外交についてかなり機微なことを含め取り調べ検事に供述することにしました。仮に検事が上司に取り入るために何が何でも事件を作り上げるという「ブルドッグ」型の検事ならば(特捜にこの類も多いようである)、たいへんな混乱が生じる危険性があったのですが、担当検事は職務の範囲内で良心的に対応したと思います。検察庁としても、公判が大荒れになることを警戒したのでしょう。

理髪の呼び出しがかかりました。

【弁護団への手紙】——92②

チェコ人というのはとても不思議な人々で、民族的にはスラブ人なのでロシア人のことがよくわかるとともに、文化的には西欧圏に属するので、ドイツ、フランス、イギリスなどの内在的論理も体感としてわかります。つまり東西両世界をよく理解することができるのです。初代大統領のトマシュ・マサリクは哲学者で社会学者、ロシア思想の第一級の専門家でした。学者としてのスタートは自殺の研究で『現代文明の傾向としての自殺』という本で、生活困窮が自殺の原因というのは実証的に裏付けることができず、むしろ、平均生活水準の高い集団で自殺は多いことを証明し、その理由として、システムの転換についていけず、アイデンティティーをもてなくなる市民が自殺傾向をもつということを挙げました。そして近代文明そのものに自殺化傾向があると警告しました。一八九〇年頃のことです。

二〇世紀の初めには、ロシアについて『ロシアとヨーロッパ』という大著を書き、ドストエフスキーをロシアの病理現象として捉え、このままでは国際秩序を崩す革命が起きると警告します。

マルクス主義に関しても『社会問題』という大著を書き、社会分析としてのマルクスのアプローチは認めつつ、ヘーゲル体系の延長線上にあるマルクス主義は、倫理に独自の場を与えることはできない、つまり「革命という目的のためにはどのような手段を使ってもいいのか」という問題に答えられないと指摘しました。

マサリクは、当時のヨーロッパにおける第一級の知識人でありながら、同時にたいへんな陰謀家でもありました、テロリストをソ連に送り込み、共産政権を転覆させようとしましたし、国際連盟を作って大国の力関係を巧みに使ったマキャベリズム外交を展開しました。

私はフロマートカというチェコの神学者を研究していましたが、彼もマサリクの弟子です。この神学者にも優れた知識人、敬虔な宗教人の要素と政治謀略家の要素があります。

私の場合も、もちろんこれらの巨人の足下にも及びませんが、学者の要素と謀略家の要素があります。私の知のスタイルについては、明らかにチェコから影響を受けています。

ロシア、ドイツ、オーストリア、ポーランド、ハンガリーという大国に囲まれたチェコが国家として生き残るためには、情報、知識を最大限に吸収し、いろいろな「仕掛け」が不可欠、つまり必要がそのようなスタイルを作るのでしょう。

その意味では、私は日本を小国と考えている外交官なのだと思います。それに対して、日本を大国と考える外交官は、情報や謀略をあまり重要視しないのだと思います。

一〇月二七日(日)晴れ　一六七日目

【弁護団への手紙】——93⑥

①複合アイデンティティー問題　現下の民族問題を分析する際のキーワードです。「単一民族」神話の強い日本ではなかなか理解しにくい概念なので、少し別の切り口からの説明を試みます。

ひとりの男性弁護士がいるとします。この人物は、弁護士というアイデンティティーをもっています。同時に、司法試験○○年度合格であるとか、司法研修所○○期であるということでは、法律家という帰属意識をもっています。○○大学出身であるとか○○ゼミ出身という帰属意識もあるでしょうし、特定政党の活動家ならば党員としてのアイデンティティーがあります。また、性別という点では男というアイデンティティーがあるわけです。法廷で弁護士活動にあたるとき、大学の同窓会に出席するとき、政党の会合に出席する場合では、その人の別のアイデンティティーが前面に出るわけです。

民族というアイデンティティーも複合的なのです。ソ連時代のチェチェン人を考えてみましょう。まず、チェチェン人というアイデンティティーをもっています。それと同時にソ連人というアイデンティティーをもっています。ロシア共和国の住民であるということで広義のロシア人というアイデンティティーもあります。コーカサス地方出身の人間であるということで、コーカサス人というアイデンティティーもあります。さらにイスラーム教徒としてのアイデンティティーもあります。このうちでどのアイデンティティーが前面にでてくるかで、情勢はかなり変化するのです。

②チェチェン人の特性　チェチェン人は七五くらいの小部族(タイプ)により構成され、それが一五くらいのグループを作っています。そして、日本でいうと戦国時代の大名のような形で群雄割拠しています。チェチェン人全体で何かを決定する場合には各グループの代表による長老会議を行います。意思決定は多数決ではなくコンセンサス(満場一致)方式をとります。そして決定事項に対しては集団全体が履行義務を負います。ですから王や皇帝はそもそもいません。大統領制にもなじまないのです、ただし、外敵がチェチェン全体に対して迫ってきたときには、臨時総司令官(日本の征夷大将軍のようなもの)が選ばれます。

チェチェンには「血の掟」という独自の「仇討ちの掟」があります。チェチェン人の男子は自己の男系先祖(父、祖父、曾祖父……)七代までの名前、出生地、死亡地、死亡の理由、墓の場所等を暗唱します。そして、もし先祖が誰かに殺されたならば、その犯人を特定し、仇の男系七代の子孫に対して復讐することが義務付けられています。コーカサスにはこのような「血の掟」をもつ民族が多いのですが、これは殺害に対する抑制原理になっています。しかし、一旦、殺人事件が発生すると報復の連鎖を生み出す危険性があります。

ソ連時代にも、コーカサスの人々は、公の裁判とは別に「血の掟」による裁定に従って生きていましたが、チェチェン人を含むイスラーム系住民の間での殺害は極めて少ないので、深刻な問題は生じなかったのです。

一九九一年一二月、ソ連崩壊時におけるチェチェン本国のチェチェン人人口は約七〇万人ですが、一九九四年から現在まで続くチェチェン戦争で約五万人が死亡しています。成人男性の約二割が死んでいるわけですから、チェチェンの側から見るならば、これはジェノサイド(民族抹殺)です。このような状況ではチェチェン人の男性のほとんどが「血の掟」による報復の義務を負っているわけです。

③チェチェンとロシアの歴史的関係　チェチェンとロシアの歴史的関係も極めて複雑です。

まず、チェチェンは山岳部(南部)と平野部(北部)に分かれます。歴史的に山岳部の部族がエリートです。そもそもチェチェン人は騎馬民族で、コーカサス山脈でロシアとペルシャ(イラン)の通商路の安全を担保し、「通行税」をとることで生きてきた(ロシア人、イラン人から見るならば「追剝《おいはぎ》」)ので、平地で農業に従事することを軽蔑します。

ソ連時代、空軍将校、特にパイロットにチェチェン人が多かったのは、チェチェン人エリートが飛行機を現代の「馬」に見立てていたからでしょう(ドゥダーエフ初代「独立派大統領」も空軍少将)。

ロシアに対して協力的なチェチェン人はだいたい平野部の出身です(例えば、今回の

「文化宮殿事件」[★1]において、仲介役となったハズブラートフ元最高会議議長）。

一八世紀半ばから一九世紀半ばにかけて、ロシアは一〇〇年以上かけてコーカサス地域を併合しました。そのときチェチェン人の約九割が殺されるか、海外に逃亡しました。現在もトルコに約一五〇万人、アラブ諸国に約一〇〇万人のチェチェン系の人々が住んでいます。旧ソ連全体のチェチェン人が一〇〇万人であることと比較し、在外チェチェン人の数がいかに多いかということです。中東のチェチェン人の多くが軍もしくは秘密警察のエリートになっています。

一九二〇年代初めにソビエト政権がコーカサス地方に樹立された後、ソ連のチェチェン人と中東に逃れたチェチェン人の交流は一切なくなってしまいました。これが回復するのはゴルバチョフがソ連共産党書記長になった後の一九八〇年代末のことです。通常、六〇年以上も離れ離れになっていては、相互の結びつきを回復するのは難しいのですが、「血の掟」に従い、チェチェン人は七代前の先祖までは一体と考えているので、六〇年などというのはわずか三―四世代にすぎず、すぐに結びつきを回復したのです。

ところで、ソ連のチェチェン人とその兄弟民族のイングーシ人は、スターリン時代に「対ナチス・ドイツ協力民族」として中央アジアに強制追放（一九四四年―一九五六年）と

★1　二〇〇二年一〇月、モスクワ郊外の劇場にチェチェン武装勢力数十人が押し入り、約八〇〇人の観客らを人質にとって劇場を占拠。プーチン大統領は武装勢力の要求に応えず、特殊ガスを入れ、武装グループを全員殺害し、観客一二〇人以上が特殊ガスで死亡する悲惨な結果に終わった。

なり、チェチェン・イングーシ自治共和国は、ロシア、グルジア、北オセチアに分割され、消滅してしまいました。このときのスターリンの弾圧により、多くのチェチェン人が殺されています。このときの「負の記憶」が、一九九四年以降のチェチェン戦争で、チェチェン人のバックボーンを形成しました。

④第一次チェチェン戦争(一九九四―一九九六)と第二次チェチェン戦争(一九九九年〜)の相違 チェチェンの独立もチェチェン・ロシア戦争も偶然の要素がとても大きいのです。チェチェン独立派の「初代大統領」であるドゥダーエフは、バルト諸国のエストニアの空軍司令官で、ソ連政権の軍事エリートでした。当時バルト諸国では民族独立を目指す「人民戦線」運動が強力だったのですが、ドゥダーエフはこれに対抗し、ソ連邦の維持を図る官製運動「民族間友好戦線(インターフロント)」の指導者でした。

一九九一年八月のソ連共産党守旧派によるクーデター未遂事件とそれに続くバルト諸国独立の動向を見て、民族主義のエネルギーを体験したドゥダーエフはチェチェンに「帰国」し、大統領となります。そして、ドゥダーエフは「チェチェンは、ロシアからは独立するか、刷新されたソ連の一員にとどまる」と言って、いわばソ連維持という保守的運動を展開したのです。しかし、ソ連がなくなってしまったわけですから、この主張はロシアからの分離独立という意味あいになるのですが、当初、ドゥダーエフを含むチェチェン人はロシア(ソ連の実体は拡張したロシア)からの実質的独立などということは考えていませんでした。

エリツィン政権も当初はチェチェンの独立傾向を放置し、軍隊を引き上げ、中央権力が及ばない空間を作り出してしまったのですが、この中で無視できない要因は、当時のエリツィン政権の中枢、周辺にチェチェン人が多かったことです。チェチェンからの闇政治資金流入等、「裏」のファクターが極めて大きいのです。

一九九四年一二月にロシアが本格的にチェチェンに進攻した際も、偶然の要素が多々ありますが、チェチェン・マフィアの政局に与える影響力が大きくなりすぎてしまったため、それを排除する必要があったということが主要因と私は見ています。

第一次チェチェン戦争(一九九四年一二月―一九九六年九月)は準備も不十分で、コーカサスにおけるチェチェン人以外のイスラーム系民族の反発も強く、ロシア軍高官でも抗命する者や国内でも「兵士たちの母の会」が反戦運動を展開し、結局、一九九六年八月末、ロシアがチェチェンの「独立派」政権による統治を事実上承認し、チェチェン側はロシアからの独立を要求する闘争を展開しないということで「手打ち」がなされました(「ハサブユルト合意」)。事実上、チェチェン側の勝利です。

しかし、その後、チェチェン内部で大きな変化が生じます。中東系チェチェン人の影響力が強まり、今後はチェチェン独立を指向するよりも(独立は実質的に達成されたので、次段階として)、コーカサス地域に繋がるイスラーム原理主義帝国を作ろうとする動きが強まります。

少し細かい話になりますが、チェチェン本国のチェチェン人が信じるイスラーム教は、

「シャフィーイー法学派」というグループです。聖者崇拝(スーフィズム)、祖先崇拝や民族感情を重視します。さらに近代文明の成果を取り入れていく傾向が強いです。

これに対し、中東系のチェチェン人は「ワッハーブ派」(サウディアラビアの国教)の影響を受けている人々が多いのです。「ワッハーブ派」は原理主義そのもので、ムハンマド(モハメッド)が生まれた七世紀末の体制を理想とし、イスラームの単一帝国建設を目標とします。「コーラン」と「ハディース(マホメット伝承)」のみを権威として認め、聖者崇拝や祖先崇拝を認めません。

中東のチェチェン人は、チェチェン本国のチェチェン人と「血の掟」で結びつく同じ部族の出身であるという同胞意識とともに、イスラーム教徒である同信者を助けるという原理主義的動機を強くもっています。そしてこれらの「ワッハーブ派」をウサマ・ビン・ラディンや「アル・カーイダ」を含む原理主義団体が支援しているわけです。

一九九六年にチェチェンがロシアに対して勝利した後、チェチェン内部で民族派と原理主義派の闘争が激化し、九九年時点では国際テロ組織の支援を受ける原理主義派の方が優勢になり、イスラーム帝国を作ろうとする動きが現実化しました。このような状況で、かつてロシアと戦った民族派が「ワッハーブ派原理主義者よりはモスクワの方がまだましだ」ということになり、モスクワに接近します。今、チェチェンでは以下の勢力が三つ巴の闘いを展開しています。

(イ)民族派内親モスクワ派(カディロフ・チェチェン共和国首長の合法政権)

（ロ）民族派内独立派（マスハードフ・チェチェン・イチケリア共和国大統領）

（ハ）ワッハーブ派原理主義者（ヤンダルビエフ元チェチェン・イチケリア共和国元大統領代行、今回、モスクワ文化宮殿事件を起こしたバラエフ野戦司令官等）。

一九九九年秋、プーチン首相（当時）がチェチェン再進攻に踏み切ったのは、（ハ）の影響力が拡大することにより、イスラーム帝国がコーカサス全域に創設されることを防ぐ目的です。

アフガニスタンのタリバーン政権、九九年秋に日本人鉱山技師を人質にとったウズベキスタンイスラーム運動（IMU）も（ハ）の流れです。この（ハ）の流れが昨年九月一一日の米国に於ける連続テロ事件を引き起こしたのです。

しかし、九九年秋時点で、欧米社会のこの問題に対する認識は、専門家を除いては不十分でした。ですから、ロシアによるチェチェンへの再進攻にイギリス、アメリカは人道干渉をしようと試みたのです。このとき日本政府だけが「チェチェン問題はロシアの国内問題である」という立場を堅持し、ロシア政府の立場に理解を示したのです。日本政府はこの「貯金」をしていたため、プーチン政権は日本に対して初めから肯定的印象をもっていたのです。このときの日本政府の対応は、対テロ国際協力という観点でも時代を先取りしていました。

⑤北方領土問題への影響　一見、チェチェン問題は日本の国益とは直接関係していないように見えます。しかし、この問題ほど平和条約交渉に影響を与える問題はありません。

理屈の上では、ロシアの一部地域が分離独立し、国境が変化する問題と、日露両国で未画定の国境線が画定され、これまでロシアが一方的に引いていた境界線が変化するのとはまったく別の問題です。

しかし、今回のモスクワ「文化宮殿事件」の結果、ロシア政権中枢は、「南クリル」を日本に引き渡すことになれば、チェチェンの分離主義を刺激するとの危惧を強め、また、ロシア世論も「領土を変更すべきではない」との強硬な姿勢を一層強めます。

日本政府としては、これを逆手にとって、要するに総理がプーチン大統領に「日本としてチェチェン安定のために何ができるか」というようなアプローチをとり、平和条約交渉へ悪影響が及ばないようにするのみならず、チェチェン問題解決のために日本との戦略的提携を深める方向にロシアを誘う努力を速やかに行わなくてはならないのですが、小泉政権にそこまでの余裕はないでしょう。

【弁護団への手紙】——93⑧

『太平記』はあと数頁で読了します。北条氏が滅びるときの人間模様は、他人事とは思えません。

「……今まで守護たちに代わって命を捨てようと、武士の道を知って忠義を尽していた家来たちも、またたく間に逃げ去って敵と一緒になり、また、朝に夕に往来して付き合い、友情を深めていた友人も、いつの間にか心変わりし、かえって危害を加えようとする心を抱くのであった」(巻第一一)

外務省から来る証人を通じ、『太平記』の現代版が法廷で展開されるのを私も見ることになるのでしょう。

一〇月二八日(月)晴れ　一六八日目

【弁護団への手紙】――94①

今朝も昨日同様たいへんよい天気です。天気予報では「だいぶ寒くなる」という話でしたが、昨日同様の感じです。独房は二重窓、しかも厚い壁(一般家屋の三倍くらいの厚さのコンクリート)を二枚隔てているので、冬になっても京都の下宿で体験したような、屋内で氷が張るような極端な寒さにはならないと見ています。

ロシアの冬で厳しいのは快晴の日です。ロシア語で「凍てつくような太陽」という表現があり、マイナス二〇度台の日の晴天には独特の寒さがありました。大気中の水分が凍ってきらきらと光りながら落ちてくるのです。

さて、今回の「文化宮殿事件」をフォローする中で、日本の対露外交の弱さを痛感します。週末の手紙でも書きましたが、北方領土交渉を抱えている日本としては、チェチェン問題に関しては、首脳レベルでの速やかな働きかけが必要です。事実、英、独、米はプーチン大統領に対してそのような働きかけをしています。

ＡＰＥＣにおいて、小泉総理がカシヤノフ首相に対して、もっと適切な働きかけをすることができたはずです。

日本の外交官は「不作為によって失われる国益」に関して鈍感です。私は外務省の中で常に「われわれの怠慢によって国益を毀損することがあってはならない。プロとして正確な認識、適切な判断をし、それを政治に上げて行動する」ことを強調していました。
私の事件が外務省に与える影響として第一にあげられることは、外交官の「事なかれ主義」傾向の深化です。今回の「文化宮殿事件」でその傾向が明らかになっています。

一〇月二九日(火) 快晴　一六九日目

【弁護団への手紙】——95①

今日はドイツ語とチェコ語を進めるとともに、ハーバーマス『コミュニケーション的行為の理論』(下)を読み進めることにしようと思います。この本を読み終えれば、ハーバーマスの理論的主要著作はすべて読んだ(それもほとんど獄中で)ことになります。もう一度、『公共性の構造転換』『認識と関心』も読み直し、『コミュニケーション的行為の理論』とあわせてハーバーマスの現代社会理解についてまとめてみたいと思います。通常この作業だけでも三―四年はかかるのですから、それを六カ月程度で処理できるのも獄中生活のおかげと言えるでしょう。『コミュニケーション的行為の理論』(下)は、ハーバーマス理論を集大成する部分なので、たいへん難しいです。この部分にはハーバーマスのオリジナリティーが現れています。私自身はハーバーマスの考え方を以下のように捉えています。
①資本主義体制(システム)は相当長期間生き残る柔軟性をもっている。資本主義が社会

主義に移行するとの仮説は破産している。

②このような資本主義体制が自己を維持できる主要因は、これまでのところ資本主義のみが社会的コミュニケーション能力の発展に対応する能力をもつシステムだからである。

ハーバーマスの理論は私にとってはとても説得的です。ただし、議論の展開があまりに哲学的なので、もっと広範な人々に理解できるように「通俗化」する必要があると思います。過去三〇年、ハーバーマスは知的世界で無視できない思想家でしたが、今後も二〇―三〇年間は同人の影響は残ると思います。ハーバーマスは、何か抜本的に新しい理論を提唱するというような創造力はもっていません。しかし、様々な系統の内在的論理構造の異なる思想を総合する能力に優れています。実は、政府分析専門家に最も必要とされているのはこのような総合力なのです。

人間の「知」は、その時代、時代に対応する流行の衣装をもっていますが、その身体はそれほど変化しないというのが私の仮説です。『太平記』を読みながら一四世紀の動乱を追体験する中で、今回の国策捜査に繋がる面が見えてくるのもこの仮説が正しいことを示していると思います。

ハーバーマスが「コミュニケーション」と名づけているものは、古代、中世のキリスト教神学が「聖霊」と呼んだものに近いのではないかという仮説を私は立てています。

一一月三日(日)快晴　一七四日目

【弁護団への手紙】――97⑧

それでは昨日の話の続きを記します。

国家には、国民という擬制の下で共同体の利益を守るという機能と、暴力に裏打ちされたエリート集団が自己の支配体制を維持するという二つの面があります。レーニンやスターリンは資本主義国家の暴力性のみを強調し、資本主義の暴力に対してはプロレタリアートの暴力を対置するということでプロレタリア独裁を正当化していくのですが、このような国家の暴力的側面だけを強調する国家論では、日本や欧米における国家の「柔らかい暴力」を認識することはできません。実は、マルクスの国家論の中にはヘーゲルの「利益共同体」としての国家という認識も強いのです。また、一九三〇年代の日本の超国家主義運動は、「三反主義」、すなわち「反資本主義、反共産主義、反ファシズム」という形で(特に日本の超国家主義者が主観的には反ファシストであったという点は興味深い)、国家による日本帝国臣民(狭義の日本人のみならず、朝鮮人、アイヌ人、台湾人を含む)全体の利益を擁護するという視座をもっていました。同時に日本の超国家主義は、大東亜共栄圏という形での国際協力の戦略ももっていました。

現段階では印象論にすぎないのですが、私は小泉政権の路線に一九三〇年代のいわゆる「日本ファシズム」に繋がる線を感じます。あえて類比をするならば、小泉内閣と近衛内閣に近いものを私は感じます。あのとき腐敗しているとして切り捨てられた「政党政治」、特に政友会に鈴木代議士を当てはめてみると興味深い議論になると思います。

客観的に見た場合、一九三〇年代の日本の社会哲学(当時まだ社会哲学という用語はなかったが)の水準は伝統的西欧哲学、マルクス主義思想、ファシズム・ナチズムの理論、インド仏教思想等を消化した上で、極めて高い水準にあったと思います。

一九三〇年代の日本思想については、在野の超国家主義思想、アカデミズムの思想(西田幾多郎、田辺元等の「京都学派」)のみならず、在野の超国家主義思想、具体的には内田良平[一八七四—一九三七]〔「黒龍会(ブラック・ドラゴン・ソサエティー)」主宰者〕の思想、大川周明、北一輝[一八八三—一九三七]等の思想に関して強い関心を持っているのですが、人生は短いので、このテーマについては自分で研究するのではなく、他人の優れた研究を消化することで時間を節約したいと考えています。

このテーマについては、マルクスをよく読み込んだ上で、一九三〇年代日本の超国家主義思想を「近代の超克」[★1]という枠組みで現代に通用するアカデミックな用語に転換することに成功した故廣松渉教授の業績が極めて重要と考えます。それ故に私は獄中で廣松渉教授の著作を読もうと考えているのです。

★1　一九四二年、雑誌『中央公論』『文学界』で論じられたテーマ。河上徹太郎・小林秀雄・林房雄らの文芸評論家が欧米文化の克服を論じたもの。西欧近代からのアジア解放を標榜した大東亜戦争を肯定的に受け留めようとする知識人がそこに根拠を求めようとしたが、思想的には深められないまま終わった。

一一月四日(月)快晴　一七五日目

【弁護団への手紙】――97⑩

布団の中でいろいろと考え事をしていました。過去をどれくらいのタイムスパンで切れば、自己の思索上の変遷がわかるであろうかと思いめぐらしていました。一―二年だと連続性が強すぎ、変化がよくわかりません。一〇年だとほとんどの与件が変化しているので、自己の変化が思索の変遷なのか、環境の変化によるものなのかがよくわからなくなります。五年で切っていくとよく見えてくるのではないかととりあえず考えています。

五年前(一九九七年)は、クラスノヤルスク合意[★1]で日露関係が大きく変化した時期です。

一〇年前(一九九二年)は、ソ連崩壊後、新生ロシアの第一年目で、ユーラシア地域のパラダイムが全面的に変化した時期です。

一五年前(一九八七年)は私がモスクワ大学に留学した年で、初めて「現実に存在する社会主義」を経験した時期です。このときにソ連社会の二重構造を知り、ほんものの知識人たちと出会いました。

二〇年前(一九八二年)は、大学の卒業論文を書いていた時期で、社会主義国におけるキリスト教の研究を本格化した時期です。

二五年前(一九七七年)は高校三年生で、「サラリーマンになるのは嫌だなあ。大学では哲学を勉強したい。将来は離島の中学校か学習塾の英語教師になりたいなあ」と思っていた時期です。

このように過去を振り返ってみると、現在、獄中で考えていることも唐突に浮かんできたのではなく、いつか考えたことなのだということがわかります。

現在、午前八時です(時計はないのですが、時間はだいたい正確にわかるようになりました)。朝食をしっかりとった後、紅茶を飲んでいます。平日は紅茶を節約し、週末(コーヒーが日に一回しか飲めないときに)まとめて使うという作戦は、志気によい影響を与えます。

よく獄中体験は人の思想に影響を与えるといいますが、私の場合は、ほとんど(というよりも全く)影響を受けていません。いろいろな書物を読んだ印象では、獄中体験により、思想(というよりも思索のパターン)は二極分解化するようです。

その一。ひどく内省的になり、これまでの自分を否定し、多くの場合宗教に帰依する(ドストエフスキー、亀井勝一郎［一九〇七―六六］等)。

その二。意固地になり、自己を絶対化する(戦前の共産党の非転向者、現在の過激派、永山則夫等)。

私はそのどちらにもなりませんでした。仮に私にかけられている嫌疑が死刑相当の事件

★1　一九九七年一一月、橋本首相とエリツィン大統領はシベリアのクラスノヤルスクで会談し「(九三年の)東京宣言に基づき、二〇〇〇年までに平和条約を締結するよう全力をつくす」と合意した。

ならば、実存的傾向がもう少し強まるのでしょうが、たとえ実刑になっても「いつかは外に出られる」と思っているからでしょう。外に会いたい友人は何人もいるのですが、外交官として在外赴任すれば六―七年会えないことは普通で、東京にいても忙しすぎるため大学時代の友人や学者仲間とは二―三年に一回しか会えません。それならば、拘置所に入っていても(あるいは刑務所に入っても)あまり大きな変化がないのです。

また、逮捕されたり、新聞やテレビで不正確な報道がなされても、特段のショックも受けず、「そんなものだろう」と受け流しているのも、私にはそもそも名誉心が希薄だからと思います。ソ連の崩壊、ロシアの動乱を身をもって体験すると名誉などというものがいかにいい加減で意味のない価値であるかということがわかるからです。

一一月七日(木)曇り　一七八日目

ロシア革命記念日(現在は合意と和解の日)である。ソ連時代には最大のお祭りだった。新生ロシアになってからも何となく休みは続いている。

今朝は起床の一時間くらい前に目が覚めた。エストニアの旅客機に乗っている夢を見た。新型の飛行機で明らかにボーイングだと思うのだが、F422という機種名が書いてあり、Fなどというイニシャルの機種はなかったであろうにと不思議に思う。座席のポケットにノートが入っており、金箔のついたチョコレートが貼り付けてある。二個ほど食べてみたが甘くておいしかった。お手洗いを使うが、何故か便器ではなく、すきま(かなり大きい)

から客室に対して小便をする。スチュワーデスに見つかったのではないかと心配しているところで目が覚めた。

夢の世界はなかなか面白い。

【弁護団への手紙】——100①

また、祝日と死刑執行日の連関にも興味深いものがあります。ソ連のスパイ、リッヒャルト・ゾルゲ［一八九五—一九四四］は、一九四四年一一月七日（ロシア革命記念日）に、東条英機元首相等のA級戦犯は一九四八年一二月二三日（皇太子の誕生日、現在の天皇の誕生日）に処刑されています。米国としては、あえてこの日にA級戦犯を処刑することによって、天皇誕生日（対外的には今もナショナルデー）ごとに戦争犯罪を思い出すようにとのメッセージを込めているのでしょう。

一一月八日（金）晴れ　一七九日目

【弁護団への手紙】——100④

今回の国策捜査の中で痛感したのは、戦後の日本社会が正しい意味でのエリート作りを怠ってきたことです。

日本ではエリートというと、何か嫌な響きがありますが、ヨーロッパ、ロシアではごく普通の、価値中立的な言葉です。ここでは、「エリート」社会を長々と述べることは差し控えますが、国家を含むあらゆる共同体はエリートなしには成り立ち得ないということを大前提にして議論を進めます。そうなると、どのようなエリートが形成され（特に政治エリート）、国家を導いていくかということが問題になります。

現下、日本のエリートは、自らがエリートである、つまり国家、社会に対して特別の責任を負っているという自覚を欠いて、その権力を行使しているところに危険があります。外務省の研修指導で最も苦労したのは、「研修は自分のためにやっているのではなく、日本国家のために勉強しているのだ。ロシア語ができず、外交官として語学や任国事情に弱いが故に他人に迷惑をかけるようでは国益を毀損することになる」ということを新入省員にいかに納得させるかということでした。国益に関連する事柄をアカデミズムの成果を踏まえて理解できるような基礎力を有しているというのは官僚として必要条件なのですが、これに欠ける官僚が多いというのが霞が関の実態でしょう。理由は簡単です、ある時点から勉強しなくなってしまうからです。実力に不安があるから「キャリア」であるとか「○○省員」であるとかいうブランドでエリートたる地位を維持しようとするのでしょう。

この点、外交の世界は実力世界です。どの大学を出ていようが（あるいは公式の高等教育を受けていなくても）、地位が何であろうと、任国についてよく知っていて、人脈をもっている者が「勝ち」なのです。外国の政治・経済・学術エリートはそもそも外交官と付き合う義務はないのですから、「会ってメリットがある」「会って面白い」という基準でカウンターパートを選びます。日本の外交官が人脈作りが苦手であるというのは若干誇張された表現ですが、モスクワのG7諸国大使館で、ロシアの政治エリートに深く食い込んでいる外交官は一〇人もいません。常にそうです。そのような外交官は、十人十色ですが、いずれも話していて面白く、「また会いたい」という気持ちになります。そして、こういった外交官たちはエリートとしての自覚も強いのです。

特に諜報の世界のエリートたちと接していて感じたことですが、この連中は外交官以上にエリート意識が強く、それと同時に金銭、役職に対する執着がほとんどありません。また、学者として十分に通用する水準の知識と洞察力があります。未知の分野を担当させられても一年ぐらいでそこそこの大学教授くらいの水準になります。

このような人々と付き合うことは、勉強になりましたし、またそこは私にとってたいへん居心地のよい世界でした。諜報エリートは、非常に醒めた形ですが強い愛国心を持っています。

この世界は実に奇妙な世界で、極端に頭の悪い人間も極端に秀でた人間もいません。また、皆愛国心を持っていますが、「世直し型」の理想主義者はいません。多少おかしなことでも、いったん納得すれば、良心などという言葉を忘れ、目的達成に全力をあげます。諜報の世界で正義感の強すぎる人間、潔癖症の人間が、「ただでさえ複雑な状況を一層複雑にする」といって最も敬遠されます。

それから、この連中は独特な自己顕示欲をもっています。一般の外交官は(この点は政治家と似ていますが)、自己の業績が世間により評価されることが好きです(遠慮がちな態度を表面上示すか、露骨に名誉を追求するかという差がありますが、自己顕示欲のない外交官というのを私は見たことがありません)。

　諜報エリートには一般的な意味での自己顕示欲はありません。しかし、非常に狭い範囲の政策決定者(首脳、諜報機関のトップ)には自己の活動を正しく評価して欲しいという気持ちが非常に強いのです。秘められた「自己顕示欲」なのでしょう。しかし、不必要な人間に自己の活動を知られるのは(特に生命に関わることになるので)生理的拒絶反応を示します。このような環境にしばらくいると、乱暴なようで優しい、猜疑心が強いようでお人好し、社交的だが人間嫌い、知性の水準は高いのだが野蛮な面をもつ、一種独特のキャラクターが生まれてくるのです。そして、この世界の人間の間では、何とも言えない信頼関係が生まれるのです。

　諜報エリートに事故はつきもので(だいたいの場合、工作中に摘発される)、一度このような事故に巻き込まれると無事生き残っても再び諜報の世界の第一線で働くことはできません。このような人たちは多才ですので、あえて組織に残ることに固執する者はまずいません。自分の力で、学者、芸術家、作家になる例が多いです。稀にビジネスマンになる人もいます。そして、その人たちは自己の第二の人生では過去についてほとんど語らないので、その人がかつて諜報の世界でどれだけの仕事をした人物なのかということを周囲の人々は全く知らずに時が流れていくのです。

　恐ろしい状況、危険な仕事を肌身で知っているので、このような人たちは、平和的な環境での自由な時間を本当に大切に使っています。

私が付き合ったこの世界のトップエリートは異口同音に「最後に信用できるのは自分自身と親友だ」と述べていましたが、この言葉の意味も、私自身が国策捜査の対象となって初めてわかりました。

一一月九日(土)快晴　一八〇日目

【弁護団への手紙】——100④

私のインテグリティーが崩れないのは、そもそも私の「視座」が「複眼的」だからだと思うのです。このことについては獄中生活をするなかで初めて気付きました。この「複眼性」が検察の目からすると私が「変わり者」に見えるところなのでしょう。

私自身が常に心がけているのは、

(一)よきクリスチャンでありたい。

(二)よき官僚でありたい。

(三)よき知識人でありたい。

ということです。現在、私を支持してくれる人たちも、神学部出身者・牧師、外務省の仕事で知り合った人々、学者仲間の三つのグループより構成されているのも、私の行動原理に対応しているのだと思います。

この三つの行動原理に対応する価値観は、

(一)神に対して誠実でありたい。

（二）日本国家（国益）に対して誠実でありたい。
（三）知に対して誠実でありたい。
ということなのです。

私はこの三つの価値観を外交の世界（より正確には諜報の世界）で維持することができると考えていました。諜報の世界は汚い世界であるからこそ、神あるいは自らの超越的な理念が必要になります。国益観が強いのは文字通り生命を賭して国のために仕事をするので当然です。また、諜報の世界では、正確な知識を持って活動しないと工作が失敗する可能性が高いので、諜報機関員はいずれも知（真理）に対しては畏敬の念を抱いています。

残念ながら小泉政権の外交政策の下では、私がこの三つの価値観を維持することはできないということを二〇〇一年五月から痛烈に感じていました。

もちろん、日本国家（国益）に対して誠実でありたいという気持ちは、今もそして将来も私の中で変わることはないと思います。しかし、その思いは官僚という形ではなく、そして政治に関与するという形ではなく、いわば収縮した形で、静かに維持されていくのだと思います。逆に官僚である間は、政教分離という大原則もあるので、神に対して誠実でありたいという私の価値観は、収縮した形で、私の内面的良心にとどまっていたわけです。今後はこの点について遠慮する必要はなくなる訳なのです。

今（九時一〇分）、ラジオのワイド番組で、川口外相が[★1]、「リスクを顧みずに職務を行った職員や地道に職務を行っている職員を表彰する川口賞の募集を始めた」との報道を行っていますが、この様な方法で志気向上を図るということ自体が、今の外務省が「諜報の世界」はもとより「一般のエリートの世界」とも全く異質な世界になってしまったということで、表彰などということで志気が左右されるなどというのは恥ずかしい現象です。

まあ、このような現象は一時的で、近い将来大きな揺り戻しが来ます。そのときおかしな方向で体制が固まると国益を毀損することになります。そのときこそ、若い世代の私の同僚たちが本格的な闘いを外務省内で展開する正念場だと思うのです。それまでは静かに潜在力を蓄えることです。

一一月一二日(火)曇り　一八三日目

【弁護団への手紙】――102①

昨日夜、ラジオで流れていたワイド番組(「ジャム・ザ・ワールド」)で鈴木代議士初公判が特集されていました(こういう放送がなされているならば、接見等禁止の意味はほとんどなくなります)。共産党の佐々木[憲昭]代議士が電話インタビューで、「外堀も内堀も埋まっている。鈴木被告の最後の悪あがきだ。検察の冒頭陳述はリアリティーがある」とコメントしていました。

★1　半年に一回、外務省内で優れた個人、本省の課(室)、在外公館(大使館・総領事館・政府代表部)を推薦しあい表彰した。賞品に川口順子外相の勝負色である赤色のTシャツが授与された。Tシャツには「Challenge MOFA!(挑戦外務省！)」と書かれている。

そうそう、一連の騒動は外務省の「告発者」が日本共産党に文書をリークするところから始まったのです。共産党は現在の日本のシステムを覆すことを綱領に明記した革命政党です。その革命政党が地検特捜と共通の利害をもっているのですから、極めて興味深い構造の闘いです。

ちなみに、佐々木氏は「支援委員会やODAの意思決定メカニズムが明らかになっていない。これにメスを入れる必要がある」と述べていましたが、私も賛成です。この点を解明すれば、鈴木代議士の「不当介入」などというものが作り話で、現下、日本のシステム（資本主義国で議院内閣制）の下で、刑事責任はもとより道義的責任を追及される筋合いの話でもないことが明白になります。

一連の鈴木「疑惑」では、計一五名は逮捕・起訴されていますが、鈴木代議士本人と秘書以外で、つまり外部の人間で闘う姿勢を示しているのは私一人であるということにラジオを聞いていて気づきました。何とも情けない話ですが、ここは「名誉ある孤立」を維持することにとても重要な政治的意味があります。タイミングを見極めて、ゆっくりと語っていくことが重要なのだと思います。

【弁護団への手紙】――102②

ロシア人は八月―一〇月にかけて、冬籠りの準備で大量のジャムや果物の砂糖漬けを作ります。私がモスクワに留学し、勤務を始めた頃は、砂糖は配給券がなくては買えませんでした。しかし、驚いたのはロシア人の砂糖消費量がいかに多いかということでした。普段の月は一人二キロ、八—一〇月は一人四キロ、四人家族ならば秋口には一家族で月一六キロもの砂糖の割り当てがあるのですが、ロシア人はそれでも「全然足りない」と言って、闇で砂糖を買っていました。

一一月一五日(金)曇り　一八六日目

【弁護団への手紙】——1043

昨日『太平記』から引用した右小弁俊基の獄中生活で、読みたい本(経)があるので、それが終わるまで処刑を待ってくれというのは、いかにも知識人的だと思うのです。当時、法華経は、知的世界の最高峰の書物です。また、中世では読むというのは必ず声を出して読むことを意味します。いわゆる目(黙)読は「見る」と言って、読書のカテゴリーには含まれていないのです。声を出す行為によって書物に魂が入っていくのでしょう。

独房内では声を出すことは原則的に禁じられているので、私も「読む」という作業を半年行っていないことに気づきました。外国語の文章で難解な箇所については声を出して何回か読むとわかることがあります。拘置所では原書の差し入れが認められていないので、「(声を出して)読む」という作業がなくても、不自由を感じないのだということにも気づきました。

拘置所生活といっても、日本の制度ではたとえ無期懲役になってもいつかは外に出ることになるので、死刑囚もしくは死刑になることがほぼ確実である被告とそれ以外の被勾留者の間では実存的緊張度が全く異なると思います。一昔前は、国策捜査の対象となる政治犯は、死と比較的近いところに位置していたと思います。現在の「柔らかい暴力」の下では鈴木代議士にせよ私にせよ生命を奪われることはないのです。しかし、それ故に国民の目には、日本の現政権が恣意的に行使している「暴力」の本質が見えにくくなっています。政治闘争は、思想的に遠い者の間での闘争よりも、同一の思想基盤に立つ者の間での方が熾烈を極めます。この点も国民の目に見え難いところです。

一一月一八日(月)快晴　一八九日目

【弁護団への手紙】――105①

ドストエフスキーは獄中で深く、深く考え、革命思想に根源的な懐疑を抱くようになりキリスト教信仰を深めていきます。

以前から申し上げているようにロシア人は物事の本質を捉えることにかけては類い稀な能力があります。帝政ロシアの検察は、思想犯に対しては拷問よりも、死刑判決→恩赦という形で実存的に極度の緊張を与えれば、知識人という人種は内側から変わっていくということに気づいていたのだと思います。ドストエフスキーと同様の経緯をたどって革命思想からキリスト教に転向した知識人は多数います。

帝政ロシアの場合、国策捜査の目的は、対象者の除去と転向により再犯防止を図るわけで、この点については現下日本の国策捜査も同じです。しかし、日本国家自体が「柔らかい」ので、検察もふやけていますし、被告も「フニャフニャ」になってしまう者が多くでてくるのです。何か、全体として中途半端で、だらしのない感じがします。ですから、少し知恵を働かせて、公判を引き締める必要があると感じています。

一一月二一日(木)曇り　一九二日目

いくつか夢を見た。

飛行機の中で猫を六匹移送している。そのうち四匹は仔猫。生後二カ月くらい。言うことをよく聞き一つのケージの中にいる。母親猫は白と茶のブチでおとなしい。顔は少し長い。父親猫はトラ猫になったりキジ猫になったり、夢の中で模様が動く。顔はチーコそのものであるが、短毛種。僕は猫とは自由に話をできるのだが、父親猫はえらく機嫌が悪い。よくみると、ワナか何かにかかったためか右前足に大ケガをしている。それに気づいたところで目が覚めた。

一一月二二日(金)曇り　一九三日目

ここのところ曇った日が続く。

○夢を見た。豚、熊、犬(ブルドッグ)、シェットランド犬、チンパンジーがでてきた。ジョージ・オーウェル『動物農場』を寝る前に読んだからであろう。

○『岩波イスラーム辞典』は面白い。しかし、これから書く民族のレポートはこの辞書にあまり引っ張られないようにする。

○民族学については、ロシアの研究を基礎に勉強する。

ソ連時代以後の社会哲学にも目配りする。モスクワから届いた『ロシア哲学史』の二〇世紀編は役に立つ。

【弁護団への手紙】——108③

民族とは、政治的共同体を形成する原理で、近代の国家は、ドイツであれ、フランスであれ、ベルギーであれすべて国名となった民族を中心とする国民国家です。アメリカの場合も、アメリカ合衆国の主体となるアメリカ人という民族が形成されたと見て間違いなく、国民国家です。

この場合、旧ソ連は極めて異質な原理によって形成された国家であるということが、その国名からも明らかになります。

ソ連の正式国名は、「ソビエト社会主義共和国連邦」ですが、そのどこにも民族名を示す言葉はありません。ソビエトとはロシア語で「会議」とか「評議会」の意味で、「衆議によって意思を形成する共和制の社会主義国家」との内容ですから、民族とは別の原理で成り立った国家であることがわかります。この点については、ソ連が共産主義という「未来」の政治体制を先取りしたという要素と、国民国家が世界的流行となる以前のロシア帝国の後継者であるという要素をあわせもっているからと思います。この点については、中世的帝国が近代的国民国家に転換する過程で政治エリートにより上から作られていく

「公定《オフィシャル》ナショナリズム」について説明する際にもう一度立ち帰りたいと思います。

　ちなみにソ連のように、理論的に民族を国家の構成原理にしない国家について考察することは、ウサマ・ビン・ラディンを始めとするイスラーム原理主義者の国家観を理解するうえで貴重な示唆を与えてくれます。

　民族は、いくら大きな民族(例えば一〇億人を超える中華民族)であっても、人類全体と一体化されることはありません。

　その意味で限定的なものです。また、どんなに小さな民族であっても(例えば百万人程度のエストニア人)、お互いがその構成員全員を知っているような小さな集団ではありません。

　民族とは、個人と人類の中間にある共同体を観念します。別の切り口から見るならば、イスラーム原理主義やマルクス主義は、個人が人類を単位とする一つの政治的共同体に直接統合されると(少なくとも理論的には)考えます。

　これに対してナショナリズムは、個人は民族という中間的な政治的共同体を形成し、この民族という政治的共同体を通じて、人類単位の政治活動が可能になると考えています。

　国連の正式名称「ユナイテッド・ネーションズ」は「統合した諸民族(国家)」という意味で(ちなみに第二次世界大戦の「連合国」という意味での「国際連合」)、まさに民族を基本単位にしていること、すなわちナショナリズムを基本原理にしていることがわかります。

ウサマ・ビン・ラディンが、国連を廃止し、イスラームに基づく世界統治機構を創るべしと主張するのも、原理主義者の政治観(民族を認めない)からするならば、当然のことなのです。

一一月二八日(木)晴れ　一九九日目

イギリスのベーコンズフィールド郊外を歩いていて、この辺は二〇年前、否、自分が子供のころから(子供のころにイギリスに住んでいたことはないので不思議だ)全然変わっていないと思った。草原を歩いているのだが、なぜか古い水槽がある。中を覗き込むと錦鯉と金魚がいる。きれいな橙色と紅色である、周囲を見渡すと、草原が海辺に変化している。岩場で行き止まりになっている。子供のころ、父親と散歩した伊豆半島の風景に似ていると思ったところで目が覚めた。

これからは精神力との闘いである。いずれにせよ長丁場になる。小さなことにくよくよせずに、前向きに頑張ることだ。公判にも淡々と対応していけばよい。神経を昂ぶらせてはならない。

一二月四日(水)曇り↓雨　二〇五日目

【弁護団への手紙】——114

本日は引越しで、移動になりました。拘置所暮らしも七カ月近くになると荷物も相当たまり、ダンボール(バナナ用)七箱分の移動をしました。公判関連書類と拘置所で作成したメモ類だけでダンボール箱三つ半になりました。また、缶詰や菓子類も段ボール箱一つ分になりました。物を買いためるのはモスクワ時代についた習性です。

食品関連では、スポーツドリンクが製造中止になり、今日の受領が最終日でした。残念です。これで日々の出費が二割程度減少することになります。

今度の独房は南向きのせいか、湿度が低く、カビがほとんど生えていません。壁面が結露するような状態にもなっていません。

前の房は天井に監視カメラがついていましたが、現在の房にはついていません。そのかわり、少し暗いような感じがします。さらに前の房は、室内の水道管等の金属がすべて木箱で被われていましたが(水道の蛇口すらビニール製でした)、現在の房はあちこちに金属のパイプがむき出しになっています。使い勝手は今度の房の方がよいです。

思うに、以前の房は、自殺・自傷を防ぐために特別の監視ができるようなつくりになっていたのだと思います。拘置所生活もようやく入門段階を終了したということなのでしょう。

一二月一七日(火)晴れ　二一八日目

【弁護団への手紙】――121

最近、現実の外交の世界がとても遠く感じるようになりました。外交は「生き物」なので、半年も現場から離れれば、現実から取り残されてしまいます。しかし、私はそのことに一種の心地よさを感じています。「一〇年以上も全力疾走してきたのだから、もうよいではないか」というのが素直な気持ちです。

難しい外交現場から逃げ出すのでは後ろめたさが残ります。外務省幹部の自己保身から、国策捜査の対象に仕立て上げられ、外交現場から去らざるを得なくなったという現状は、私にとって、決して悪い形ではありません。私が親しくしていた人たちは、日本人であれ、ロシア人であれ、イスラエル人であれ、私が何を考え、どのような原理に従い、そのような目標に向かって仕事をし、生きてきたかをよく分かっていると思います。外交官生活の中で親しい友人が何人かできたことで「よし」とすべきなのでしょう。

もう少し突き放してみるならば、「歴史への参加者」から「歴史の観察者」に自分の身を置き換えることもそれなりに面白いのだと思います。一般の学者・研究者と異なり、実際の「外交ゲーム」「政治ゲーム」がどのように進められるかということについて、元参加者としての「勘」をもっていることは強みです。

このような状況になっても、私は外務省に対して恨みを抱くとか、「国益など意味がない」とシニカルになることもありません。いかなる幻想も持たずに現実を現実として受け止め、私が「公の世界」から去っていくということだと思うのです。

以前にも申し上げたことがあると思いますが、その時代を与えられた条件の中で誠実に生きていくというのが、これまでの私の生き方でしたし、これからもそれに変化はないと思います。

一二月二二日(日)雨　二二三日目

【弁護団への手紙】――123①

私自身は、キリスト教徒ですが、以前からクリスマスに対してはあまり強い思い入れはありません。神学部の同窓で、牧師になっている友人たちは、職業としてキリスト教に従事しているわけですから、クリスマス前後は一年中でいちばん忙しい時期です。他方、少しでもまじめに神学を勉強した者なら誰もが、歴史上、クリスマスが一二月二五日であった可能性はほぼありえず、古代ローマの冬至祭がキリスト教導入とともに変形したものだということを知っています。逆に、冬至のような自然現象と結びついているからこそ、日本のような非キリスト教社会にもクリスマスが根付くのでしょう。

クリスマスの本来的意味、「神がなぜ人間となったのか」ということは、私にとって学生時代から一貫したテーマです。少し別の言い方をするならば、私たちは自らの理念をどのようにして現実にするかと言うことです。神学的には「受肉論(incarnation)」[★1]と言いますが、私が学生時代から二〇年以上も研究しているテーマです。

★1　父なる神のもとに存在した神の独り子が人間となって地上に現れたことによって、救いが出来事となったという考え方。理念は具体的な形をとらないと意味がないというキリスト教倫理は受肉論に基づいている。

北方領土問題に対する取り組みも「受肉論」抜きにはありえないことだと私は考えています。領土返還という理念がいかにすばらしいものであるとしても、それが実現しないのでは何の意味もないと私は考えています。そういう意味で、「クリスマスの理念」にはいつも関心をもっているのです。

一二月二八日から九日間、拘置所は外界から遮断されるわけですが、これはかなり多くの囚人にとっては大きな出来事のようで、外部との通信や差し入れの手配等で浮き足立っている人々も多いようです。また、このタイミングで保釈になり、拘置所から去っていく人々も多いようです。私は、若干の違和感を覚えながら、こういった様子を淡々と眺めています。

九日間の休庁体制による私にとってのマイナス面とプラス面を書き出してみると次のようになります。

マイナス面

○コーヒーが一日一回になる。

○差し入れがなくなる(具体的にはリンゴが食べられなくなる)。

○食料品購入が三回出来なくなる(具体的には、食パン、大福、みかんが四、五日食べられなくなる)。

○手紙を出せなくなる。

プラス面

○起床時間が三〇分遅くなる（寒い朝の三〇分の違いは大きい）。
○ラジオの放送時間が増える（休日には午前九時から午後九時まで、午前一一時—一二時、午後四時から五時を除き、ずっとラジオがかかっている）。従って外部世界の情報をかなり得ることができる。
○拘置所内での作業がないので、落ち着いた雰囲気になる。
このような比較をしてみると、九日間休庁日が続いても特段の支障は感じません。仮にコーヒーが全く飲めなくなるとか、缶詰を開ける機会がなくなる（休日を含め一日二回、計四ケの缶詰を開けることができる）とか、昼寝時間がなくなるということになれば、生活に極めて深刻な影響を与えますが、そのようなことにはならないので安心しています。

一二月二六日（木）晴れ　二二七日目

【弁護団への手紙】——125①

私が承知する中の鈴木宗男分析で唯一学術的観点からなされているのは、『代議士とカネ』（朝日新聞社）に収録されていた論文で、鈴木代議士の行動様式を学理的反省者[★1]（ヘーゲルが言うところの für uns）の立場から分析しています。山口二郎［一九五八—］北海道大学教授のチームによる研究ですが優れています。トランク・ルームに入っていると思うので、何かの機会に目を通されることをお奨めします（書店でも簡単に入手できます）。

★1　ヘーゲルの精神現象学の概念で、慶松渉が「学理的反省者」と意訳した。

ちなみに、山口二郎教授は、旧社会党系で、民主党、社民党から北海道知事選挙に出馬すると噂されていますが、なぜか田中真紀子外相の諮問会議メンバーにも加わっていました。ただし、鈴木宗男分析については極めてフェアーです。鈴木代議士自身もこの論文を読んで、「悪くはないな。学者の目からはこういう風に見えるのか。しかし、このような形で取り上げられるということは、それだけ他の政治家からの目が厳しくなるから気をつけないとな」との感想を漏らしていました。

一二月二八日(土)晴れ　二二九日目

【弁護団への手紙】——125②

昨日(一二月二七日)から、拘置所も本格的「越冬」に入ったという感じです。普段の週末よりも一段と静かで、質的な相違を感じます。昨晩から冷え込みがだいぶ厳しくなってきました。左手に手袋をして(拘置所で購入する軍手は使い勝手がなかなかよい。手袋をしたままでも字を書くことができる)、上着のポケットに使い捨てカイロを入れて時々右手を温めながら書く作業を進めています。

以前にも書きましたが、私はこの雰囲気に、子供の頃キャンプをしたときとか、モスクワからプラハまで寝台列車で二泊三日の旅行をしたときのような楽しい感じがします。

一二月三〇日(月)晴れ　二三一日目

【弁護団への手紙】――125⑥

「園部レポート」★1でも指摘され、マスメディアが騒ぎ立てた対露政策をめぐる鈴木代議士の「関与」についての外務省内部のゴタゴタに関して、これが「路線闘争」だったのか「権力闘争」だったのかを整理する必要があると思い、考えています。結果としてみるならば、双方の要素があるのですが、その経緯は、今回の国策捜査の原因を究明するために重要だと思います（なぜなら、国策捜査とは事件を摘発するのではなく、事件を作るものだからです）。

かなり乱暴な整理ですが、これまでの経緯は三段階に区分されると思います。

①二〇〇一年四月末の田中真紀子外相登場までは、外務省内部の「権力闘争」。当初、小寺〔次郎〕ロシア課長と私の間でバランスを取っていた東郷〔和彦〕局長が、二〇〇〇年九月のプーチン大統領訪日を契機に私の方にシフトし、それが同年一二月のセルゲイ・イワノフ＝鈴木会談で決定的になり、小寺更迭という形で整理がなされた。

小寺氏と東郷氏・私の間には路線上の対立はなく（そもそも小寺氏には対露外交政策を企画・立案する能力も意欲もない）、外務省内部で誰を使うかという主導権争いであった。

②田中外相が「一九七三年の田中・ブレジネフ会談★2を原点とする」と公言し、小寺を呼

★1　二〇〇二年に園部逸夫外務省参与（元最高裁判事）が座長となり鈴木宗男衆議院議員を断罪する目的で外務省が調査を行い、公表した報告書。当事者である鈴木議員からの聞き取りは一切行われていない。

び戻してから、「路線闘争」に転化する。この路線対立を図式的に示すと、

（イ）**冷戦思考**　四島即時一括返還の旗を高く掲げ、失地回復を要求する。権利回復要求自体、すなわち、日本の正当性を主張することに意味があり、問題が実際に解決するかどうかには関心がない。

（ロ）**地政学的思考**　日露の戦略的提携は日本にメリットがあり（ロシアにもメリットがあるので）、北方領土問題の軟着陸が可能と考える。そのためには日本側の譲歩（「川奈」★1型であるか「二＋二」★2方式であるかが本質的な問題ではない。譲歩することがポイントである）により、譲歩したよりもはるかに大きな成果（「川奈」方式ならば国境線画定、「二＋二」方式ならば例えば「二島先行返還＋継続協議」）を得る、ということになる。

田中外相の発想は（本人の主観的な認識のあるなしにかかわらず）（イ）であり、これに小寺氏や外務省ロシア・スクールのＯＢ（兵藤長雄氏、新井弘一氏等）が便乗したというところでしょう。末次「一郎」グループも「揺れ」はありましたが、客観的整理としてはこの流れになります。

当時の外務省主流派、森前総理は、これまでの外交の継続性もあり（ロ）であり、この路線の作家、演出家、役者であった鈴木・東郷、そして役者ではないが作家・演出家ではある私が積極的に（ロ）路線の旗を掲げたのは当然の成り行きです。

ここで小泉総理が立場を明確にすれば（立場を明確にする場合、（ロ）の選択しかない）、「権力闘争」が「路線闘争」に転化することはなかったのですが、総理の立場が明確でな

かったので「路線闘争」としての認定を受けることになりました。

③二〇〇二年一月末の田中外相更迭、鈴木議運委員長辞任、さらに鈴木逮捕により、双方の関係者が排除され、外務省内部でも私の逮捕、小寺氏のオーストラリア転勤(仮に外務省が小寺「路線」が正しかったと認定するならば、同氏をロシアと関係する職務で活用する)で双方の関係者が排除され、「共倒れ」に終わった。

マルクス＝エンゲルス『共産党宣言』で、「階級闘争は、どちらか一方の階級が勝利するか、相争う階級双方の共倒れに終わる」という文言がありましたが、対露外交を巡る政界、外務省の「権力闘争」は「共倒れ」に終わったというのが客観的なところでしょう。

それでは「路線闘争」はどうなったのでしょうか。混沌としているというのが実状と思います。

そこで重要になるのが、一月一〇日からの小泉訪露です。本来は、結果を見てからではないと分析できないのですが、私の見立ては次の通りです。

④日露首脳会談の結果、何らかの文書に署名がなされる。過去の合意が再確認され、平

★2　一九七三年三月、田中角栄首相がソ連を公式訪問し、「未解決の諸問題」を解決して、平和条約締結交渉を継続すること等に同意した日ソ共同声明を発表した。

★1　一九九八年四月に橋本首相がエリツィン大統領に対して行った秘密提案。

★2　歯舞群島、色丹島の二島と国後島、択捉島の二島について、これまでの日露平和条約交渉で得られた合意のレベルの相違に着目した上で外交交渉を進めるという方式。

和条約(北方領土)交渉は休眠状態になる。

日露双方とも領土問題について何か新しいことをやりたいとは思っていませんし、ロシアの経済状態は改善しており、日本はロシアと特段の経済協力を行う(能力はあるのですが)意思がないので、これまでの合意が再確認されることとなるでしょう。小泉総理は対北朝鮮外交に政治生命を賭けているわけですから(恐らくこれが命取りになるでしょう)、プーチン大統領としてもそれなりのサービスをします。

重要なのはこれまでの合意が再確認されるということです。冷戦後の対露外交で最も重要な「川奈提案」、「二+二方式」は維持されるということです。

しかし、小泉総理にも外務省にも魂が入っていません。従って、実際の外交は動きません。日露平和条約(北方領土)交渉はいわば休眠状態に入ることになります。

しかし、眠っているということは、死んでしまったことではありません。一九五六年の日露共同宣言にしても四五年を経てよみがえったわけです。

実は、このような流れになるならば、所与の条件下では最良のシナリオだと思います。鈴木代議士の国策捜査で対露外交絡みの事件が作られれば(ご案内の通り、検察側は八月末まで事件作りをあきらめていなかった)、この時期の小泉訪露は実現しなかったと思います。そうなると混沌期が長く続き、地政学的思考が死んでしまったと思います。

悪いシナリオというのは、それが発生して初めてその原因や経緯がわかるのですが、分析専門家というのは事前に悪いシナリオについて考えるというのが仕事の大きな部分を占めます。決して悲観論者ではありません。事情に通じた楽観主義者ということです。

一二月三一日(火)晴れ　大晦日　二三二日目

【弁護団への手紙】——125⑦

大晦日の朝もよく晴れており、拘置所内はとても静かです。ただし、昨日よりは冷え込みがだいぶ厳しいです。「越冬」も五日目になりました。

私は一九六〇年生まれですが、読書傾向からすると一九四〇年代後半、いわゆる「団塊の世代」に近いのではないかと思います。

特に好きな作家はパリ在住のチェコ人亡命作家ミラン・クンデラと高橋和巳〔一九三一—七一〕です。クンデラは人生を突き放しており、高橋は人生と正面から取り組んでおり、文体としてもクンデラはとても完成されており、高橋はいかにも学者さんのような小説としては読みにくい悪文です。しかし、高橋の「人生と正面から取り組む生真面目な知識人」というのは一つの顔で、個人生活はそれとは程遠く、最近の研究では、女性関係については相手は玄人ばかりで、女子大生に惚れ込み、酔っ払って夜中に下宿に押しかけ、「僕は君にだけわかるようにこの小説は書いているのだ」とくだを巻く等、現代ならば京大助教授の座をスキャンダルで追われるような行動も相当していました。ちなみに、学生結婚をした夫人(高橋たか子、高橋和巳の死後、小説を書くようになり、現代カトリック文学を代表する作家になった)との仲も複雑で、「あの家庭不和が小説を書く原動力になった」と見る人も少なくないです。高橋は中国文学研究者としても優秀でした。

研究、小説、おまけに全共闘運動にまで「誠実」に取り組み、その反動は多量の飲酒となり、結局、肝臓がんで三十九歳で死んでしまいます。しかし、小説だけでなく、学術、評論の分野でも、月並みの学者よりは、質量ともに業績を残していると思います。特に高橋は「女性の描き方が下手だ」と批判されました。現在は、フェミニストから高橋和巳の女性観には知識人男性共通の偏見が極めて強く現れているとの批判が定着しています。確かに、高橋の小説では、「気が強くて、活動的で、陰険な女性」と「内気で思いやりがあるように見えるが、それは気の強さを隠しているにすぎず、本質はやはり陰険な女性」の間を知識人である主人公が翻弄されるというストーリーがほとんどです。

一つの作品を除いて、小説の基本構成も似ています。社会的に地位もあり、尊敬されており、倫理的水準も高い主人公(大学教授、技師、宗教教団幹部、社会福祉団体主宰者)が、その成功の頂点に近づいたところで、一寸とした契機で内部から崩壊が始まり、人間的にも完全に社会的に破滅するというストーリーです。

ただ一つの作品、遺作(未完)となった『黄昏の橋』だけが逆のベクトルを示しています。酒癖が悪く、研究も順調にいかず大学にも残れず博物館学芸員になっている主人公が、偶然、機動隊により学生が橋から突き落とされている現場の目撃者になり、公判に関与することになり、もう一度社会に責任を負う形で生きていこうと内側から変化していくというストーリーですが、内側からの変化が始まりかけたところで著者が死去してしまい、未完となっています。

獄中体験を経て、少し整理できてきたのですが、仕事への適性というのは三—五年で明らかになり、一〇年くらいの経験を積んだところで一応その道で専門家として食べていくことができるかどうかが明らかになります。さらに五年くらい経ったところで、専門家の世界でどれくらいのところに行けるかも見えてきます。国際スタンダードで通用する専門家として自己を維持することには、見えないところでの努力が絶えず要求されます。これがなかなかしんどいです。そして、自分の専門とする世界の全体像が見えてくると、面白さがなくなります。後進の育成を始めるということは、実はそろそろ引退を考えているということです。私は一九九九年頃からこの転換を始めたのだと思います。私としては転換に向けた心の準備ができていたので、今回の逮捕後もそれ程うろたえることがなかったのだと思います。

高橋和巳の場合、内的転換はかなり進んでいても、大学を辞めると研究の世界から離れてしまうのではないかという不安があり、過激な政治活動への参加と過度のアルコール摂取という形で自己を転換に追い込んでいったのだと思います。

高橋の場合、精神力は強靱でしたが、肝臓がその強靱な精神に追いつかなかったということなのでしょう。

大晦日の雰囲気はラジオ放送を通じて感じます。今日は放送も特別体制で、深夜零時〇二分まで、ラジオ放送が延長されます。ワールドカップの決勝戦も夜九時で打ち切りになったので、大晦日、紅白歌合戦は特別の意味を持つと実感しています。

この一年、私を支えてくれた一人一人の顔が思い浮かびます。私としてこれらの人々のご厚情にこれからどう応えていったらよいかということについてもよく考えなくてはなりません。これらの人たちは、私とある時期、共同の作業をした経緯があるわけで、私としては、それらの作業が歴史の中でどのような意味をもっていたのかということを、単なる回想録ではなく学理的反省者(für uns)の立場からも明らかにした本を書くことが恩義に応えることになるのだと考えています。

それから、逮捕後の過程で、女性陣の方が圧倒的に精神的に強靭だということが明らかになり、それに私はたいへんに感謝しています。同時に学理的反省者の立場からは、これは個人的な性格や資質の問題に還元できることではなく、恐らく、「公の世界」に表面上は平等に参画できることになっていても実際には組み込まれる度合いが弱いが故にもっている距離感により、自己の座標軸がブレ難いことに要因があると思います。それ故に外に出てからフェミニズム思想もきちんと勉強してみようと思います。学生時代にアメリカ系のフェミニズム思想の本はいくつか読んだのですが、男性による支配体制を女性による支配体制に転換するという構成はたいして面白くないので(男を女に入れ替えるということだけでは、記号が変化するだけで思想構造には変化がありません)、ほとんど考察の対象にしていませんでした。

今回、獄中でハーバーマスやモルトマンを読んでフェミニズム思想と正面から取り組んでいます。自分自身の今回の体験を踏まえ、現代思想におけるフェミニズムの重要性に関心を持ち始めています。

【弁護団への手紙】——125⑧

大晦日に拘置所内では静かに時間が流れていきます。ただし、ラジオ放送と配給品で大晦日を感じます。

ラジオ放送は、午後九時終了(ワールドカップの決勝戦ですら定刻九時で放送終了となった)ですが、今日は、午後七時半までレコード大賞、深夜零時〇二分まで紅白歌合戦等(等とは「行く年来る年」でしょう)が放送されるとの予告がありました。

三時過ぎに割子そば、一口ようかん、栗まんじゅう、一口カステラ、揚げせんべい、ビスケットの詰め合わせが配布されました。小学生時代、「夏祭り」に菓子の詰め合わせをもらったことを思い出しました。

第四章

塀の中の日常

——二〇〇三年一月一日（二三三日目）から六月一五日（三九八日目）まで——

二〇〇三年(平成一五年)一月一日(水)曇り　二三三日目

【弁護団への手紙】——125⑨

正月元旦は「越冬」六日目、拘置所生活二三三日目です。天気予報では夜中に雪が降るといっていましたが、拘置所周辺には雪の気配はありません。曇っていますが、比較的暖かいです。

本年もよろしくお願い申し上げます。

元旦の配給品

○紅白まんじゅう

○折り詰め　かにクリームコロッケ、鶏唐揚げ、みかん・パイン・チェリーの缶詰、つけもの(野沢菜、大根)、しいたけの煮付、たけのこの煮付、こんぶの煮付、豚肉角煮、塩シャケ、ぼたんエビ、かずのこ、昆布佃煮、酢だこ、ようかん、だてまき、紅白かまぼこ、豆きんとん、黒豆

朝食は白米であり、昼食のモチはつきたてで、まだ温かく、味噌雑煮もおいしかった。メロンも大切りで、拘置所としても大ふんぱつである。

【弁護団への手紙】──１２５⑩

北朝鮮では、金日成の誕生日に食品や衣類の特別配給がなされ、国民が心の底から首領様に感謝する日だということですが、東京拘置所の囚人心理にも似たものがあるかもしれません。元旦のメニューは以下の通りです。

朝食　白米飯、大根の味噌汁、イカ塩辛、イモキントン
昼食　餅、雑煮、焼きそば、メロン、牛乳
夕食　白米飯、ビフテキ、コーン・人参・グリーンピース、タラコスパゲティー、ベーコン・クリームシチュー、カフェオーレ

つきたてでまだ温かい餅、イカの塩辛、ビーフステーキ、焼きそば、たらこのスパゲティーがとくにおいしかったです。「おせち料理」もなかなかのものです。これならばもう一度拘置所の中で大晦日、正月を迎えてもよいかなあと思っています。

一月二日(木)晴れ　二三四日目

【弁護団への手紙】──１２５⑪

正月二日の朝はかなり冷え込みが厳しいです。「越冬」は七日目で折り返し点を過ぎました。予定した作業は三分の一くらいしか進んでいません。特に読書が遅れていますが、計画時点で少し欲張りすぎたのだと思います。

今朝も銀シャリ(白米飯)でしたが、そろそろ麦飯がなつかしくなってきました。拘置所

生活一カ月目くらいから、米よりも麦の方がおいしいと思うようになり、摂取カロリーを制限するときも麦と米を分け、麦の方を食べています。
今日は新年初めての入浴でした。いちばん風呂でした。★1 その後、コーヒーを飲み、午前の体操をし、ノートに向かっています。

朝食　白米飯、味噌汁、タイミソ、漬物
昼食　白米飯、豚汁、鮪刺身、海草サラダ、山芋
夕食　牛乳、みかん缶、餅、汁粉、こんにゃくと野菜の煮付、茶碗蒸し、リンゴ

一月三日(金) 曇り　二三五日目
【弁護団への手紙】——125⑫
今日で「越冬」も八日目ですが、私にとってはもう普通の週末という感じです。「おせち料理」の重箱を本日返却するので、独房の中からも正月の痕跡が消えます。

朝食　白米飯、味噌汁、ナマス、煮豆
昼食　白米飯、鰻のかばやき、大根の煮付、野菜と玉子のスープ、プリン
夕食　カニ缶詰、イカ缶詰、もち、雑煮(しょうゆ)、イカとナムルのあえもの、バウムクーヘン、レモンティー

一月四日(土)晴れ　二三六日目

【弁護団への手紙】――125⑬

私としていちばん悩んでいるのは、これまでの過程を学生時代からの友人にどう説明していくかということです。

具体的には神学部の同窓生四人と商学部の学生でしたが神学部の準構成員だった一人です。そのうち、二人が牧師になり、一人は大手予備校の管理職、一人は卒業後大手旅行社に、もう一人は大手スポーツ商社に勤めていましたが(当時、神学部出身者では珍しかった)、二人とも五年目くらいに退職し、それぞれ建築会社の幹部と家業を継ぎ、洋品店主になりました。家業を継いだ友人は学習塾をつくり、最近は市会議員になりました。

神学部の友人関係というのは極めて緊密で、文字通り、毎日飲みに行ったり、週に二、三回は下宿や大学の中で一緒に泊まったりで、旧制高校のような雰囲気でした。それだけに誰がどういう人間かをお互いによく知っています。

神学部では信者としてではなく、いわば「経営者」側としてキリスト教を四―六年間勉強するわけで、当時は牧師以外は社会福祉系に就職する以外の一般就職は珍しかったので、大学では就職とか将来のことは一切考えず、自らの信念と趣味に生きるというのが普通の

★1　風呂には緑色の入浴剤が入っていた。拘置所の風呂に入浴剤が入っていたのは佐藤の五一二日間の勾留中この一回だけ。

スタイルでした。その価値観は皆の中に染み込んでいるので、常識的な社会秩序枠には収まり切れないのです。

　彼等は、私はいわば留学として五年くらい外務省に勤務して、その後、再びキリスト教世界に戻ってくると思っていたので、私が外交官として生き続けるということはあまり喜んでいませんでした。しかし、私の選択をできるだけ理解しようと努めてくれたことは間違いありません。

　学者、外務省関係者等とは違うところを中心にして彼らには説明をしなくてはならないので、これがなかなか悩みの種なのです。

　例えば、逮捕、起訴、長期勾留などということは、神学部の友人たちは「政治の本質からして、あり得ることだ」くらいに受け止めているでしょうし、盟友である鈴木代議士から離れないことも「当たり前だ」と考えていることと思います。また、私が公安事件被告のような争い方をしないことについても、私が体制の内側の人間としてのこだわりをもっていることが伝われば、理解するのでしょう。

　彼らからの質問はより根源的なところからなされることは間違いありません。恐らく以下の質問が来るでしょう。
　①北方領土問題というのは、官僚の立場として従事する以上に取り組む必要が本当にあったのか。他の政治家や官僚は、北方領土問題を解決するふりをしていたのに対し、鈴木・佐藤は本気で問題を解決しようとしたから、このような問題が生じたのではないか。

無駄な課題を設定したが故に穴に落ちたのではないか。

②「ナショナリズムとの共存」という考え方自体に問題があるのではないか。ナショナリズムと取り組む場合は、それを超克する方向で取り組んで、従って領土紛争は迂回するのが正しい選択ではないか(日韓の竹島問題の例を見よ)。

③佐藤の神学的な考え方だと「ローマ帝国がキリスト教を公認してから、国家と宗教の癒着が始まったので、政教分離を貫くのが政教分離の正しいあり方だ」ということだが、キリスト教徒として国家は必要悪にすぎず、政府に積極的に奉仕するという作業は本来、他の人々に任せるべきであり、自覚的キリスト教徒としては、政府の外側から国家とは位相を異にする価値観に基づいて社会的貢献をなすべきではなかったのか。

④佐藤自身はいつも「俺は努力家ではないし、努力家は嫌いだ」と言うが、客観的には相当の努力家で、しかも自己の基準(常人にはまねできない努力と禁欲的姿勢)を結果として周囲に押し付けているのではないか。前島氏の場合も、佐藤の基準に合わせて行動していたが、国策捜査という前島氏の「容量」を超える事態が生じ壊れてしまったということではないか。自己の基準を他者に結果として強要するという佐藤のパーソナリティーが今般の事態を招いたとの認識はないか。社会への貢献を求める際には誰にでもできる低いレベルの倫理基準を設定することが知恵なのではないか。

⑤「公の世界」から「私の世界」への転換というのは、人生に対する責任放棄で、キリスト教的には是認されないのではないか。人は自己の能力を他者のために用いるべきであ

るというのが自覚的キリスト教徒、知識人としての大前提ではないか。

この類の質問に答えなくてはならないと考えると、本当に憂鬱です。私のこれらの友人たちは、比較的狭い世界で自分の周囲の人たちを思いやり、できる範囲で社会的貢献を続けるとの選択をしました。霞が関官僚や大学教授たちと異なり、また、世間一般の常識とも違う彼等の価値観と私の価値観の間には了解可能でない相当の溝もあり、私が何を経験し、どのような考えを持つに至ったか、そして今後変化しうる可能性があるのはどの部分でまず変化しそうにない部分はどこかということを理解してもらうために、どのような切り口で話すのがよいか考えているところです。

一月一五日(水)晴れ　二四七日目

万年筆が届いた。ペン先がプラスチックで使い捨て型である。書き味は悪くない。しかし、カーボンで写しを取る必要のあるときはボールペンの方がよい。万年筆というよりは、サインペンに近い。外国語を書くのにはちょうどよい。

【弁護団への手紙】——１２９①

プラグマティズムの考え方の背後には、近代の科学主義があります。つまり、人間の理性は同じなのだから、十分な時間と条件さえあれば、誰もが共通の結論を見出すことができるという了解があります。ですから、「正しい」「誤っている」という判断ができると考えるのです。

この場合、「正しい」ことと「成功すること」はほぼ同義になってきます。すなわち、日常的には「正しい選択をしたから成功した」という認識を持ちますが、実は「成功した場合の選択を正しいと名づけている」にすぎないのかもしれません。

今回の国策捜査に引き寄せると、「鈴木宗男は成功しなかった。だから鈴木の言動は誤っている」ことになります。これはプラグマティズムから出ている発想のように私には思えてなりません。

人間の信念と正しさ、成功はどう絡んでくるのでしょうか。

国策捜査について(社会)哲学的に考察することが思ったよりも面白いので退屈しません。最近、『暴走する検察』(宝島社)という本を読みました。様々な興味深い事象につき具体的に知ったことは収穫でしたが、国策捜査＝冤罪＝市民の人権に対する危機という図式では国策捜査の本質がわからないと思います。この中では高峰リゾート事件の弁護士インタビューと魚住〔昭〕氏(元共同通信社会部記者)の視点が少し面白かったです。彼らには、「検察官は自らの正義感に基づいて行動している……」点についての目配りがあります。しかし、「政治的目的先行での国策捜査を許すと、明日はあなた(一般市民)の身に降りかかってくる」という論拠は説得的でありません。国策捜査の対象というのは、あくまでも政治エリートもしくは経済エリートです。支配層内部での抗争の面が大きいのです。国策捜査の問題点は、検察(そして裁判所)が自らの政治性に無自覚なところにあるように私には思えてなりません。しかし、この点を明らかにするためには社会哲学の助けがいります。

『暴走する検察』の中に三井環事件の絡みで、検察の「調活マニュアル」の写しなるものが掲載されていましたが、外務省の報償費マニュアルよりもむしろ基準が少し厳しい感じがします。会計検査院に領収書を提出する必要のない「簡易証明」についても、情報提供者からの領収書(ペンネームも可)が必要とされ、しかもペンネームと実名リストも用意しておかなくてはならないので、このマニュアルどおりに運用していたならば、情報源を秘匿することができません。従って、実際には領収書の貼りかえ、架空氏名記載をしなくては仕事ができません。検察の調活問題は、プロの目からは、幹部の裏金問題よりもこのマニュアルでは(担当者がリスクを冒して架空証明書を作らない限り)情報源が検察内部の記録に残り、状況によっては表に出る危険性があるということに真の問題があります。

一月一七日(金)晴れ　二四九日目

【弁護団への手紙】——130①

私は、「国策捜査を理解するためには、被疑者、被告人の側からの特捜検事に対する暖かいまなざしが必要である」と考えています。「何を悠長なことを」とお叱りを受けそうですが、私には検察と迎合するつもりは全くありませんし、闘いの手を緩めるつもりも全くありません。しかし、私たちが直面している国策捜査という現象を構造的に理解するためには、特捜検事の機能をできるだけ正確に位置づける必要があると思うのです。

私が「検察官にとって正義が重要な価値」というのは、「検察官はいつも正義、正義ということを強調する人種」であると私が認識しているということではありません。常に正義を前面に押し出している人物は、バランス感覚に欠けるパラノイア(偏執)的人物か、自己の出世欲や権力を誇示するために正義という記号を利用しているにすぎません。

七年間、若手外交官の教育にあたった経験からすると、「国のために身を投げ出したい」とか、「北方領土問題の解決に生命をかけたい」などというタイプは(必ず二年に一人か二人いる)、バランス感覚が欠けているとともに、集中して机に向かう能力に欠けているので、語学が身に付きません。

ロシア語だけでなく、英語も勉強したい、経済を勉強したい、法律を勉強したいというタイプは問題意識が鋭い点はよいことですが、多科目の勉強を口実にいずれの科目についても十分な取り組みをせず、研修期間中にロシア語も伸びず、英語もたいしたレベルに達せず、経済については全くものにならず、所期の研修効果が上がりません。もちろんもともとの素質は悪くないので、そこそこのレベルには達するのですが、一級の外交官にはなりません。なぜか大学院卒や留学経験者にこのタイプが多いのです。

もっとも伸び、国益観がしっかりとする若手外交官は、不思議なことですが、あまり問題意識も鋭くなく、安定した生活、組織の中でとりあえず言われた仕事だけをやればよい公務員は民間よりもストレスが少ない、といった消極的な動機で入省してきた若手から生まれてきます。このタイプは集中して机に向かう訓練ができているので、システマティックに知識を与え、自分の頭で考える訓練をさせておけば、外交の現場に接する中で、大きく成長する可能性があります。

優れた外交官の国益観は、実務能力に裏付けられた静かなものです(この点で私は国益を口に出して強調するので、優れた外交官ではないのです)。

検察官も基本的にはサラリーマンで、出世欲もあれば名誉欲(特に狭い「検察村」の中で)もあると思いますが、私の理解では自分の仕事が明らかに正義に合致しない(例えば、冤罪作り)と確信するならば、なかなか無理はできないと思います。「検察村」の中の「特捜集落」で、主観的には政治に強いと自負している特捜検事たちが(確かに他の検察官よりは政治について知っているでしょう)、本物の政治、国際政治の機微を理解できないまま、仕事に熱中するから、今回のような無理のある事件が作られてくるのだと思います。私の理解では、私生活ではそれ程乱暴でない人間が相当乱暴な無理をするのは、大義名分に基づいた仕事の遂行にあたるときです。

「政治は検察によってチェックされるが検察をチェックするメカニズムがない」などという批判は、一見もっともに見えますが、「検察をチェックする機関」を作れば、その「機関をチェックするメカニズムはどうするか」という問題がでてくるので、この議論は堂々巡りです。一般市民による検察のコントロールなどというのは、メディア受けはよいでしょうが、司法権力を大衆に委ねると、現下、日本の場合、世論の動きにあわせて次々と事件が作られ、冤罪のオンパレードになるでしょう。

外交上の国益を守るのは、ぎりぎりのところでは外交官の自覚(モラル)に頼るしかないところがあります。検察にしても、最後は検察官のモラルによって日本国家の正義が守られるのだと思います。このモラルは、精神力による忍耐のようなものでなく、専門知識と総合的見識によって裏付けられていなくてはなりません。

鈴木代議士の事件にせよ、私の事件にせよ、背景事情、全体構造の中での位置づけをすれば、事件化することによるマイナスを理解できるはずです。

国策捜査は必要な場合もあります。しかし、今回の外務省絡みの国策捜査の結果、日本の外交官は事務次官や主管局長、会計課長の決裁を得ても背任で逮捕、起訴されるわけですから、誰もリスクをおかす企画はもとより、日常業務もできるだけ縮小するようになります。仕事をしないならば、引っかけられることはないからです。問題はこの不作為がいかに国民の利益を毀損することになるかです。

一月二一日(火)晴れ　二五三日目

○陸軍中野学校教育
+名誉を捨てる。栄達を求めない。美学を捨てる。表面上は無節操に見える。捕虜になり、敵を情報操作する。
+自決を認めない。あくまでも生きて報告する。
+汚名を甘受する。
+所与の条件下、どのようにしたら日本国家のために役に立つか。

○個人の生命よりも重要な価値がある。なぜ外務省の多くの同僚がそれをわからないのか。

○三大革命小組(金正日)

思想革命

技術革命

文化革命

思想革命を先行させたのは、体制維持の観点から極めて正しかった。閉鎖システムの維持。

コメコン(セフ)に加盟しなかったことも。

○専門家として「偏見を持つな」とは言わない。そもそも先入観、偏見を持たないなどということは不可能である。

←

仮説も立てられない。

自分の偏見がどのようなものであるかを知る。

偏見をもっていても、目的が達成されるならば、そのまま走る。

目的が達成されず(自分に責任が降りかかってくるならば)、偏見を認め、それを是正する。

しかし、これは命取りになる可能性がある。

一月二五日(土)晴れ　二五七日目

【弁護団への手紙】——134③

東郷氏は今頃どうしているのでしょうか。恐らくは、「自分(東郷)が佐藤や前島を売って、逃げたと思われているのではないか」と気にしているのではないかと思います。そのようなことについては全く気にする必要がないと私は考えています。

私は「逃げる」ということは、決して卑怯なこととは思いません。東郷大使に対する「疑惑」も国策捜査の一環として作られてきたわけですから、政治犯が国外に「亡命」するというのは当然のことです。東郷氏は才能もある人ですし、人柄も良いですから、いずれかのタイミングで日本に戻ってきて大学教授になるか事務所を構え、活動することができると思います。私の裁判が終わり、一年が経過すれば、東郷氏が戻ってくる条件も整っているでしょう。

一月二九日(水)晴れ　二六一日目

●外務省の後輩へのメッセージ

(一) 基礎体力さえできていれば、人間の能力は与えられた器に合わせてできる。これがポストが人を作るということ。組織には、組織が必要とする水準に個人の能力を引き出す本性がある。

逆に組織から仕事で課される器が小さくなると、人間の能力は低下してしまう。外務省入省時点では比較的優れた素質を持ち、研修でもそこそこ成果をあげた人物についても、専門職では三〇代半ば、キャリアでも四〇代半ばを超えた人々で能力のある人々がほとんどいなくなってしまうのは、組織より与えられた課題が小さくなってしまうから。そのような場合には、知的世界で大きな器を作る。それは(テーマの選び方にもよるが)いくつか仕事の役にも立つし、トータルに人生を考えた場合もマイナスにならない。

(二)中小公館の上司は、大きな仕事を任せられたことがないのでどうしても見識に限界がある。あなたたちは大きな仕事をしたことがあるので、それがよく見えるが、このような上司を暖かい目で見ること。上司におもねる必要はないが、マサツを引き起こす必要は全くない。

大使館での人間関係は近くなりすぎると必ず後でトラブルが生じる。適切な距離を維持することが、仕事を円滑に進める上で適当と思う。

わかりが遅いのは悪いことではない。人間でも、政策でも、本当に理解し、納得できるまでは信じるな。日本人であれ外国人であれ高邁な理想を述べる政治家、外交官、学者でも、その人間がどうやって生活しているのか、自分より力のある者と弱い者に対する態度に極端な裏表がないか。時間をかけて見極めてから、判断をしてもおそくない。

二月一日(土)晴れ　二六四日目

ブルブリスの大統領観[★1]

ブルブリスがエリツィン大統領を作った。ソ連崩壊のシナリオライターである。一回国家の頂点に立ち、歴史的大変動の主役となった人物には、同じ現象をながめていても、他の人には見えないものが見えてくる。

私はブルブリスのものの見方から大きな影響を受けた。

ロシアの大統領↓神の使命という考えを強める。

大統領の身体には国家が体現されている。大統領の身体を守るものはロシア国家を守る者である。それ故に大統領のボディーガードであるコルジャコフ[★2]が政局において特別の意味を持った。

プーチンも急速にキャリアをつけ、大統領になったことについて、

エリツィンによって指名された、

国民によって選ばれた、

という発想から、神によってロシアを導く使命が与えられたという考えに近づいている。

王権神授説的発想ではなく、ドイツ・プロテスタンティズムの召命(Beruf)観に近い。

★1　Gennadii Burbulis 1945-. ウラル国立大学哲学部教授のあと、国務長官として初期エリツィン政権の知恵袋となり、ソ連崩壊を決定的に方向付けるシナリオを描いた。その後エリツィン大統領に疎まれ、国務長官職が廃止され、政権中枢から遠ざけられた。現在はロシア連邦院(上院)議員。

★2　Aleksandr Korzhakov 1950-. エリツィン大統領の側近であったが一九九六年六月に失脚。

二月五日(水)曇り↓晴れ　二六八日目

●同志社大学神学部時代からの友人へのメッセージ

こちらは気楽にやっている。独房というのはなかなか居心地が良い。ドイツ語、ロシア語、チェコ語等の洋書が読めないことだけが少し不満であるが、その他については全く不自由がない。食べ物はうまい。九カ月いても全然あきない。しかし、もっとも重要なことは、「逆転の発想」で、長期勾留は政治闘争としては、こちら側の「カード」になるということである。

検察に屈伏すれば、一カ月か二カ月で外に出ることができた。しかし、屈伏しない僕はすでに九カ月も投獄されている。恐らく一年を超えるであろう。

前島氏に対する求刑は懲役一年六カ月だった。同氏が実刑になることは一〇〇%ないが、仮に実刑になってもある程度の未決勾留期間が算入され、刑務所はどこも「満員御礼」状態であることを考えるならば、一年六カ月の実刑を食らっても、実質は一年くらいで外に出ることができる。僕はすでに九カ月獄中にいる。この単純な事実が、国策捜査裁判の政治性を如実に示している。

僕としては、政治的観点から三つの原則を立てて闘っている。

①絶対に謝らない。官僚として、まとまらなかった外交交渉に関して責任をとることはやぶさかではない。しかし、刑事責任を追及されるようなことは何もした覚えがない。

これは東条英機が「開戦時の首相として負けた戦争の責任を国民に対してとるのは当然である。しかし、帝国主義戦争の相手である米英から戦争犯罪を追及される覚えはない」といったのと基本的に同じロジックである。

②裁判官や検察等、現下の状況では僕よりも強い者に「お願い」をしない。ソ連時代、ロシアの反体制インテリは「強い者にお願いをすると、その人間は内面から崩壊していく」と考えたが、その通りだと思う。

③鈴木宗男が外に出るまで、外に出ない。検察は僕はもう用済みなので、早く外に出して、鈴木代議士と切り離し、整理してしまいたいと考えている。僕は、鈴木・外務省関係を徹底的に解明すれば、それは官邸、自民党、外務省全体に及ぶので、かえって鈴木代議士の正当性を明らかにできると考えている。いわば「鈴木・外務省「疑惑」をお忘れなく」と言い続けているのである。この意味で、敵の分断工作に乗ってはならない。わかりやすい図式を維持するために鈴木さんが中にいる間は、僕も中にいると決めた。

僕は何事かを決めるまではいろいろと考えるが、一度決断したらまず軌道修正はしないことは、君もよくわかっているので、この方針で進んでいく。

いずれにせよ長丁場になる。僕は身軽で、拘置所生活を楽しんでいるので何の問題もないが、支持する人たちの方で、そろそろ疲れの出てくる頃である。とにかく無理をしないことである。

君は現在どんな本を読んでいるのだろうか。相変わらず、西部［邁］［一九三九―］―オルテガ[一八八三―一九五五]の系譜なのだろうか。

僕が君と問題意識を共有できるフィールドとしては、廣松渉を読み直している。講談社学術文庫になった『近代の超克論』『マルクス主義の地平』は、僕の心象風景を受肉化する上で役に立っている。時間があれば一読することをお勧めする。

二月一三日(木)晴れ　二七六日目

【弁護団への手紙】――144

今朝(二月一三日)は冷え込みがかなり厳しいです。久しぶりに使い捨てカイロを使っています。外は快晴で、ロシアの冬を思い出します。

毎日が淡々と流れていきます。生活は、受動的な学習という観点からは時間を全く無駄にしていませんし、読書もほぼ計画通りに進んでいます。大学の研究室にいるよりも成果は上がっていると思います。考えてみると、外にいたときは新聞、雑誌、小説類をかなり読んでいたので、獄中ではその分の読書時間も学術書読みに充てられているわけですから、それなりの成果が上がるのは当然です。

カール・バルトの自伝を興味深く読んでいます。バルトの政治的洞察力は優れているが故に、同時代の多くの人々から理解されませんでした。このような事態に直面したバルトは最小限の弁解しかしないという方針を貫きました。それが同人の「美学」であったというよりも、それが最も効果的だという計算があってのことです。

「私が年をとればとるほど、次のような洞察が私にとってますます確固たるものとなっている。それは、物事は早晩公正に照らし出されるのが常であるゆえに、もしこのような試練においてよい良心をもっているならば、あまり躍起になって自己を弁護したり正当化したりしない方が賢明だし、そういうことをいっさいしないならもっと賢明だということである」(『バルト自伝』新教出版社、102頁)

私もバルトのような姿勢で今回の国策捜査・裁判に臨んでいるのだということに気付きました。そして、最小限の弁解というのは、事実関係と私の認識について、良心に照らして恥ずかしくない記録を公判の過程でできるだけ残すように努め、そこで足りない部分についてはそれ以外の手法で残しておくことなのだと思います。そうすれば、いつか公正な光の下で、判断がなされるでしょう。

ナチズムがドイツ人の病理現象であったということについては、ほとんどの知識人の間で共通認識が得られています。バルトは、この病気の原因をアドルフ・ヒトラーとその周辺の国家社会主義者のみに帰すことはできず、ビスマルク等のプロイセンの伝統にそもそも問題があると考えました(チェコの神学者フロマートカが、ルターの極端な主観主義にまでさかのぼらないとナチズムを解明できないと考えました。ちなみにヒトラーはルターを崇拝していました)。

第二次世界大戦後、バルトは、政治参加を続けるか、学術研究に専心するかについて、真剣に悩みます。

「ドイツ再建の問題は、私の個人的印象では非常に厖大な問題であり、周囲の世界とドイツ人との両方によって非常に複雑なものにされているので、私自身次のいずれの道をとるべきかという問題に直面することになった。すなわち、私に残っている時間と力とを、完全に専らドイツの問題と課題のためにささげるか、それとも結局私の本来の仕事――「社会教義学」の続行と、可能ならばその完成――に戻り、ドイツ問題にたいする直接の関与を、不可避的に生じてくる他の外国の問題と同様、特殊な場合に限定するかどうかである。そして私は後者に決定すべきであると感じたのである」(同上84頁)

結局、「教会教義学」は完成しませんでしたが、七割くらいはできたので、バルトの遺産は(私を含め)多くの人々に影響を与えているのです。この本の影響は、百年後、つまり二二世紀になっても残るでしょう。仮にバルトがドイツ問題に従事していたとしても、一九九〇年のドイツ統一と共に完全に「過去の人」になってしまったでしょう。

私自身はバルトのような学識や才能があるわけではありませんが、やはり自己の限りある時間と力をどの方面で使った方がよいかについては真面目に考えています。

「誰でも自分のできることをするものである」。過去一〇年間、私は自分のできることをしてきた。将来もそうしていきたいと思っている」(同上91―92頁)

私自身も今後自分に「できること」を獄中でもっと絞り込んでおかなくてはなりません。昨日からはチェコ語の復習にも従事しています。

二月一五日(土)晴れ　二七八日目

鈴木宗男「疑惑」とアメリカ

A　今回の鈴木宗男「疑惑」の背後に第三国の力が働いていると思うか。

B　第三国というと具体的にどこを指すか。

A　具体的にはアメリカである。

B　その質問に対する回答は「イエス」でもあり「ノー」でもある。

A　「親露派有力政治家である鈴木宗男をアメリカが排除した。ロシアにさわると失脚する」ということが永田町では言われているが、この話には根拠があると思うか。

B　思わない。「ロッキード事件」は田中角栄を失脚させるためにアメリカにより仕組まれた謀略だったという類の「謀略史観」には根拠がない。アメリカが「鈴木宗男を排除せよ」と日本政府に直接指示することはあり得ない。そもそも鈴木は米国務省とも独自の人脈をもち、米国との関係は良好で、「神環保(厚木基地に隣接する産廃施設)」のダイオキシン問題の解決にも尽力した経緯がある。アメリカが鈴木宗男を排除しようとした動きはない。

A　しかし、あなたは、アメリカの力が働いていると言うことについて「イエス」でもあると答えた。

B　その通りである。日本外務省内のアメリカ・スクールが、鈴木代議士の進める対露関係改善が、日米関係に影響を与えることを危惧していたことは確かである。この傾向は、小泉政権の誕生とともに強まった。

私の見立てでは、外務省ＯＢである岡本行夫総理特別補佐官(「岡本アソシエイツ」社長)がこの動きの中心になり、東郷和彦氏や私を鈴木代議士から切り離すべく画策していた。鈴木「疑惑」が本格化し、外務省としても組織的に鈴木排除に踏み込んだ。二〇〇二年三月以降、最後まで中立的だった谷内総合政策局長もこの流れに加わり、鈴木排除と対露関係重視路線からの転換が完成したのだと思う。

Ａ　外務省はすべて親米派ではないのか。

Ｂ　それはその通りである。日本政府・外務省で日米軍事同盟を基本とする、日米基軸以外の外交路線をとるものはいない。しかし、この中にも幅がある。日米の基本的価値観の共通性を強調するグループから、基本的価値観にはあまり重きを置かず、「米国は戦争に強いから、強いものとは仲良くしておいた方がよい」というパワーポリティックスの原理で考えるグループ等がある。私、東郷局長はパワーポリティックスの原理で日米関係を考えていた。

冷戦後の日本外交については、大きく分けて外務省内に三つの流れがある。

第一は、日米関係のみを重視し、他のファクターは考慮する必要はないとする立場で、日米同盟の強化を集団的自衛権を含む形で強化すべきと考える。外務省の米英スクールにこの考えをとる者が多い。

第二は、アジアの中での日本の地位を強化しようとする者で、中国スクールにこの考え方をとる者が多い。

第三は、地政学的戦略をとる者で、アジア・太平洋地域の大国である日米中露の相互関係を考慮した上で、日本の地位強化を図る。冷戦中、反共指向のもっとも強かったロシア・スクールが、体制転換を遂げたロシアと日本の距離を近づけることを考えた。

小泉政権登場後、田中真紀子外相という多分に偶然のファクターにより、まず、ロシア・スクールの影響力が排除された。田中外相自身は中国に対する親近感が強く、客観的には第二のアジア重視論に傾きかけた。もともとは田中外相と人的にも近かった槇田アジア・太平洋局長が写真週刊誌で「焼き肉デート」スキャンダルが取り上げられた関係で、田中外相が激昂し、槇田局長が外務次官にならず、シンガポール大使に転出したことにより、この潮流の影響力も弱まった。結局、第一路線の力が強まっていったということである。

しかし、潜在的に、第二、第三勢力も十分な力を持っており、路線闘争は現在も続いている。

二月一六日（日）曇り↓雨↓雪↓雨　二七九日目

（仮想対談）鈴木宗男代議士との協力体制はなぜ必至だったか

Q　佐藤さんたちが対露関係を進めるにあたって、鈴木代議士の力を使ったことにそもそもの問題があるのではないか。政治の力を使わずに外務省の力だけで対露外交を進めることはできなかったのか。

A　結論から言うと、外務省の力だけで対露外交を進めることはできなかった。一九九七年七月の橋本経済同友会演説[★1]以降の外交プロセスは、外務官僚の手の届かないレベルであった。ロシア情勢に通暁しているという観点からも、日本政府の基本的な立場を十分に理解しているという観点からも鈴木代議士以外に首脳会談の「黒衣《くろこ》」となることのできる政治家はいなかった。

Q　鈴木さんはもう少しソフトに、外務官僚のプライドを傷つけないように事を進めることはできなかったのであろうか。

A　外務官僚にもっとソフトに当たることはできたかもしれない。その場合、事は進まなかったであろう。しかし、よく考えてみてほしい。舞台監督が大声を出したり、厳しい指摘をすることはよくある。すべてはよい舞台にするためだ。われわれにとっては、対露外交が舞台であり、鈴木代議士と外務官僚の関係はあくまでも楽屋の出来事にすぎない。問題は大きな声を出したかどうかではない。国家の外交目的を遂行する上で、鈴木代議士が北方領土交渉の障害となるような干渉をしたか否かである。そのような干渉はなかった。

　私も鈴木代議士には「弱点」があったと思っている。それは世評とは逆に、職務遂行上の人間関係において一種の「甘さ」があった。鈴木代議士を騙そうとする外務官僚を徹底的に除去しようとしなかったことである。鈴木代議士が外務省に対して、「恐怖政治」に徹していれば、二〇〇二年二月以降の外務省内部からの鈴木潰しの動きは出なかったであろう。反対派の除去という点では、橋本、小渕両総理は徹底していた。

もっとも、鈴木さんが権力闘争に徹し切れていないというのは、少なくとも私にとっては人間的にたいへんな魅力だった。もし鈴木代議士が自らの権力しか指向しない政治家だったならば、私は最後までついていくという選択はしなかったであろう。

しかし、人生をトータルで見た場合、鈴木代議士は国策捜査の対象となりこのような理不尽な取り扱いを受けているが、人間的優しさを全く示すことができない権力闘争のみに明け暮れしたよりも、現在のシナリオの方が、結局のところよかったのかもしれない。少なくとも私はそう考えている。

Q　東郷和彦欧州局長も権力闘争に徹しきれなかったのではないか。

A　確かにその側面はある。しかし、鈴木代議士の場合と原因は異なっていたと私は見ている。鈴木さんの場合は、人間的優しさが原因だった。が、東郷さんの場合、私の見るところ、「他人から嫌われたくない」という気の弱さがあった。従って周囲

★1　一九九七年七月二四日、橋本首相が経済同友会の会員懇談会で行った、信頼、相互利益、長期的視点の対露三原則を明らかにし、東からのユーラシア外交を提唱した演説。

からは、鈴木さんに言われて、言うなりになっているように見えたと思う。実際には、東郷局長の方が鈴木代議士よりも「敵対者を徹底的に潰すべきだ」という認識をもっていた。

Q　佐藤さんはどう考えているか。

A　私は最も冷徹で、ターゲット選定、すなわち、排除すべき対象を誰にするかということは十分慎重にすべきであるが、その目的を実現するのみだと考えていたし、今もその考えに変化はない。逆に、私自身が排除される対象となりうることを常に覚悟していた。「政治闘争とはそういうものだ」という認識は、今も変化していない。ここで重要なのは、私の場合、ターゲットを人間的に潰してしまおうとは思わない。ターゲットが政治舞台において中立化されれば十分目的は達成されたので、その後はそのような人物に対する関心自体がなくなる。その意味で、私はカール・シュミット流の「友・敵理論」の信奉者であることを自認している。

情報戦の最前線では、ちょっとしたスキが文字通り命取りになる。従って、内部から障害になる要素(特に秘密を守れない人物)は排除しておかなくてはならない。このようなことをすれば、外務省内部で「面白くない」と思う人物が出てくるのは当然の成り行きだし、そのような人物が敵対的行動をとれば、排除しなければならないのは必然的である。これは闘いであるから、全力を尽くして闘い、負けたならば仕方ない。

Q　内部での闘いと、外部での闘いに何か差があるか。

A　ある。外部での闘いに関しては基本的にあらゆる手段を使ってもよい。しかし、内部においては、外交秘密の漏洩はもとより怪文書の流布等は使ってはならない。事実、私たちはそのような手段を使ったことはない。

Q　しかし、内部闘争に負けてしまえば何の意味もないのではないか。

A　政治的観点からはそうであろう。しかし、それは外交官としてとるべきでないと考えた。情報のプロがその技法を内部闘争で用いると組織が弱体化し、外交はできなくなる。また、怪文書等を流布すると、一回や二回は闘いに勝つことができようが、その人物のモラルが腐り、結局、内部から人間として崩壊していく。今回の鈴木代議士や私に関し、種々の怪情報・怪文書を流した人間が誰なのか、私にはだいたいわかっているし、内部調査の結果、外務省もその人物が誰なのかはほぼ特定できていると思う。その人物が決してよい人生を送ることができないことを私は確信している。

私たちのチームが泥仕合を避けるとの選択を行ったことは正しかったと考えている。

Q　しかし、チームのメンバーを守る責任が佐藤さんにはあったのでもっと闘うべきだったのではないか。

A　もてる手段、許される手段で闘えるだけは闘った。結果として、前島氏については残念であったが、それ以外のメンバーは特段の嫌がらせも受けず外務省で仕事を続けているので、所与の条件下ではメンバーをよく守ることができたと思う。これは基本的にメンバーひとりひとりの自覚と水準が高く、それぞれの状況で外務省にも検察にも適切な対応をしたからである。

私としては、カネ、内部抗争には極力メンバーを関与させないようにしていた。器を守るのは私の仕事だと考えていたからである。このような「保険がけ」も結果として正しかった。

Q　情報活動を行うには外務省という組織に頼れないと考えたのか。

A　組織にはこれまでの経験を基礎に一種の「文化」ができている。情報活動、それも課報《インテリジェンス》に関与する業務については、外務省の器では少々不安な部分があった。活動を担保するためには政治サイドの支援が不可欠であった。政治と外務省の「ちょうつがい」役をつとめることが私には期待されていた。さらに、組織運営上のカネの問題や、内部抗争についてはチームメンバーには基本的に関与させず、私が個人的にリスク負担をした。結果としてこれは正しかったと考えている。

Q　かつてのチームメンバーに何を言いたいか。

A　難しい問題である。私個人としてはチームメンバーにとどまらず、外務省の後輩たちが支援してくれるのは励ましになるし、助かっている。正直に言ってうれしく思う。

しかし、同時に、いつまでも「佐藤問題」に関わっているべきではないと思う。「信念を持つ者は前を見るべきである」というのは私の尊敬するチェコの神学者フロマートカの言葉だが、あたかも何事もなかったかのように、所与の状況でどうすれば国益に貢献できるかを考えて仕事を続けてほしい。

私としてできることは、恐らく、私の経験から後輩たちの役に立つであろうことを書き残しておくことなのだと考えている。

・

二月二〇日(木)曇り　二八三日目

●外務省の後輩へのメッセージ

将来について、いろいろ不安はあるだろうが、一定の時間が経てば、物事が落ち着くべきところに落ち着く。問題は、現在、外務省の専門家に要求されている水準がそれ程高くなく、現実的に考えた場合、二〇代後半の事務官の仕事も五〇代の専門官の仕事もほとんど同じであることだ。しかし、少なくとも四〇歳までは、外に飛び出すことと比較しても、処遇面でも仕事の点でも外務省にいた方が、メリットが大きいと思う。

局長候補者を除き、キャリア、ノンキャリアを問わず四〇代以降、実質的な権限が縮小する。外務省では課長にならなくては、政策形成はできないというのが現状である。しかし、実力さえあれば、専門家でもそれなりに活用され、道も拓ける。外務省が場所を用意できないならば、他の場所が用意されることになる。これは必然性をもっているので、自らスケールを小さくしてまとまることを考える必要はない。

この辺を考えて、将来、嫌で嫌でしょうがないか、生活のために外務省にいるしか術がないというシナリオは避けるべく今から準備しておいた方がよい。具体的には、外務省の中で、そこそこに居心地のよい場所を作り上げ、そこに居座るか、アカデミズムであれ、ジャーナリズムであれ、これまでの知識、経験を生かして外に出るかであるが、いずれにせよ、今後、五年くらいの時間の使い方で選択の幅が決まる。

仕事と勉強の「技法」については、（あなた達に）僕の経験を書き残しておくので、使えそうな部分があれば参考にしてほしい。

三月三日（月）曇り↓晴れ↓雨　ひなまつり　二九四日目

【弁護団への手紙】——153④

今日（三月三日）は朝から暖かく、「春が来た」という感じです。午前のコーヒー（一〇時）を飲んだ後はジャンパーを脱いでいます。

『世界』原稿については、悪戦苦闘しています。外交秘密に言及しない形で、過去の日露平和条約をできるだけ正確に「思考する世論」に伝えるというのは本当に難しい課題です。

締め切りに追われる作業を抱えていると、他の読書がはかどります。中学校、高校の定期試験勉強中に、その他の分野の読書に熱中したことを思い出します。いずれにせよ、

『世界』原稿は今週末までに仕上げてしまおうと思います。[★1]

三月四日(火)快晴　二九五日目

【弁護団への手紙】―154②

アーネスト・ゲルナー[一九二五―九五]の『民族とナショナリズム』(加藤節監訳、岩波書店)を読み終えましたが、新しい発見がいくつもあります。この本は、大学(東京大学教養学部専門課程)の講義でも用い[★2]、外にいる間に二回通読したことがあるのですが今までの読み方が浅かったと反省しています。もう一度読んで、きちんとした読書ノートを作ろうと考えています。

今まで何で気付かなかったのかと自分でも情けなく思ったのですが、ゲルナーはカントの枠組みでナショナリズムを分析しているのです。私はカントよりもヘーゲルに慣れ親しんでいるので、ゲルナーのこれまでの読み方に間違いがあったということに気付き、カントの思考体系を基礎に読み直してみると、よくわかります。カント的アプローチを用いた方がナショナリズムの欠陥をより的確に説明することができます。このことがわかったの

★1　『世界』二〇〇三年七月号に掲載された「冷戦後の北方領土交渉は、日本外交にどのような意味をもったか」。本書付録に収録した。

★2　佐藤は一九九六年一〇月から二〇〇二年三月まで、毎年冬学期に東京大学教養学部の専門課程でユーラシア地域事情やナショナリズム論について講義していた。

は大きな収穫でした。

大学三年生の夏休み、京都の「丸善」で、レクラム文庫の『純粋理性批判』を手に入れて、ドイツ語の辞書を片手に苦労して読んだことを思い出しました。レクラム文庫は岩波文庫が模範とした文庫本の走りなのですが、第二次世界大戦後は、西ドイツと東ドイツでそれぞれ発行されるようになりました。私が手に入れたのは東ドイツのレクラム文庫(西独版が文庫サイズであるのに対し、東独版は新書サイズで、活字が大きく読みやすかった)で、東ドイツの本は珍しかったのでよく覚えています。

カントは優等生的で好きになれませんでした。要するに明晰に理解できることだけを速く、正確に理解するという行政官的な発想です。

これに対して、ヘーゲルには、理解できないことも、必要であれば無理をしてでも理解するという、政治家的発想があります。

大学三年の夏に、私のカントとの出会いがもっと別のもので、カントに入れ込んでいたら、外交官にはならず、従って東京拘置所の住人となることもなく、大学で哲学か倫理学あるいはドイツ語を教えていたのでしょうが。私としては知的にも東京拘置所への道の方が面白い選択だと思っています。これでよかったのです。

三月一一日(火)快晴　三〇二日目

【弁護団への手紙】――158②

獄中で、ハーバーマス、廣松渉、ゲルナー、宇野弘蔵等に強く惹かれるのも、彼らの論理構成が一種の「役割理論」になっているからです。要するに世界とは巨大な劇場であり、ひとりひとりには何らかの役柄が与えられており、それを演じているという考え方です。従って、役者が心の中で何を考えていようと、その与えられた役柄のコンテクストの中での発信・行動を評価される他はないということになります。

しかも、この劇は全体のストーリーがどうなっているか誰も知らず、しかも観客であったつもりの客が突然俳優になることがあります。

私の場合、対露外交、諜報という劇が続いていれば、助演男優としてそれなりの演技を続けていったのでしょう。それはそれで意味のある人生でした。

しかし、別の劇を演じる可能性にも一種の憧れをいつももっていました。

この辺は法律家にはなかなか理解してもらえないと思いますが、例えば路上生活者です。

私の非常に親しい恩師の一人に東京外語大の渡辺雅司教授がいますが、同氏が同志社の助教授を務めているころ、よく私に、「毎日、バイクで宇治から京都に通勤する途中、八条(京都駅そば)の陸橋下で路上生活をしているおじさんがいるのだが、僕もあの生活に加わりたいとときどき真剣に思う」といっていたことを外交官として重要な交渉をしているときにふと思い出しました。

この渡辺先生は、三〇代半ばで、一九世紀ロシアのニヒリスト、ピーサレフ[一八四〇—六八]に関する『美学の破壊』という研究書を出し、ロシア思想史分野で久しぶりに有力な研究者が現れたと期待されました。二〇代半ばで札幌大学の専任講師になりました。ロシア語もひじょうにできます。三〇代半ばで、同志社の助教授になり、私もとても強い影響を受けました。極めて才能のある人です。私はロシア思想史や社会学については渡辺先生に手ほどきをしてもらいました。

私が大学院にいる頃には、渡辺氏は、「しばらく寄り道をして、明治維新論を研究する」と言って、お雇い外国人の一人で、東京外国語大学の創立に関わった亡命ロシア人のメーチニコフ［一八三八―一八八］という革命家の研究をします。今になって私なりの整理をしてみると、渡辺先生は日本のナショナリズムとロシアの革命思想の関連性について興味を持っていたのでしょう。

私が外務省に入った年、渡辺先生は同志社を去り、東京外大の教授になりましたが、なぜかそのころからシステマティックな研究をやめてしまいます。外務省の後輩に東京外大で渡辺先生に習った人が何人かいるので、三〇代半ばで同志社の助教授になった「天才肌」の渡辺先生の話をしてもあまりピンとこないようでした。

ある時、私が「先生はどうして研究を発表するのをやめたのですか」と聞いたところ（渡辺氏はたいへんな読書家かつ勉強家で、システマティックであるかどうかは別として、研究はいつも続けている）、「書けないんだよなあ。文字にすると違ってしまうんだ。佐藤君も一〇年論文を書くことができない僕の苦しみを少しはわかってほしいよ」と言っていました。

今ではよくわかるのですが、実は渡辺教授の立ち振まいは、ヨーロッパで一級の知識人がとるスタイルに非常に似ているのです。優れた知識人は、ある段階で研究活動や学会での活動をしなくなり、自分の周辺でコミュニケーションが可能な狭い世界を作り出し、そこから出てこなくなってしまうのです。

特にひねくれて世の中を斜めに構えてみるのではなく、世間的価値観に関心がなくなってしまうのです。ある意味での高等遊民化です。

一度、何か偶然の機会に鈴木代議士、渡辺教授、私の三人でホテル・ニューオータニのバーでビールを飲んだことがあります。そのとき、渡辺氏が一橋大学大学院時代に中川昭一［一九五三―］氏の家庭教師をしたことがあるという話になり、世間は狭いものだと感じました。

三月一三日(木)快晴　三〇四日目

●外務省の後輩へのメッセージ

外務省は内向きで、非常に嫌な組織になりつつあると僕は感じている。自己保身、言い訳、責任転嫁、密告が日常的に行われるようになっていることと思う。特にロシア関連部門でその傾向が強いと思う。外務省に入るときは、理想や、自負心をもち、在外研修を終えた若い外交官たちが、一〇年経つと目の輝きを失い、キャリア職員は過度に尊大に、専門職員はいじけてくる。外部世界ときちんとコミュニケーションできる外務省員は少なくなる。その理由は簡単である。自分に自信がないからだ。そのことに気付いているのだが、それを認めたくないので、尊大になったり、いじけたりする。こんなことでは外国との生存競争に生き残っていけない。

僕が打破したかったのは外務省のこのような体質だった。外務省は機構的な手直しは何度もしてきた。しかし、組織が変わるためには人が変わらなくてはならない。外務省でいちばん劣っているのは人材育成で、これは抽象的なマニュアル作り(それはそれで大切だが)だけでなく、具体的な若手外交官の個性と能力と適性にあった形で進めるしかないと僕は考えたし、今もその考えには変化がない。

君は期待によく応えてくれたし、それは僕だけでなく、周囲からも、また、特別昇給の形で組織からも評価されている。今回の騒動に巻き込まれたにもかかわらず、重要な部署に異動になったこともその現れである。外務省ははっきりとしており、仕事ができる人はいつも忙しい。

外務省の現在のおかしな状況は、数年後に揺り戻しがあるので、真面目な専門家が働く環境は中長期的に整ってくると思う。

しかし、今後、外務省が(少なくとも対露関係で)大きな外交政策を組み立てることは、恐らくないであろう。鈴木代議士を利用するだけ利用して、突き落とすような「文化」の組織と、政治家はまともな付き合いをしない。外務省はこれからは政治指導部に言われたことを処理していく執行機関になっていく。しかし、今の日本の政治に大きな外交を組み立てる基礎体力はないし、予見される未来(一五年以内)に基礎体力が著しく向上するとも思えない。従って、青年交流のような枠組みを使ってロシアの政治家、軍人、官僚に仕掛けていくような仕事は恐らくもうないと思う。

僕自身は、今回の事件で逮捕されなかったとしても、このような流れの中で外務省にとどまって僕の限られた力を活用するよりも、別の人生を選ぶことになったと思う。

外に出てからの構想も少しずつ考えている。しかし、これまでの僕の人生とは、根本的に変化する点がある。これまでは研究、仕事が生活の全てで、私生活についてはほとんど配慮しなかった。しかし、人生は短い。外に出てからは私的領域を大切にしたい。

三月二二日(土)曇り　三一三日目

【弁護団への手紙】――164②

新しい独房での第一日目(三月二二日)の朝を迎えています。今日はどんよりと曇っています。

昨日は午前中に布団を先送りし、午後一時過ぎに身の回り品(食器、文房具、本等)を持って引っ越しをしました。部屋の整理は一時間少々で終わったのですが、非常に疲れてしまい、夕方の五時から寝床に就き、ぐっすりと眠りました。まだ、疲れは残っているような感じがします。

新しい独房は以前よりもほんの少し狭いですが、居住環境は明らかによくなっています。

畳がビニールになり、暖かみは減りましたが、掃除が楽になるので、夏、ダニやハウスダストに悩まされることはないと思います。

いちばん大きな変化は洗面台が大きくなり、使いやすくなったことです。それから、以前はコンクリートだった洗面所、トイレの床がフローリングになったことも大きな変化です。天井も以前より低く、しかもアーチ状になっているので、「箱」から「住居」に雰囲気が変化しています。小机にも収納棚が付いており、いろいろと便利になっています。

エアコンの通気口は二つついています。昨年の夏の暑さを味わうことはもうないでしょう。ただし、現時点で暖房は稼働しておらず、かなり寒いです。昨日は夕方四時には吐息が白くなりました。まだ毛布が貸与されていないこともあり、夜は寒さで目が覚めました。くしゃみや咳もだいぶ聞こえたので、寒いと感じているのは私だけではないと思います。

部屋は以前よりも明るいです。いちばん初めの独房と同じ明るさです。天井に監視用カメラが付いており(前回の独房には付いていなかった)、その関係で明るくなっているのかもしれません。

以前の独房が、いかにも監獄という雰囲気だったのに対し、現在の独房は「船室」のような感じです。

三月二三日(日)快晴　三一四日目

●外務省の後輩へのメッセージ

イラク戦争が始まり、相当忙しくなっていることと思う。「二四時間体制」に巻き込まれているのだろうか。巻き込まれないとしても、仕事量が時間的にかなり増えるのでいずれにせよたいへんだと思う。忙しくなると、自分のことしか見えなくなる上司、同僚が多くなるので、とくに健康については自分で管理するほかなくなる。「健康管理も実力のうち」ということになるので、少しでも調子が悪くなったら休みを取ることである。

外務省の人間、残念ながら幹部クラスでも、忙しくなると「天動説」が強まり、自分の仕事がいちばん重要に見えてくる。このような「天動説」は周囲に伝染するので、よく注意した方がよい。僕はこの点についてはいつもズルく立ち回り、仕事の性質に応じてエネルギーを使い分けていた。

獄舎が移動になり、居住環境がとてもよくなった。コンクリートの床がフローリングになり、洗面所が使いやすくなった。エアコンも付いている。ラジオがステレオになった。それから領置物がこれまでは四六リットル×二・五箱(一一五リットル)までであったのが、五五リットル×三箱(一六五リットル)に拡大したので、書籍の保存についても不安がなくなった。

イスラエルのお客さんたちを案内して、八丈島に行ってきたときのことを覚えているだろうか。今度の独房は、あのときの東海汽船の船室を畳三畳プラス一畳のフローリング(トイレ、洗面所部分)にしたという感じである。僕の房は高い階に位置しているので、外の音が全く聞こえないので、今までよりも作業に集中できる。

残念なのは猫の鳴き声が聞こえてこないことである。拘置所の中は猫たちにとっては天国で、楽しそうに暮らしている。公園や学校の庭ではいじめられたり、いたずらされる危険があり、路地では自動車の危険があるが、拘置所の中は猫にとっての危険は少ない。面会場への移動途上、野良猫や庭猫のみならず、飼い猫も遊びに来ているようだった。面会場への移動途上、猫と目を合わすことが多かったが、引っ越しの後は、明け方にカラスの声が聞こえるだけである。

三月三〇日（日）快晴　三二一日目

●外務省後輩へのメッセージ

思い返してみると、いちばん苦しかったのは昨年の今頃だった。東郷、森両大使[★1]が退官に追い込まれ、僕に対する処分（四月二日付）も既に決定していた。要するに組織として僕（というよりは鈴木宗男派）を切るということで、外務省が生き残りを決めた時期である。この時点で前島氏の様子は既におかしかった。僕からの電話を避けるようになり、プレスにいろいろなことを話し始めていた。昨年の三月末から四月いっぱいくらいが、僕は人間として誤った選択をする可能性のある時期だったが、あなたをはじめ何人かの友がいたからこそ選択を誤らなかったのだと思っている。

今後（といっても六月以降になるが）、周囲で保釈に向けた動きが出てくるかもしれないが、僕には僕なりの計算があって、外に出るタイミングは自分で決めたいと思うので、あらかじめあなたの理解を得ておきたい。このペットホテルは一度外に出てしまうと、次に中に入るためには相当の事件を起こさなくてはならないので、「もう十分」と感じるまでここでの生活を続けることにする。あなたとの再会はたぶん秋になると思う。それから、僕は、僕を支援してくれるすべての人たちにとても感謝している。ただし、この人的ネットワークは僕の様々な面、人生の諸過程によって形成されてきたものなので、この中にはあなたと肌合いの異なる人もいることと思う。あなたは自分を抑えて無理をして他人に合わせるタイプなので、率直に言っておくが、あなたが気が合わない人とは一切付き合う必要はない。僕との関係で人間関係のストレスを抱え込む必要はない。

以前のメッセージでも伝えたが、僕は獄中から手の届かないことについては基本的に考えないようにしている。同時に、現実的観点からそろそろ将来の方向性についても考え始めている。今度は私的領域を大切にするとともに三〇年スパンで人生の目標を立てたい。長生きをしなくてはならないが、この点でも拘置所で体調を整えたのはよいことである。

外務省は人材を育成するシステムが整っていない。「幸運」が大きく作用する。もっとも、偶然の機会をそのような「幸運」に転換できるかどうかがその人間の能力であろう。ロシア語にしても、研修終了後、モスクワの大使館に配置されるか、高度なロシア語力を必要としない総領事館に配置されるかでは、実務ロシア語能力はだいぶ異なってくる。さらに、大使館でも政務班とそれ以外では仕事の緊張度が違うので、仕事の修得度が異なっ

★1　森敏光、在カザフスタン共和国日本国大使。

てくる。

モスクワでいくらロシア語が向上しても、日本に戻ってきてロシア語に三—五年接することがないと、実務家としては使えないレベルにロシア語能力が低下する。これには例外がない。研修上がりではそこそこロシア語力のあった上級職員・専門職員でもその後の能力低下が著しい。これは本人の努力の欠如というよりもシステムに問題がある。専門職員でも通訳担当者以外はロシア担当部局でも難しいロシア語を使うことがなく、しかもロシアに関する高度な知識も必要とされないので急速に能力が低下していく。その結果、大学卒業時点から研修上がりくらいまでは、外務省に入省した者の方が、新聞社、大学に就職した人たちよりも能力的に秀でているが、一〇—一五年経ったところで逆転してしまうのである。

僕があなたのキャリア・パスとして考えていたのは、一級の通訳家、内外政の高度の分析専門家への道であった。あなたは他人の話をきちんと聞くことができるし、かなりの高度の学術的文書(例えば科学アカデミーの「ワッハビズムとスーフィズム」に関する調書。その後起きた「九・一一連続テロ事件」、さらにイラク戦争を考えれば、あの時点でイスラームの政治的役割について本格的に調べたことの先見性はわかると思う)を正確に訳すことができる。後は、アカデミックな思想に慣れ、それから自分の専門分野を作っておけば、あとは一—二年、実務的訓練を積めば、国際水準の専門家になることができる。それだからこそ、イスラエルやロシアの一級の分析専門家と自然に知り合う機会を作ったのである。もはや僕が外務省内であなたのキャリア・パスのために具体的に力になれないのは残念であるが、僕がいなくともこのコースは実現可能と思う。

アカデミズムの成果は、少し工夫すれば、外交実務に実に効果的に役立たせることができる。しかし、このためにはちょっとした訓練が必要である。さらに、日本の伝統では、修士号以上をもっていないとアカデミズムへの入場券が得られない。逆に修士号をもっていれば、論文の発表も簡単にでき、目に見える形で業績をつくることができる。

三月三一日(月)快晴　三二二日目

【弁護団への手紙】——169①

ところでイラク戦争の陰に隠れているもう一つのニュースで私が強く関心をもっているのは、「タマちゃん」のその後です。ラジオ放送で得る情報では、三月一三日以後、「タマちゃん」は姿を現していないようですが、そうなのでしょうか。「タマちゃん」にはもう少し活躍してもらわないとならないのですが、消えてしまったとするならば残念です。

一〇年以上前の「矢鴨」事件の時に強く感じたのですが、自然動物をめぐる事件は、人間の思考のいいかげんさを反省するよい機会と思うのです。

ちょうど「矢鴨」事件の時は、モスクワで新聞記者と「ペキン・ダック」を食べながら、「矢鴨がかわいそうだ」という話をしているとき、「カモを食べているわれわれがカモについて同情しているというのはブラック・ジョーク以外の何ものでもない」と思ったのですが、「矢鴨」にせよ、「タマちゃん」にせよ、サダム・フセインにせよ、鈴木宗男代議士にせよ、人間はそれらの記号の中にその時点の社会がもっている「想い入れ」を含めて、「物語」を作っているのだと思います。

イラク戦争や鈴木「疑惑」は、ある意味で非常にシリアスに受け止められているので、「あなたが考えている鈴木像は実体からかけ離れた虚像ですよ」と言っても、誰も耳を傾けません。しかし、「タマちゃん」ならば、「想い入れ」について比較的簡単に反省できると思うのです。

○「タマちゃん」と同じアゴヒゲアザラシが、なぜオホーツク沿岸の北海道では害獣として駆除されているのか？（あざらし、トド、ラッコ等は漁民にとって害獣である。例えば、ラッコ一匹で一年に市価三〇〇〇万円近くのウニ、ホタテを食べる。）

○なぜ「タマちゃん」は住民登録できるのに、中国人の不法滞在者は社会に別に迷惑をかけているわけでもないのに住民登録できないのか？

○なぜ「タマちゃん」は自由に生活できるのに、帷子《かたびら》川周辺のノラ猫たちは駆除されるのか？　少なくとも具体的に人間に危害を加えていない仔猫たちがなぜ毎日殺されないとならないのか？

○「タマちゃん」の出現による経済効果はどれくらいあったか？

これら一つ一つの問いについて真剣に考察すれば、「タマちゃん」に対する一種のフェチシズム（物神崇拝）がたいへんな危険を孕んでいることに気づくと思います。

仮に三月一一日の「タマちゃん捕獲未遂事件」で、「タマちゃん」が死ねば、世論が大反発し、「国策捜査」に発展したと思います。少なくとも小泉総理は(記者のぶらさがりで)何らかのコメントをせざるを得なかったと思います。

もっとも、私が三月一一日、「タマちゃん捕獲未遂事件」の現場に居合わせたならば、動物好きの私の性格からして、割り込んででも「タマちゃん」捕獲を妨害していたと思います。「タマちゃんがかわいそうではないか。そっとしておけ」と言って。「文化」とはそういうものなのです。

四月九日(水)快晴　三三一日目

【弁護団への手紙】――174①

『太平記』には南朝側、北朝側の双方に「秩序破壊者」がでてきます。楠木正成、佐々木道誉《どうよ》、高師直等はいずれも「秩序破壊者」であると同時に、新たな文化の創造者でもあります。ユング心理学で言うところの「トリックスター」なのでしょう。

ところで、これは今まで私が勉強不足だったので知らなかったのでしょうが、『太平記』巻二六を読んでいて、「馬鹿」というのが極めて政治的概念であるということを初めて知りました。

始皇帝死後、秦の第二代皇帝胡亥《こがい》が側近政治に頼っていたところ、側近の趙高は権力の簒奪を考え、自分の力がどれくらいあるかを知るためにちょっとした実験をします。

鹿に鞍をつけて、皇帝に献上し、「この馬にお乗りになって下さい」と言います。皇帝は、「これは馬ではない。鹿である」と答えました。趙高は、「そう思われるのでしたら、宮中の大臣たちを呼んで、鹿、馬のどちらかであるかを尋ねてみて下さい」と言います。皇帝が大臣や貴族をことごとく呼んで質したところ、全員馬ではないことはわかっているが、趙高の力を恐れて、「馬です」と答えました。皇帝が鹿と馬の区別について真剣に悩むようになったのを見て、趙高は、「これで俺に逆らう者はいない」と考えるようになります(『太平記』巻二六)。

私が何を言いたいのか、もうお気付きと思いますが、「鈴木代議士が恐くて、言うなりになっていました」という外務省関係者の検面調書は、まさに「私は馬鹿者です」と言っているのと同じです。「馬鹿」とは知性や能力の問題ではなく、誠意、良心の問題であるということは新たな発見でした。「馬鹿者」に北方領土問題のような難しい外交交渉ができないことだけは確実です。

今日は『太平記』の他には、ベネディクト・アンダーソン〔一九三六―〕『想像の共同体ナショナリズムの起源と流行』を読み進め、『宇野弘蔵著作集第二巻　経済原論Ⅱ』も読み始めました。どちらも非常に難しい学術書です。

五月一二日(月)雨　三六四日目

【弁護団への手紙】――190①

今日(五月一二日)は、午後になっても雨が降り続いています。

今日は入浴の順番が午前中でした。読書に集中しているせいでしょうか、時間がいつもよりも速く流れてくように感じます。

昨夜の地震が震度四であったと知り、少し驚いています。東京で震度四の地震が発生したのは久し振りのことと思います。

白装束集団[★1]の話題は一休みですが、国民はドラマを見ているので、今後何か劇的な展開が起き、整理がなされないと、メディアにしても、警察にしても監視体制を緩めることができません。社会規範を逸脱すると認められる行為が発生し、教祖を含む教団幹部を逮捕するのがいちばん収まりがよいのでしょう。あるいは脱税という形で引っ掛けるのかもしれません。宗教法人格をもたない任意団体ですから、脱税で引っ掛けるのは簡単だと思います。

それにしても日本の何かが狂っています。この「狂い」は、私が東京拘置所で一年暮らすことになった運命とも繋がっているのですが、それを説得的に説明するとなるとなかなか難しいのです。

「タマちゃん」を巡る状況も尋常ではありません。埼玉県知事はアゴヒゲアザラシよりも緊急に視察しなくてはならない対象があるはずです。このままだと、環境大臣、総理の

★1　「パナウェーブ」と称する新宗教集団でワゴン車に乗って白装束で移動する。この集団の関係者が「タマちゃん」を捕獲しようとしたことからメディアスクラムが始まった。

「タマちゃん」視察すら生じかねないのではないかと思います。小泉ならば、自己の権力基盤強化に繋がると考えれば、それくらいのことは平気ですると思います。今回は釣り針がうまい具合に外れたから、「タマちゃん」論争もとりあえずおさまりましたが、あの釣り針が外れなければ、本件が一動物の権利問題に発展する可能性があります。中世の動物裁判の再来です(そういえば、日本でもイリオモテヤマネコの原告資格を認めるか否かが問題になったことがあるはずです。あの裁判はどうなったのでしょうか?)。

昨年のほぼ同時期に鈴木宗男という記号には現下日本のありとあらゆる否定的側面が押し込まれ、一匹のアゴヒゲアザラシには肯定的要素が読み込まれたということが、私にはとても興味深いのです。日本のシステムが安定していれば、いずれの記号も国民の感情を揺さぶることにはならなかったと思うのです。

現在、午後(三時)のコーヒーを飲みながら、「さて、今日はこれから何をしようか」と考えています。

最近気付いたことなのですが、過去一年の獄中生活を経て、以前よりも記憶力がよくなったような気がします。以前から記憶力はそれ程悪い方ではなかったのですが、おそらくは、本をゆっくり読んでいることと関係すると思うのですが、潜在的な記憶能力が引き出されているような感じがします。特に、独房内では使用済みノートは五冊までしか所持できないので、記憶に頼る必要性が増大しているとの要因もあると思います。

五月一三日(火)曇り→晴れ　三六五日目

【弁護団への手紙】――一九〇②

経済状況が悪化している中でも、小泉政権が四〇%以上の支持率を得ていることは、裏返して言うならば、国民の生活に対する不満は実際のところ、それ程大きくないということなのでしょう。不満よりも(将来への)不安の方が大きく、それが消費を冷え込ませているのだと思います。

マルクス経済学によると、賃金の水準は労働力を再生産する消費財の価格によって決められることになるのですが、これを現状に適用するならば、中国からの安い消費財が国民のニーズを満たすようになれば、賃金が下がるのは当たり前なのです。そして、デフレにより失業者が大量に発生しても、新たな技術革新により本格的リストラがなされるまでは、この状況はずっと続くことになります。しかし、システムを維持するというメカニズムが資本主義には内在しているので、労働者が飢え死にするような事態は生じないと考えます。

近代経済学よりもマルクス経済学の方が、システム論としては圧倒的に優れています。もっともマルクス経済学は『資本論』のサブタイトルが「経済学批判」とされていることからもわかるように、経済学という学問があるが、それでは経済現象は解明できないと批判し、システム論を提示したわけですから、近代経済学とはそもそもの視座が異なります。

●外務省の後輩へのメッセージ

元気にしていることと思う。今日で逮捕されてからちょうど一年になる。昨年、五月一四日の午後二時過ぎに、「検察官来る」との連絡をあなたにした時には、短ければ二一日、長くても三カ月(初公判)では外に出てくると考えていたのだが、「ペットホテル」への滞在も思ったより長くなっている。しかし、いつも述べていることだが、ここでもやるべき作業はたくさんあるので退屈しない。あなたの声ももう一年聞いていないことになるが、遠く離れているような気は全然しない。いつも助けてくれて本当に有り難う。

昨年の独房と現在の独房を較べると、保健所の檻と「ペットホテル」の違いくらいがある。もっとも、昨年の獄舎も比較的新しいもので、ここでは戦前にできた歴史的建造物もある。映画『網走番外地』や『山口組三代目』に出てくる京都刑務所のような、それは迫力のある獄舎である。話の種にはなると思うが、あまり住みたいとは思わない。

現在の独房は、きれいで、洗面台も大きく、エアコンも付いており、ラジオ放送もステレオで、基本的には船の特等個室のようである。

昨日(五月一三日)は、新獄舎に移ってから初めて房外運動に出た。房外運動は入浴日以外、一日一回三〇分ということになっている。火、水、金が運動日だが、僕はほとんど出たことがない。前回は二月五日に房外運動をしたので三カ月ぶりである。その前は昨年九月二五日であった。勾留生活では房外運動の時にしか爪切りを使うことができないので、三—四カ月に一回は足の爪を切るために外に出ざるを得ない。

独房に収容されている囚人は、運動場に出ることができず、コンクリートで囲まれた、チンパンジーの檻(床は人工芝)の中を歩き回るだけなのであまり好きになれない。

ちなみに新獄舎のエレベーターの中にも檻があるが、これはゴリラが暴れても壊れないような丈夫な作りである。
僕としては独房内で本を読んでいるか、書く作業を進めることが何よりも気楽である。

五月一五日(木)雨　三六七日目

【弁護団への手紙】——192②

昨日(五月一四日)、昼のNHKラジオ・ニュースが白装束集団に対し、電磁的公正証書原本不実記載・同行使の容疑で、警察が強制捜査を行ったと報じていましたが、これは国策捜査そのものだと思います。

これで、「タマちゃん」に対して手を出した者が、国策捜査の対象となるという私の仮説は一応証明されたことになります。ただし、その直接の対象は「タマちゃんのことを想う会」ではなく、同会を支援する白装束集団に対してですが、これは誤差の範囲内でしょう。

本件国策捜査は、私や鈴木さんのような権力メカニズムの内側にいた人々に対するものではないので、とても危険です。国会では有事法制が、ほぼ翼賛体制で成立する見通しになりましたが、このことと白装束集団に対する国策捜査を合わせて考えている人は少ないと思います。私にはこの二つの現象がパラレルに進行している、つまり現下日本人の国民感情をそのまま表しているように見えます。ひとたび有事になれば、在日朝鮮人、在日外国人、あるいは絶対平和主義者に対して、治安当局が「国民の不安を解消するために」大規模な弾圧を加える可能性は十分にあると思います。

今回の白装束集団に対する国策捜査に法曹界はどう反応しているのでしょうか。この集団の内在的論理が「へんてこ」であることと、それに対して国策捜査が行われるということとは全く位相を異にする問題です。

さらに日本の宗教界はどのように反応しているのでしょうか。大本教はもとより、現在、高校野球で有名な「PL教団」も戦前「ひとのみち教団」と称していた時代に「天照大御神《あまてらすおおみかみ》が太陽だ」とする教義のゆえに現人神を否定するとして教団幹部が治安維持法違反で逮捕・起訴されました。そのとき「天照大御神が太陽ならば、どこに手があるのだ」と言われ関係者が拷問を受けたことは、昭和宗教弾圧史では有名な話です。日本のキリスト教会でも、大多数の牧師たちは本件国策捜査をおかしいと感じているはずですが、なかなか声を出す勇気はないのでしょう。

少数派に対する弾圧というのは、国家が国民の意向に反して行うのではなく、国家が国民の声(実際はメディアによって煽られ、「作られた世論」)に応えて行うのですが、興奮しやすい世論、それに迎合する治安当局という構造は、国家体制が弱体化していることを示すものです。嫌な時代になってきました。

午後のコーヒーを飲みながら考え事をする。

宇野［弘蔵］『経済原論』も分配論に入った。宇野シューレ内部の論争をフォローすることにはあまり意味がないであろう。むしろ未分化なままの宇野弘蔵自身のロジックを捉えることが重要だと思う。

新カント派的な宇野経済哲学が存在するという整理で基本的に問題はない。科学としての経済学が完成されているということは、裏返すと、その外側に唯物史観を持ってこようと、キリスト教神学倫理を持ってこようと、方法論的問題は生じない。滝沢克己［一九〇九―八四］が宇野経済学を評価し、「インマヌエルの原事実」の中に包摂しようとしていったのは極めて論理整合的である。バルトが、史的イエス研究を教会教義学体系の中に呑み込んでいったのと同じ構えであろう。

しかし、この点についての滝沢の説明は非常に下手である。

五月一七日(土)雨　三六九日目

素朴実在論と観念論の相違がようやく身体でわかるようになった。キリスト教神学の場合、どこまで固執するかどうかは別にして、実在の影は常についてまわる。

バルト神学的アプローチ、フロマートカ神学的アプローチからするならば、廣松渉も「人間の側からの思考」という枠組みで包摂していくことは可能であろう。

フロマートカがマルクス主義を「極端なヒューマニズム」と規定したことは、その対象を人間主義的マルクス主義(西欧マルクス主義)としたならば、極めてわかりやすい。

五月一八日(日)曇り↓晴れ　三七〇日目

【弁護団への手紙】――193③

以前の手紙に過去一年間で「出会い」を感じるような本は一冊もなかったと書きましたが、「出会い」ではなく「再会」ということならば、旧約聖書です。

神学部の学生は、旧約聖書、新約聖書のいずれかにより惹かれるのですが、私の場合は圧倒的に新約聖書のファンでした。キリスト教神学の世界では過去五〇年くらいは旧約聖書ブームで、ユダヤ教とキリスト教の連続性を強調する傾向が人気があります(恐らくは第二次世界大戦中、大多数のキリスト教徒がユダヤ人弾圧を支持もしくは黙認したことに対する自己批判的意味合いがある)、私はこのような流行に反して、学問的には新約聖書に対してより強い関心を持っていました。

しかし、今回の獄中生活を通じて、理不尽な状況を理解するために、いかに旧約聖書に書かれているユダヤ人の知恵が役に立つかということを実感しました。表面上は「理不尽な目にあっても抗議しない。背中を丸めて嵐の過ぎるのを待ち、雷を引きつけないように死人のようになって動かない」ように見えるユダヤ人の行動様式の中に独特な思惟回路があるのだということに気付きました。マルクス、ハーバーマス、宇野弘蔵、廣松渉を読んでいて、「面白いな」と思うところは(これらの思想家がどれだけ自覚していたかは別として）、その発想の根源にユダヤ教的なものがあります。ユダヤ教とキリスト教の連続性にもう少し注意を払う必要があるのではないかと思い始めています。

もう少し具体的な説明を試みると、言葉の死活的重要性に関するユダヤ教の理解が重要です。質的に絶対に異なる神と人間をつなぐ唯一の手段が言葉、そして神の言葉を記した聖書です。そして、この言葉からどれだけ深く言葉の意味を解釈するかということが、人間にとって最重要課題となるわけです。ここから神の言葉を正しく理解するように努め、また自分の発する言葉に対して責任を負うという倫理が出てきます。

私が日本の政治家、外交官に対して何を物足りなく感じているかがわかってきました。自らの発した言葉に対して責任を負わない人が多すぎるのです。

私は今までも自分の発した言葉に対しては責任を負うべく努めてきましたし、その姿勢を今後も維持していこうと思います。そして言葉に対して責任を持つ人たちと付き合っていくとの基準で今後の人間関係と生活を築いていくならば、それなりに満足できる一生が送れるのではないかと思うのです。

五月二〇日（火）雨　三七二日目

【弁護団への手紙】――193②

『宇野弘蔵著作集第二巻　経済原論Ⅱ』を読み終えました。この巻には大学の教科書（岩波全書）用に書かれた「経済原論」と青林書院の演習書が合冊されています。

宇野教授自身がどこまで自覚的であったかは別にして、新カント派的な枠組みで、論理整合的に『資本論』を再構成し、資本の論理自体ではマルクスが述べるような資本主義崩壊や革命の必然性についての論証はできず、資本主義はあたかも永遠に続くかの如く、恐慌を伴いつつシステムとして完結していることを説得的に論証しています。宇野経済学は、理論的には全く没交渉なのですが、ドイツのフランクフルト学派に極めて近い問題意識を持っており、現在も日本が世界に誇ることのできる知的遺産だと思います。

ハーバーマスはフランクフルト学派の新世代の代表格なのですが、同人の主著である『コミュニケーション的行為の理論』『認識と関心』等を注意深く読むと、ユダヤ思想の影響を受けていることを非常に強く感じます。特にフロイトの影響が顕著です。日本では、マルクス主義も精神分析学もその背後の思想的蓄積については理解が浅く、せいぜいドイツ古典哲学とのコンテクストでしか理解されないのですが、その背景に中世ユダヤ神秘主義、「カバラーの知恵」★1があることが、ようやく私にもわかってきました。

五月二三日(金)曇り→雨　三七五日目

●友人へのメッセージ

母親にとって、子供は自分の身体の一部という意識があるので、自分の息子がとんでもない犯罪を犯したか否かにかかわりなく、子供を守りたいと考えるのだと思います。これは人間として自然な心情で、それはそれで有り難いことなのですが、政治闘争の上では、そのような肉親の感情は障碍になることもよくあります。

母親に、自分の息子がやっていたことは、何も間違っておらず、国のために正しいことを命令に基づいてやったのに、政治の流れが変わった関係で事件に巻き込まれたということを理解してもらわなくてはなりません。普通の母親ならば、この理解に至るのがたいへんなのですが、幸い、私の母の場合は、沖縄戦を経験しているので、価値観の転換ということについての理解はあるので、この点についても母の理解を得ることはそれ程難しくないと思います。

問題は次の段階です。息子が国のために仕事をしたのに牢獄に入るようなことになったというと、「日本の国はケシカラン」ということになり、政府や検察に対して恨み骨髄に徹するというのが普通の反応ですが、私は母親にそうなってほしくないのです。確かに私が獄中に落ちるにあたって、菅直人、辻元清美、田中真紀子といった政治家は直接的な役割を果たしましたが、政治家というものは、政争になればそういう行動をとる人たちです。本来は小泉が鈴木さんと私を守らなくてはならないのですが、総理はそれをしませんでした。この責任は大きいのですが、その程度の人物が総理になっているのというのが日本の現実である以上、これも仕方のないことなのです。検察は言われたとおりの仕事をしていた。

★1　「継承」の意。一二世紀以後形成された秘義的教理を持つユダヤ教神秘主義。フランスのプロバンス地方で生起し、さらにスペインにおいても発展して、秘義性と神智学の特徴をもつ思想になった。

るわけですから、私が検察に対して怒りを向けるというのは全く筋違いの話なのです。

要するに「運が悪かった」ということに他ならないのですが、このことは逆に鈴木代議士や私の「運がよかったら」、われわれのグループが日本の政治を動かし、思う方向に国際秩序を作るべく働きかけることができたでしょう。事実、一九九七年から二〇〇一年までにある程度の成果は上げたわけです。

その辺の構造を母親にもきちんと理解してもらいたいのです。私の母は知識人ではありませんから、理詰めで説明しても、表面上はわかった振りをしても腹には落ちないでしょう。母は恐らく私の外務省の後輩を通じて私が外務省でどのような仕事をし、鈴木さんとの関係がどのようなものだったかを感じ取り、獄中からの私のメッセージを通じて、検察官や弁護士がどういう人たちなのかということを感じ取り、自分なりの結論を導き出すのだと思います。

大きな構造の中で検察も動いているにすぎず、また鈴木代議士や弁護士の先生たちは、政治的に自分の息子を利用しているのではなく、自分の息子の友達なのだということが、ストンと腹に落ちてほしいというのが私の希望なのです。

母親として、もう一つ気にかかるのは、少し無理をしてでも勉強を続けさせてやり、大学の先生になった方が、離婚することも逮捕・起訴されることもなく息子にとってよかったのではないかということなのでしょうが、それは間違えた考えです。

外交官にならなければ、ロシアであれだけよい教育(研修期間中よりも勤務中に)を受けることもなく、従って学者としては頂点であるモスクワ大学や東京大学で教鞭を執ることにはならなかったでしょう。

それから、日本のアカデミズムは非常に世界が狭く、キリスト教の世界も狭いので、私が大学院で研究を続け、その両者が掛け合わさった環境で、「当事者以外に関心のない抗争」にエネルギーを割くことがバカバカしくなり、どこかの時点で研究を投げ出していた可能性が高かったというのが客観的なところだと思います。

今回の国策捜査に巻き込まれたマイナスを含めても、外交官になり、自分の信念に従って生きてきたとの選択は間違っていないと思います。

このこと全体を理解してもらうには、もう少し時間がかかるでしょう。これについては口先でいくら言っても理解されることではなく、外に出てから、いかに私が「よい人生」を送っていくかということだと思います。

最近、獄中で考えている夢は、外に出てから五―六年経ったところで、生活の拠点になるべき山小屋を高原の別荘村に建てることです。そこで十分書籍を収納できるスペースを作り、お客さん用のベッドルームも作り、親しい友人たちと楽しく語り合うことのできる空間を作ることです。これくらいの夢ならば、実現可能な範囲と思います。バブル期にできた別荘村の競売物件を手に入れるなどというのが現実的と思います。

私が満足して仕事をし、生活している姿を見ることにより、母も本当の意味で納得するのだと思います。

五月二五日(日)曇り↓晴れ　三七七日目

○なぜ、廣松、宇野はマルクス主義を母体にして考えるのか？

人間がつくったシステムではありながら、人間にはどうしようもないような力を持つ。一般のマルクス主義者は革命の必然性を説く。ハーバーマス、宇野、廣松は、そう簡単にこのシステムは壊れないと考える。ゲルナーは、ほぼ永続すると考える。僕も鈴木さんも、このシステムが持つ穴に落ちた。

○独房の壁から水がもれる夢、外務省でつまらない事務仕事につかざるを得なくなる夢、本屋でモスクワの旅行記を読む夢、種々の学術論文を読む夢、自分で原稿を書く夢、寝ている夢等、内容はほとんど覚えていないが、錯綜した夢をいくつも見て、二、三度、夜中に目を覚ました。肩が凝るし、寝ている方が疲れる。

五月二六日(月)曇り　三七八日目

一四—一五世紀、フスの時代、オックスフォードとプラハをのぞくすべての大学は唯名論だったというが、フスに与えた実念論の影響はどのようなものだったのだろうか。一般にフスは、オリジナリティーがないと言われているが、それは本当なのだろうか？とてもそうとは思えない。全くオリジナリティーがないならば、世界史にあれほどの影響を与えられるはずがない。

【弁護団への手紙】――195⑤

ところで、ラジオ放送によると、SARS〔重症急性呼吸器症候群〕のウィルスがジャコウネコ（広東省では食用にされる）から発生したという説が流布されているようですが、この情報に対する過剰反応で、ネコに対する圧力が強まるのではないかと心配しています。中世ヨーロッパでペストが発生したときも、ペスト菌を撒き散らすネズミを駆除するネコが何の間違いか「悪魔の手先」として大量に火あぶりにされたという先例もあります。

ジャコウネコとネコは全く別の科で顔つきも違うのですが（熊とライオンくらい離れている）どうも過剰反応が生じてくる不安があります。

イスラーム世界では、ムハンマドがネコをたいへんに愛したという伝承が多く残されているので、ネコに対する迫害はイデオロギー上から起きないのですが、東アジアではネコにとって住み難い時代になるのではないかと心配しています。

五月三〇日（金）晴れ　三八二日目

●外務省の後輩へのメッセージ

三井環『告白！　検察「裏ガネ作り」』（光文社）は読み物として面白い。しかし、三井氏は国策捜査や国家に対する基本的な考え方が僕とは相当異なるようなので、外に出てから手を組むことはできないと思う。「国策捜査を考える」という点で僕と三井氏が手を組むと面白いことになるのだが、この流れでは無理だ。

ちなみに三井氏が書いている大阪拘置所の処遇が事実だとするならば(誇張があるとの印象を僕はもっている)、同じ拘置所とは言っても、東京拘置所は韓国、大阪拘置所は北朝鮮くらいの違いがあることになる。

それにしても日本人はロシア人と較べてヤワだ。特に男に情けないほど弱い連中が多いのはなぜなのだろうか。不思議である。

『邪教・立川流』を読み進めている。実に面白い。仏教には顕教と密教があり、僕は哲学に隣接している顕教に対する関心は以前から強く、アビダルマ、中観、唯識などについては入門レベルの知識をつけてきたつもりだが、神秘主義的な密教については、まともに勉強したことはなかった。この本で始めて密教にも関心を持つようになった。感想については読了後に記すが、近代(特に江戸時代)以降、日本社会の表面からは消えてしまった陰陽道★1や立川流★2は、日本人のものの考え方の深いところに潜っており、今も時々顔を現すことがあるように思える。立川流を押さえておけば、日本の新興宗教やカルト集団の土壌を理解することができると思う。

仏教に関しては縁起観が重要である(「今年は春から縁起がよい」というような縁起の使い方は原義から著しく離れている)。縁起とは、全ての出来事は原因と結果からなっているので、現在起きていることには必ず原因があり、それを変えることはできないというドクトリンで、通常は「諦め」の論理になる。

例えば、今回の国策捜査についても、

鈴木代議士(佐藤被告人)を信頼し、一緒に仕事をしてきた(因)

↓

テルアビブ国際学会や国後島ディーゼル発電機設置事業に絡み逮捕される(果)

というような縁起があるので、それを抜け出すことはできないという前島氏の調書はまさに縁起観に基づくものである。

しかし、このような理解は縁起観の半分に過ぎない。

縁起観によれば、確かに現在生じていることからは逃れられないが、逆に将来のことは、現在の行動によって規定されるのである。

今、おかしなことをすると、将来その大きなツケが回ってくるとの考え方である。将来のことを考えると、縁起観は希望の原理ともなるのである。

仏教は非常によくできていると思った。

★1　中国古代の陰陽五行説に基づいて形成された俗信。日時、方角をはじめ、人事全般に行為、運勢の良否を規定した。平安時代中期、安倍晴明のころ、隆盛を極め、次第に民間への流布と俗信化を強めていった。

★2　真言宗から派生した特異な一派。始祖は醍醐の勝覚の弟子仁寛。一二世紀初めに興った。両部の大日如来を男女に見立て、理知不二を男女交合のことと解し、「淫欲是道」を唱え、淫乱なことをおこなうことを即身成仏の最高の境地とした。

この点、キリスト教は神の意思をもってくるので、非常に非合理的でわかり難い構成になる。

スポーツ新聞には動物に関するニュースも多いので退屈しない。「タマちゃん」も衣替えが終わり、白くなった話や、東京のカラスが減った話、京大の研究チームがチンパンジーも言語能力があるとの説を発表したこと等を知った。

僕も普段は「ペットホテル」に住んでいるが、三週間に一回は動物園に通う(出廷する)ことを余儀なくされているのだと思う。

日本のハクビシンやタヌキたちは迫害されているのだろうか。SARSとの連関性についてきちんとした証明ができたわけでもないのにひどい話だと思う。猫に迫害が拡大する傾向はないだろうか。

仮にハクビシンやジャコウネコがSARSの原因であるとメディアが報じれば、猫族に迫害が拡大する可能性も大いにあると思う。「二島返還による平和条約」と「二島先行返還による中間条約」の区別がつかないような世論にジャコウネコとネコを区別しろと言っても無理な話だと思う。

六月二日(月)晴れ　三八五日目

メモ　小渕総理より佐藤への具体的指示(べからず集)

時期＝一九九八年一一月一一日

場所＝政府専用機総理執務室
同席者＝鈴木宗男内閣官房副長官、東郷和彦条約局長、海老原総理秘書官、船越健裕官房副長官秘書官
（総理に対する説明の後）
小渕　おい、あんた（佐藤）、エリツィンに何を言ったらいけないか「べからず集」について教えてくれ。
佐藤　まず、他のロシア人政治家の名前を出してはいけません。渡辺副総理はゴルバチョフの名前を出して大失敗しました。
　プリマコフ首相も力をつけてきていますから、こちらからは名前を出さない方がよいでしょう。
小渕　その辺は俺もよくわかる。他に何かないか。
佐藤　「ああすれば、こうしてやる」というような駆け引きのようなことは言わない方がよいでしょう。誠実な、少しナイーブなくらいの対応をする方がエリツィンに対してはいちばん大きな駆け引きになります。
小渕　こっちは「人柄の小渕」だからな。そこも大丈夫だ。
佐藤　あとはエリツィンの目を見て話をすることです。
小渕　（佐藤に目を合わせ）こんな感じか。こういった「べからず集」を書いて用意しておいてくれ。

佐藤　わかりました。

（参考　二〇〇二年八月、検察からの取調べで見せられた鈴木邸から押収した資料の中に、この「べからず集」［佐藤と東郷で作成］が入っていた。）

六月四日（水）曇り　三八七日目

フロマートカの『宗教改革から明日へ』もきちんと訳出しておく必要があろう。フロマートカが次世代、さらに外部世界に伝えたかったのはボヘミア宗教改革の遺産である。これがキリスト教の普遍性というテーマに繋がるのではないか？

六月一五日（日）雨　三九八日目

●友人へのメッセージ

『世界』七月号全体に一応目を通してみたが、その中に、どこかの高校の先生が書いた中野重治論があった。中野重治［一九〇二―七九］は日本の代表的なプロレタリア文学作家で、戦前に共産党に入党したが、治安維持法で逮捕された後、戦後共産党に再入党するが、核兵器に関する見解の相違で（日本共産党はソ連の核実験には賛成していたが、知識人党員はあらゆる国の核実験に反対した）党を除名されている。僕は中野重治の作品はあまり好きではないので、飛ばし読みしかしなかったが、中野重治の転向に関する部分が面白かった。治安維持法で逮捕された中野は二つの防衛線を立てる。

①自分が共産党員であるということを自白しない。
②仲間の名前を言わない。
そして取調べでは頑張り通すのだが、勾留中に耐えられなくなり、転向上申書を書き、党員であることについて自白する。ただし、仲間の名前は言わない。倫理的には他人に迷惑をかけない「立派な」転び方である。

その時の動機は、梅毒にかかっているので、拘置所では満足な治療を受けることができず、毒が脳に回り、発狂することに対する恐怖だった。そういえば、五味川《ごみかわ》純平［一九一六―九五］の『戦争と人間』でも、特高警察が陣内という大言壮語型のプロレタリア作家を転ばせるときにも「君は梅毒にかかっているな。いつまでもここにいるとスピロヘーターが脳に回るぞ」と言って脅したので、当時の左翼知識人にとって「梅毒による発狂」に対する恐怖というのは、案外、転向の隠された動因だったとの印象を受けた。

肉体的拷問には耐えられても、考えられなくなる可能性への恐怖に耐えられなかったというのはいかにも知識人らしい。

僕は鈴木さんが保釈になる前に僕の保釈請求を行わないという方針を堅持している。この理由については既に説明しているので繰り返さない。それ以前に保釈請求を行う可能性が恐らく一つだけある。それは、僕が「外に出るよりもずっと拘置所の中にいたい」と思うようになったときである。こうなると現実の世界から逃避してしまうことになるので、外に出なくてはならない。

あなたは死刑囚永山則夫の代表作『無知の涙』(河出文庫)を読んだことがあるだろうか？彼は明らかに外に出るよりも中にいることを望んでいた。中にいて自分の観念世界を構築し、その中でいつまでも生き続けたいと願っていたのだと思う。拘置所独房にはオウム真理教や自己啓発セミナーの教祖様など、いろいろな人たちがいるが、皆、それなりに自己の観念世界を作っているようである。外に出る可能性が少ないことを認識している人たちは、現実適応にエネルギーのほとんどを割くようになるのだと思う、逆説だが、容疑が軽く、保釈になる可能性の高い人々ほど、勾留という現実から受ける苦痛が大きいようである。僕は現実感覚は失っていない。独房内だけに通用する観念世界を作りたいとは思わない。

第五章

神と人間をめぐる思索

――六月一八日(四〇一日目)から八月二八日(四七二日目)まで――

六月一八日(水)雨　四〇一日目

他者の論理をどう処理するか。
①検討に値するか否か
②批判的検討をした上で
(ⅰ)排除
(ⅱ)継承
③批判的検討をせずに
(ⅰ)継承
(ⅱ)発展
といったところか。

【弁護団への手紙】――207②

昨日(六月一七日)の公判ではたいへんにお世話になりました。杉山氏[★1]の証言はなかなか興味深かったと思います。ウソをつく箇所を最小限にしています。恐らく、組織防衛の観点から外務省で口裏合わせが行われているのでしょう。気づいた細かい点もありますので、今月末にでも記憶を整理してメモにします。

大ウソが二つあります。

①決裁書と報告・供覧の区別　決裁を求める人以外に(特に幹部の場合)、決裁書本体(赤表紙)を回すことは原則的にありません。仮に、わけのわからないものが回ってきたときは、事務次官秘書官(Ⅰ種の課長直前くらいのクラス)、外務審議官付(専門職の補佐クラス。つまり書類の内容を判断することができる)が、「なぜ決裁をとる必要があるか」につき、担当課長の説明を求めます。決裁を求めないか回覧だけする場合には、決裁終了後の文書のコピーをとり、御参考というゴム印を押すか赤色のペンもしくは赤鉛筆で書き入れたものを回覧します。この点については、かなり厳格に守られています。

②東郷メモの扱い　当時、杉山・東郷は極めて良好な関係にあり、また上司の意向に過剰反応する傾向のある杉山氏が東郷氏のメモを「無視」することはありません。必ず反応します。

それから東郷氏のメモの内容と、小松[★2]、杉山、山田[★3]等の協議内容が「役務購入で読み込む[★4]」という同一のベクトルにあることも、偶然の一致とは考えられません。

★１　杉山晋輔外務省中東アフリカ局参事官。テルアビブ事件当時の条約課長。
★２　小松一郎外務省国際法局長。テルアビブ事件当時の条約局審議官。
★３　山田重夫外務省アジア太洋州局北東アジア課長。テルアビブ事件当時の条約課首席事務官。二〇〇六年一〇月、質問主意書に対する内閣答弁書において一九九九年に山田が当時の鈴木宗男内閣官房副長官に手書きの「詫び状」を提出していたことが明らかになった。
★４　イスラエルへの国際学会に日本人学者を派遣して情報を得ることが役務購入にあたるというこ

①、②ともに佐藤・東郷をワンパッケージにし(そもそも前島は考察の対象にすらならないコマにすぎない)、それ以外の外務省関係者を守るというロジックを組み立てるとするならば、①②の大ウソは合目的的と思います。

杉山氏に関しては思ったよりも悪くない証言をしてくれたとの印象を持ちました。

六月一九日(木)晴れ　四〇二日目

【弁護団への手紙】――208②

今日(六月一九日)は朝から久しぶりに太陽が顔を出しています。昨年の今日、鈴木代議士が逮捕された日も(天気予報が外れ)晴れたことを思い出しました。鈴木先生宛のメッセージを作成いたしましたので、伝えていただければ幸甚です。

杉山氏の証言について、いろいろと考えていますが、第二次世界大戦後、フランスで問題となった「レジスタンス神話」を思い出しました。フランス人の大多数は自発的にナチス・ドイツに協力したにもかかわらず、戦後、「われわれは内心では皆、ナチスに対して抵抗していたのだ」ということで過去を不問にし、ビシー政権(ナチス・ドイツはパリを含むフランス北部を占領したが、南部には対独協力フランス政府の存立を認めた)幹部の数名だけに責任を被せたわけです。この「レジスタンス神話」が歴史的事実からあまりにかけ離れているということは、一九六〇年代からフランスのアカデミズムでは何度も真剣に議論されているのですが、政治的現実には何の影響も与えていません。

鈴木代議士から要求されたのは事実関係についてのメモであるにもかかわらず、自発的に「詫び状」を書き、すり寄り、その後は何の遠慮もなくカネまでもらっていた人物が「鈴木の不当な圧力」を糾弾するのですから、これは「レジスタンス神話」を縮小再生産したものに思えてなりません。

しかし、杉山氏自身は良心に恥ずるところは何もないと考えていると思います。認識構造の問題を対自化する訓練を怠ると、このようなつまらない人物が生まれてくるのだと思いました。

私は自分では信念を持って行っている仕事でも、他の人からは全く異なった姿で見えているのであろうということは以前からよく自覚していました。このような場合、他者の理解を得るための努力を過度にすると秘密が漏れたり、本業がおろそかになるので、とにかく仕事で成果を上げればよいと考えていました。今もその考えは間違えていないと思います。結果を求めず、官僚組織の中での「椅子取りゲーム」に目標を置くような人生は、私はつまらないと思っていましたが、どうも外務省のように成果が数字で出ない官庁は、外部からの刺激がないと、「椅子取りゲーム」に収斂していくような文化があります。

現在の外務省は非常に内向きになり、職員が物事を深く考えず、また勉強もしなくなっていると思います。このような状況があと三—五年続くと(すでに二年続いている)恐らく、重要な外交案件は外務省を迂回したところで、具体的には民間の「ロビイスト」(日本の場とで、支援委員会協定に合致しているという外務省の解釈。

合、ジャーナリストがこの役割を果たすことが多い)と政治家の間で行われていくことになります。そして外国政府(特に諜報機関)がその「ロビイスト」を運営するようになると、日本にとって不利な状況が生まれるのですが、外務省はそれを阻止する力を持つことができないと思います。

今回の国策捜査・裁判を通じ、日本の政治・官僚システムの危機は構造的だということがよくわかりました。システムの持つ硬直性を打破し、成果を出そうと努力をすると犯罪として処理される危険性が高いならば、誰も余計な努力はしなくなるでしょう。この構造的危機は、行き着くところまでいかないと再生力も生まれてこないのかもしれません。

私は、もはや外務省改革に対して責任を持たないでよい気楽な立場ですから、今は事態を「どうするか」よりも「どうなっているのか」について観察することに関心を集中したいと思います。

六月二五日(水)雨→午後から晴れ　四〇八日目

小渕総理との電話でのやりとり
時期＝二〇〇〇年一月一日未明
場所＝自民党本部総務局長室
同席＝鈴木総務局長、佐藤(電話先は官邸の小渕総理)
鈴木　ここに外務省の佐藤さんが来ているんで代わります。

小渕　お疲れ。あんたの作った書類(エリツィンの大統領辞任とプーチンの大統領代行就任)を読んだ。状況はわかった。俺もプーチンと会っておいてよかった(一九九九年九月、オークランドAPEC首脳会議)。すんなりとプーチンで決まるのか?

佐藤　決まります。

小渕　エリツィンが影響を持ち続けることになるのか?

佐藤　健康上の問題もあるので、院政を敷くことはできません。権力はプーチンに形式的にも実体的にも移行すると見てよいと思います。

小渕　わかった。領土問題は動くか。

佐藤　今は選挙で頭がいっぱいでそれどころではないでしょう。

小渕　しばらくは様子見ということか。

佐藤　大統領選挙までは、プーチンは外交どころではありません。様子見ではダメで、こちら側から何か仕掛けないとプーチンは動かないでしょう。

小渕　プーチンにだな。

佐藤　そうです。

小渕　わかった。

六月二九日（日）晴れ　四一二日目

●同志社大学神学部時代からの友人へのメッセージ

人間は二〇歳前後で形成された人柄というのはなかなか変わらないと思う。それから、物事の基本的考え方というのも、二〇歳代で基本的方向性が定まり、それがだいたい結晶化していくということではないのかと思う。

この点について、僕は大学時代からキリスト論、特に受肉論に関心をもっていたが、これは今も変化していない。どのような素晴らしい理念があっても、それが現実に具体化しないならば意味がない。

倫理規範としては、受肉論は苦難のキリスト論と表裏一体の関係にあるのだと思う。神が自らの一人子をあえて人類で最も悲惨なイスラエルの人々の「最も深い深淵」に送り、イエス・キリストが神の子であるにもかかわらず、十字架にかかる死刑囚への道を自覚的に選択していったということが、われわれにとっての人生選択の基準なのだと思う。平たく言うと、よく考えた上で、より難しい選択をしていくと言うことなのだと思う。しかし、何をもってより難しい選択と判断するかについてマニュアル化は不可能で、個々の状況の中で真摯に判断するしかないのであろう。

この辺は以前と全く変化がない。

理念を現実にするには恐らく二つのアプローチがある。

第一は、自らの生活を基盤に、ひとりひとりの顔を思い浮かべながら、理念を少しずつ現実に生かしていこうとするアプローチである。牧師のアプローチもそうであるが、政治家である君のアプローチも「下からのキリスト論」だと思う。

第二は、一種の超越的理念を少し無理して具体化しようとするもので、国家戦略はこれにあたる。思考の形としては「上からのキリスト論」であるが、このアプローチは、理念を現実にするにあたって必ず媒介装置＝道具(政府、教会等)を必要とする。それ故に、必然的に、「暴力装置をどう利用するか」という問題がでてくる。

人間の活動において、道具は決定的に重要である。同じ人間でもハンマーで刺身を作ることはできないし、包丁で論文を書くことはできず、万年筆で犬小屋を作ることはできない。

それから、暴力装置の利用を射程に収めると、「汚い手法できれいな目標を実現する」という問題設定がでてくる。この点についても、抽象的議論には意味がない。具体的案件を処理する中で考えていく問題である。

外交、市議会、教会、企業等、各人の置かれた場所、そして付与された役割で、用いることのできる道具には自ずから制約が生じる。その中で各人が自らの良心に従って理念を少しでも現実に生かすべく努力をしていくというのがキリスト教的な考え方なのだと思う。

この考えも学生時代から全く変化していない。

僕の考えで変化が生じたのは、キリスト教の普遍性に対する確信である。これは、特にソ連・東欧の崩壊を体験する中で強まった。

キリスト教という宗教を知っているか否か、キリスト教を信じるか否かというのは二次的な問題で、新旧約聖書で証されている啓示、特にイエス・キリストという形で歴史に参与した神が伝えているメッセージの普遍性を証明するためには、キリスト教的言語にこだわる必要はないと僕は考えている。

神学的話をすると長くなるので、少しはしょるが、バルトが神の啓示は「ロシアの共産主義を通じても」、「死んだ犬を通じても」(「死んだ犬」とは恐らくヘーゲルを指しているのであろうが)ありうると『教会教義学』Ⅱ／1で言っていることが真実ではないかと思う。

キリスト教の欧米文化・文明からの解放、あるいはコンスタンティヌス帝以降の(教会が国家権力から切り離された)時代を積極的に神学に取り入れようとしたフロマートカのアプローチを継承的に発展させることが僕の仕事ではないかと一〇年くらい前から考えるようになった。モスクワ大学ではこのテーマで毎年講義をしていた。

キリスト教の普遍性についても、二つのアプローチが可能だと思う。

ひとつは、この世界は神により創られたものなので、自然を読んでいればキリスト教の普遍性を読み取ることができるという考え方で、カトリック神学はもとより、最近のプロテスタント神学(例えばモルトマン、その他エコロジー系神学者)にもその傾向が強い。ヘーゲル体系も突き詰めていけばそうなる。滝沢克己の「インマヌエルの原事実」も晩年には非常に汎神論的になってきた。

僕はこれら現代プロテスタント神学の流行とは異なる流れにシンパシーを感じる。バルト、フロマートカ等のイエス・キリストによる神の啓示に集中していくという手法である。多くの人々はまだ気づいていないが、この考え方は、現在、キリスト教世界よりもイスラーム世界(イスラーム教のハンバリー法学派、ワッハーブ過激派やウサマ・ビン・ラディン等のテロリストのイデオロギー的基盤となっている)で流行している。イスラーム原理主義の知的世界に与えるインパクトはこれから大きくなる。

それと同時にバルト、フロマートカの背景にあるユダヤ教の伝統にも強い関心を持ち出している。

廣松渉はマルクス主義形成にあたっては、『ドイツ・イデオロギー』が決定的に重要で、そこではエンゲルスが主導的役割を果たし、さらに事実上の共著書であるモーゼス・ヘス[一八一二―七五]という、その後マルクスたちと別の道に進んだヘーゲル(左派)主義者の役割を無視できないという立論をしていることは君もよく知っていると思う。

問題はモーゼス・ヘスのその後である。ヘスはシオニズムのイデオローグとなった。イスラエルの建国理念はヘス抜きに理解することはできない。

一八四〇年代半ばにドイツの狭いサークルで生まれた理念が、一つはマルクス主義になりソ連という理念先行国家を創り出し、もう一つは少し遅れてイスラエルという理念先行国家を創り出したと整理することができる。

ソ連は崩壊したが、イスラエルは国際ユダヤ・ロビーを用いアメリカを動かすまでの怪物国家になり、その影響は今後ますます大きくなるだろう。

二〇〇年後、マルクス主義は思想史上、「一九世紀末から二〇世紀に強い影響を持ったユダヤ教の一宗派」という形で整理されるかもしれない。

様々な巡り合せから、僕にはユダヤ人の友人がイスラエルでもロシアでも数多くできた。その関係もあり、ユダヤ思想にも取り組んだが、その幅の広さ、懐の深さに驚いた。例えば、フロイトの精神分析学は中世ユダヤ教の「カバラーの知恵」の延長線上にある。マルクスの研究者としての姿勢(大学に籍を置かず、現実の労働現場の視察には全く関心を持たず、書物の上の知識を重視し、先行思想に対する批判的コメンタリーを作っていくという手法)は、タルムード(ユダヤ教伝承集)学者そのものである。

キリスト教の普遍性という観点から、つまりキリスト教を支持する、支持しないという当事者の主観的言明に関心をはらわず、神が人間について何を述べているかという視点から見ると、ヘーゲル体系はもとより、フロイトの精神分析学もマルクス主義も全てキリスト教の普遍性に包み込むことができる。

ある意味で、僕の考え方は、キリスト教(プロテスタント)神学の極めて伝統的な枠内に収まってしまうのであろうが、外に出たら神学研究に残りの人生のほとんどを使いたいと思う。

納得できる形で人生の転換をするためには、今まで行ってきたことをきちんと総括しておくことだと思う。マルクスが『資本論』で「賃金水準の決定にあたって資本家と労働者は権利的に同格である、権利的に同格である場合には暴力が水準を決定する」と述べているが、これは公判にも当てはまる。検察と被告人・弁護人は権利的に同格であるが、判決は背後に巨大な国家権力を持つ検察の水準に引き寄せられたものになろう。現在、政治犯罪は(たとえ罪を認めても)実刑にするというのが流行なので、無罪主張を貫き、執行猶予がとれれば、公判闘争としては十分勝利である。しかし、それについても楽観視はできない。実刑の可能性は十分にある。しかし、何よりも重要なのは、できるだけ正確かつ詳細な公判記録を残し、後世に伝えることだ。公判で明らかにできなかった部分については、手記や論文の形で追加的に明らかにし、僕自身の歴史に対する責任を果たさなくてはならないと思う。

七月二日(水)曇り　四一五日目

●友人へのメッセージ

物事を考察するときに方法論は死活的に重要である。方法論が異なると、同じ出来事が全く異なった姿に見えてくる。しかし、新聞記者でも政治学者でも方法論についてはほとんど無自覚であるというのが現状ではないかと思う。

僕は、人間の営為については全て弁証法的な方法をとる必要があると考えている。弁証法といっても様々な理解があるので、僕自身の理解(それは専門家の間の標準的理解からそれ程離れていないはずである)について簡単に述べておく。

僕はヘーゲルが『精神現象学』で展開した弁証法理解は現在も有効ではないかと考えている。カール・マルクス、カール・バルトの二人のカールは、全く別の体系の中で弁証法を駆使したが、いずれの弁証法もヘーゲル『精神現象学』の延長線上にある。

昨年、五月一四日に逮捕された後、弁護人に頼んでいちばん初めに差し入れてもらったのが『引照付共同訳聖書』、その次がヘーゲル『精神現象学』上下(平凡社ライブラリー)だった。厳しい取り調べの間にヘーゲルをひもとき、「この方法で詰めていけば、今回の事件も理解できる」と思った。

ヘーゲルは、物事を見るときに、「当事者の立場から(für es、直訳するならば、〝彼にとって〟)」と「学理的反省者の立場から(für uns、直訳するならば、〝われわれにとって〟)」を分けて、同じ出来事が当事者にとってはこう見えるのだが、われわれ(学理的反省者として物事をながめている著者とこの本を読んでいる読者)にとっては別に見えるという形で論議を発展させていく。

僕が見てきた事例にあてはめてみると、例えば、一九九三年一〇月四日、エリツィンが当時のロシア国会建物(ホワイト・ハウス)に戦車で大砲を打ち込んだ「モスクワ騒擾事件」を覚えているだろうか。あの事件については、僕は双方の当事者とよく連絡を取りながらウオッチしていたので、その経緯について熟知している。

あのときの、当事者にとって決定的だったのは、ハズブラートフ国会議長がテレビ・インタビューで、人差し指で首をたたいて(ロシアではアルコール依存症を意味するジェスチャー）、「大統領（エリツィン）は酔っぱらいだからなあ」と言った。その一方でこれを見て、エリツィンが切れて、憲法停止と国会解散を命じたのである。

エリツィンとハズブラートフは盟友で、一九九一年八月のソ連共産党守旧派によるクーデター未遂事件の際は、共に生命を賭けて戦った仲である。それが些細なことが発展し、最後は殺し合いにまで発展した「内ゲバ」が「モスクワ騒擾事件」だ。

二人はもともと盟友だから、お互いの性格・癖を熟知している。エリツィンの酒は陽気な酒であるが、暴れ方は桁違いである。特別機の中で立ち上がって立ち小便をし、側近に引っかけるとか、サウナで同僚政治家のキンタマを握って「元気か」とささやきかけることなど日常的だ。エリツィン自身も酒乱傾向については気にしていた。それをテレビで指摘されたのだから「切れた」のである。ちなみに、僕がロシアの政治家を観察していた経験からすると、政治家が「切れる」のは、全く事実無根の誹謗をされた場合か本当のことを指摘された場合かのいずれかである。

あのとき、ハズブラートフの一言がなければ、「モスクワ騒擾事件」は起きなかったと思う。

「当事者の立場から」(für es)は、上述のような見方になる。

他方、「学理的反省者の立場から」(für uns)は、ソ連時代の旧憲法体制にもとづく国会と、自由民主主義、市場経済主義を指向する大統領・政府側の矛盾は非和解的段階にまできていたので、あのような激しい形態で整理されるのは必然的だったということになる。

●外務省の後輩へのメッセージ

七月に入っても配盒の茶は麦茶に切り替わらない。日本茶の在庫を使い切ってから切り替えになるのだろうか。梅雨であるにもかかわらず晴れの日が多いので、午後にはかなり強い日差しが独房の中に入ってくるが、エアコンがよくきいているので、生活は快適である。繰り返しになるが昨年とは全く異なる環境だ。あの夏の暑さをもう一度体験すると「根性」も相当ついたことであろうが、「根性」はこの程度で十分だということなのだろう。

七月五日(土)雨　四一七日目

●同志社大学神学部時代からの友人へのメッセージ

資本主義システムの強さは、その強靱な生き残り能力にある。僕はソ連の崩壊を見る中でそのことを確信した。

社会主義は資本主義に対する異議申し立て運動だったが、資本主義よりも悪いシステムで人類に災いをもたらした。

悪霊を追い出したが、逆に七つの悪霊をつれて戻ってきたとのイエスのたとえを思い出す。

参考「汚れた霊は、人から出て行くと、砂漠をうろつき、休む場所を探すが、見つからない。それで、『出てきたわが家に戻ろう』と言う。戻ってみると、空き家になっており、掃除をして、整えられていた。そこで、出かけて行き、自分よりも悪いほかの七つの霊を一緒に連れて来て、中に入り込んで、住み着く。そうなると、その人の後の状態は前よりも悪くなる。この悪い時代の者たちもそのようになろう」(「マタイによる福音書」12・43―45)

この危険性にロシアの宗教哲学者たちは、一九一七年のロシア革命が始まるずっと前に気づいていた。一九世紀末のウラジミール・ソロビョフ[一八五三―一九〇〇]、二〇世紀初めのニコライ・ベルジャーエフ[一八七四―一九四八]、セルゲイ・ブルガーコフ[一八七一―一九四四]等の予想は正しかった(ちなみに、一九九一年のソ連崩壊に至るプロセスで、ロシアの知識人がこれら宗教哲学者の思想を再発見したことも大きな意味を持つ。この点についてもいつか話をしたい)。

僕はソ連型社会主義が内側から腐っていった最大の要因は「性善説」を基本に社会建設を考えたからと思う。

さて、ソ連崩壊後、資本主義に対抗する有力なシステムはなくなった(とりあえず、そういうことにしておく。実はイスラーム原理主義、西欧の反グローバリズムは資本主義に対する異議申し立て運動と言えるのだが、資本主義と社会主義は対抗イデオロギーとして議論がかみ合っていたが、資本主義対イスラーム原理主義は議論がかみ合わず、ねじれており、反グローバリズムには資本主義に対抗する要素と資本主義を補完する要素があるので、理論的にきれいに整理することができないというのが現状だ)。

対抗システムがなくなれば、資本主義自体は、資本本来の論理に従ってスクスクと育っていく。

社会主義化への危惧がないので、先進資本主義国が体制維持という観点で、各国の個別利益を主張することを抑える必要はなくなる。米国の対イラク戦争をめぐる米英と仏、独の対立もこの観点から見るべきであろう。

社会主義化の危険がないならば、福祉や所得の再分配についてそれほど神経質になる必要はない。

もちろん、その大前提として、産業社会は資本主義システムの下で最も急速な発展が可能で、産業社会の発展により、人類の生活が先進・中進国で過去二〇—三〇年の間で著しく豊かになったことがある。産業社会を拒否し、農耕社会に戻るというユートピアも一応は存在するであろうが、それは人口の圧倒的減少と生活水準の極端な低下を意味するもので、現実的なシナリオではない。

今のところ産業社会といちばん仲良くやっていけるシステムが資本主義で、予見される未来にそれが変化することはないと僕は考えている。

もちろん資本主義に対抗するシステム、具体的には社会主義、イスラーム原理主義でも産業社会とそこそこ付き合っていくことはできる。しかし、対抗システムが人間に与える実害は資本主義システムが与える実害よりもはるかに大きいというのが現実だと僕は確信している。

今回は詳しく議論を展開する余裕がないが、産業社会とナショナリズムは表裏一体の関係にある。産業社会と資本主義が対抗システムである社会主義の崩壊に伴い、より結びつきを強めると、社会主義システムが影響力を強める前の形態に先進資本主義国のナショナリズムも近づいてくるのだと思う。

七月一二日(土)曇り　四二五日目

●同志社大学神学部時代からの友人へのメッセージ

七月八日の公判には、暑い中、傍聴に来てくれてどうも有り難う。以前にも伝えたが、君も政治家として、実業家として多忙だと思うので、ほんとうに僕の公判については無理をしないでほしい。他の友人にもその旨を伝えてほしい。

傍聴席の人々の姿を見ると、外界はかなり暑いのだと想像している。昨年の夏の今頃は、不愉快な取り調べが続く中、冷房のついていない独房で、それは苦しい毎日が続いていた。蒸し暑く、汗をかくので体力を消耗することもあるが、ノートに文字を綴っても右腕から流れる汗で紙が濡れ、その上で文字を書いているとボールが空回りしてボールペンが書けなくなってしまうので困った。七月―九月は、入浴が週三回(他の時期は週二回)に増えるが、涼しいのは風呂から出て二、三時間程度で、後は汗まみれで生活はなかなか厳しかった。

今年は全く異なる環境だ。六月二〇日未明にエアコンが稼働し始めてから独房内の生活は極めて快適である。少し涼しすぎるというのが正直なところで、長袖で生活している。

季節感が全くなくなってしまった。未来都市でのシェルター生活はこのようなものかもしれない。

裁判所の往復くらいは少し外気に触れるかと期待していたのだが、新獄舎から護送車までは四、五メートルしか移動しない。公判の時は、裁判所の地下二階の仮監《かりかん》という二畳の牢屋に閉じこめられているが、そこも弱冷房がきいている。

裁判所との往復時に江戸川沿いのホームレスの人たちが青いビニールシートの小屋から外に出て、ベンチに座ってゆっくりと新聞を読んでいる姿を見て、夏なのだと思った。

裁判長がカリカリしているが、勝手にカリカリしていればよいだけの話である。被告人質問を先行させるということを平たく翻訳すれば、「有罪だということは被告人もわかっているでしょう。言いたいことは言わせてやるので、このゲームは早く終わりにしましょう」ということである。

僕の関心は、関係者の発言をできるだけきちんと記録に残しておくことなので、この点については弁護団の先生方にもできるだけ強く対応してくれとお願いしている。

外務省関係者や袴田教授が法廷に来ても、僕に有利な証言が得られる可能性がまずない。ただし、彼らがどのようなことを言うのかはきちんと記録に残しておいた方がよい。三〇年経てば、外交文書も公開される。そのときに彼らの証言が当時の実態を正確に反映したものであるか否か、本件に直接利害関係を持たない人々が検証すればよいのだろう。七月八日の弁護側冒頭陳述で、本件が「国策捜査」に基づく政治裁判だという雰囲気を打ち出すことには成功したと思う。現在の流れを維持していけばよいのだと考えている。

さて、前回のメッセージで舌足らずになった部分について補足したい。

小泉改革の経済的に強い者をより強くし「機関車」とすることにより発展を図るという発想では、平等、「弱者」に対する配慮はどうなるのか？　全く無視してしまうということか？　そうではない。もちろん、小泉総理であれ、鈴木さんであれ、政治家は理論家ではないから(理論家が現実の政治を運営するとだいたいロクな結果をもたらさない。僕の理解では、理論とは、あえて極端な事態を想定して打ち立てるものだから、現実にストレートに適用しようとする発想自体が誤っている)、自らの政策をどこまで理解しているかは定かではない。ここでも「学理的反省者の立場から」(für uns)の視点が重要と思う。

「機関車」論は、ハイエク〔一八九九―一九九二〕の考え方に近い。人間には能力の差があるのだから富者と貧者に分かれるのは当然である。そして、その構造は永遠に続く。しかし、経済の発展とともに富者の持っている財を貧者も持つことができるようになるのだから、「時間の経過」という要因を加味すれば、経済発展の利益を皆が享受できる。具体的には、「初めはエアコンはなかった。エアコンができた頃は、一部の金持ちしか持っていなかった。今は国民のほぼすべてがエアコンを持っており、東京拘置所の囚人ですら今年からはその恩恵に浴することができる」というような図式である。公平配分を重視し、「機関車」を弱めてしまうと、結局のところ貧者も損をするというロジックである。

この「機関車」論は一見もっともらしく聞こえるが、持続的経済成長が可能であるということが前提条件である。地球生態系の現状を考えるならば、持続的経済成長を前提とした政策は危険だと思う。

小泉改革においてもCO_2問題をはじめ環境問題も重要なテーマとなっているので、「機関車」論との理論的非整合性が見えにくくなっている。現実の政治は車のアクセルとブレーキを同時に踏みながら行うものなので、当事者がどのような政策をとっているか理論的認識に欠けるというのが常態と思う。

小泉総理の軸足は、基本的に傾斜配分、強い者の強化、そして持続的経済成長であると整理してよいと思う。

これに対して、鈴木さんの軸足は公平配分、草の根からの基礎体力強化、さらに成長の限界を念頭に置いたシステム転換を指向していると整理できる。鈴木さんがODAに熱心なのも、世界規模での公平配分を考えているからである。

僕は政治哲学の基本的な枠組みを見た場合、小泉さんや竹中さんが考えているビジョンよりも小渕さんや鈴木さんのビジョンの方が、二一世紀の日本にとってふさわしいと考えている。

七月一六日(水)曇り　四二九日目

【弁護団への手紙】――221②

公判というのはゲームなので、この感覚を失わずに最後まで走り切ることが重要だと思います。以前にも申し上げましたが、このゲームで私には「悪役」が割り振られているわけですから、その枠組みを基本的に崩さずに「盗人にも三分の理」と観客から受け止められるにはどう演技したらよいかについて、よく考えることだと思うのです。

検察は「悪魔の実在」を信じているような人たちの集団ですから、こちらもそのレベルに合わせて議論を組み立てなくてはなりません。

ふと気になって、『新約聖書』をひもとき、イエス・キリストに対する裁判を調べてみました。福音書ごとに異同があるので、確定的な像は出てこないのですが、キリストは公判において被疑事実については黙秘しています。他者の偽証に対しても反論せずに黙秘しています。

「お前がユダヤ人の王なのか」という質問に対し、「それは、あなたが言っていることです」というのが被疑事実絡みの唯一のやりとりです。そして、裁判長(総督のピラト)は無罪との心証を持ちます。

それが世論の力によって死刑になるのですが、恐らく罪状としては内乱煽動罪ではなく、法廷侮辱罪(古代、中世では法廷侮辱罪で死刑になることはそれほど珍しくない)が適用されたのではないかというのが私の見立てです。外に出てから新約聖書学者がどのように解釈しているのか調べてみようと思います。

七月一七日(木)曇り　四三〇日目

尊敬するガブリエル・ゴロデツキー先生
獄中生活は今日で四二九日《〔ママ〕》になります。私は元気にしています。検閲を考慮しなくてはならないので、注意深く文章を綴らねばなりませんが、ゴロデツキー先生には私の真意を読み取っていただけると確信しています。

私がこの手紙を託する緑川由香弁護人は、私の弁護団を構成する一人です。私は緑川由香弁護人を全面的に信頼しています。

さて、私が巻き込まれた今回の事件は私の見るところでは二つの要素から構成されています。私はこの裁判は政治的性格を帯びていると考えています。

第一の要素は権力闘争です。これは基本的に当事者以外の誰の利害にもならないようなゼロ・サム・ゲームです。政権党内、外務省内(時にはアカデミズム内でも)で権力闘争が生じるのはそれ程珍しいことではありません。そして、権力闘争を刑事事件として処理することも歴史ではそれ程珍しいことではないと思います。私はこのような事例をソ連崩壊前後のロシアで何度も目にしました(その意味で日本の政治文化はロシアの政治文化に似ているのだと思います)。そして、私の見るところ、日本の検察もこの権力闘争ゲームのプレイヤーになっています。

第二の要素は歴史認識の問題です。この権力闘争が、日本国家権力システムのパラダイム転換期に発生したため、私の事件は歴史的性格を帯びることになりました。私は歴代の内閣総理大臣の命令に従って、鈴木宗男さん、東郷和彦さんたちとともに日本の国益のために日露平和条約交渉という難しい任務を遂行していました。この点は私の良心に照らして断言できます。

わたしたちは「ポスト冷戦後」の世界に生きているにもかかわらず、日本の政治エリートには、「冷戦」が終わったことを理解できない、あるいは自己の利益のために理解しようとしない人々が存在します。この人々は、私とイスラエル国の関係、なかんずく私とゴロデツキー先生の関係が国益とは一切関係のない、私の個人的利益を図るものであったとの「物語」を作ろうとしています。この人々は、イスラエル国に蓄積されたロシアに関する情報、分析能力、さらにはゴロデツキー先生の学識・影響力を不当に低く評価することにより、この「物語」を完成させようとしています。この「物語」の著者が前島陽君であることは極めて残念です。そして、前島君の発言によりゴロデツキー先生にも御迷惑をかけていることを私は恥じています。検察もこの「物語」を最大限に活用し、私の「犯罪」なるものを証明しようとしています。

このような状況で、ゴロデツキー先生が法廷で歴史に正しい記録を残していただくことが、所与の条件下で、私は日本の国益のために、そして日本とイスラエル国の友好関係、さらには日本人とユダヤ人の友情が本物であることを示すために不可欠であると確信しています。現在は権力闘争で視野の狭くなっている日本の政治エリート、またナショナリズムの高揚によって冷静さを失いかけている日本の大衆も、一定の期間を経れば、もう一度自己の姿を冷静に見直すことができると私は(確信はできませんが)期待しています。そのためには歴史に対する真実の証言が必要です。文字にすることにより将来の歴史に魂を入れなくてはなりません。ミハイル・ブルガーコフ[一八九一―一九四〇]が『巨匠とマルガリータ』で述べたように「原稿は決して燃え尽きてしまうことはありません」。

ゴロデツキー先生が証言をしてくださることが、私が自由の身になる上で死活的重要性をもつことを私は信じています。

末筆になりますが、ゴロデツキー先生のご健勝、ご発展を心からお祈り申し上げます。

ガブリエル・ゴロデツキー先生

日本国東京にて

二〇〇三年七月一七日

佐藤優　Masaru Sato

七月二五日(金)曇り　四三七日目

●友人へのメッセージ

日本の裁判は、旧東ドイツに近いような感を日に日に強めています。旧ソ連の場合、ロシア人は少し間抜けた、お人好しのところがあるので、国策捜査・裁判でも様々な「取り引き」が可能でした。東ドイツの場合、ドイツ人(特にプロイセン人)の几帳面さが出て、「ソ連以上にソ連的」な面がありました。

深層催眠術で、例えば、「毎日、午後三時に窓をあけろ」という術をかけられた人は、本当に毎日その時間になると窓をあけるのですが、当該人物には催眠術にかけられているという意識がなく、「なぜ窓をあけるのか」と尋ねられると、「暑いから」とか「息苦しいから」と答える由です。

現下、日本人の中に「これは許せない」というようなコードがあって、それに鈴木宗男というイメージがシンクロしたという見方で、あの熱気を解明できるのではないかと思い始めています。

昨年と異なり、取り調べもなく、エアコンが利いていて環境も快適なので、「検察と闘う」とか「暑さと闘う」というような取り組むべき具体的対象が見えません。逆に自分自身との闘いになるわけですが、攻撃的にもならず、極端に内省的にもならず、「あたかも何事もなかったかの如く」生活するのが目標です。もちろん、色々考えることはありますが、とりあえずはこの目標に近い生活を維持できていると思います。これもあなたが私のよき相談相手となり、支援してくださるからと認識しております。有難うございます。

国会では当事者以外の誰の利害にもならないようなゲームが続けられています。これも日本の政治エリートがいかなる人々(階層)の利害を代表しているかにつきパラダイムが転換しているからと思います。

このような状況では、実際には極めて限られたグループの利害を代表している政治家が、すべての国民を代表するように表象される「ボナパルティズム」(フランスで、ナポレオンの甥であるという以外にとくに政治的見識や手腕に長けているわけではないルイ・ボナパルトがナポレオン三世として皇帝となり、一時的に全国民に支持された)が生まれてきます。

小泉の場合はカリスマ性がまだ不足しています。田中真紀子には、ボナパルティストとしての資質があったと思いますが、もはやチャンスを失ったと思います。この田中をとりあえず政権中枢から排除しただけでも、鈴木さんは日本の政治のために大きな貢献をしたと思います。このことも、いつか歴史学が明らかにしてくれると期待しています。

七月二八日(月)曇り　四四一日目

また変化のない一日が始まる。

【弁護団への手紙】――226①

本日(七月二八日)は一日読書を中心に過ごしていました。先週、大室先生に差し入れていただいた『廣松渉著作集』第八巻(「青年マルクス論」「マルクス主義の成立過程」他、全六九九頁)を読み終え、第六巻「社会的行為論」にとりかかりました。大室先生が七月二四日に発信して下さった郵便(佐藤優氏本人質問事項)は本日到着しました。

拘置所のラジオ放送で、東京地裁が宮野さん★1に執行猶予付懲役一年四カ月の判決を言い渡したことを知りました。所与の条件下、実刑でなかったことはこちら側の「勝利」と言ってもよいと思います。

夕刊紙や週刊誌の扱いでは、政治資金規正法違反で宮野さんと鈴木代議士の共謀が認定されたということを中心に「鈴木宗男の外堀が埋まる」というような記事立てになるのでしょう。

私の場合、幸い、鈴木代議士との共謀という形で事件が作られなかったので、こうして比較的のんびりと独房生活を続けることができるのだと思います。昨年の夏、少し運命の歯車が違う形でかみ合ったならば、もっと苦悩を抱えながら獄中生活を送ることになっていたと思います。

それにしても、繰り返しになりますが、国家の本質は、日本も旧ソ連、旧東ドイツも（恐らくは北朝鮮も）同じです。組織が悪い目つき（邪視）で特定の人物をターゲットにすると当該人物はまずその邪視から逃れることはできません。

私は検察庁、外務省、マスメディアに対して恐怖心は感じませんが、彼等を動かしていく社会的力についてはとても恐ろしいと思います。私に対するこのネガティブな力は、昨年二―五月がピークで、その後は基本的にガスが抜けたので、今後、私が検察や外務省と対峙しても、それが社会的力には繋がらないと見ています。いずれにせよ、戦術的には、できるだけ私情を交えず、感情的にならないことが重要と考えています。

★1　鈴木宗男衆院議員の宮野明公設第一秘書は、国後島「友好の家」（俗称ムネオハウス）建設工事の不正入札による偽計業務妨害と、政治資金規正法違反の罪に問われ、二〇〇三年七月二八日、東京地裁で懲役一年四月、執行猶予三年（求刑・懲役一年六月）の判決が言い渡された。

七月三〇日（水）雨　四四三日目

○出廷日だ。被告人質問の第一日目である。正直言って緊張する。しかし、昨晩は比較的よく眠ることができた。

○今日、独房に戻ってからはゆっくりと本を読もう。暫くは余計なことを考えずに研究と学習に集中しよう。

【弁護団への手紙】――228①

本日（七月三〇日）の公判では、たいへんお世話になりました。私が「我」を通すので、大室先生はとても苦労されたことと思います。

私としては、非常によい「頭出し」ができたと思います。これで、「ハンスト声明」[★1]、「鈴木第一回公判時声明」[★2]、「世界七月号論文」[★3]、弁護側冒頭陳述[★4]、第一回被告人質問の間で有機的連関ができると思います。とりあえずは、被告人最終陳述でまとめ、それに少し手を入れれば本になると思います。

国策捜査というのは、真実追求の場ではなく、政治ゲームの一局面なのだということを「思考する世論」に理解させることが重要と私は考えています。そのために、被告人が検察には全く恨みを持っておらず（もちろん本心では恨み骨髄に徹しているのだが）、「検察の立場からするとそのように見えるのでしょう」、「検察官としては職業的良心に基づいて誠実に行動しているのでしょう」という姿勢を示すことに意味があると思います（北方領土に関するロシアでの宣伝工作の第一歩は、「ロシア人は愛国者で、クリル諸島［北方領土］を断固擁護しようと考えている。それはよくわかるし、その愛国心を私は尊敬している。なぜなら私は日本の愛国者だからだ」というロジックで、こちらの言うことに耳を傾けさせることだった）。

また、メディアとの関係では、「われわれが正しい」ということではなく、「国民の知る権利の観点から、昨年の嵐のような報道をきちんと検証し直し、国民に伝える必要があるのかもしれない」との問いかけの方が効果があるはずです。

また、現状では記者ルールなどは全く守られておらず、検察から聞いた情報を国策捜査の対象者に流し、国策捜査の対象者に関する情報を検察に提供することにより、国策捜査ではメディアも事実上捜査機関のメカニズムの一機能を果たし、また、メディアから「雪だるま式」に膨れ上がる憶測情報により捜査方針が少なからぬ影響を受けること等は、「思考する世論」が関心を持ちうるテーマです。

★1　二〇〇二年六月一九日付、付録を参照。
★2　二〇〇二年一一月一一日付、付録を参照。
★3　『世界』二〇〇三年七月号に掲載された「冷戦後の北方領土交渉は、日本外交にどのような意味をもったか」付録を参照。
★4　二〇〇三年七月八日に東京地方裁判所に、「背任・偽計業務妨害事件被告人佐藤優、主任弁護人大室征男、弁護人緑川由香」の名義で提出された。

もっとも、この公判が続いている間は私が何を言ってもメディアは悪く書きますが、すべては将来に向けての仕込みです。

表面上は「正しい」「誤っている」という二項対立ではなく、それを超えたところで、国策捜査の構造を明らかにするという、およそ被告人らしくない論理を立てますが、真の目的はそれによって、「われわれが正しい」ということを説得的に主張することです。私は、ターゲットを「思考する世論」に絞るならば、そこそこの成果を上げることができると思います。

一級の宣伝工作の場合、「答え」(こっちにとって都合のよいシナリオ)をこちらから提示してはなりません。こちらからは、断片だけを提供し、それにより受け手が自ら組み立てたシナリオがわれわれのシナリオに「偶然」一致するという方向にうまく誘導することが適切です。人間は他者から押し付けられたものよりも、自ら組み立てたものに強い愛着を感じるという本性があるからです。

七月三一日(木)曇り　四四四日目

●友人へのメッセージ

元気にしていることと思う。昨日(七月三〇日)は出廷だったので、今朝起きてもまだ疲れがとれなかった。入浴日が出廷と重なった場合は、翌朝入浴となる。午前九時前に朝風呂に入ったら、疲れがほとんどとれた。

長期入院患者の如く脚力が衰えているので疲れやすくなっているのだと思う。筋肉が落ちており、基礎代謝熱量も下がっている。摂取カロリーは八〇〇―一〇〇〇キロカロリー／日に抑えているのだが、昨年の夏のようなペースではやせない。もっとも少しずつ体重が減少していることは確かで、六月と較べ、身体が軽くなった。

今回も時間的制約からあまり多くのことは書けない。昨日の被告人質問はうまくいったと思う。これについては、八月中に簡単な獄中論文(発表を予定しない)を作っておこうと思う。詳しくはその文の中で説明するが、一言でいうと「本件は国策捜査で、私は罪を犯した覚えは全くない」ということだ。かなり面白い形で問題提起を行うことができた。外務省を刺激したことは間違いない。もっともあの連中にたいした事はできないので心配するには及ばない。

今日の午後、

モリス『キャット・ウォッチング』平凡社

モリス『キャット・ウォッチング part II』平凡社

高崎直道《じきどう》編『唯識思想』春秋社

が届いた。どうもありがとう。大森先生が窓口に提出してから到着するまでなんと一週間もかかった。もっとも初回、聖書が届くまでは二週間近くなったので、最悪の状態ではない。

拘置所では領置している自分の本を取り出すのにも三―五日かかる。

勾留生活になってからの大きな変化は、一冊一冊の本をそれこそ一行一行をおろそかにせずに読むようになったことだ。抜粋ノートも次々と独房の外にだしてしまうのだが、記憶が正確になるだけでなく、自分なりの総合的理解が進んでいくことを発見した。外に出てからもこの方式(要するに一冊のノートにいろいろなことを書き付けていく)をとっていこうと思う。

哲学や神学の場合(恐らくは他の人文・社会科学系の創造的な著述の場合も)、コンピューターではなく、紙に文章を綴っていくことで、思考が活性化していく面がある。簡単に修正ができないという制約条件は知的真剣勝負に向いている。

『キャット・ウォッチング』『同 part II』については数年前に読んだことがある。今回読み直し、実によくできた本であると感心した。いわゆるペット本ではなく、動物行動学の知見が生かされているので勉強になる。

高崎直道編『唯識思想』は実に優れた本(論文集)であるということはわかるのだが、今の僕の実力からすると三―四割しか消化できない。もちろん読了するが、基本的な本をあと数冊読んでからこの本に立ち帰らなくてはならない。ちなみにこの本に工藤成樹(元国際仏教大学教授)「中観と唯識」という論文が収録されているが、この工藤先生から僕はインド仏教を教わった。当時、国際仏教大学(現四天王寺大学)は女子大で、四天王寺女子大学という名前だったが、工藤先生もそこから同志社大学神学部に非常勤として週一回来ていた。神学部の一回生のときに小乗仏教のアビダルマ[★1]思想、二回生の時に中観思想を習った。あのころの講義内容を鮮明に思い出す。実に話術の巧みな先生だった(一般に仏教学者は話し上手が多い)。

やはり唯識はこの夏にきっちり勉強しよう。以下の図書を購入して差し入れてほしい。

①多川俊映『はじめての唯識』春秋社
②高崎直道『唯識入門』春秋社
③竹村牧男『唯識の構造』春秋社
④横山紘一『優しい唯識、心の秘密を解く』日本放送出版協会

それにしても、この唯識思想は、現代欧米哲学や言語学、深層心理学とも議論がかみ合うので、きちんと押さえておく必要があると僕は考えている。人間の無意識な行動(例えば「真紀子ブーム」「鈴木バッシング」になぜ日本中が熱中したのか)を解明するための仏教思想からの有益な試論と思う。議論自体はかなり込み入っているが、ヘーゲル『精神現象学』やマルクス『資本論』に取り組んだ経験と較べれば何とかなるのではないかと思っている。

★1　阿毘達磨とも音写し、〈対法〉〈無比法〉〈勝法〉〈論〉〈論書〉などと意訳される。紀元前二世紀頃からアビダルマ論書が作られ、次第に多くの論書が作られ、三蔵の一つである論蔵と呼ばれた。釈迦の説いたダルマ(教法)を研究し、その意味を解明し、多方面から分析的に説明し、それに付随して新しい教理をも発展させた。その分析があまりに微細になりすぎ、釈迦の真意を逸脱する嫌いがあった。

今回あなたが差し入れてくれた『唯識思想』では以下のような記述がある。

江戸時代には、宗派を問わず、多くの学僧が奈良に出かけて、唯識《ゆいしき》や倶舎《くしゃ》の学を研究した。いつごろから始まった諺か知らないが、よく「唯識三年、倶舎八年」ということばを耳にする。その意味は、筆者が学生時代に聞いて記憶していることに間違いがなければ、倶舎の勉強を八年しておけば、唯識の学は三年ですむということの由で、結局、唯識の学をものにするには一一年もかかることになる。(同書2頁)

倶舎★1とは、小乗仏教のアビダルマ論であるが、いずれにせよ唯識がどれくらい難しいかは、このことからも想像がつくと思う。

以前にも話したことがあると思うが、もし僕がキリスト教の導入前に生まれていたならば、きっと僧侶になって、倶舎や唯識を研究したと思う。

八月四日(月)晴れ　四四八日目

【弁護団への手紙】――229⑤

今日(八月四日)も朝からとてもよい天気です。午前一〇時にココアを飲み、一〇時半頃に入浴の順番が回ってきました。毎日が規則的なので、慣れてしまえば長期勾留生活も特に苦しいとは感じません。動物園のトラやライオンもこんな感じで生活をしているのでしょう。

今日も午前中は『唯識思想』を読んでいました。全三〇二頁ですが、現在二三六頁まで読み進めました。サンスクリット語の引用が多いのですが、対訳になっているので大きな障害にはなっていません。また、文法的にラテン語とそれ程離れていないので、類推がきく部分もかなりあります。

これまで唯識思想とユング学派の深層心理分析がかなり近いということについては自覚をもっていましたが、唯識思想の認識論がフッサール学派の現象学とかみ合う部分も相当大きいということについては、今回初めて気づきました。

獄中生活をしなければ、太平記、鬼・天狗、さらに唯識にまで手を伸ばすことは(たとえ学者に転身したとしても)まずなかったと思うので、この体験も必ずしも人生の無駄にはなっていません。

仏教思想においても、西欧哲学においても共通して言えることですが、ほとんどすべての人に(その時点では)理解されないとしても、きちんと語っておかなくてはならないことが存在します。私の場合、「国策捜査とは何なのか」ということについて、自らの良心に従って、できるだけ精確に自らの考えるところを語っておく責務があるのだと思います。何事も最初の第一歩が難しいのであり、この第一歩さえ踏み出せば、あとはだいたい形が

★1　容れ物(蔵)の意味。アビダルマの教理がその中にすべて含まれているという意味。『倶舎論』は世親(ヴァスヴァンドゥ)の著で、説一切有部の論蔵の一つである『発智論』と、これを注釈した『大毘婆沙論』二〇〇巻の内容を巧みに収め、説明している。中国でもよく研究されたが、日本では奈良時代に倶舎宗の所依の論としてよく研究され、現在もその重要性は減じない。

ついてくると思います。七月三〇日に第一歩を踏み出しているので、あとはこの流れに沿って進んでいかなくてはなりません。

公判を含む私の外交官生活の後始末についてはだいたい姿が見えてきたのですが、外に出てからの私自身のことについても少しずつ考えていかなくてはなりません。これも第一歩が重要です。私の主張に耳を傾けてくれるからということで、ハンドリングを誤ると、再び(潮流は異なるが)政治や市民運動に巻き込まれ、「私的領域」を保持できなくなります。

人間は一人で生きていることはできませんし、食べていくためには何らかの「組織」と繋がりを持たなくてはなりません。しかし、それが生活の中心にならないような組み立てをしなくてはなりません。これはなかなか面倒な課題です。

いずれにせよ、もう少し時間があるので、独房内でよく考えてみたいと思います。

八月五日(火)曇り↓晴れ　四四九日目

【弁護団への手紙】――230②

最近は(恐らくは仕事絡みの)錯綜した夢を毎日見るのですが、内容については全く覚えていません。錯綜した夢ですが、重苦しい内容ではありません。

昨年の今頃は、連日暑さで寝苦しかったことも思い出します。それに、取調べも毎日続いていました。洗面器に水を溜め、昼間に数回、夜も暑さで目が覚めるので、二、三回濡れタオルで身体を拭いていたことを思い出します。それと較べると今年は本当に楽をしています。もっとも昨年の体験がなければ、エアコンが利いていることを「当たり前」と受け止め、「今年は楽だ」とは感じなかったと思います。人間とは身勝手な生き物であることを痛感します。

今日(八月五日)もいつもと同じように何の変化もなく時間が流れていきます。私が、自らの主体的意思でつけられる最大の変化は給湯時の飲み物をコーヒーにするかココアにするか選択するくらいだと思いますが、この変化に乏しい生活もそれなりによいものです。

「年寄り猫は体が硬くなるにつれて、習性の方も硬直してくる。毎日の日課はしだいにきまりきったものになり、昔なら大いに興味を示したような場面でも、今や新しいことは苦痛の種となる」(モリス『キャット・ウォッチング』154頁)

私も老猫になったような気分です。新しい人と知り合いになることは苦痛ですし、政治に対する関心も失いました。カネも生活のために必要なことはよくわかっているのですが、蓄財自体を目的にしようとは思いません。狭い範囲での気の合う友人たちとの関係を大切にし、あとは読書と研究で人生を送るというのが、今の私にとってはいちばん幸せなのだと思います。

勾留生活も一年を超えたところで、少し余裕が出てくるので(その主な原因は、今後拘置所生活で起こることをだいたい予測できるようになる)、囚人の様々な人間模様も見えてきます。

短期勾留が想定されている囚人の対応は「一日も早く外に出る」ということに尽きます。このファクターが検察側にとって有利に働くことは言うまでもありません。

興味深いのは一年以上の長期勾留が想定される囚人の対応です。初めは、体調不良や自らの無実を訴え、できるだけ早く外に出ようと試みます。それが叶わないことは、一カ月もたてばわかるようになります。そうなると拘置所側に対する反発を強め、時々騒動を起こすか、あるいは自らの内的世界を構築し、そこに沈み込んでしまうかのいずれかになります。双方のファクターが交替で出る事例もあるようです。どの事例でも自分がどのような状態になっているかは、なかなか自分には見えないのだと思います。

八月六日(水)曇り　四四九日目

【弁護団への手紙】――231③

昨日(八月五日)からは、

コンラート・ローレンツ『ソロモンの指輪　動物行動学入門』早川書房

を読んでいます。ローレンツ[一九〇三―八九]はノーベル医学生理学賞を受賞した動物行動学の大権威で、特に鳥の「刷りこみ」行動の発見で著名です。

前島氏が、公判もしくはP/S(検察官面前調書)で、鈴木代議士や佐藤被告人の言うとおりに行動するように「刷りこまれていった」との趣旨の発言をしていたことが妙に引っかかり、そもそも「刷りこみ」とはどういうことなのか、調べてみたいと思っていたので、ローレンツの古典を取り寄せました。

「動物の社会学的な行動には、その対象が遺伝的には決められておらず、各個体の経験によって決定されるものがある。……ヒナのときから一羽だけで育てられ、同じ種類の仲間をまったくみたことのない鳥は、たいていの場合、自分がどの種類に属しているのかをまったく「知らない」。すなわち、彼らの社会的衝動も彼らの性的な愛情も、彼らのごく幼い、刷りこみ可能な時期をともにすごした動物に向けられてしまうのである」（『ソロモンの指輪』63―64頁）

確かに前島氏にとって、外務省に入ってからというよりも、これまでの人生でも、本当に心を許せる友達が少なかったのだという印象を私は持っています。外務省に入っても、いわゆる出世競争には違和感があり、また周囲の知的水準の低さにも我慢できず、前島氏は自分の居場所がよくわからなかった、すなわち「自分がどの種類に属しているのか」についてわからない状態が続いていたのだと思います。そのころに私との出会いがあったので、これは確かに一種の「刷りこみ」かもしれません。

しかし、動物の「刷りこみ」には、やり直しがきかず、従って動物の世界には「裏切り」はないのです。人間には、よい意味でも、悪い意味でもやり直しがあります。

「おなじような悲喜劇は、シューンブル動物園にいたオスのシロクジャクにもおこった。彼もまた、早くかえりすぎて冬の寒さで死に絶えた仲間のうちの唯一の生き残りであった。彼は動物園中でいちばん暖かい部屋に入れられた。それは第一次世界大戦直後の当時では巨大なゾウガメの部屋であった。それからというもの、この不幸な鳥は一生の間ただこのぶざまな爬虫類にむかってだけ求愛し、あれほど美しいメスのクジャクの魅力には全く盲目となってしまったのである。衝動の対象をある特定のものに固定するこの「刷りこみ」という過程には、やりなおしがきかないのだ」(同上64頁)

ローレンツが動物を見るときの目で、検察官や裁判官の行動を観察してみるのもなかなか面白いと思います。

八月八日(金)晴れ　四五二日目

●外務省の後輩へのメッセージ

ロシア、チェコあるいはイスラエルの人たちと付き合って感じたことは「友情」という言葉の重さである。社会的に厳しい体制下の方が、人の見極めに対し誰もが慎重になるので、「友情」の意味が大きいと言えば、それだけのことであるが、今回の国策捜査の経験で日本も旧ソ連も国家権力というものは本質的に違いがないことを身をもって体験した。これは、今後、僕がいろいろなことを考えていく上でよいことだったと確信している。同時に、日本でも「友情」が何よりも大切なのだと再認識した。

最近は、木─月に集中的に勉強し、火、水はリラックスする(とはいっても前週の復習をしているのだが)というライフサイクルになっている。

今週はドイツ語の練習問題を解く作業のほかに、

①多川俊映『はじめての唯識』春秋社
②廣松渉『社会的行為論』（著作集第六巻）岩波書店
③薩摩秀登『プラハの異端者たち、中世チェコのフス派にみる宗教改革』現代書館
④アントニー・スミス『ネイションとエスニシティ』名古屋大学出版会
⑤エバーハルト・ユンゲル『神の存在』ヨルダン社

の五冊を並行して読んでいる。⑤『神の存在』は三読目であるが、それ以外は通読は初めてである。③『プラハの異端者たち』はどうしようもない低水準だが、それ以外はすべて学術的価値が高い。廣松哲学もそろそろ「仕上げ」の段階に入った。

①『はじめての唯識』は実によくできた入門書だ。学術的水準を崩さず、しかもこれだけわかりやすく書けるということは、著者が内容を実によく理解しているということだ。しかもこの本を書いた時点で著者はわずか四一歳（現在は五六歳で、奈良興福寺のトップ）であったことも驚きだ。

仏教思想の場合、伝統的に用いられている用語と哲学の世界で用いられている用語の間に差がありすぎる（キリスト教神学の場合、哲学との距離が近いので相互乗り入れが容易だ）。唯識の場合も三〇〇くらいの術語を覚え、それが哲学的にどのような概念を意味するかについて整理するのにある程度時間が必要とされるが、それが済めば論理はわかりやすい。

僕は唯識思想の以下の三つの点に関心をもっている。

Ⅰ. 人間の過去の行為や言動について忘れてしまっていても、それは深層心理（阿頼耶識）に残っており、その影響を受けている。

Ⅱ. 深層心理自体は、善でも悪でもない中立的なものであるが、人間が深層心理を引き出すときにはかならず自分に都合のよいような引き出し方と組み立てを行うという習性がある（末那識《まなしき》）。

Ⅲ. この世界は、人間の言語の組み立てによって成り立っている。言語の組み立てを変化させれば、同じ出来事が全く別の出来事に見えてくる。

Ⅰについてはフロイトやユングの深層心理分析、Ⅱについてはカントの人間の自己中心性、Ⅲについてはウィトゲンシュタイン〔一八八九―一九五一〕の論理哲学とかみ合う議論になっている。

僕が獄中で読んだ本の中ではウィトゲンシュタインからいちばん大きな衝撃を受けた。僕は今まで先入観からウィトゲンシュタインをまともに読んだことがなかったが、これは大きな失敗だった。

ウィトゲンシュタインにしても本人は面白いが、亜流はつまらない。マルクスの『資本論』も実に面白いのだが、日本共産党系のいわゆるマルクス主義経済学になってしまうと知的刺激をほとんど受けないことに似ているかもしれない。

僕も外に出てから、具体的に何に取り組んだらよいかをそろそろ考えなくてはならない時期に来ているが、どうも構想が大きくならない。

自分がもっている本を捨てないで、とりあえずトランクルームに保管し、いつか本をきちんと並べて研究できるような場所(大学の研究室でもアパートでもリゾートマンションでもよい)を獲得したいという以上に考えが進まない。とりあえずの倉庫代を稼ぐことができるかと心配になることすらある。

以前にも述べたが、拘置所の一〇〇円は外界の一〇〇〇円くらいにあたる。従って、ここにいると一カ月に一〇万円稼ぐことはほぼ不可能ではないかと思うようにすらなる。

それでも誰かに経済的に依存することには抵抗がある。この辺は非常にプロテスタント的なのである。

八月一〇日(日)曇り　四五四日目

●外務省の後輩へのメッセージ

今日(八月一〇日)は、台風一過で独房内にも強い日が射し込んでくる。外界は相当暑いのだと想像している。独房内は涼しく、快適である。土、日はコーヒーが一回でアイスクリームが届かないのは淋しいが、それ以外は特に不満もない。特に今週末は読書も順調に進んでいる。

薩摩秀登『プラハの異端者たち』

ユンゲル『神の存在』

『旧約聖書続篇』

を読み終えた。『プラハの異端者たち』は限りなく時間の無駄に近かったが(もっとも、同書の認識をチェックする中で知識を再整理することができたので、少しは役に立った)、残り二つはとても勉強になった。ユンゲル[一九三四—]の『神の存在』はこれで獄中で三回読んだことになる。毎回、何か新しい発見がある。神学的な訓練を受けたことがない人が読んでも、何のことかさっぱりわからない本であるが、二〇世紀半ばのプロテスタント神学書の名著といってよい。この本を書いたときユンゲルは三〇歳であったが、優れた学者の着想はだいたい二〇代半ばくらいで固まり、あとはそれをいかに秩序立てていくかということになるのであろう。神学の世界でも(外交の世界と同様に)自分の頭で組み立てることができる人は少ない。ユンゲルはその数少ない一人である。

「この中心点、つまりそこで今日の神学的思索の様々な方向をも代表しているところのバルト解釈の上述の諸方向が落ち合う点は、キリスト教信仰の普遍性(Universalität)の秘儀である。この普遍性を妥当せしめること、それがバルトの著作を巡る全ての重みある努力の関心事なのである」(ユンゲル『神の存在』264頁)

「神の普遍性がひとつの秘儀(Geheimnis)であるということは、ただキリスト論的にのみ把握されうる」(同上265頁)

「ところでバルトは、イエス・キリストの存在の普遍的要求を教義学的に主張する彼自身の試みに対し、神の啓示の包括的妥当性が教会によっても宣教や洗礼や聖餐によっても限定されないことを求めることを通して、ある特別の先鋭さを与えたのである。とりわけ選びの問題に関する彼の伝統との批判的対決は、この背景をもっている。それ以前すでに『教会教義学』の第一巻において次のような考察に出会うのである。すなわち、神は「ロシアの共産主義を通して……われわれに語りたもう」ことができるのであり、それはまさに「死せる犬を通して」、あるいは—人はいつも無憂宮《サンスーレ》を思うような—「フルート協奏曲を通して」も語りたもうのとまったく同様である、と」(同上266頁)

要するにキリスト教であるとか、神であるとかについて全く言及しなくても、キリスト教の言うところの真理は他の形で言い表すことができるということだが、僕はこの考えに基づいて外交官という仕事をしていたし、様々な学術研究もしてきた。今後は、別の切り口で、要するにこのユンゲルと同じような言葉の形態で作業を進めていくことになると思う。

あなたに将来僕の書くものをどの程度理解してもらえるか自信がもてない。しかし、できるだけわかりやすく説明することを試みてみよう。

八月一二日(火)曇り　四五六日目

○よく寝た。夢を見た。時は今だが、なぜか東京に住みながらも、京都の学生下宿に住んでいるようだ。家賃を滞納しているので、まとめて払おうとしたが、財布の中に円が十分なく、ルーブルと一〇〇〇ドル札がある。一〇〇〇ドル札は使いにくいと思う。

よく見ると部屋には男三人、女二人が住んでいる。どうも僕が留守がちなので、勝手に住んでいたようである。追い出そうとし、取っ組み合いになったところで目が覚めた。
○よく寝た。夜は少し寒いくらいだった。エアコンがよくきいている。

八月一五日(金)雨　四五九日目

●外務省の後輩へのメッセージ

北方領土問題も日本のナショナリズム問題の一つであることは間違いない。しかも、ひじょうに特殊な失地回復運動《イレデンティズム》である。ひじょうに特殊であるのは、北方四島に日本人が一人も住んでいないにもかかわらず、失地回復運動が続いているからである。通常の失地回復運動は、失地に自国民が(たとえ少数であれ)居住しており、それと祖国の統合を求めるというところで生じる。そうでないにもかかわらず、失地回復運動を維持するためには、国家の日常的宣伝活動により、運動を維持しなくてはならない。アカデミックに見れば、北方領土返還運動は、草の根の国民からの声、シンボルを活用するが、基本的には国家による上からの運動である。ちなみに、末次[一郎]さんはこのことをよく理解していた。それ故に、中間的に領土問題で何らかの妥協がロシアとの間にできれば、領土返還運動が世論でなくなってしまうことを恐れていたのである。

しかし、冷戦後、従来のプロパガンダは効力を失った。それでは、北方領土運動を維持するためにもっとも有効な方法は何か？　世界の失地回復運動から学ぶ限り、北方四島に日本人が実際に住むことである。ビジネスがあれば、人間はどんなに環境のよくないところでも住み着く。日本人が生活の基盤を現地に作れば、それは必ず日本との統合運動に繋がる。「川奈提案」で表明された「日本が四島に入っていく」という発想の底には、「トロイの木馬」の如く、北方四島に日本人を送り込み、なんとしても次世代で失地回復を図るという「毒」が含まれていたのである。

いよいよ本題だが、それでは僕自身はナショナリズムをどう考えていたのだろうか？もっとも僕の考えが変化していないので、「考えているのだろうか？」と現在形を使う方が正確だ。

僕はナショナリズムは必要でありかつ無記(仏教思想で言うところの善でも悪でもない作用)と考えている。産業社会が続く限り、人類はナショナリズムと付き合っていかなくてはならないと考える(この点はアーネスト・ゲルナー『民族とナショナリズム』[岩波書店]の言説に僕は賛成する)。ナショナリズム自体は、無記、いわば価値中立的なものだから、ナショナリズムがよい、悪いといった議論には意味がない。具体的に現れた個別のナショナリズムについて評価していくほかに術はない。

ナショナリズムには、「自民族の受けた痛みについては敏感だが、他民族に与えた痛みには鈍感である」という非合理的な認識構造が存在する。過去の歴史において民族間の「被害」「加害」の関係は錯綜しているので、その中からどの要素を繋ぎ合わせて、「物語」を形成するかによって、全く異なる歴史が生まれてくるのである。最近では、日本と北朝鮮との関係を考えれば、過去について共通認識を形成することが、ほぼ絶望的であるということにあなたも気づくと思う。

実は、日露関係においても、僕たちの努力がなければ、冷戦自体の「物語」が維持され、冷戦後も日本とロシアの関係は緊張し、北方四島周辺では「密漁」と銃撃が頻発していたと思う。悪いシナリオは起きてしまったときに初めて「失敗だった」との認識が生じる。回避できた場合には、それが自然だったように思えてしまうのである。ロシアは北朝鮮と異なり(軍事面を含め)大国である。ロシアと敵対するような構造を冷戦後に引きずらなかったということだけでも、鈴木さん、東郷さんたちの行ってきた仕事には、とりあえずの帰結が国策捜査になったとしても、歴史的意義があったと僕は確信している。

恐らく、僕やあなたが生きている間には、国民国家(nation-state)を国際社会の基本単位とする「ゲームのルール」は変化しない。従って国民国家と表裏一体の関係にあるナショナリズムとも上手に付き合っていかなくてはならないのである。

ナショナリズムは無記なものだから、それが善にも悪にもなりうるのだということをよく認識しつつ、国益の増進を図っていくのが外交官や政治家の責務だと思う。

これまで述べたことは、神学以前の考察である。神学の世界では、

①究極的なもの

②究極以前のもの

という概念を区別する。

神学的には、国家、民族、文化等は「究極以前のもの」に属する。しかし、「究極以前

のもの」は、価値が低いとか、意味のないものではない。「究極的なもの」は、「究極以前のもの」を経由して準備されるのである。従って、「究極以前のもの」と真剣に取り組まない人間は「究極的なもの」をつかむことはできない。

それでは、「究極的なもの」とは何なのだろうか？　僕はキリスト教の真理は普遍的であると考えている。もし、それが普遍的ならば、神であるとかイエス・キリストに一切言及しないでも真理について説明することができるはずである。そう考えたので、僕は牧師ではなく、外交官になろうと思った。

「究極的なもの」について、できるだけ神学的概念を用いないで説明してみよう。

「愛は忍耐強い。愛は情け深い。ねたまない。愛は自慢せず、高ぶらない。礼を失せず、自分の利益を求めず、いらだたず、恨みを抱かない。不義を喜ばず、真実を喜ぶ。すべてを忍び、すべてを信じ、すべてを望み、すべてに耐える。

愛は決して滅びない。預言は廃れ、異言はやみ、知識は廃れよう、私たちの知識は一部分、預言も一部分だから。完全なものがきたときには、部分的なものは廃れよう。幼子だったとき、わたしは幼子のように話し、幼子のように思い、幼子のように考えていた。成人した今、幼子のことを棄てた。

私たちは、今は、鏡におぼろに映ったものを見ている。だがそのときには、顔と顔を合わせてみることになる。わたしは、今は一部しか知らなくとも、そのときには、はっきり知られているようにはっきり知ることになる。それゆえ、信仰と希望と愛、この

三つは、いつまでも残る。その中で最も大いなるものは、愛である」（「コリントの信徒への手紙1」13・4—13）

「究極的なもの」とは、信仰（むしろ信念といった方がよい）であり、希望であり、愛である。

国益のため、日本国民のために仕事をするといっても、それが外務省内の出世のため、世間での名誉のためということでは、出世に繋がらず、メディアで非難の合唱が起きれば、当該人物の国益観は崩れてしまう。国益に対する信念、日本の将来に対する希望、そして同胞である日本人への愛をもっていれば、要するに「究極的なもの」が自分の中にあるならば、相当のことがあっても人間は崩れることはないと思う。

あなたが僕を支えてくれていることに僕はとても感謝している。もちろんあなたは優しい人だから、保健所のオリに閉じこめられている、この前までよく見かけた「庭猫」を救いたいというのに似た気持ちがあると僕は見ている。それと同時にあなた自身がプレーヤーの一人となってその実現に尽力してきた国益に対する信念と日本国家に対する愛があるからこそ、自己に不利が見込まれるにもかかわらず、僕を支援してくれるのだと思う。

昨年五月、僕の気持ちは遠藤周作の『沈黙』を読んでもらえばわかると言ったら、あなたから「佐藤さんはもう「踏み絵」を踏んだのか」というメッセージが返ってきた。それに対して、僕は特に答えなかったが、「踏み絵」を踏むか否かは、「究極的なもの」から判断する話だと思う。

二人の転びバテレンは、神の沈黙に直面して、「転ぶ」という形で「究極的なもの」に従った。

僕の場合、あの時点で検察側と一定の取り引きをしなかったならば、捜査の範囲が広がり、おそらくは諜報絡みの話がいろいろと表に出てきたと思う。それは日本外交にとって害を与えるとともに、僕のみならず、その絡みで名前が出てきた人々の身辺に危険が及ぶ可能性があった。

あの時点であのような形で被害のミニマム化を図った僕の判断は誤っていなかったと今でも思っている。否認や黙秘をすれば、検察は二、三人フニャフニャな証人を作り出し、前島の「物語」を強化するので（その場合は背任よりも、前島が銀行に積んでいた九〇万円相当の外貨を軸とする横領構成になっていた可能性が高い）、最終結論（有罪）に変化はなかった。

外務省からすれば、横領構成（もしくは詐欺構成）ならば、「外務省が佐藤と前島の被害者だ」と主張できるが、背任構成だと、外務省としての決裁自体が任務違反であった、すなわち「組織犯罪」ということになるので、僕個人に責任を押しつけるとブーメラン現象が起きるので好ましくない。所与の条件下では、事件を背任構成としたのは対外務省という観点で悪くないと僕は考えている。

僕は『沈黙』の中で、あなたたちにもう一つの示唆をしたかったのは、キリシタン目付である井上築後守が述べた、「この国（日本）は沼地だ。どのような草を植えても根がくさってしまう」ということである。前島にしても、あれだけ一生懸命仕事をし、大言壮語していたにもかかわらず、逮捕・勾留くらいで崩れてしまうのは、根がないからだ。これは「究極的なもの」がない(あるいは弱い)ということに関係していると思う。

拘置所の中で、被疑者は、検察の圧力ではなく、恐らく、自分の内側から崩れてくるのだと思う。普段、犯罪と無縁で、逮捕など夢にも思っていない人々は、コンクリートの独房の中で、「僕は何てかわいそうな子なのか」という悲劇の主人公のような気持ちになってしまう。そして、「僕がこんな目に遭うのはあいつのせいだ」といって、他者への責任転嫁を図る。そこで検察側は、「罪を認め迎合すれば、お前は主導的役割を果たしていないというよい席を準備してやる。そうすれば執行猶予だ」と助言する。そして供述の「自動販売機」が出来上がる。そこで、出来上がった供述調書は、恥ずかしくて改めて読み返すことができないような代物になる。従って、公判では検察側のストーリーをすべて認め、できるだけ早く店じまいをしようとする。前島の陥った状況は、だいたいこのようなものだったと僕は考えている(辻元清美がこれに似ている)。

しかし、前島の誤算は、僕も同じようなシナリオを取ると考えたことだった。不必要な外交秘密と諜報関連事項が表に出ないならば、僕は誰に対しても遠慮せずに闘うことができる。

その結果、前島は事実とも自らの供述調書とも異なる話を、検察側作成の「物語」に従って法廷で証言することを余儀なくされた。

僕の話が真実か、前島の話が真実かについては、二七年経ち、事件当時の外交文書が表に出れば、おのずから証明される話だ。

八月一九日(火)雨　四六三日目

【弁護団への手紙】――237

今日(八月一九日)も朝から雨が降っています。今年は本格的な夏はなく、残暑が長引くような気もします。いずれにせよ、独房内は季節感がないので、私の生活には影響を与えません。

公判準備作業はそれなりに順調に進んでいます。ノートへのメモ作りは、それほど苦労せずに進むのですが、浄書に時間がとられます。このような実務的作業についてはワープロがいかに有り難いかということを痛感します。

今日から食料品で「茶通《ちゃどうし》」なるものの購入が可能になったので、試しに注文したところ、「金つば」のような、なかなか上品な和菓子でした。お茶うけにちょうどよいです。

私も拘置所滞在がだいぶ長くなり、囚人の移動を何度も目にしました。独房に収容される人たちは、それなりに「訳あり」なので、私のようなケースはだいたい短期滞在です。長期滞在者は、判決が確定すると、その日のうちに丸刈りにされ、囚人服に着替え、「一時執行」ということで袋貼りのような作業にしばらく従事した後に刑務所に移送されていきます。

しかし、少数ですが、判決が確定したにもかかわらず、囚人服にも着替えず、作業にも従事せず、しかも刑務所にも移送されない人がいます。要するに刑が執行されるときには、人生も終わってしまう人たちです。刑が確定してから何年も執行までの時を過ごすことになるのでしょう。

独房で長く暮らしていると、死刑囚の心理を追体験することができるようになってきます。これは私にとって、恐らく勾留生活によってえられた最大の成果だと思います。この点については、いつか(獄中にいるうちに)きちんとまとめてみたいと思いますが。一言で言うと、自分が現在持っている時間がとても貴重に思えてくるということです。

日本でも戦前ならば支配エリート内部の抗争(実態としては陸軍の内部抗争)で「負け組」になった場合は、「二・二六事件」の如く、秘密裁判で処刑されてしまうか、ノモンハン事件後の日本軍現場幹部、あるいは第二次世界大戦中に東条英機と対峙した中野正剛《せいごう》〔一八八六―一九四三〕のように「自殺を強要される」ということだったのでしょう。

国策捜査で、国家が行使する暴力の形態は、当該社会内でどの程度暴力が剝き出しになっているかということに比例するのだと思います。一九三〇年代から戦時中の日本のように社会全体で殴る蹴るが平気で行われていた頃は、肉体的拷問や政治犯の死刑(自殺強要)も「ゲーム」の中に含まれているのが、暴力が隠されるようになった現下日本では、長期勾留――人質裁判という形になっているのでしょう。

イスラエルは、パレスチナ紛争、テロ等で、かなり暴力が剝き出しになっている社会ですが、死刑がありません。一九四八年の建国時から、死刑制度がありません。唯一の例外はナチス・ホロコーストの責任者であるアイヒマンが「モサド」により拉致され、死刑になった事例です。

ユダヤ人は感情を激しく表わす人たちです。その彼らが、人間の判断には過ちがあるということに対する深い洞察からあえて死刑制度を廃止したのは、ユダヤ人の叡智だと思います。

八月二〇日(水)曇り　四六四日目

【弁護団への手紙】——238

小泉首相がドイツに行き、ワーグナー〔一八一三—八三〕を聴き大喜びしたという話をラジオで聞き、私は心底、この人の知的水準と周辺にいる日本の外務官僚のレベルの低さに驚きました。アメリカの大統領やドイツの首相がワーグナーを聴き大喜びするというようなパフォーマンスをすることは絶対にありません。アメリカでならば大スキャンダルになり、ドイツの首相がワーグナーを評価すれば、イスラエルとの間で大外交問題になります。ワーグナーが反ユダヤ主義者であり、ヒトラーがワーグナーに心酔していたということにとどまらず、ナチス＝ドイツ第三帝国とワーグナーの音楽が不可分の関係にあったということから、当該政治家の歴史認識が問われます。

しかし、本当に危惧しなくてはならないのは、アメリカやヨーロッパの首脳が行えばスキャンダルになるようなことを日本の首相が行っても何の問題にもならないということです。これは、世界を形成するプレーヤーとして日本の首相が認知されていないが故のことと思うのです。今回の小泉の行動は、日本人にユダヤ人問題に関する常識が欠けていることを示す顕著な例です。

八月二二日(金)晴れ　四六六日目

●外務省の後輩へのメッセージ

パレスチナ情勢も緊迫化しており、イスラエルの友人たちも皆、苦悩を抱えていると思う。彼ら、彼女らはユダヤ人以外の友達が少ない。真の理解者を求めている。あなたは、イスラエルの人々のよき友達であり続けてほしい。ユダヤ人の歴史認識とヨーロッパ人の歴史認識の違いをあなたはどう考えているだろうか?

日本を含め、近代世界で言うところの歴史は、ユダヤ・キリスト教的な直線的時間理解、要するに初めがあって、終わりがあるという構造を持っている。そして、歴史の終わりは古典ギリシャ語で言うところのテロスであり、これは「終わり」であり「完成」であり「目的」である。このテロス概念がメシア(救済主)の到来と結びついている。すなわち、歴史が終わるときは、メシアが到来して、人類が救済されるときである。この基本構造はユダヤ教もキリスト教も同一である。

それでは両者の違いはどこにあるのだろうか？キリスト教の場合、救済はすでにイエス・キリストの出現により担保されていると考える。救済主は既に現れたので、イエス・キリストが再び到来する。従って再臨になる。キリスト教の場合、救いの根拠はすでに担保された上での希望がキーワードとなる。歴史に底があるならば、すでにその底は明らかになっている。その底こそが、あなたがメッセージで述べたところのゴルゴダの骸骨だったから、キリスト教神学ではこの骸骨と希望は結びつくのである（ブッシュ米大統領の楽観説もすでに救済が担保された希望の原理に基づいていると考えれば理解可能である）。

ユダヤ教徒は、このようなキリスト教の楽観的な歴史観を信じることができないのである。ユダヤ人は終末において人類が救済されることを待望する。しかし、その根拠はいまだ神から示されていないと考える。ゴルゴダの骸骨はもとより、アウシュビッツのガス室も広島・長崎の原爆もまだまだ歴史の底ではない。もっとひどいことがあり得ると考えるのである。

ベルジャーエフ［一八七四―一九四八］は、ロシア人はメシア的民族であり、これと同様なのはユダヤ人だけだと言っている（例えば『ロシア共産主義の歴史と意味』において）が、僕もその通りと思う。しかし、突き詰めていくと、ロシア人の中にも救済は先取りされているという発想がユダヤ人よりは強い。ただし、ユダヤ系のロシア人は（たとえキリスト教徒であっても）、ユダヤ教に近い歴史観を持っている。歴史の底にはまだ到達していないと考えるのである。ミーチナ[★1]、サターロフ[★2]、マカロフ[★3]等の生き方を見ていると待望を基礎とする歴史観を感じる。

ゴロデツキー先生の僕に対する姿勢も先生の歴史観と結びついていると思う。友の苦悩に対する共感はユダヤ教的歴史認識とも不可分と僕は見ている。

ちなみに、イスラームの終末観はキリスト教におもねっている面がある。アシュアリー学派[★4]のカーラーム[★5]（神学）によれば、イーサー[★6]は十字架の死を遂げておらず天寿を全うしたことになっている。僕のカーラームに対する理解はまだまだ不十分なのでよくわからないが、歴史の終わりは、希望とも待望とも異なる概念で理解されているようだ。

獄中生活を経てはっきり実感したが、僕の政治倫理は徹頭徹尾キリスト教的で、しかもプロテスタント的である。類型としてはカルバンに近い。しかし、僕自身はカルバンは決して好きではない。知らず知らずのうちに恐怖政治を行うのがカルバン・タイプである。レーニンもカルバン的だ。また、カルビニズムはイスラームではワッハーブ派に近い。神法が重要で、実定法に対する遵法精神はほとんどない。このような僕の社会倫理観が外務省の文化と不協和音を起こすことは当然なのであろう。今はこれからの人生について考えている。自分が嫌いな倫理を自らの行動規範にしてはならない。僕自身の課題はカルビニズムから脱却することだ。それでは僕にいちばんフィットした考え方とは何なのだろうか？　これがいちばん大きな課題だ。答えを出すには時間がかかる。

キリスト教の外側から見るとルター派と改革派（カルバン派・ツビングリ派）は同じよう

なものだが、改革派から見るとルター派はむしろカトリックに近いくらいである。ルターの世界観も僕の規範からすると半分カトリシズムだ。

ルターには狂気に近いものがある。ヒトラーが最も尊敬していた偉人はルターで、ナチズムはルター派の伝統なくして生まれてこなかった。獄中では近現代のドイツ哲学・思想を集中的に勉強したが、ドイツ的ものの見方・考え方の中に、現代の病理現象が圧縮されているように僕には見える。

★1　ビクトリア・ミーチナ Viktriya Mitsina. 元ロシア大統領府副長官。

★2　ゲオルギー・サターロフ Georgii Satarov. 元ロシア大統領補佐官。

★3　アンドレイ・マカロフ Andrei Makarov. 元ロシア国家院(下院)議員。元ロシア弁護士会会長。

★4　一〇世紀初頭のイラクでアシュアリーによって形成され、今日まで続く神学派。イスラーム最初の体系的神学であったムウタズィラ学派と、神に関していっさいの思弁を否定したハンバル学派などの伝承主義者との中間の立場を取り、合理的思弁を使って伝承主義を擁護した。

★5　カーラームには〝神の言葉〟という意味と、〝イスラームの教義神学〟の意味があるが、ここでは後者の意味。

★6　クルアーン(コーラン)に登場する預言者・使徒の一人。イエス・キリスト、イーサーは大預言者の一人として、ムスリムから高い尊敬を受けている。ただ、神の子、三位一体、磔刑での死などは明確に否定されており、キリスト教徒がイスラームに改宗する際には、イーサーはアッラーの僕にして使徒であると、イエスの神性を否定することが求められる。

八月二五日(月)晴れ　四六九日目

●外務省の後輩へのメッセージ

獄中では読書と共に、考えること、さらにそれをメモにする作業を進めることができた。外にいるときは、思いつきの段階にとどまっていたことが、獄中で少しずつロゴス化している。

現代哲学・思想の特徴もだんだんわかってきた。

ドイツ思想は病的だ。論理を徹底的に詰めていくが、本質を逃してしまう。ナチズムの源泉はドイツ的なものの考え方にあるというのは、まず間違いない。これが戦後は少し別の形で、東ドイツで具現した。東ドイツのあの体制を理解するためにはスターリニズムとともに、プロイセンの伝統について考えなくてはならない。

西ドイツで最も良心的な知性は、フランクフルト学派だと思う。アドルノ[一九〇三—六九]、ホルクハイマー[一八九五—一九七三]、そしてハーバーマスの思想は検討に値する。★1 ナチスが台頭する前のドイツ思想は、プロイセンの伝統とともに、アシュケナージ系のユダヤ思想により構成されていた。このユダヤ思想の伝統を取り戻したのが、フランクフルト学派の業績だと思う。

戦後、西ドイツの知識人は、ドイツからヨーロッパへと世界観の基軸を移した。その実践的帰結がEUであり、欧州通貨統合なのだろう。しかし、ドイツ人の基軸はヨーロッパより先、つまり、人類はもとより、欧米(大西洋主義)、ロシア(ユーラシア主義)にも伸びていかないだろう。西ローマ帝国の再建というイメージを超えることができないのだと思う。

僕は獄中でハーバーマスをかなり注意深く読んだ。しかし、政治的実践としては「小学校の学級会を思い出し、一人一人が自由に意見を言い、皆でよく議論をし、そこで決まったことは守るようにしよう」ということ以上の示唆が出てこない。

ある意味で、ドイツ哲学・思想と対極にあるのがロシア思想だ。ロシア人は、本質をつかまえることは上手であるが、それをロゴス化することが苦手である。フローレンスキー［一八八二―一九三七］にせよ、グミリョフ［一八八六―一九二一］にせよ、本質はよくとらえているのだが、「東洋の神秘」のような受け止めがなされてしまう。比較的ヨーロッパ的論理を用いた（セルゲイ）ブルガーコフ［一八七一―一九四四］やベルジャーエフにしても、ヨーロッパ知識人の眼からは究極的には神秘主義者に見えた。そして、ロシア正教精神という記号の中にくくられてしまったのである。

僕はロシア思想家では、ワシーリー・ボロトフ［一八五四―一九〇〇］を勉強したいと思っている。ボロトフについては、三位一体論について、ドイツのプロテスタント神学者モルトマンの『三位一体と神の国』（新教出版社）で、学生時代に読み、興味を持ったが、モスク

★1　本来はドイツに居住したイディッシュ語を話すユダヤ人を指す。のちに中・東欧出身のユダヤ人を含めるようになった。シオニズム運動の推進役を務め、多くがイスラエルに移民、同国では一般に教育、文化水準が高く、現在も指導的役割を担っている。

ワで(まだソ連時代のことである)苦労して手に入れたモスクワ総主教庁発行の『神学論集、レニングラード神学アカデミー一七五周年記念号』の中で、フィリオクエに関するボロトフの言説をめぐる論文[★1]を読んで、感銘を受けた。

その後、あなたがモスクワから送ってくれた本の中に最近モスクワで出版された『ボロトフ著作集』の第一巻が入っていて、その解説部分を読んで、ボロトフがいかに重要な思想家であり、国際スタンダードで通用する神学者なのかということがわかった(ベルジャーエフも神学的には未熟であり、国際スタンダードの議論には対応できない)。『ボロトフ著作集』の第一巻はオリゲネス[一八四/五—二五三/四](ギリシア教父だが、神学的には異端ということで整理されている)研究だが、とてもレベルが高い。若くして死んでしまい、また、ロシア革命のため著作が広く知られなかったので、十分な評価がなされていないが、二〇世紀の知的巨人の一人であることは間違いない。

その他、僕がロシア思想家で本格的に勉強したいと思うのはスラブ派の代表格であるアレクセイ・ホミャコーフ[一八〇四—六〇]くらいだ。

それ以外、ロシアについては民族問題や民族理論を中心にこれまで読んだ研究書を勉強し直すことはあると思うが、新たなテーマに取り組もうという意欲が湧かない。

僕の独房生活もそろそろ先が見えてきた。獄中からあなたにあと何回かこのようなメッセージを送ることになるだろう。外界に出てからは、新たに取りかかる作業(特に外国語の研究書を読むこと)に暫くの間は熱中するので、僕自身がやりたいことについてあなたている。

に説明する機会を逸してしまうのではないかと危惧するから、今、このメッセージを書いている。

●友人へのメッセージ

被告人質問の先行ということで、裁判所は有罪という結論をつけていることは明白なのであるが、それはそれとして、こちら側の主張をきちんと記録に残しておくということは、また、別の位相の闘いである。

ロシア史とのアナロジーならば、この裁判はブハーリン裁判に近い。

僕とブハーリンの差は、僕がこの公判にひとつの神学的立場を持った上で取り組んでいることである。これは、敵を愛する精神である。

「敵を愛し、あなたがたを憎む者に親切にしなさい。悪口を言う者に祝福を祈り、あなたがたを侮辱する者のために祈りなさい」(「ルカによる福音書」6・27―28)

「あなたがたも聞いているとおり、『隣人を愛し、敵を憎め』と命じられている。しかし、私は言っておく。敵を愛し、自分を迫害する者のために祈りなさい」(「マタイによる福音書」5・43―44)

神学プロパーの勉強をした人たち以外に、「汝の敵を愛せ」という言葉ほど誤解されてきたイエスの言葉はない。まず、誰でも愛せということではなく、味方と敵をきちんと分けて、敵を愛せということである。

★1　リベリー・ボロノフ「ロシアの神学者たちの観点から見た『フィリオクエ』に関する問題」。

政治とは、味方と敵を分けるところから始まる。その意味で、北方領土交渉を行うときはロシア人は敵であるし、現在の闘争では、国策捜査である以上、検察はもとより裁判所も敵である。

「敵を愛する」ということは、白旗を揚げ敵に屈服する、あるいは敵におもねるということではない。

憎しみの論理は人の眼を曇らせる。敵を憎んでいると、闘いの構造が見えなくなり、従って対応を誤るのである。こちら側が弱いときほど、正しい対応をするために、要するに自分のために敵を愛することは必要なのである。僕の国策捜査に対する認識は、そのような神学的確信に基づいている。

このような理解は、神学的には、それほど稀な解釈ではない。

例えば、現代プロテスタンティズムの標準的神学者ユルゲン・モルトマン(チュービンゲン大学教授)の見解は次の通りである。

「敵を愛することは、報復するのではなく、創造する愛である。善をもって悪に報いる者は、もはや反撥ではなく、何か新しいものをこしらえるのである。敵を愛することは、敵意から本来的に解放されることから生ずる、あの尊厳性を前提とする。敵を愛することは、決して敵に屈服することではない。まして敵意を敵に与えることによって、敵意を増幅することを意味しない。もしそうなったら、敵を愛する主体は、もはやそこにないことになる。むしろ問題は、敵意の知性的な克服にほかならない。敵を愛する時、人はもはや「私は、どのようにして敵から身を守り、敵の攻撃をおどしてやめさせることができるか」とは問わない。むしろ、「私は、どのようにしたら敵から敵性を取り去ることができるか」と問う。敵を愛することによって、私たちは、敵を私たち自身の責任の中に引きこみ、そこにまで私たちの責任範囲を広げるのである。それゆえ、敵を愛することは、「心情倫理」とは全く別なものである。それこそ、真の意味の「責任倫理」にほかならない」(モルトマン『イエス・キリストの道、メシア的次元におけるキリスト論』212頁)

僕はこのような実例を一九九一年一月の「ビリニュス血の日曜日事件」、一九九一年八月の「旧ソ連共産党守旧派によるクーデター未遂事件」、一九九三年一〇月の「モスクワ騒擾事件」などでいくつも見てきた。敵意を知性で克服することにより、見えてくるものがある。この見えてくるものこそが、政治闘争には敗れても、僕にとっては貴重なものなのである。

八月二六日(火)曇り　四七〇日目

●外務省の後輩へのメッセージ

ラジオ放送やスポーツ新聞によると、外界はたいへんな暑さとのことだが、独房では季節感のない快適な生活が続いている。僕は元気にしている。公判準備作業でボールペンを握る時間が長すぎたせいか腱鞘炎の兆候が出てきたので、書く作業を少し減らしている。

本格的な腱鞘炎になると二―三週間ペンが握れなくなるので、ここは上手に右手と付き合っていかなくてはならない。大学の卒業論文を書いているとき(一九八三年)、腱鞘炎になり、ひどい目にあった。当時はワープロが普及していなかったので、卒業論文の浄書はたいへんな肉体労働でもあった。

昨日(八月二五日)午後に、

①柄谷行人《からたにこうじん》『ヒューモアとしての唯物論』(講談社学術文庫)

②市川浩『ベルグソン』(講談社学術文庫)

③カレル・チャペック『山椒魚戦争』(岩波文庫)

を受け取った。どうも有り難う。

①は一日かからずに読了した。明日(八月二七日)、宅下げ手続きをとる。③を四分の一くらい読み、②は読み進めたばかりである。本当は読書に専心したいのだが、公判準備等が残っているのでそうもいかない。

①柄谷行人『ヒューモアとしての唯物論』は、以前、メッセージでコメントを付した同人の『〈戦前〉の思想』と較べると、ずっと哲学的で難しい。また、柄谷氏独自の立場が強く打ち出されているため、知識の習得という観点からは適当でない論文も多い。

僕の見立てではあなたが目を通しておいた方がよいのは以下の論文である。

①「交通空間についてのノート」(30―45頁)

ここではタルトゥー学派(旧ソ連エストニア・タルトゥー大学を中心に、公式のマルクス・レーニン主義イデオロギーから離れた記号論の研究がなされていた）ユーリー・ロットマン［一九二二―九三］の考え方を上手にまとめている。ロットマンは東京外大ロシア科にも強い影響を与えた。

②「非デカルト的コギト」（92―116頁）

哲学で言うところの「超越」がどういうことなのか比較的わかりやすくまとまっている。

③「フーコーと日本」（117―135頁）

日本人が考えるロシア、フランス人たちが考える日本が、考える人の頭の中にある世界（外部）であるということが、説得力をもって述べられている。

いわゆるポスト・モダン哲学（フランス系）を理解する上でよい論文だ。

④「ヒューモアとしての唯物論」（138―147頁）

新聞原稿なので舌足らずのところはあるが、「自分を突き放してみる」ということの重要性がよくわかる。

それから、

「たとえば、一九八九年の「共産主義国家」の解体は、理念の崩壊であるといわれる。しかし、共産主義という理念から見れば、「共産主義国家」なるものはたんに背理にすぎない。それなら、同時期に、ハイエクのいうような「自由主義」の理念も崩壊しているというべきであろう。ハイエクの考えは根本的にアナーキズムであって、「自由主義国家」だの「強いアメリカ」などというものは背理にほかならないからである。共産主義の理念をあたかも現実的なものと思ったマルクス主義者が崩壊したとしたら、自由主義をあたかも現実的なものと思ったレーガン主義者も崩壊したのである。この結果、われわれが見いだすのは、一方で、露骨な民族主義・国家主義・原理主義であり、他方で、理念に傷ついたためにいかなる理念をも軽蔑しようとするイロニーあるいは途方にくれたニヒリズムである」(145―146頁)

との見方は僕と同じである。ただし、現下アメリカの政治エリートはこのことがわかっていない。

⑤「日本植民地主義の起原」(332―335頁)

このテーマは④とも密接に絡むが、

「日本と並行して帝国主義に転じたアメリカの植民地政策である。これは、いわば被統治者を「潜在的なアメリカ人」とみなすもので、英仏のような植民地政策とは異質である。前者においては、それが帝国主義的支配であることが意識されない。彼らは現に支配しながら、「自由」を教えているかのように思っている。それは今日にいたるまで同じである。そして、その起源は、インディアンの抹殺と同化を「愛」と見なしたピューリタニズムにあるといってよい。その意味で、日本の植民地統治に見られる「愛」の思想は、国学的なナショナリズムとは別のものであり、実はアメリカからきていると、私は思う」(333頁)

との認識も僕と共通だ。アフガニスタン、イラクに対するアメリカの行動は、アメリカ的ピューリタニズムを理解すればそれ程わかりにくいことではない。

⑥「柳田國男論」

学問研究を国学の政策にどう応用するかという観点で面白い。この論文集の中で柄谷がいちばん力を入れているのは「伊藤仁斎論」(222―281頁)と思うが、僕の儒教に対する知識が不十分なので、この論文を評価することができない。

それから、哲学的観点からは「ライプニッツ症候群―吉本隆明と西田幾多郎」(148―187頁)がいちばん面白いが、柄谷が独自の超越論から西田哲学を理解し、その源泉をライプニッツのモナド論★1に求めるという二重のネジレがあるのでわかりにくい。

柄谷行人のように、他者の哲学、思想を素直に理解することを試みた上で、自分の頭で再構成していくという知識人が少なくなっていることが、何となく日本が知的にも元気でなくなっている原因だと思う。

★1　ライプニッツ晩年の作品『モナドロジー』(一七二〇年)に基づく。モナドとはギリシア語で一なるものとされ、単子と訳されるが、ライプニッツは独自の形而上学を組織し、真の実在で、空間的広がりを持たない不可分の単純者であり、物的な原子とは区別される。モナドは相互に独立しており、何かが出入りできるような窓がない。互いに異なった性質を持ち、その作用は自己の内的原理にのみ基づく。表象の作用をもち、他を映しあい、予定調和による観念的関係のみをもち、生じつつ滅びるとした。

八月二八日(木)晴れ　四七二日目

房外運動に出て足の爪を切る。前回は二月五日。二〇四日振り。

【弁護団への手紙】――244

今日(八月二八日)は外も涼しそうだったので、久しぶりに房外運動をしました。前回は二月五日なので二〇四日振りに運動場に出ました。動物園の熊の檻のようなところで(床には人工芝が敷いてある)、考え事をしながら、ぐるぐる回っていました。

さて、次回公判(九月五日)まで、一〇日を切ったので、これまでに作った資料の暗記に力を入れ始めました。

質問は、その場のやりとりで流れが出てきますから、丸暗記では対応できず、内容、構成をきちんと頭にたたき込んでおかなくてはなりません。論理的に崩れている点は基本的にないのですが検察官面前調書との矛盾はすべて迎合で処理するので楽である。(本来は迎合の部分と記憶違いの部分を区別する必要があるのだが、面倒なのですべて迎合、つまり、記憶はしっかりしているのだが、迎合したという形で処理する)、レトリックとしての説得力を強めるためにはどうすればよいかを考えています。

昨日、今日は、

カレル・チャペック『山椒魚戦争』岩波文庫

市川浩『ベルグソン』講談社学術文庫

『廣松渉著作集第一五巻』「存在と意味　第一巻」岩波書店

を読み進めています。

そのほか、現在手許に置いているのは、
モルトマン『イエス・キリストの道』新教出版社
ハーバーマス『晩期資本主義における正統化の諸問題』岩波書店
竹村牧男『唯識の構造』春秋社
『岩波講座　世界歴史第３巻　古代三、地中海世界Ⅲ、南アジア世界の形成』
『ほしいリゾート九月号』

です。過去二回の週末はほとんど読書をしなかったので今週末は気分転換もかねて読書時間を増やそうと思います。

ラジオニュースを聞いていると、イランの核開発疑惑が深刻になっているようです。去年の今頃、予測した方向で情勢は動いているようです。

それから、警察、検察、法務等の治安・公安関係の定員増も、これからの日本が進む方向を示しています。次第に窮屈な社会になってくるのだと思います。

外に出てからは時の流れとはできるだけ距離を置き、自分として納得できる生活をどう組み立てるかについて考えています。

第六章

出獄まで

——八月二九日(四七三日目)から一〇月九日(出獄後一日目)まで——

八月二九日(金)晴れ　四七三日目

●外務省の後輩へのメッセージ

本日(八月二九日)夕刻、鈴木先生が保釈になる。実は検察に対して譲歩する形で実現した保釈なので、これから中長期観点から考えてよかったのかどうか、僕には判断できない。しかし、これで僕もひとつの大きな仕事を終えたという気持ちになった。

あとどれくらい獄中で本を読めるか、見通しは立たないが(もっともその気になれば、一日で一五〇〇頁くらい読むことは難しくない)、本の差し入れについてはよろしく頼む。今回は、

フーコー『監獄の誕生』新潮社

を購入・差し入れてほしい。独房の中で監獄について勉強するというのは、普通の学者にはできない特権だ。

●友人へのメッセージ

僕は中国語を勉強したことはない。教科書、文法書も持っていない。中国思想で、唯一真面目に勉強したのは毛沢東だけだ。毛沢東は『毛沢東選集』(全五巻、北京・外文出版社)、『毛沢東著作選』(全一巻、北京・外文出版社)、『毛沢東思想万歳』(上下、三一書房)はきちんと読んだが、毛沢東の「一つが分かれて二つになる」式の弁証法理解に中国的思考の特質が

あるように思えてならなかった。毛沢東よりは金日成の方が思想としてはずっと面白い。
僕の関心はマルクス主義イデオロギー面にしかなかったので、学生時代に、中国は、

①中ソ論争

②中国・アルバニア論争

の関係でしか関心を持たなかった。ちなみに『毛沢東選集』では、一九八〇年代に発行され、しばらくして発禁になった第五巻は面白い。特に毛沢東がスターリンをどのように評価していたか(文面では評価七、批判三となっているが、内容としては全否定)が素直に現れている。ソ連論の観点、また社会主義の下でのナショナリズムという観点から、現在も有効性を失っていない。第五巻は古本屋でもなかなか見つからないと思うが、国会図書館には入っているので、スターリンについて評価した論文だけでもコピーをとっておくとよいと思う。

毛沢東以外では、老舎、魯迅はそこそこ読んだ。特に魯迅の『野草』(岩波文庫)は少し頭でっかちだが、影響を受けた。その中の「絶望の虚妄なるは、希望に相同じい」というのは名文句だ。

獄中で中国絡みで関心を持っているのは、仏典をサンスクリット語から中国語に訳す過程で、繋辞(copula)のない中国語で、「〜である」を示すために有という漢字を用いたために、中国経由の日本仏教に実体的概念が強くなってしまったのではないかという問題だ。
僕は中国語を勉強しようという気持ちはないが、経文を読むために仏典漢字は外に出てか

ら勉強しようと思う。

韓国は、キリスト教の強い地域で(ちなみに韓国ではイエス教と言うのに対し、北朝鮮ではキリスト教という傾向が強い)、特に僕が学生の頃には、解放の神学の一種である「民衆(ミンジュン)の神学」が一種のブームになっていた。神学部で韓国語を勉強していた学生も何人かいた。

僕は韓国語ではなく、朝鮮語を勉強した。北朝鮮のキリスト教に関心を持っていたからである。戦前、平壌、新義州等はキリスト教(特に長老派=カルバン派)の影響が強かった。韓国のクリスチャンの多くは、朝鮮戦争で北から逃れてきた人々である。そして、一九八〇年代前半に、突然、北朝鮮で朝鮮キリスト者連盟という団体ができ、聖書を発行しており、朝鮮社会民主党(北朝鮮は複数政党制で、労働党以外に社会民主党、天道的青友党が国会に議席を持っている)でクリスチャンが活動する等の記事が出ていたので(当時、年間送料込みで二〇〇〇円くらいで *The Pyongyang Times* という英字新聞と朝鮮社会民主党という朝鮮語の雑誌を購読してフォローしていた)、興味深く読んでいた。当時、韓国のキリスト教は反体制傾向が強かったので、北側にキリスト教団体の窓口を作り工作をかけていたのだ。この朝鮮キリスト教連盟の議長は金日成の母方のおじだった。金日成の両親が熱心な長老派のクリスチャンで、恐らく金日成も洗礼を受けている。『金日成著作集』や金日成回想録『世紀を超えて』においてもキリスト教や牧師の話が多い。

和田春樹先生が『北朝鮮——遊撃隊国家の現在』(岩波書店)で、チュチェ思想はスターリニズム、儒教のみならずキリスト教の要素も取り入れたアマルガムだという分析をしているが、その通りだと思う。

北朝鮮のキリスト教、金日成とキリスト教の関係についてのアカデミックな研究はほとんどない。僕が見た中でまともな研究といえるのは、十数年前に亡くなった牧師が書いた、沢正彦『南北朝鮮キリスト教史論』(日本基督教団出版局)くらいである。

北朝鮮のグロテスクな体制は、ある意味でプロテスタンティズムがアジアに土着する中で生まれたとの要因があるので、十分神学的テーマになるのである。

キリスト教と国家の関係で学生時代、僕はアルバニアの例にとても強い関心を持ち、資料を集めたのだが、これもまとめきれずにいる。

中ソ対立の過程で、アルバニアが東欧諸国の中で唯一中国側に立ったことはあなたも知っていることと思う。そしてアルバニアは一九九〇年代初頭に社会主義体制が崩壊するまで鎖国政策をとった。

一九六〇年代、中国で文化大革命が行われた時期にアルバニアではイデオロギー文化革命が行われた。その結果、教会、モスクが一つ残らず閉鎖され、一九七〇年代の新憲法で、宗教団体・宗教活動が一切禁止され、無宗教国家が宣言された。

文革の中国でも、北朝鮮でも宗教を完全に禁止したことはない。このような例は恐らく、ロベスピエール時代のフランスくらいと思う。

アルバニアは、一九八〇年代、中国がソ連社会帝国主敵論の観点から、第三世界、またアメリカとの関係を改善する中で、反中国の立場を鮮明にし、「中国はマルクス・レーニン主義の原則を裏切った」と極端に過激な立場をとる。

アルバニアの独裁者であったエンベル・ホッジャ〔一九〇八—八五〕(労働党第一書記)はたいへんなインテリで、スターリン型マルクス主義の理論家としては、非常に高いレベルにある。理論書としては『帝国主義と革命』、回想録は『スターリンとともに』『フルシチョフ主義者たち』『中国に関する回顧』等があるが、首脳交渉で当時公開されていなかった内容がたくさん書かれていて、実に面白い。僕はこれらの図書をアルバニアの図書輸出入公社に手紙を書いて直送してもらった。

アルバニアは第一次世界大戦後、トルコから独立するが、そのとき主導的役割を果たしたのが外相のファン・S・ノーリ〔一八八二—一九六五〕である。

独立当時、アルバニアはムスリム七〇%、正教徒二〇%、カトリック教徒一〇%であった。オスマン帝国時代、アルバニアの正教徒は、オスマン皇帝に忠誠を誓うサブシステムに組み込まれていたのだが、正教神父であったノーリが、アメリカでアルバニア正教会を立ち上げて、アルバニア国家建設の機関車としての役割を果たし、独立後、外相になる。ノーリはインテリで、民主的な人物だった。イタリアでムッソリーニが権力をとるとともにアルバニアでもファシズムの影響が強まり、ゾーグという将軍がノーリを追い出し、大統領に就任し、その後、国家体制を共和制から王制に変更し国王に即位する。そのゾーグもムッソリーニにより追放され、アルバニアはイタリアに併合される。ノーリは亡命政府を率い、ホッジャたち共産主義者と協力し、アルバニアを解放する。しかし、戦後、共産政権が成立し、ノーリは公の舞台から姿を消す。

その後のノーリの消息は断片的なのだが、アルバニアでも一部の著作は公刊されていたようである。イギリスに留学している時期にアルバニア系の本屋でアルバニア文学史の本を手に入れたら、ノーリの著作と略歴が出ていた。外相であり、民主人士、愛国者、詩人であるということは記されていたが、アルバニア正教会創設者であり、神学者であったということには全く触れられていなかった。

ノーリが、アルバニアに成立した極端に反キリスト教的な政権に対して、どのような認識を持ち、なぜその体制の内側にとどまったか、僕にはとても強い関心がある。

モスクワ時代には、アルバニア語の教科書、辞書も入手し（レニングラード大学はアルバニア研究では世界のトップ水準）、勉強した。冠詞が後置され、スラブ語ともラテン語とも異なり、少しサンスクリット語に文法構造が似ている不思議な言葉だ。

日本でも大学書林から（ルーマニア語を専門とする直野敦教授が書いている）良好な教科書と単語集が出ている。

アルバニア関係資料も（主に英語、一部ロシア語、アルバニア語であるが）段ボール箱二杯分ある。これも何らかの形にしたい。

学生時代から僕が一貫してマルクス主義や生きている社会主義に関心をもっているのは、

これらのイデオロギーに共感しているからではない。その逆で、これらのイデオロギーと基本的に相容れないキリスト教に対する関心からである。

「世界観としてキリスト教を認めないドクトリンを採用する国家におけるキリスト教にはどういう意味があるか？」という問題意識だ。

それはアカデミックな関心というよりも、キリスト教徒が圧倒的少数派(カトリック、プロテスタント、正教合わせ人口の一％以下)であり、かつ一神教が何であるかを理解できない日本の風土の中で、僕たちがキリスト教徒であるということはどういう意味を持っているのかという極めて神学的な問いなのである。

この問いに対する僕の考えはあるのだが、あなたに理解できる言葉で説明する自信は僕にはないので、今はしない。ただ、あなたからのメッセージに子供時代にもキリスト教と縁があったとの話があったので、今までしなかったキリスト教絡みの話も少しすることにした。

イエス(キリスト)が逮捕された後、男の弟子たちは一人残らず逃げてしまった。怖くなったのである。これに対して、イエスの周囲にいた女性たちは逃げなかった。怖かったのだけれども逃げずに、イエスの十字架の上での死を見届けたのである。

今回の国策捜査の過程で、この状況に関する聖書の記述を何度も読み直した。外務省で僕が親しくしていた友が、怖くても、僕の外交官としての死を見届けるということに意味があるのだということに気づいた。そこから彼女たちは何か意味のあることをつかみ取っていくのである。そして、それをつかんだ後、彼女たちがどのような道を歩むかは、完全に彼女たちの自由な決断に委ねられているのだと思う。

「イエスの十字架処刑に際して、この女たちのグループは、そこに立っていて、イエスの死を認知し、つまり彼女たちは、その死に参与したのである。彼女たちは男の弟子たちのように逃げなかった」(モルトマン『イエス・キリストの道』234頁)

「また政治的な支配と服従という二者択一に照らしてみても、イエスの自由な心からの奉仕(「マルコ」10・45)において、女たちがイエスに最も近い、というのは、この奉仕するという語は、ほかでは女たちについてだけ、はっきり語られているからである(「マルコ」15・41)。支配も服従もない相互の奉仕の中で、彼女たちは、イエスがこの世界にもたらした自由を実現するのである。奉仕に際し、イエスの死と復活に際し、女たちが近くにいたことは、ただ女たちにとってだけでなく、イエス自身にとってもまた重要なのである。イエスが男であったという事実は、ここで何の役割も演じていない。イエスの女たちとの交わりの中で、すべてのものとすべての関係の新しい創造を解放してゆく人間らしいものが、明らかになるのである」(同上234―235頁)

女の底力をキリスト教はよくわかっている。自分の力で友の窮地を救えないことがわかっている場合、本当の勇気とは怖くても見届けることだと思う。

八月三〇日(土)曇り　四七四日目

●友人へのメッセージ

僕の夢は比較的単純だ。

ヤン・フスの神学書二冊

『教会論』(ラテン語、英独訳あり)

『ベツレヘム説教集』(チェコ語)

ヨゼフ・ルクル・フロマートカの神学書三冊

『人間への途上における福音』(チェコ語、独訳あり)

『宗教改革から明日へ』(チェコ語、独訳あり)

『破滅と復活』(英語)

以上計五冊を向こう一〇年で訳し、自費出版でもよいので出版し(ある程度のカネを出せば、出版社は見つかるだろう)、主要図書館に納本することである。

特にフスは世界史上、重要な人物なのであるが(日本でもフスについての研究はそこそこある)、フス自身の著作、特に主著である『教会論』の全訳はなされていない。フスを訳すには、ラテン語、チェコ語、そして神学の知識が必要だ。現時点でこの三条件を満たすのは(そのレベルがあまり高くないとしても)僕だけだ。

『教会論』は全体で五〇〇頁くらいで、そのうち三〇頁くらいが数年前『宗教改革著作集　第一巻　オッカム、ウィクリフ、フス』(教文館)で訳され、今回、獄中で読んでみた。

ラテン語から訳したとのふれこみになっているが、語結合からして明らかに英語からの重訳だ。しかも定本としてあげているのが一九世紀のもので、一九五〇年代にプラハで出たラテン語のテキスト・クリティークがよくなされたテキストの所在について知らないという実にお粗末なものだ。

フスの『教会論』は一五世紀に書かれたものだが、二一世紀の現在も読み継がれている。恐らく、一〇〇年後、二〇〇年後にも読み継がれるだろう。

フロマートカについては、僕のライフ・ワークだ。外交官としての二〇年もフロマートカの関係の資料を集めたことで、僕の中では十分算盤があっている。

それから、僕の本と資料をすべて収納できる場所がほしい。小ガネをためて、山荘を建てるか、中古リゾートマンションを買い、研究室の如くリフォームしようと思う。これはとりあえず手が届く範囲の夢だと思う。

獄中生活一年を経た頃から博士号や大学への就職に対する熱意が失せてきた。その分、きちんとした本を作るという意欲が強まっている。今後何をやって食べていくかについては今のところ白紙である。何とかなるだろう。二、三年経って何の見込みも立たなければ、外国に移住する。そこで全く新しい生活を始めようと思っている。

八月三一日(日)曇り　四七五日目

●友人へのメッセージ

そうそう、死刑囚の心理について一言付け足しておく。永山則夫の内的世界は例外的だと思う。『無知の涙』は自己の内的世界を書いたものだが、それが出版され成功したことによって、永山は自己を他者に対して表現することに生きがいを見出した。『木橋』はまさにそのような作品である。その中で、永山は恐らく生き続けることに執着した。死の怖れを克服するために、永山は永続する神に(この6・6㎡の独房の中で)なってしまったのである。永山はニーチェの世界の住人になってしまったのだと思う。換言するならば、永山は、ニーチェ的なものをテキストにすることができたので、それは一つの「文学」に成りえたのだと思う。

●同志社大学神学部時代からの友人へのメッセージ

八月二九日にようやく鈴木宗男さんが保釈になった。僕のところに入っている情報は限られており、八月三〇日付『日刊スポーツ』の社会面の記事だけだ。この写真からだとだいぶ疲れが蓄積しているようだ。

僕としては、大きな仕事を一つ終えた感じである。ただし、気を緩めると体調を崩すので、緊張感は持ち続けるようにしている。

君へのメッセージを書き進めようとしたが、なかなかできなかった。ただしその構想を被告人質問で生かすことができた。七月三〇日の被告人質問は君に理解してもらうために

う。は、どう表現すればよいかを常に考えながら発言した。傍聴に来てくれてどうもありがと

僕も近未来に外に出る。タイミングについては公判戦術を考え、弁護人とよく相談して決めるが、僕としては一〇月もしくは一一月を考えている。

鈴木さんが保釈されたことにより、僕が檻の中にいる政治的意味はなくなった。僕個人としても外に出てやりたいことがある。そうなれば「お願い」してでも外に出る。

率直に言うが、保釈に関しては、君や、支援会の助力に頼るところが大きい。支援は感謝して受け取る。

僕として、君そして支援会のために何をすればよいのだろうか？　集会や声明文の発表などが考えられるが、どのタイミングでどのような形で行うことがよいのだろうか？　君の考えを(僕が牢屋から出る前に)知らせてほしい。

神学部の関係者(斉藤★1について)は準構成員という整理でよいだろう)とはゆっくり話したいこともたくさんある。

九月三日(水)晴れ　四七八日目

○右腕全体が痛い。ペンの握りすぎであろう。

★1　元同志社大学学友会中央常任委員長の斉藤啓一郎。商学部生だったが佐藤等神学生たちと仲がよかった。

○保釈時期については、当初予定通り一〇月半ばにしよう(鈴木代議士周辺の騒音が大きくなっていないということを前提にして)。

【弁護団への手紙】——247

今日(九月三日)は朝からとてもよく晴れています。外界は秋の気配が漂っているのでしょうか。独房内では季節感が全くありません。春から変化のない毎日がそのまま続いています。

九月五日の公判準備作業(背任関連部分)が終了しました。

後は作成資料をよく読み、頭に叩き込むことです。丸暗記でなく、筋をよくつかむことが肝要です。

前回の被告人質問のトランス・スクリプトを読み直し、以下の点を気をつけなくてはならないと考えます。

①弁護人の質問を最後までよく聞く。

②イエス、ノーで問われている質問については、イエス、ノーを言った後で説明を始める。

③書き言葉にしたとき乱れないように発言する。長い発言になるときは、「記憶を整理する」と言って、時間を稼ぎ、きちんと頭の中で文を作る。

④早口にならないようにする。

⑤わかりやすい言葉を選ぶ。

⑥「たいへん」「ひじょうに」という形容詞を多発しない(書き言葉になった場合、説得力が薄れる)。

九月六日(土)晴れ　四八一日目

●外務省の後輩へのメッセージ

あなたは僕以上に努力家で無理をするから、体調には気をつけてほしい。

大使館でも重要な仕事を任され、頼りにされていることと思う。仕事に対しては、どのような状況でも前向きに取り組むことが、自分のためになると思う。もちろん、仕事に意味がないとか、上司の指示がおかしいと確信する時は、対象から少し距離を置くことは、自分自身のためにも、究極的には国益のためにも貢献する。しかし、毎日の担当部分の時間をとられる仕事に対してひねくれた態度をとると、人間性が曲がってくる。その結果、ひねくれた人生を送ることになり、それでは幸せを摑むことはできないと思う。そのときは転身を図った方がよい。

仕事をしながら勉強を続けていくことは難しい。特に三〇歳代で、能力があると見なされると、仕事が自分の容量をはるかに越えて任されるようになるので、それこそ睡眠時間を削り、土、日も大使館に行っても仕事を全部処理することはできなくなる。「何を切り捨てるか」について真剣に考えなくてはならなくなる。

僕の場合、大学で講義をする、学会で発表する、締め切りのある原稿を引き受ける等、のっぴきならない状況を作り、新しいことを勉強するようにした。

正直言って、ゆっくり考えながら本を読むことは、今回の勾留生活で初めて可能になった。

いろいろ考えることもあるが、僕の場合、これでよかったのだと思う。僕の考え方の基本に一種の保守主義があることを強く感じる。「存在するものは理性的である」というヘーゲルのテーゼが正しいのではないかと思えてくる。同時にヘーゲルは「理性的なものは存在する」と言っているので、理性的なものを追究することに、外に出た後は比重を移していこうと思う。

神学的には「非理性的であるが故に私は信じる」ということで、理性的なものを追究しても最終的な意味はないのであるが、理性的な世界を限界まで追究することにより、それ以外の世界がわかるので、無意味な作業ではない。

僕自身は、これしかなかったし、これでよかったと本心から思っているが、あなたには僕の事例を繰り返してほしくない。時代の観察者にとどまり続ければ、僕のような状況には陥らない。なかなか答えの出ない問題だ。

あなたはハンナ・アーレント［一九〇六―七五］の著作を読んだことがあるだろうか？僕は大昔(学生時代)に『全体主義の起源』を読んだが、ナチス・ドイツとソ連をともに「全体主義」で括ってしまうアーレントの視点には違和感を覚え、その他の著作は読み進めなかった。

その後、ソ連に暮らし、ソ連共産党全体主義体制を内側から観察し、全体主義に対する認識は変わったが、それでもナチス・ドイツとソ連の全体主義は、世界観的基礎を異にしており、同列で論じることはできないと僕は考えている。

あなたは既に気づいていることと思うが、プーチン下のロシアとソ連の連続性は強い。僕はプーチン政権の中にブレジネフ時代のにおいを感じる。

さて、獄中で僕はハーバーマスを集中的に読んでいる。ドイツ思想は病的だ。その病気がどこにあるかということに気づいている点でハーバーマスは偉大なのである(当然、同人自身もその病気にかかっている)。今週は、ハーバーマスが主に『フランクフルター・アルゲマイネ・ツァイトゥンク』紙の文芸欄に寄稿したエッセー(といっても日本でならば大学の紀要論文のような感じだ)をまとめた『哲学的・政治的プロフィール』(上)(未来社)を読んでいる。この中でハンナ・アーレントについて批判的分析をした章がとても興味深い。

「民主主義的なエリートの支配の理論家たちが(シュンペーター[一八八三―一九五〇]にならって)代議体制と諸政党を賞賛するのは、それが政治から疎外された人々の政治参加の途をつけるからであるが、ハンナ・アーレントはまさにこのことのうちに危険をみるのである。高度に官僚化された公的な行政や諸政党や連盟や議会によって民衆を「形式的主権を残して」併合することは、個人主義的な生活様式を補完し強固にするのであって、このような生活様式こそ非政治的な人々の動員、すなわち全体主義的な支配を社会

心理学的にはじめて可能にするのである」（同書、334頁）

これは重要なポイントだ。「国民の声を反映する政治という」（メディアによって作られた）表象で、国民を特定政治家、政党に結びつけ、それが官僚制メカニズムの中で機能することにより「悪の構造」が生まれる。以下のヒムラー型官僚[★1]が外務省にはいかに多いことであろうか。これを打ち破ろうとしたのが、僕たちの冒険だったのだと思う。

「ハンナ・アーレントがアイヒマン［一九〇六―六二］について例示してみせた「悪人の平凡さ」に関しての主張は、この洞察に基づいている（『エルサレムのアイヒマン』ミュンヘン、一九六四年）。この主張は、一九四四年に書かれ、戦争直後『ヴァントルンク』誌に発表された、組織化された罪についての論文のうちに既に見られる。放浪的生活と素寒貧青年的生活との間の暗い無人地帯から現れた知識人たちは、ナチスのエリートの形成に対して持った意義は最近になって繰り返し指摘されているが、ハインリッヒ・ヒムラーはこのような知識人には属していない。彼はゲッベルスのような放浪者でもなく、シュトライヒャー［一八八五―一九四六］のような性犯罪者でもなく、ヒトラーのような倒錯的狂信者でもなく、またゲーリング［一八九三―一九四六］のような山師でもない。彼は、どこから見ても尊敬に値する風貌をもち、妻を裏切らず子供のために確かな未来を保証してやろうとする家庭のよき父親の習慣をすべて身につけた、かたくなな人物である。そして彼は、全土を覆う彼の最近のテロ組織を、意識的に次のような想定、つまり、大部分の人間は放浪者でも狂信者でも山師でも性犯罪者でもサディストでもなく、まず第一に「定職にある人」であり、家庭のよき父親なのである、という想定に立って、構築したのであった。家庭の父親を「二〇世紀の大山師」と呼んだのは、たしかペギーであった。彼は、早く死んだため、この父親のうちにさらに今世紀の大犯罪者を見ることはできなかった。我々は、家庭の父親のうちに見られる思いやりのある気遣いや、家族の幸せへの真剣な専念や、妻と子供たちのために生命を捧げようとするおごそかな決意に、あるいはほほえみを送ったりするのに慣れてきた。したがって、誠実であろうとしてまず安全を気にかけるこの家庭の父親が、現代の混沌とした経済的諸条件の圧力のもとで、あらゆる配慮にもかかわらず明日のことを決して確信できない山師に心ならずも変身したことに、われわれはほとんど気がつかなかったのである。彼の従順さは、体制の初期の統制においてすでに証明されていたのであった。彼には年金のため、生活保証のため、妻と子供たちの保証された生活のために良心も名誉も人間的尊厳をも犠牲にする用意が十分できていることは、すでに明らかになっていたのである」(『埋もれた伝統』一九七六年、３３５―３３６頁)

外務省幹部、否、幹部だけでなくほとんどの外交官が小型のヒムラー、アイヒマンとなる潜在的可能性をもっている。このことが鈴木・田中対立、その後の鈴木「疑惑」そして

★１　Heinrich Himmler 1900–1945. ＳＳ(親衛隊)全国指導者兼ドイツ警察長官。四三年からは内相としてナチの抑圧とテロ装置の頂点に君臨。戦争末期、密かに西側連合国と単独講和交渉を行い、すべての役職から解任、やがて自殺。

川口―竹内体制下での外務官僚の面従腹背で顕在化してきた。ハンナ・アーレントのいう「まず第一に家庭の安全を気にかける父親」が多くなりすぎた。自己の安楽、家族の利益を超えたところで、日本国家について考える幹部外交官がいないと国家は滅びる。

間抜けた兵隊がいれば、戦争でいつか弾に当たるだけだが、隊長が間抜けだと部隊が全滅する。また、一人の人間によって勝つことはできないが、一人の人間によって戦争に負けることはよくある。

現状では、目をよく見開いて、状況をよく見ておくことだ。いつか日本外交のためにあなたの力が必要になるときがある。そのときまで、無駄なエネルギーを使わずに、力を蓄えておくことだ。

エアコン付きで季節感のない生活が続いているせいか、疲れやすくなってきた。昨日(九月五日)は、午前八時に拘置所を出発し、午後七時少し前に戻ってきた。法廷では、のべ五時間くらい話をしただけだが、ひどく疲れた。極端な運動不足のため、筋肉が落ち、基礎代謝が低くなっていることが一番の理由と思うが(長期入院患者に似ている)、今朝、風呂に入った後もまだ疲れが取れない。健康維持の観点からもそろそろ外に出ることを考えなくてはならない。

勾留期間一年を経た頃から、将来の夢がどんどん小さくなっている。少し縮小が加速化しすぎているのではないかと心配になってくる。

大学に就職するとか博士学位をとろうという気持ちがなくなってきた。何か日本社会、外務省であれ大学であれ閉ざされた社会の中での本質と関係のない事柄に煩わされるのが面倒に感じてきた。これは、学理的反省者の立場から見れば、権力闘争と現下支配エリートの安定を確保するために、鈴木さんを排除するという極めて明白かつ単純なことを、司法的擬制のもと悟性でわけのわからない複雑な論理を作り、それに対応して、その人為的な複雑な論理を崩すような作業に力を注ぐのが心底バカらしいと感じるようになり、類似のことが日本の閉鎖的サークルではどこでも行われているので、そのような環境からできるだけ距離をおき、残された時間を「こと」の成就のために用いたいと考えるようになったからだ。

九月七日(日)晴れ　四八二日目(残り三二日)

ゴロデツキー・テルアビブ大学教授への手紙

尊敬するガブリエル・ゴロデツキー先生

二〇〇三年九月五日の公判で、裁判長が一〇月六日ゴロデツキー先生の証人尋問を行うことを決定したと表明しました。私は貴教授の決断に対して心の底から感謝しています。

去年の春から夏にかけ、鈴木宗男衆議院議員をめぐる「疑惑」、東郷和彦大使の解任、私の逮捕の過程で、日本人は極度に興奮し、日本の大衆は歴史の意味とか国際関係の構図に対する学理的反省に関心を示さなくなりました。知識人のほとんどは沈黙してしまいま

★1　小泉内閣で田中真紀子外相を継いだ川口順子外相と竹内行夫事務次官の外務省支配。

した。幸いなことにすべての知識人が沈黙したわけではありません。例えば、和田春樹教授はテルアビブ国際学会の意義について公正な発言をしました。[★1] また、日本の著名な大学でロシアについて教える教授たちも私を理解し、支持しています。しかし、それらの声が世論の偏見を拭い去るには至っていません。

今や昨年のような異常な興奮状態からは日本人は脱しています。しかし、私たちが進めてきた日露平和条約交渉、さらにロシア問題を巡る日本とイスラエルの協力については、偏見を除去することができていません。より正確には、大多数の日本人は深層心理に偏見を沈めたまま、日露関係についてもイスラエルについても忘れてしまいました。

現在、公判では被告人質問が行われており、私は歴史的に正確な証言を刻み込むべく最大限の努力をしています。

ロシア史とのアナロジーでは、私の裁判はブハーリン裁判に似ています。このメッセージも検閲を考慮しながら書かれたものです。しかし、アルヒーフで歴史記録を調査されたゴロデツキー先生の経験をもってすれば、私の言いたいことを正確に理解していただけると確信しています。あるタイミングで、必要性と偶然性が絡み合い、私の運命の歯車が狂ってしまいました。しかし、そのようなことは歴史ではよくあることです。ブハーリンもそのような一人だったと思うのです。

鈴木宗男衆議院議員、東郷和彦大使、私が行っていたことは、冷戦が終わったという歴史的現実を対露外交において受肉化することでした。

同時に、私たちは、冷戦後の対イスラエル関係も真剣に模索したのです。日本にとって石油は死活的に重要です。冷戦体制下で日本はロシアの石油、天然ガスに依存することは安全保障上、不可能なことでした。そのために中東産油国に過度に依存することになり、ヨム・キープル戦争後、[★2] 日本とイスラエルの関係は極めて疎遠になってしまいました。冷戦終結後、日本とロシアの関係が改善する中で、日本とイスラエルの戦略的提携を強めることを私や鈴木大臣は真剣に考えました。

中東地域におけるイスラエルの発展・強化は、イスラエルにとってのみでなく、日本にとって

★1　雑誌『世界』二〇〇二年七月号所掲の和田春樹「テルアビブ国際会議と佐藤優氏について」の記事を指す。

★2　一九七三年一〇月にイスラエルとアラブ諸国の間で戦われた第四次中東戦争、一〇月戦争とも呼ばれる。アラブ諸国ではラマダーン戦争と呼ばれる。ヨム・キープル戦争とはイスラエルでの呼称で、ユダヤ暦新年の最も神聖な贖罪の日に、エジプト、シリア両軍がスエズ運河方面とゴラン高原方面で同時にイスラエルに攻撃を仕掛けて開始された。緒戦ではアラブ側が優勢だったが、イスラエルが盛り返し、シリアとの戦線では六七年戦争の占領地をさらに拡大した。アラブの産油諸国が石油戦略を発動、イスラエルに同情的な国に石油禁輸措置を取る方針を示し、ほぼ同時に石油輸出国機構OPECが原油価格を約四倍も引き上げ、石油危機がもたらされた。戦後処理のために七三年一二月に中東和平ジュネーブ会議が開かれ、その後アメリカの斡旋により、イスラエルとエジプト・シリアとの間にそれぞれ兵力引き離し協定が結ばれた。

とっても死活的に重要です。なぜなら、私たちは、人間としての基本的価値観を共有しているからです。イスラエルの地位が脅かされることは、全世界の「ゲームのルール」が変化することに繋がると私たちは確信していました。日本の政治家、外交官で、対米配慮からイスラエルに対する友好関係を口にする人たちは時折います。しかし、日本の国益のために政治的リスクを冒して日本とイスラエルの関係を進めようとした政治家は、私が知る中では鈴木宗男さんだけです。そして、外務省でも私、東郷さん、そして私たちと志を共にする若い外交官たちは、日本とイスラエルの関係を強化する業務にも真剣に取り組みました。彼ら、彼女らは、「私たちはイスラエルの人々の愛国心から実に多くのものを学ぶ」ということを異口同音に述べていました。

現下の日本外交は、対露関係においても、対中関係においても明確な方針をもっていません。私はもはやこの状況に影響を与えることはできませんが、イスラエルの人々との交流から真の愛国心について学んだ若き同僚たちが、今は影響力を発揮できないとしても、将来、日本とイスラエルの関係を強化するために大きな働きをすると期待します。

その彼ら、彼女らに、ゴロデツキー先生が私のために東京を訪れて下さるという事実が、「イスラエル人は友情を大切にする」ということを強く印象付けます。私はこのことをとても嬉しく思います。

鈴木宗男代議士は八月二九日に保釈になりましたが、私はまだ自由を奪われた状況に置かれています。貴教授の訪日準備に私自身が直接従事できないことを私はとても残念に思います。私は大室征男、緑川由香両弁護人を全面的に信頼しています。両弁護人がゴロデツキー先生の日本滞在が快適になるように最善を尽すことを確信しています。

最後に私自身の利益について記します。そもそも日本は「閉ざされた社会」です。特に司法界は「閉ざされた社会」です。「閉ざされた社会」の人々は、外部からの眼を気にします。外部からの眼であるゴロデツキー先生の日本滞在中に、私は弁護人を通じて保釈申請を行おうと考えています。

貴教授が法廷で歴史に正しい記録を残すための証言をしていただく機会を私自身が自由を回復するためにも最大限に活用しようと考えています。

末筆ながら、貴教授のご健勝、ご発展を心からお祈り申し上げます。

二〇〇三年九月八日

於東京

佐藤優

九月九日(火)晴れ　四八四日目(残三〇日)

○やらなくてはならない作業が実に多い。書く作業も相当あるのだが、腱鞘炎のせいか思い通りのペースで進まない。

○柄谷行人の価値論、恐慌論は、宇野弘蔵から非常に強い影響を受けている。柄谷は同時に廣松物象化論からも影響を受けている。

九月一二日(金)晴れ　四八七日目(残二七日)

●外務省の後輩へのメッセージ

元気にしていることと思う。出張はどうだったか？　飛行機での移動は本当に疲れる。僕の場合、体調が悪い時は右足が腫れ、靴が入らなくなり困ったこともある。しかし、体調が悪いことについては黙っていた。僕は性格的に決して強い方ではないが、そこそこ我慢強いのではないかと思う。外務省でいつも不思議に思ったのは、耐性が弱くかつ努力することのできない人間がなぜこんなにも多いのかということだ。入省後一〇年以上になる外交官で、きちんと勉強を続けている人が何人いるだろうか？　裏返して言うならば、あまり勉強しなくても、語学力が(通訳はもとより)新聞の論説を読めないレベルでも、今の外務省では生き残っていくことができる。しかし、日本外交の基礎体力は確実に弱りつつある。僕はこの流れを何とか変えたいと思ったのだが、力が及ばなかった。これは外務省だけではなく日本全体の基礎体力低下だということに対する認識が弱かったのだと思う。しかし、何人かの若手に「やる気」を起こす機会を与えることはできたと思う。あなたもその一人だ。

独房でいろいろなことを考える。最近は時間の流れがとても遅い。もっとも獄中でも公判準備資料作りがあるので時間はいくらあっても足りない。しかし、被告人質問が終われば、もはや僕に期待される作業はなくなるので、後は公判時に被告席に座ることだけが仕事になる。もっとも(きわめて異例なことではあるが)、被告人最終陳述は長大な論文を作り読み上げようと思う。

『思想』六月号のスピノザ特集はとても面白かった。久しぶりに「大家」(廣松渉、ハーバーマス、市川浩等)以外の学者の論文を読んだ。

大学の紀要論文にはときどき理解不能(まず日本語で何を言っているのかがわからない)のものがあるが、『思想』にはプロの編集者の手が加わっているので、極端にレベルの低い論文は掲載されない。

いずれにせよ、学術的思考に慣れるということと、アカデミズムのトレンドを知るということでは、『思想』には毎月目を通しておくことが望ましい。

九月一四日(日)晴れ　四八九日目(残二五日)

○右腕がだいぶ痛い。

○このノートは質がよくない。ペンの走りが実に悪い。

○フーコー『監獄の誕生』はあと五〇頁になった。今日中に読み終えることができるだろう。ヘーゲルが遅れているので少し先に進めよう。

●外務省の後輩へのメッセージ

パレスチナ情勢はどうなのだろうか？　バラック—アラファト間で合意の直前まで行った交渉が、恐らくはイスラエル建国戦争時点の状態にまで戻ってしまった。

現在、パレスチナ掃討作戦の中心になっているのはイスラエル国軍であるが、シナリオを作っているのはモサドの連中だ。現在、アラファト追放作戦やハマス指導者暗殺作戦を展開しているのはモサド工作局だが、この幹部たちを僕はよく知っている。★1そのうちの一人は僕の本当に親しい友人だ。

この人は工作員としても有能だが、もともと情報畑の出身なので、分析能力にも長けていた。諜報専門家の公募制に反対で、「大学院もしくは大学や研究所の若手を個別にリクルートするのが最も有効だ」という持論をもっていた。そしてこの人は大の猫好きで、オスの黒猫を飼っていた。

シオニズムには、政治的シオニズムと宗教的シオニズムがある。二〇世紀初めの政治的シオニスト(ほとんどが社会主義者)がパレスチナへの移住を具体化したのに対し、宗教的シオニストは、人為的な帰還に反対し、シオンは宗教的、つまりこの世界が終わり、メシア(救済主)が到来するときに出現するので、それまでは今いる場所にとどまるべきと考えた。このような宗教的シオニストのほとんどが東欧(含むウクライナ、ベラルーシ)に住んでおり、その結果ナチスによって全滅させられてしまった。

僕の友人のおじいさんは、西ウクライナ(ガリツィア)でパン屋を営んでおり、シナゴーグ(礼拝堂)の幹部でもあった。ナチスが入ってきたのが土曜日(安息日)で、「侵略者よりも神を恐れろ」と言って、シナゴーグにユダヤ人たちを集めた。ナチスはシナゴーグにガソリンをかけ、全員を焼き殺してしまった。お父さんは、まだ子供だったがアウシュビッツに送られたが、生き抜いた。親族は一人もいない。戦後はもはや神を信じることができず共産党員になったが、ポーランドで反ユダヤ主義が強まったので、イスラエルに移住したが、イスラエルでも社会主義者として筋を通した。生き残るためには知恵がすべてだということで、お父さんは子供教育に全力を尽した。僕の友人は、初めてエルサレムのヘブライ大学で法学を学んだが、途中でテルアビブ大学に移り、外交を勉強した。そこで政府にリクルートされた。アフリカ工作で大きな業績を上げた。僕自身、この人から非常に多くのことを学んだ。この人に限らないが、優れた工作員は常に不条理な状況に巻き込まれ、組織から切られる可能性について意識していた。ロシア人の場合もそうである。獄中でも、彼らとの話の中で得たヒントを最大限に活用した。この世界はすべてが応用問題なのである。

ユダヤ人の歴史観は独特だ。ユダヤ、キリスト教世界では、時間は始まりがあって終わりがあるという直線で流れている。歴史には終わりがあって、それは目的でもあり、完成でもある。古典ギリシャ語では、この終わり・目的・完成を区別せずにテロスという。

★1　パレスチナのイスラーム組織。一九八七年、ムスリム同胞団の闘争組織として登場、創設者・精神的指導者はアフマド・ヤースィーン。パレスチナはイスラームの共有地であると謳い、パレスチナ全土の領土解放路線をイスラーム的な論理で擁護している。九〇年代にはPLOに次ぐ政治闘争組織に成長したが、九三年のオスロ合意による和平プロセスからは排除された。九四年以降は、軍事攻撃を拡大し、和平プロセス反対を表明している。

つまり歴史も人間の行動もすべて何らかの目的に向かって進んでいるということになる。この終わりの時点で救済主(メシア)が現れ、人類は(一部であるか全部であるかについては議論が分かれるが)救われる。これが終末論で、終末論はこの世の終わりというよりも人類の救済というニュアンスの方が強い。この点が日本人にはわかりにくいところである。しかし、終末論の組み立てが、ユダヤ教とキリスト教ではかなり異なる。

キリスト教では中間時という発想がある。イエス・キリストの出現で、人類の救済はすでに担保されていると考える。キリストの出現で、歴史の最も悲惨な底に神は降りてきたので、歴史の底を人類はすでに体験したと考える。従って、人類は、単なる待望ではなく、根拠のある希望の中に生きているとする。それだからキリスト教世界の歴史観は深いところに楽観主義がある。

ユダヤ教の場合、中間時を認めない。従って、神が歴史の最も悲惨な底にまで降りてきて、人類に救済の根拠が与えられたとは考えない。アウシュビッツよりも、広島・長崎よりも悲惨なことは今後いくらでもあると考える。イエス・キリストによって担保された希望ではなく、担保のない待望の時代が終わりの日までつづくのである。従って、ユダヤ人は理不尽なことが起きても「ありうることだ」と比較的冷静に受け止める。

ユダヤ人は、質問に対して積極的な答えをせず、再質問で応答することがほとんどである。これも基本的に歴史を信用しない、人間の言葉を究極的なところで信用しないというユダヤ人的思考の反映と僕は見ている。彼らは徹底的に議論をする中で、議論にならない部分を摑み、それにより相手の人間が信頼できるかどうかを判断する。このような人間観察術は正しいと思う。

獄中でもスポーツ新聞(『日刊スポーツ』)は読むことができる。スポーツ新聞の社会面で鈴木宗男先生の動向についても連日のように扱われているので、だいたいの様子はわかるが、どうやら鈴木さんは時代と共に進み続けることを選択したようだ。

僕としては、もうこれ以上、時代と共に進む気にはどうしてもなれない。それはメディアに追い回されるのが面倒だとか、劣勢に立つ政争に参加するのは無意味だということとは異なる位相の理由による。

小泉政権の誕生以降、強く感じ、今回、僕自身が当事者となって体験したことだが、日本人(政治エリート、学術エリートの大多数を含め)は、いつの間にか物事の論理や構造や意味をよく理解できない人たちになってしまった。

ロシア史についても、民族問題にしても社会哲学にしても日本の研究は外国の研究動向をよくフォローしている。日本の外交官も他のG8諸国の外交官と較べて決して劣っているわけではない。しかし、物事の論理や構造や意味をつかむことができないのはなぜか？この問題意識が出てきたとたんに僕は時代と共に進むことができなくなってしまったのである。

将来のことは、獄中ではなく、外に出てから少し時間をかけて考えようと思う。あまり夢が小さくならないように気をつける。

前回のメッセージであなたに勧めたヘーゲル『歴史哲学講義』(岩波文庫、長谷川宏訳、ワイド版)を現在読み進めている。実に面白い。

まず翻訳論の観点で大胆な試みをしている。文法や哲学術語をかなり無視してでも(哲学的訓練を受けていない)普通の人が読んでわかる日本語に訳している。小説ではよく取られる手法だが、ヘーゲルでは初めての試みと思う。そして、この試みは成功している。文法が弱いので日本語でごまかすというのとは異なる話だ。

内容としては序論が重要だ。今回の国策捜査を理解する上で適切なものの見方を提示してくれる。

歴史において大きな事を成す人(偉人)についてヘーゲルは詳しく考察する。偉人は、現行秩序や制度にのみ基づいて、自分の目的や使命を設定するのではなく、他の人の目には見えない潜在力を見抜き、そこからも自己の力をくみ出してくることができる。

九月一五日(月)晴れ　敬老の日　四九〇日目(残二四日)

○今日は敬老の日だ。母は元気にしているのだろうか?

○いろいろ錯綜した夢を見る。

○『監獄の誕生』を読み終えた。抜粋とは別に読書メモも作っておくこと。

○本来、証拠調べのみで犯罪は立証できるのであるから、被告人の自白は必要とされない。それなのになぜ捜査当局は自白を得ることに固執するのか?

それには二つの要因がある。

第一に、自白により、証拠調べの手間を省くことができるからである。

第二に、被告人本人により自らを断罪させるとの社会的機能を果たさせるというのが権力の論理だからである。

●外務省の後輩へのメッセージ

ヘーゲルによれば、偉人は学者や文化人ではない。例外なく政治家なのである。そして、政治家自身は自分がどのような理念を体現しているか自覚していない。

「こうした個人は、目的の設定にあたって理念を意識しているわけではない。かれらはむしろ、実践的かつ政治的な人間です」（ヘーゲル『歴史哲学講義』上、59頁）

このような政治家の人生は必ずしも幸せではない。そしてやきもちやきの人たちはそのような政治家の不幸を見て、「いい気味だ」と喜ぶのである。

「このように、世界史的個人は世界精神の事業遂行者たる使命を帯びていますが、かれらの運命に目をむけると、それはけっしてしあわせなものとはいえない。かれらはおだやかな満足を得ることがなく、生涯が労働と辛苦のつらなりであり、内面は情熱が吹きあれている。目的が実現されると、豆の莢《さや》にすぎないかれらは地面におちてしまう。アレクサンダー大王は早死にしたし、カエサルは殺されたし、ナポレオンはセント・ヘレナ島へ移送された。歴史的人物が幸福とよべるような境遇にはなく、幸福は、種々様々な外的条件のもとになりたつ私生活にしか約束されない、というのはぞっとするような歴史の事実ですが、その事実になぐさめられる人もいるかもしれません。が、そんななぐさめを必要とするのは、立派な偉業を見て不愉快に思い、なんとかそれを小さく見せようと粗さがしをする嫉妬ぶかい人だけです」(同上60―61頁)

しかし、知識人はつまらない嫉妬心などはもたずに優れた政治家の役割を理解することができる。

「自由な人間というものは、嫉妬心などもたず、高貴な偉業をすすんでみとめ、それが存在することによろこびを感じるものです」(同上61頁)

それから、歴史的理念は、政治家の権力闘争を通じて実現する。それぞれの政治家が権力闘争でしのぎを削り、誰かが勝ち、誰かは負ける。その中で、歴史的に重要な「こと」は確実に残っていくのである。

「一般理念の実現は、特殊な利害にとらわれた情熱ぬきには考えられない。特殊な限定されたものとその否定から一般理念は生じてくるからです。特殊なものがたがいにしのぎをけずり、その一部が没落していく。対立抗争の場に踏みいって危険をおかすのは、一般理念ではない。一般理念は、無傷の傍観者として背後にひかえているのです。一般理念が情熱の活動を拱手傍観し、一般理念の実現に寄与するものが損害や被害をうけても平然としているさまは、理性の策略とよぶにふさわしい。世界史上のできごとは、否定面と肯定面をあわせてもつ。特殊なものは大抵は一般理念に太刀打ちできず、個人は一般理念のための犠牲者となる。理念は、存在税や変化税を支払うのに自分の財布から

支払うのではなく、個人の情熱をもって支払いにあてるのです」(同上63―64頁)

僕や鈴木さん、東郷さんの周辺で起こり、その関係であなたたちも多大に不愉快な思いをした今回の出来事も、二〇〇年前にヘーゲルが述べたとおりの展開をしていると思う。この場合、「一般理念」に当たるのは「冷戦が終わった」という単純な事実だと思う。

冷戦後の対露外交として、僕たちの行った仕事は、最後に失速したとはいえ、それなりの成果を残すことができた。

二〇〇一年九月一一日の米国における連続テロ事件を契機に「冷戦後の時代」は終わった。時代は「ポスト冷戦後」に入った。この新しい時代は、冷戦や冷戦後よりも、その前の、古典的な帝国主義の時代との連続性を強くもつようになると僕は見ている。それだから、僕はレーニンの『帝国主義論』を読み直し、あなたにも古典的帝国主義の時代について研究することを勧めた。狭義の意味での外交の役割は以前よりも大きくなる。新帝国主義の時代に日本も帝国主義政策をきちんと構築し、生き残りを図っていかなくてはならない(もちろん帝国主義という特定の感情を呼び起こす言葉を使う必要はない)。ロシアとある程度手を握り、日本の勢力圏を中央アジアに拡大していくことは賢明な政策だと思うのだが(特に中国に対する後ろからの牽制策として)、現下日本の政治エリートにも外務省幹部にも時代の流れを読む眼がない。岡本行夫をはじめとして状況対応型の外交専門家しか★1

★1　佐藤の岡本行夫に対する認識はその後、変化した。佐藤は岡本について、状況に適切に対応するとともに戦略的外交を組み立てることができる人物と考えている。

現政権中枢にいないことがその根本原因だ。竹内行夫[★1]にせよ、田中均[★2]にせよ状況対応型の人間だ。東郷さんには(性格的に弱いところはあったが)時代の流れを見る目があった。鈴木さんや僕にもう少し持ち時間があったならば、イラク戦争、北朝鮮外交、そして北東アジアの戦略的提携について基本的な流れを作ることはできたと思うのだが、残念だ。しかし、日本の現状では、そこまで先は見なくていいし、日本の政治エリートも見たくないということなのだろう。

外交官は政治家を近くで見るので、政治家の人間的弱点が目につくようになる。このことからひねくれたものの見方になる外交官(特に通訳官)が多いのも残念なことだ。ヘーゲルは「従僕の目に英雄なし」という言葉でこのことを説明している。

「従僕というのは、英雄の長靴をぬがせ、ベッドにつれてゆき、また、かれがシャンパン好きなのを知っている男のことです。歴史的人物も、従僕根性の心理家の手にかかるとすくわれない。どんな人物も平均的な人間にされてしまい、ことこまかな人間通たる従僕と同列か、それ以下の道徳しかもたない人間になってしまう」(同上62頁)

歴史や政治を見るときは、下人(従僕)根性に陥ってしまってはならない。常に高い理想を維持しなければつまらない。検察官は下人根性で人を見るのが仕事なので、彼らに歴史や政治はわからないのである。

九月一九日(金)晴れ　四九四日目(残二〇日)

●外務省の後輩へのメッセージ

フーコー『監獄の誕生』は実に興味深い。国策捜査を理解する上で、有益な示唆をいくつも与えてくれる。

証拠調べと自白の関係

客観的な証拠調べによって犯罪を証明することができるとする近代刑事訴訟において、本来自白は必要ない。しかし、捜査機関のみならず、裁判所までもが自白を重視し、必要とするのはなぜか？　フーコーは二つの要因があると考える。

第一は、自白は最良の証拠で、矛盾する証拠を整理し、弁護側の反証に対して、有罪をもくろむ立場に立つ人々の作業を軽減するからである。要するに自白は経済的なのである。

第二は(そしてこの第二の要因の方がフーコーにとってはより重要であるが)、被告人自身に自らの犯罪を断罪させ反省の意を公開の法廷で述べさせることによって、社会に対する教育的効果を上げる。(『監獄の誕生』42頁)

★1　一九六七年に外務省に入省し、駐インドネシア大使などを歴任。二〇〇二年から〇五年一月まで事務次官を務め、鈴木宗男に近い外務官僚の粛清を行った。

★2　一九六九年外務省に入省。経済局長、アジア大洋州局長、外務審議官などを経て、〇五年退官。日本国際交流センター・シニアフェロー。日米半導体交渉、在日米軍普天間基地返還交渉で活躍、〇二年九月の小泉首相訪朝において官邸主導外交を演出、一方で拉致問題を巡り、一部マスコミや世論から非難糾弾された。

以上は私なりの言葉でまとめたものだ(フーコー自身の言葉はわかりにくい)。その他にも国策捜査を理解する上での数多くの示唆がある。

九月二〇日(土)曇り　四九五日目(残一九日)

○廣松渉『資本論の哲学』は思ったよりも読みやすい。抜粋も作っておいた方がよいだろうか？

○オレンジの品質劣化が著しい。そろそろ梨に切り替えか？

○右腕全体が痛い。

●同志社大学神学部時代からの友人へのメッセージ

九月五日の公判にも傍聴に来てくれてありがとう。次回公判(九月三〇日)に間に合うように君へのメッセージを作ろうと考えていたのだが、なかなか考えがまとまらず、二週間がすぎてしまった。

九月一八日の大室主任弁護人との接見の際に、ゴロデツキー先生一行の訪日についても、君のイニシアティブで支援会から多大の支援を受けているとの話を聞いた。支援会の実態については僕はよく承知していないが、この種の事件に対する支援はなかなか広範な理解を得られず、また、理解していても外務省関係者はもとより公務員や新聞記者は自らの立場があるので、表立った支援はしにくい。実際には、君が核になって、声をかけた数人が大きな負担をしていると想像している。とても恐縮しているが、いまは物心両面の支援がとても必要である。君たちの支援にとても感謝している。ありがとう。

僕の財力(幸い負債は文字通り一銭もない)からすると、保釈金、訴訟費用(実費、弁護費用)等のすべてを自力で負担することはできない。それから、外界に出ると、拘置所のように一日五〇〇円で文化的生活をすることもできなくなる。

保釈になれば、直ちに働き、闘争資金作りをしたいのだが、起訴休職であれ、外務公務員の身分を維持しているので、兼業禁止のしばりがかかっており、再就職はもとより、アルバイトもできない。外務省に対する未練は全くないが、この闘いの構造からして、外務省が保釈直後にかけてくるであろう懲戒免職処分を「はいそうですか」と言って受け入れてはならないことはもとより、こちらから「就職するのです」といって辞表を出す話にもならない(もちろん、外務省としては辞職を承認せず、懲戒免職処分をかけてくる)。

外務省と僕の間に取り引きの余地は一切ない。彼らもそのことはよくわかっているが、僕がどのような暴れ方をするかについても分かっているので、過度の嫌がらせはしてこない。懲戒免職自体をとれば、この闘いも僕が負ける。しかし、これについても「負け方」が重要だ。

いずれにせよ、外務省とガタガタしている間は、自分のたくわえで食いつないでいくしか術がない。しかし、そのことは結果として訴訟費用に対する僕の拠出が少なくなることを意味する。この点については率直に君たちに支援を頼みたい。

保釈のタイミングについては、一〇月六日、ゴロデツキー先生が証言を終えた直後に手続きを開始するように弁護人に頼んでいる。恐らく、一〇月八日の午前中に外に出ることになるのではないかと期待している(一〇月八日は母親の誕生日でもあり、区切りとしてはよい日だ)。

これまで保釈を急がなかった理由は二つある。七月三〇日の被告人質問で述べたことであるが、

①こちらは罪証隠滅をしたり逃亡するつもりがないのに勾留されているのはおかしな話だと思うので、こちらから「出してくれ」とお願いするのは筋違いだ。裁判所が状況を正しく判断し、一カ月ごとに行われている勾留を更新しなければ、自動的に外に出ることになるので、この方策を探求すべきである。

②本件は国策捜査で、盟友の鈴木宗男さんも長期勾留され苦しんでいる状況で、自分だけ楽になろうとは思わない。

との二点で、僕にとってはどちらも同じくらい重要なファクターである。

メディアは②しか報道しないものだから、「八月二九日に鈴木さんが保釈になったにもかかわらず、佐藤が保釈を請求しないのはなぜか」という問題設定になるが、僕からすれば②がクリアーされても①がクリアーされていない以上、この整理(要するに何を根拠に裁判所は僕に罪証隠滅、逃亡の恐れがあると認定し、勾留を更新しているかについての説明を求めること)をしてから、その理由がいかに説得力のないものであるかという公判記録をきちんと残した上で、保釈請求を行おうと考えていた。被告人質問とその後裁判所が

弁護側請求の承認認否について第一回目の判断をするまでは、ガタガタするのはよくないので、これが終わる一〇月末にひと暴れしてから外に出ようと思っていた。勾留は妥当との認定を裁判所にさせ、[★1]その翌日に保釈を申請し(当然認められる)、日本の裁判所の人身拘束の根拠がいかに恣意的かということをロンドンのアムネスティー・インターナショナル本部に申し立てようと思っていた(この種の話は、国際人権団体は大好きである)。

しかし、ゴロデツキー先生がわざわざ日本に来てくださる(同先生にとっては、政治事件に自らの立場を表明することは学者として一定のリスクを負う話である)ならば、その機会にきちんと挨拶しておくことは、僕にとっては当局に「お願い」をしてでも外に出してもらう事由に相当する。自分では勾留される理由はないと確信しているのに当局に「お願い」をして「外に出してくれ」というのは、明らかに妥協である。妥協は、それを行っても自らが得る利益が著しく大きいと判断される場合には許容されると僕は考える。他方、ゴロデツキー先生には、国策捜査では「筋を通すとどういう状況におかれるのか」という姿を見てもらう必要があるので、一〇月六日の公判には手錠付きで行くのが適当と考えている。

野中広務元自民党幹事長の引退表明はエポック・メーキングな出来事だ。本件には橋本派内の権力闘争の要因と日本の国家オリエンテーションをめぐる高次の路線闘争の面がある。

★1　佐藤は、被告人が要求すれば必ず行わなければならない勾留理由開示公判を実施することを考えたが、弁護団が裁判所を不必要に刺激することになると反対したので、あきらめた。

る。僕は野中さんとは何度も会い、野中さんのものの見方、考え方を理解しているつもりだが、基本哲学は鈴木宗男さんと同じだ。スローガン的にまとめれば、

②国際協調主義

①公平配分 と

に集約できる。小泉政権が進める

①傾斜配分 と

②自国中心主義(ナショナリズム)

に対する軸を立てた政治勢力の後退ということだ。前回のメッセージで切り口を鮮明にしておいたが、日本の現政権は当事者がどこまで自覚しているかは別として、ハイエク・モデルを採択した。この場合、鍵になるのは、持続的経済成長が可能かということだが、この点について、僕は悲観的である。地球生態系の観点から、成長の限界について先進諸国は真面目に考える時期に来ている。

それから少子化のファクターもある。少子化の最大の問題点は、日本人人口が減少することによって、中長期的に労働人口が減少し、現在のGDPが維持できなくなるということにある。日本人が現在の経済水準を維持するためにも、外国人労働者の雇用を積極的に認めざるを得なくなる。二〇年のスパンで見れば、日本は深刻な民族問題を抱えることになろう。そもそもハイエク型の新自由主義モデルは、コスモポリタニズム(あるいはアナーキズム)なので、自国民中心主義(ナショナリズム)とは相容れないのである。

小泉路線が進むといずれかの段階で日本は「絶対矛盾の自己同一」という状況に陥る。獄中生活もあと二〇日程度と考えている。最近はあまり体調もよくないし、もうこれくらいで独房生活を卒業してもよいだろう。

この長期勾留を独房で送ることができ、本当によかったと考えている。昨年(二〇〇二年)五月一四日に逮捕されたとき、拘置所で入所アンケートをとられた。住所、氏名、生年月日、前科、現在の不安等について記入するものだが、身体的特徴というところに、

いれずみ
指つめ
玉入れ

という事項があった。「いれずみ」と「指つめ」はわかったが「玉入れ」がよくわからないので、拘置所の職員に聞いてみると、

「男のイチモツにシリコンとかボールを入れることですが、あなたの場合は関係ないでしょう」

とのことだった。拘置所住人のいれずみの人口は外界よりも圧倒的に多い。雑居房に移れば、僕は環境順応性が高いので「いれずみ、指つめ、玉入れ」の三点セットが揃った人たちと交遊ができ、外界でも「御縁」が続くようになるシナリオを恐れた。

それから、拘置所には「遵守事項(未決)」という規則がある。規則というものは、それを破るような現実があるから制定されるというのは神学的理解だ。旧約聖書で

「すべて獣と寝る者は必ず死刑に処せられる」(「出エジプト記」22・18)
というのは獣姦が存在しなければ設けられない規定だ。
「遵守事項」には以下のような規定がある。
「他人と性的行為をしてはならない」(第一七条)
拘置所では男、女別に収容されているので、「他人との性的行為」とは、同性との性的行為ということだ。
「他人に暴行し、又は暴行の気勢を示してはならない」(第一一条)
「他人を脅迫し、強要し、または困惑させる言動をしてはならない」(第一四条)
「他人の物を盗んだり、又は脅し取ったりしてはならない」(第一六条)
これを見るだけで、僕がいかに雑居房生活を恐れていたかがわかると思う。幸い、僕には接禁措置が付されており、これは他の囚人とも接触させないということなので、独房生活を安心して送ることができた。

●友人へのメッセージ

モスクワの雰囲気はどうだったか? プーチン政権も第一期がそろそろ終わろうとしているが、ロシアはある種の自信を取り戻しつつあると思う。プーチンのスタイルはソ連的だ。これからのロシアを「ソ連マイナス共産主義」という図式で見ると、わかりやすいと思う。

特に初期ブレジネフ政権とのアナロジーでとらえるとわかりやすい部分があると思う。

ペレストロイカ期にブレジネフ時代は「停滞の時代」というレッテルで処理されてしまったが、初期ブレジネフ政権は、コスイギン改革と結びつき、また、文化政策もそこそこ柔軟で、国民の潜在力を最大限に引き出すことに成功したと思う。

現在、ロシアのインテリは、どのような指向をしているのだろうか？　現下ロシアはブレジネフ時代のソ連とは異なり、インテリが外国人と接触することに基本的に制限はない。しかし、ロシアのインテリは外界を指向せずに、内向きの姿勢を示しているように僕には見える。一種の「国内亡命」（つまり、政治や公共圏の生活にできるだけ関与せず、自分と言葉を共有できる狭いサークルに活動範囲を限定していくこと）の傾向がモスクワのインテリには見られると思う。プーチン政権はモスクワのインテリの潜在力を十分に吸収することができていない。サンクトペテルブルグ出身のインテリは、モスクワのインテリと比較して能力的に限界がある。ロシアの知的能力は極端にモスクワに集中している。このような例は世界でも非常に珍しいのではないかと思う。

ゴルバチョフ時代から、エリツィン第二期政権の中期、すなわち一九九七年まで、ソ連・ロシアのインテリは政治性、社会性を強めていたが、その後、内向きになり、プーチン政権により、ロシアが自信を取り戻すと主にインテリは再び内的世界に閉じこもってしまったとの印象を僕はもっている。

●外務省の後輩へのメッセージ

獄中からあなたに伝えるメッセージもあと二、三回を越えることはないであろう。獄中からしか伝えられないことが何かあるだろうか？　特にそのようなことはない。ここで考えていることは、外に出てからもあなたに伝えることができると思う。

今回は獄中でよく思い出したロシア人たちについて記してみようと思う。

以前のメッセージでも少し言及したアレクサンドル・ユリエビッチ・カザコフ君のこと★1だ。恐らく、サーシャと出会っていなければ、僕の運命も変わっていたと思う。

サーシャは僕よりも確か五歳年下の一九六五年生まれだった。早熟の天才で、サーシャから色々な人々を紹介してもらったし、また、ロシア思想や哲学について教えてもらった。生き急いでいる感じで、ロシア人のインテリとして、まさに絵に描いたような生き方をしていた。僕は一九八七年一〇月にサーシャと知り合った。その後、サーシャはラトビアの人民戦線の幹部となり、モスクワ大学を退学し、ラトビアでは相当影響力のある人物となった。しかし、バルトの民族主義に嫌気がさし、一九九〇年にモスクワでかなり大きな政治運動(ロシアキリスト教民主運動)を旗揚げし、エリツィン周辺のインテリグループの一人となる(カラムルザとの人脈も、もともとはサーシャからでている)。ソ連崩壊後、ロシアの国づくりに燃えていたのだが、早い時期にエリツィン政権には見切りをつけ、女性トラブルもあり、政治や知識人の世界から距離をおき、闇商人になった。その後、ラトビアに戻り、ジャーナリストとして小さくまとまっているようである。

最後に会ったのは一九九四年なので、もう九年も会っていない。僕が日本に帰国した後は音信不通になっていたのだが、昨年の逮捕直前にモスクワの日本大使館に連絡があり、電子メールで連絡をもらった。鈴木「疑惑」の絡みで僕があまり調子のよくない状況におかれていることはイタルタスやイスベスチヤでも報道されていたので、サーシャもとても心配していたのだ。

僕はロシアで色々なインテリと付き合ってきたが、「この人にはかなわない。頭の出来が違う」と思った人はそれほど数はいない。もちろんサーシャはその一人だ。学識については、セルゲイ・アルチューノフ先生の域を超える人に僕は今まで出会ったことはない。アルチューノフ先生は天才でかつ歩く百科事典である。アルチューノフ先生は学問的手続きをきちんと踏んだ上で、外国語も英語、ドイツ語、フランス語、日本語、アルメニア語、グルジア語、イヌイット(エスキモー)語等を自由に操り、他に二〇カ国語以上、つまり計四〇カ国語を解するし、著作も多い。ロシア科学アカデミー準会員(民族学部門ではロシア全体で二人しかいない)で、米国カリフォルニア大学サンタバーバラ校客員教授であり、国際的にもその権威は認められている。

それに対して、サーシャは早熟の天才ではあるが、外国語の学習のような地味な作業が嫌いなので(考える時間が奪われることにイライラしたのだと思う)、読書はロシア語に限られていたが、古今東西の知識に実に通暁していた。

サーシャに連れられて、僕はソ連反体制派の世界を知ることができた。

★1　アレクサンドル・カザコフ(俗称サーシャ)のことは、佐藤優『自壊する帝国』(新潮社、二〇〇六年、新潮文庫、二〇〇八年)において詳しく書かれている。

今までサーシャについて、僕は他人に話をしたことはほとんどない。あなたに話をするのが初めてだ。あなたがロシア思想・哲学について勉強するにあたって、僕とカザコフ君の交友について話すのはいちばんよいと思ったからだ。

サーシャについて、時系列で記憶を整理し書き留めていると膨大な量になるので、断片的なエピソードについて、何回かに分けて記していこうと思う。

サーシャの論文が一つだけ日本語に訳されている。渡辺雅司先生が自ら翻訳し、確か『第三文明』一九九〇年八月号に「ゴルバチョフとロシア哲学」というようなタイトルで紹介した。

当時、ロシアのインテリの間では「ゴルバチョフはもうダメだ。エリツィンに賭けるしかない」という考えが主流だったのに対し、サーシャは、ゴルバチョフとエリツィンの政治哲学を比較し、エリツィンが分配の論理に立っているのに対し、ゴルバチョフは生産の論理に立っているところに着目し、エリツィンの発想がソ連共産主義的であるのに対し、生産の論理を突き詰めていくことが究極的にはソ連体制の崩壊につながるので、ゴルバチョフ本人がその意味をどこまで理解しているかは別として、ゴルバチョフ路線を推進することがバルト諸国の民主派にとっては戦略的に重要だという論理を展開した。この論文は渡辺先生がコピーをもっていると思うし、あるいは国会図書館で調べれば、すぐに見つかるので、あなたも是非目を通しておくことを勧める。

サーシャの見通しは完全に正しかった。

さて、あなたはもう出張から戻ってきたのだろうか？　小泉が自民党総裁に再選され、日本はあと三年間ハイエク型新自由主義モデルを追求することになる。持続的経済成長がハイエク型新自由主義モデルで国民全体が裨益するための大前提であるのだが(経済成長が続けば、初めはごく一部の金持ちしか享受しなかった財・サービスを国民の大部分が時間的に少し遅れて享受することが可能になる)、この大前提が満たされなければ、今後三年で日本社会内の貧富の差がかつてなく拡大する。これが総体として「がんばって勝ち組に入るぞ」という人の数を増やし、日本全体の活力を増すのか、それとも「競争、競争と追われてもなかなか勝ち組には入れないので、どうせ食べていけないほどの貧困はないのだからそこそこ生きていければよい、むしろ自分の時間を大切にしたい」という人々の数を増やし、日本の活力が低下するのかについては見方が分かれるところだが、僕は後者の可能性が高いと思う。

それから、持続的経済成長のためには、おだやかな人口増加、少なくとも人口の現状維持が不可欠の条件である。日本の少子化傾向は当面続くであろうから、現水準のＧＤＰを維持するためには労働人口を外国から獲得しなくてはならない。具体的には、中国、フィリピンから労働者が流入してくることになる。小泉型の自民族中心主義の下、日本では多民族社会への備えはできていない。しかし、外国人の流入は進んでいく。石原慎太郎流の「中国人が犯罪を運んでくる。外国人犯罪の取締りを強化する」などというレトリックでは解決できない構造的な問題がある。このままの状態では、一〇—二〇年のスパンで、日本は深刻な民族問題を抱えることになる。

この点でも、政治エリートは今から日本社会の多民族化をにらんで国際協調主義を根付かせていかなくてはならないのだが、多くの人々にそれが見えないのである。

僕は情勢分析で少なくとも過去一五年は飯を食ってきたので、日本がどうなっていくかはよく見える。しかし、多くの日本人にはそれが見えないのである。それがなぜなのか僕にはわからない。過去数年で、日本人は急速に論理や意味や構造を理解することがひどく不得手になってしまった。獄中でこのことを僕は痛感した。それに気づくと同時に僕は時代と共に進んでいくことがどうしてもできなくなってしまったのである。

九月二一日(日)雨　四九六日目(残一八日)

●外務省の後輩へのメッセージ

備忘録については、外界に出ると、「果たしてそのようなものが必要なのか」ということを考え、僕自身が作業を進める気をなくしてしまうかもしれない。諜報活動を日本外交が行う可能性がないならば、それについての備忘録を残すことに何の意味があるのか？という問題意識が当然のことながら出てくると思う。しかし、この作業はきちんとしておきたい。

昨年(二〇〇二年)二月、鈴木「疑惑」が発覚した後、これまでの間に外務省において生じた変化は獄中にいてもだいたい想像はつく。一言でいうと「外務官僚の勝利」である。

必ずしもキャリア官僚の勝利ということではないだろう。

キャリア、ノンキャリアの区分に関係なくリスクを冒さずに、言われた仕事をそこそこ処理し、外部や自分よりも弱い者に対しては尊大な、典型的な役人にとってはとりあえず住みやすい環境ができたのだと思う。

キャリア官僚の「椅子取りゲーム」は、これまでも有力政治家(特に時の官邸)と結びつくことにより行われてきた。この構造も基本的に変化しないが、鈴木・田中戦争を契機に怪文書やメディアを巻き込んだ形で「椅子取りゲーム」が行われるようになったので、キャリア官僚間の相互不信が強まり、組織力が弱くなった。現在、田中均バッシングが起きている背景にも、外務省幹部間の足の引き合いがある。

専門職とキャリア官僚の関係は一層悪くなる。今後、外部(他省庁、民間)大使の導入、また、今までよりも専門職員が大使や課長に多く登用されるようになる。これは幹部職員から評価の高いノンキャリアが活用され、能力の低いキャリアのポストが奪われるということであるので、キャリアの劣位集団とノンキャリアの優位集団の関係は著しく悪化する。

しかし、入り口試験で、I種、専門職を振り分けている以上、無条件の能力主義は適用されない。熱力学の用語を用いれば、専門職内部のエントロピー耐性の方が大きいので、組織は非常にいびつになってくる。さらに専門職は女性が半数を占めるが、年次が上がるにつれ、同一能力の男性職員よりもポストのみならず仕事の幅が狭められるので、女性職員のエントロピー耐性は一層大きくなる。このままの状態では組織内部の軋轢が強まり、組織力は相当弱くなる。

このような状況を避けるためには、モサドやSVR〔ロシア対外情報庁〕、CIA、米国務省のようにスタッフ部門を細分化することだが、日本外務省は本当の意味で専門家を必要としていないし(組織で生き残るために専門家として要求される能力があまりに低い)、また、幹部に専門家の能力を評価する能力も知識もない。

一九六八―七三年くらいの、大学が全共闘運動で機能不全に陥った時期に学生だった人々が現在外務省幹部になっているが、この人たちはいちばん重要な時期に基礎的な勉強をしていない。しかし、競争好きで政治的には悪ズレしているので、自らの権力を手放そうとはしない。いわゆる「団塊の世代」と重なるのであるが、この連中は自分より上の世代の権威は認めないが、下の世代の台頭も許さない強圧的なところがある。この世代が去らない限り、外務省の組織が本格的に変化することはないと僕は見ている。あと五―六年でこの世代は一掃されるので、そうすれば組織文化もだいぶ変わってくると思う。

鈴木パージの結果、政治家の「介入」を外務省が認めないということは、裏返せば、外務省が政治の力を使えなくなるということである。

これから暫くの間は、外務省の外側で作られた政治家と結びついたチャネルが大きな外交を動かすことになる。外務省はある意味で執行機関になる。米国の国務省のような役割になる。

しかし、議院内閣制の下では、再び政治家と外務官僚は緊密な関係を持つようになる。

すでに北朝鮮外交をめぐり、外務省内でも福田康夫と結びつく勢力(主流派)と安倍晋三と結びつく勢力(非主流派)の分解が始まっているように見える。

政治の世界で、大きな差異というものは激しい対立を作り出さない。小さな戦術的差異が深刻な抗争を引き起こすのである。

議院内閣制が続く限り、鈴木さんの機能を果たす政治家は政権中枢に出てくるし、それと結びつく東郷さんのような外務官僚も出てくる。ここまでは必然的である。さて、僕のような専門家がその隊列に加わるかどうかについては、これにはかなり偶然の要因がある。

九月二二日(月)雨　四九七日目(残一七日)

●外務省の後輩へのメッセージ

昨日(九月二一日)のラジオでは気温がたいぶ低くなってきた由だが、独房内では特に変化を感じなかった。ただし、エアコンは送風になっていた。しかし、今朝(九月二二日)はかなり寒いと感じた。エアコンも止まっている。もう暑さが戻ってくることもないのであろう。

昨年の秋はとても短かった。一〇月末には独房内で相当寒さを感じた。今年はそのような寒さを感じる前に外に出ることになる。

今日は一番風呂で、八時半頃に順番が回ってきた。来週からは入浴も週二回(月、木)になる(現在は週三回、月、水、金)。

風呂に入りながら、もう何年前になるだろうか、モスクワに出張した僕をあなたがシェレメーチェボ空港まで送りに来てくれた時のことを思い出した。ルーブルしか使えない薄暗いカフェで、紅茶とコーヒーを飲んで、いろいろ話したことを思い出した。あの頃は、まだ、数年後に僕や鈴木さんが長期獄中生活を送ることは、僕もあなたも想像していなかった。人生はいろいろなことがあるから面白い。この独房が人生の終着駅ではない。同時に五〇〇日強になる獄中生活を僕は最大限有効に使った。外にいるならば、三―四年かかる勉強を四〇〇日(最初の一〇〇日は不愉快な取調べに追われ勉強に集中できなかった)で行ったことになる。自由筆記ノートも現在五九冊目だが、現在、馬力をかけてノート作りをしているので、最終的には六二冊くらいになるのではないかと見ている。あとはこの成果をどうやって先につなげていくかだ。

九月二三日(火)晴れ　秋分の日　四九八日目(残一六日)

●外務省の後輩へのメッセージ

ナショナリズムについて研究する中で、ナショナリズムの力というのは究極的に自民族(国家)のために自分の命を提供することができるというところにあるということに気づいた。これは僕の独りよがりの解釈ではなく、ベネディクト・アンダーソン『想像の共同体』、アンソニー・スミス『ナショナル・アイデンティティー(邦訳ナショナリズムの生命力)』、アーネスト・ゲルナー『民族とナショナリズム』においても共通しているので、定説と言ってよい。

日露平和条約交渉に取り組んでいたとき、僕は文字通りそれに生命を投げ出す価値があると感じていたし、そのような信念があるから、そのことだけはきちんと記録に残しておくことを今もこうして追求している。

外務省のフニャフニャしている連中も、時代状況が変われば、目つきが変わり、日本のために命を投げ出すようになる。歴史を見ても、一九一〇年代後半から一九二〇年代にかけて、いわゆる大正デモクラシーから昭和恐慌まで、日本人はかなりフニャフニャしていた。それがわずか一〇年で、全世界を敵に回して戦い、カミカゼ攻撃まで行ったのである。

今回の内閣改造にも権力闘争(政治エリートの世代交代を含む)と国家路線の転換の要求が絡まっている。そして、この流れが続けば、日本のあり方について一種のパラダイム転換が起きる。とりあえずは、北朝鮮問題で世論全体がパラノイア的になり、そこから改憲論議が起きてくるのではないかと思う。その中で、日本人のものの見方、考え方が根本からかわっていく。

このようなことは歴史の中ではよくある。例えば、同じロシア人でも、ソ連時代と現在ではものの見方、考え方が根本的に変化している。ソ連時代、投機、金をもうけるなどということは政治的、モラル的に許されないことで、反革命罪という死刑に相当する刑事犯罪だった。

僕自身、ある限定をつけた上で「ナショナリスト(愛国者)」であることは間違いないし、また、産業社会ではどの国家もナショナリズムと絶縁することはできないと確信している。同時にナショナリズムにはとても危険な傾向があり、それが爆発するとたいへんな災いをもたらすことを一人の知識人として深く自覚している。

机の上で本を繙くだけではナショナリズムはわからない。各民族の死生観を体感することが必要なのだ(なぜ、ロシア人と一緒にロシア語の軍歌を歌うとあれほど親しくなるのか？ 死のイメージを共有するからだと僕は考えている)。

日本の場合、札所巡りはそもそも生者と死者の世界を交遊することでもある。そのシンボルの中に日本人の死生観が端的に現れているので、それを体感することにより、日本のナショナリズムが今後どのような方向に進んでいくのかについての感触を摑むことができるのではないかと考えている。

それから拘置所の死刑囚たちのことを考えるにつけ、死生観について深く考えるようになった。死刑が確定しても、直ちには執行されない。強制労働もない。一〇―一五年は、僕が現在経験しているような独房生活を続けるのである。ある意味で刑が確定することにより、処遇がよくなる面もある。例えば、一週間に二日、独房内にテレビが運び込まれ、ビデオを鑑賞することができる。『千と千尋の神隠し』や『男はつらいよ(フーテンの寅さん)』の音楽や、笑い声が漏れ聞こえてくるが、それはいつか確実に来るであろう死刑執行とパッケージになった笑いだと思うと、何ともいえない気持ちになる。

フーコーが『監獄の誕生』の中で見事に分析しているが、独房でたいていの人間は従順な人間に改造され、多くの場合、世界観まで変わってしまう。死刑囚も例外ではない。ほとんどの死刑囚が死を恐れない(同時に過去の犯罪についても一切反省しない)人間に造りかえられ、比較的平穏に処刑されていくのだと思う。死刑囚が前非を悔いるというのは、外の世界の人々が信じたがっている「物語」に過ぎないと僕は思う。

前島氏の場合も世界観が変わり、別の人間に改造されてしまった。これから恐らくは常に何かにおびえた人生を送っていくのだと思う。

僕の場合、ものの見方、考え方は全く変化しない。反省も全くしていないが、検察や拘置所に対する恨みや不満は全くない。「歴史でこういうことは時々あるし、今回は運悪く大当たりだった。あとはこの機会をどうやって自分にとってプラスの機会に転じるか」ということだけを考えている。矯正の観点から見ると最悪のケースだが、政治犯、宗教犯というのは常に矯正不能なのである。

僕はあと二週間経てば外に出る。そして時間が経てば、独房の思い出もリアリティーを失っていく。しかし、ここにいる死刑囚たちは、この生活を生きている限り続けることになる。何か僕だけが外に出るのが申し訳ないような気持ちになってくる。

恐らく僕がこのような気持ちを抱くのは、僕の基本メンタリティーが政治家、行政官はもとより学者でもなく、宗教人なのだからだと思う。

九月二五日(木)雨　五〇〇日目(残一四日)

●外務省の後輩へのメッセージ

獄中でも非常に不思議というかいつものように禁欲的な読書をした。自分の読みたい本を読んでいない。廣松渉にせよ、ハーバーマスにせよ、モルトマンにせよ、僕の知の形とはそりが合わない。しかし、読んでおく必要があると思って繙いた。

獄中で読んだ学術書の中でそりが合うのはアーネスト・ゲルナーだけだった。ゲルナーは博識で独自の論理を組み立てることができるが、自己の対象にのめり込まず、距離を置くことができる。しかし、決してシニカルにはならない。

マルクス主義やキリスト教についても、そのようなイデオロギーは存在しないという。本来一緒にならないような断片的教説を恣意的に括って、マルクス主義とかキリスト教という名前をつけているだけに過ぎないと考える(これは中世普遍論争における唯名論の考え方である)。しかし、ゲルナー自身はキリスト教神学についてもマルクス主義古典についても実によく読み込んでいる。このような突き放した見方ができるからこそ、ナショナリズムという従来アカデミズムの対象とならないようなテーマを見事に分析することができたのだと思う(『民族とナショナリズム』)。それから、マグレブのムスリム社会をイブン・ハルドゥーン[一三三二—一四〇六]の交代史観とヒューム[一七一一—七六]の「振り子理論」を用いて見事に分析している。この方法論も極めてユニークで、まさに自分の頭で考えている(『イスラム社会』)。

アーネスト・ゲルナーはもともと言語哲学者だが、ウィトゲンシュタイン学派と敵対し、英国の哲学サークルから疎外されていたので、社会人類学に転向した。しかし、学問分野にとらわれず、学際的に物事をとらえていこうとする。僕はこのゲルナーのアプローチにチェコ精神を感じる。

ゲルナー自身は、パリ生まれのユダヤ人だが、生まれてすぐにチェコに移り、ナチスが台頭するまで、ゲルナーが確か一七、八歳までずっとプラハに住んでいた。もちろんチェコ語が母語である。ケンブリッジ大学退官後は、体制転換後のプラハに移住して、ナショナリズムの研究を始めたが、一九九五年に急逝した。

チェコ人はものすごく頭がよく、情報勘もよいのだが、「長いものには巻かれろ」という精神で、一六世紀にフス派残党が蜂起した後は、一九六八年プラハの春まで抵抗らしい抵抗をしたことがないというヨーロッパでも極めて珍しい民族である。しかも外国思想・哲学(特にドイツ、ロシア、イギリス)をひじょうに深く吸収、消化し、独自の思想・哲学を作るのだが、それを外部世界に対して発表しようとしない。フランチシュク・パラツキー[一七九八―一八七六]、トマシュ・マサリク、ヨセフ・フロマートカ、ヤン・パトチュカ[一九〇七―七七]等もあれだけの思索をしているのにもかかわらず、世界思想史の主流とはとらえられないのである。

ゲルナーは「優れた思想が影響力を与えられるわけではない。思想の影響力と優劣は関係のない問題だ」と突き放している。

チェコ思想と比較した場合、果たして日本の哲学・思想が世界の思想・哲学をどの程度きちんと理解した上で、消化し、その上で日本独自の貢献を世界に対してしたのだろうか？　近代以後では西田幾多郎以外、欧米でまともに取り上げられた日本の思想家・哲学者はいないと思う。

日本人のものの見方・考え方のどこかに他者とのコミュニケーションを困難にする壁がある。

チェコ人が外国思想・哲学を受容する姿勢を検討する中で日本人とどこが違うのか、よく考えてみたい。

あなたはカレル・チャペック『山椒魚戦争』(岩波文庫)を読んだことがあるだろうか？僕はこの小説を思想書として獄中で何回も読み直している。チェコ精神について知るためのもっとも手軽な本だ。ロシア語(ただし検閲で反ソ的部分が削除されている。東独版、一九五〇年代以降のチェコ語版も同様)、英語版も出ている。

ストーリーは、インドネシアで発見された古代の大山椒魚が急速な進化を遂げ、人類文明よりも高い科学技術水準をもち、人類と戦うことになるが、最後には伝染病で自滅してしまうという、アンチ・ユートピア小説である。この小説(新聞の連載小説)が書かれたのは、一九三五―三六年で、ミュンヘン協定でチェコスロバキアが事実上解体されたのが一九三八年(チェコのドイツ領への併合は一九三九年)なので、かなり危機的な状況を背景にしているが、ユーモアにあふれ、悲愴感はない。

まず、チェコ人の性格については次のように話す。

「……チェコ人だけが、こんなに好奇心の強い民族かどうかは知りませんが、どこで会っても、われわれの国の人間は、何にでも首を突っ込んで、物事の裏がわかるまで気がすまないんですよ。これはわれわれチェコ人が、何も信じたがらないからじゃないですか」(69頁)

これが確かにチェコ人の特徴だが、ドイツ、ロシア、ポーランド、ハンガリーという大国に囲まれた小民族が生き残りのため知性を最大限に活用するからということだ。知性も必要に応じて発達する。この点、チェコ人はユダヤ人に似ている。

「『王手！』

この勝負は私の負けだったが、ふと私は、チェスの手なんてどれもみな古くて、誰かが前にやったもののような気がした。われわれの歴史だって、いつか、誰かによって演じられたものなのかもしれない。そしてわれわれは、その時と同じような敗北に向かって、同じような手で、コマを進めているのかもしれないのである」(242—243頁)

このバカバカしい国策捜査・裁判の中で、僕も誰かが演じた古いチェスの手を繰り返しているような気がする。

チャペックは山椒魚と日本人を重ねあわせている部分がある。

「山椒魚は外国語を、比較的気楽にそして熱心に学ぶのだが、彼らの言語能力には奇妙な欠陥があった。それは一つには、発声器官の構造によるものであり、一つには、どちらかというと、心理的な原因によるものだった。たとえば、彼らは多音節からなる長い単語を発音するのが困難で、一音節にちぢめようとし、短く、すこしばかり蛙の鳴くような声で発音した。rと発音するところをlと発音し、歯擦音の場合は、心持ち舌足らずだった。文法上必要な語尾を落としたし、「私」と「われわれ」の区別が、どうしても覚えられなかった。彼らには、ある単語が女性であるか、男性であるかは、どうでもいいことだった。(中略) こういう表現方法は新聞にまで現われるようになって、やがて一般化した。人間のあいだでも大幅に文法上の性が消失し、語尾が脱落し、格変化がなくなった。教育を受けた青年たちまでrを発音せず、舌たらずの歯擦音を出すようになった。教養のある人びとでも、インデテルミニスムス(非決定論)あるいはトランスセンデントノ(先験的世界)の意味を説明できるものは、ほとんどいなくなったが、それは、これらの単語が、人間たちにとっても、長すぎて発音しにくくなったからにすぎない」(265―266頁)

外務省のロシア専門家の中に、ソボールノスチ(共同性)、スムータ(大混乱)はもとより、ソ連共産党第二〇回大会、ブレジネフ・ドクトリン(制限主権論)についてきちんと説明できる者が何人いるだろうか。ボリシェビズムについて説明できない若手も珍しくない。それでも一応仕事をこなせるのであるが、どこかおかしくないだろうか？

「精神の問題は別として、私がアンドリアス(山椒魚)を観察したかぎりでは、個性がないと言いたい。どれもみな似たりよったりで、同じ程度の努力家で、同程度の能力があり、無表情な点まで似ている。一言でいえば、彼らは、現代文明のある種の理想を体現しているのである。いわく、平均化」(256頁)

日本の官僚は(外務官僚を含め)、現代文明のある種の理想を体現しているのであろう。しかし、これがどのような帰結を導くかは明白である。

「そもそも文明とは、他人が考え出したものを利用する能力のことではなかったか。たとえ、山椒魚には、独自の思想がなくとも、けっこうすぐれた科学を持つことができる。山椒魚には、音楽や文学はないが、彼らはそんなものがなくとも、ぜんぜんこまらない」(305頁)

「なによりもおそろしいのは、彼らがこれほどまでの成功をおさめている、という事実である。彼らは機械と数学の使用をおぼえたが、彼らが世界を支配するには、これでたくさんだということがわかった。彼らは人間の文明から役に立たないもの、遊戯的なもの、空想的なもの、あるいは古くさいものをすべて除外した。……われわれ人間にとってておそろしいのは、彼らの数や力よりも、彼らの成功し勝利しつづける劣等性である」(362―363頁)

あなたはどう思うだろうか。人間の平均化は危険だ。それを打破するためには、きちんとした学識・教養を身に付け、自分の頭で考える習慣をつけるしかない。

また、現下イスラーム過激派との「戦争」を考察する上でも示唆に富んでいる。

「これが戦争と言えるなら、まことに奇妙な戦争だった。宣戦布告をしようにも、そ

の対象になる山椒魚国家はもちろん、承認された山椒魚政府は、どこにもなかったからである」(382頁)

この本を読んでおけば、ロシア、ウクライナ、そしてヨーロッパのインテリと話をするときのよい材料になる。

verum et factum convertunteur.(真理と作為とは転換可能である。)

九月二七日(土)晴れ　五〇二日目(残一二日)

●外務省の後輩へのメッセージ

フーコーの『監獄の誕生』(新潮社)によると、監獄とは処罰の場というよりも、犯罪者を飼い慣らし、無害化し、社会に再統合していく場ということで、独房はそのためにもっとも効果的な道具であるという。独房の中で、周囲の情報から切り離されるとともに二四時間、監視の目を意識する中、犯罪者は自らを監視することになる。その中で、犯罪者も自らの「良心の声」を聞くようになる。近代的裁判制度では、証拠が揃えば犯罪の立証のために被告人の自白は必要ない。逆にいくら自白があっても証拠がない場合には無罪とされる。それにもかかわらず、裁判において自白は重視される。なぜか？　自白により、犯罪者自身が自らを断罪することにより、思想を根本的に転換することを確実にし、それを社会にアピールする必要があるからだ。

前島の事例を見れば、フーコーの教科書どおりに事態は進んだ。

しかし、「良心の声」に目覚めない犯罪者もいる。その場合はどうするか？　処刑もしくは拘禁により社会から完全に切断してしまうのである。

そういえば、日本も戦前の治安維持法体制下では、政治犯は転向しない限り、仮に刑期を満了しても、予防拘禁で、監獄の外に出ることができなかった。もっとも戦前は外国語の図書の差し入れが認められていたので、勉強は相当できたようである。東京拘置所でも外国人被収容者は外国語図書をかなり自由に読めるようなので、羨ましく思う。

僕は常に「良心の声」(職業的「良心の声」と僕自身の「良心の声」に開きがあったことは否めないが)に従って行動してきたので、独房で聞こえてくる新たな「良心の声」など存在しない。現下法体制では予防拘禁制度もないので、非転向でも堂々と外に出ることができる。小泉改革とナショナリズムが進むと予防拘禁制度も再導入されるかもしれない。ナショナリズムは対外的に自民族中心主義を推し進めるとともに、国内的に異分子の排除に向かう。始めは精神障害者、次に凶悪犯、そして政治的異分子の隔離に例外なく進んでいく。「本を焼く」政権は、その後、必ず「人を焼き殺す」ようになるという法則が働く。

フーコーによれば、監獄は近代になってから生まれた制度で、近代の軍隊も病院も学校も工場も役所も、構造は監獄と同じだという。僕も確かにそう思う。しかし、そのことは裏返すと、監獄も外務省も物理的行動範囲が少し異なるだけで、基本構造は同じなのだから、五〇〇日以上閉じこめられていても僕は平然としているのだと思う。

フーコーは現代フランス思想の旗手であり、日本にもその追従者は多い。『監獄の誕生』

は少し高いが(六〇〇〇円近くする)、読むに値する本と思う。

獄中生活では、断片的なメモはいくつも作り(ノートは現在六〇冊目)、学術書も二〇〇冊強読んだが、まとまった著述活動はしなかった。何度もまとまった文書を綴ろうという誘惑にかられたが、どうせ外に出てから全面的にやり直すことになるので、獄中ではあえて断片的なメモ作りに活動を抑制したというのが正直なところである。

それにしても、五〇〇日というのは、一つの区切りである。ゴルバチョフ時代に、五〇〇日でソ連経済を根本的に転換するとの試みがなされたということがある(シャターリン案)。シャターリンは自己顕示欲の肥大した性格異常者だったが、ゴルバチョフが当初方針を崩さずにこの案を遂行すれば、ソ連崩壊を防ぐことはできたかもしれない。少なくともソ連は求心力を失わなかった。

僕も、今後、五〇〇日で、生きる場の基本的転換を図ろうと思う。二〇〇五年春に新しい生活をスタートさせるというのは現実的なところだと思う。以前から何度も述べているように僕は時代と共に進むことはやめた。しかし、人生を投げ出してしまったわけではない。アカデミズムでそれなりの努力を積み重ね、インテリの世界では一定の発言力を確保したいと考えている。他者に全く理解されない文章は「インクのしみ」にすぎないので、理解される文章を綴るということは一定の発言力を持つこととほぼ同義である。そして、将来、あなたに対して少しでも恩返しをしたいと考えている。空手形を振り込むことになるといけないので、この点については今はあまり詳しく述べないことにする。

獄中でときどき思い出すのが、ハンガリーのジョルジュ・ルカーチ〔一八八五―一九七一〕という哲学者のことだ。ユダヤ人で、ハンガリーの大銀行家の息子で、マックス・ウェーバーに可愛がられた。ルカーチはマルクス主義者になり、一九一八年のハンガリー革命で、教育相になった。革命が敗北し、ホルティ〔一八六八―一九五七〕の反革命政権ができると、ルカーチに対して死刑が言い渡された。すると、ヨーロッパの非マルクス主義的インテリを中心に、ルカーチの才能を惜しんで広範な救援運動が起き、ハンガリー政府もそれを無視できなくなり、ルカーチを精神病院に送る。そして、精神病院に入院中に書いたのが、ルカーチの主著『歴史と階級意識』である。特にその中の「物象化とプロレタリアートの意識」という論文は現在もしばしば言及され、哲学的意義を失っていない。

ジャン＝ポール・サルトル〔一九〇五―八〇〕が「マルクス主義は乗り越え不可能」と宣言し、『弁証法的理性批判』や『存在と無』を書いたときに念頭においていたのもルカーチのマルクス主義理解である。

ルカーチの文章は難解だ。基本的にヘーゲルの用語を用いる。ルカーチの基本的な考え方は、人間の認識は立場を離れてはありえないので、人間社会(そして人間そのもの)がどのような状態にあるかということを首尾一貫して論理整合的に認識できるのはプロレタリアートの立場に立ったときにのみ可能ということだ。現下、資本主義システムで人間は疎外された状況に置かれているので、そのことに無自覚にアカデミックな研究を行っても、正しい認識はできないとして、プロレタリアートの立場に立った実践を主張し、ルカーチ自身も終生共産党員として活動する。

疎外論は、一九二〇年代にソ連でマルクスの初期手稿が発表されるまでは、ほとんど注目されていなかった。ルカーチはこれら手稿が発表される前に、それまでに公刊されたマルクスの著作を通じて、疎外論を組み立てたので、その洞察がとても高く評価された。ルカーチの理解するマルクス主義は、ソ連型マルクス主義とは全く異なるものだった。しかし、政治的にはソ連を(一回の例外を除いて)常に支持した。ルカーチは一九三〇年代、ソ連に亡命し、哲学研究に集中した。スターリンの粛清裁判を積極的に支持することはなかったが、沈黙を通した。

一回の例外、つまりルカーチがソ連に対して異議申し立てをしたのは、一九五六年のハンガリー動乱のときである。ルカーチは、反乱側ナジ・イムレ[一八九五―一九五八]政権を支持する。そして、ナジがソ連軍によって銃殺された後、再び沈黙生活に入る。ルカーチは政治的には東側の人間だったが、その哲学は(マルクス主義を掲げていたにもかかわらず)、ソ連・東欧では無視され続け、主に西欧哲学界に強い影響を与えた。僕はルカーチの中にヘーゲル主義者特有の保守性があると考えている。「ソ連型社会主義も存在する以上はその合理的根拠がある」という発想だ。

ルカーチが「立場を離れた自由な見解など存在しない」と考えたのは正しい。特に外交交渉において、立場を離れた見解は存在しない。それをいかに客観的に見せるかというのが外交(そして諜報)の技法なのである。

九月二八日(日)晴れ　五〇三日目(残一一日)

●外務省の後輩へのメッセージ

以前のメッセージにも書いたが、これからは仕事中毒、研究中毒のような生活はしない。私生活をもっと大切にしたい。官僚の仕事と異なり、アカデミックな研究は、ぼんやりとしている時間がないとよいものが生まれてこない。

誰にも所与の条件の中で、一定の役割を期待される。そしてその役割を首尾良く果たしているうちに役割は拡大する。廣松渉は「役割」と「役柄」を別概念と規定する。すなわち、役割にとどまるうちは、各人が役割を変更することが可能である。しかし、それが固定され、役柄となると、もはや転換不能(理屈の上では転換はできても、それに対する心理的、経済的コストが高いので、事実上転換に踏み切れない)になる。他方、僕の考えでは人生は自分にしかできない役柄を作っておかないと、つまらない。僕の場合、今回の事件で、外交官という役柄はリセットすることになったが、それに対する未練は全くない。日露関係のダイナミズムが失われた中で、僕にしかできない役割がほとんどない状況で、僕としても別の可能性を追求したい。このことは、小泉・田中が権力の座についてから、真剣に考えていた。逆説的だが、小寺[★1]がおかしなことをせずに、田中[真紀子]さんが僕をターゲットにしなかったならば、僕は二〇〇二年には大学に転出していたか、あるいは外

★1　小寺次郎外務省欧州局ロシア課長。二〇〇〇―〇二年にかけ東郷和彦、佐藤と対立。

務省を辞めてチェコに留学していたと思う。

僕は外務省とは戦争状態だが、それ故にあなたが外務省を辞めなくてはならないということにはならないし、あの組織には個人に対して徹底的な嫌がらせを続けるほどの気力はない。

一〇月五日(日)晴れ　五一〇日目(残四日)
●外務省の後輩へのメッセージ

獄中での読書はヘーゲル『精神現象学』でスタートし、そしてヘーゲル『歴史哲学講義』で終わった。外に出たら、ズーアカンプ社版(ドイツ語)の『ヘーゲル選集』(全二〇巻)をていねいに読んでみたい。学生時代はカネがなく、初期の著作二冊しか買えなかった。少し厚い新書本といった感じだが、二〇年前に一冊五〇〇〇円くらいしたので、学生には全巻買うことができなかった。三年前、八重洲ブックセンターで、全二〇巻六万円くらいで買った。もちろん新本だ。洋書は過去二〇年で確実に安くなった。保釈になってからは、いつか読もうと思って買い溜めた本を思う存分読みたい。少し早い隠居生活の始まりだが、これはこれでよいことだと感じている。

晩年、ヘーゲルは非常に保守化した(もっともハーバーマスは、青年ヘーゲルから政治的保守主義があり、革命を哲学体系から追い出すことではヘーゲルは一貫しているとする。ハーバーマスのヘーゲル解釈は説得力がある。この点について、『理論と実践』[未来社]に収録されている「フランス革命に関するヘーゲルの批判」はよくできた論文だ)。僕なりの言葉で老ヘーゲルの考え方をまとめてみる。

①歴史哲学とは「後知恵」の世界である。現在生じている出来事の意味を理解することは誰にもできない。出来事が終わってから、優れた哲学者がその意味を解明することができるのみである。

②歴史を作ることのできる個人、つまり偉人がいる。偉人は、学者、軍人ではなく必ず政治家だ。

③偉人である政治家も通常、自己の果たす歴史的意味を理解していない。通常は政争で、自己の個別利害を追求する中で絶対理念(精神)は実現される。そして、この闘争の中で誰かが勝ち、誰かが負ける。

④負けた政治家はいわば絶対理念のために犠牲になるのだが、絶対理念は自分の財布からその代価を支払おうとはしない。支払いは、政治家がその情熱によって行うのである。これが「理性のズルさ」だ。

⑤従って、歴史を作る政治家の個人的運命は悲劇的だ。

⑥しかも世の中には「下人の歴史観」が存在する。下人は政治家に仕えているので、政治家がどのような生活をし、シャンペンが好きだというようなことを知っている。それ故に、偉人も下人と同程度、あるいはそれ以下の品性の人間だという理解しかできない。下人の眼をもった人には絶対理念(精神)はわからない。

以上はすべて、『歴史哲学講義』の序説に書かれている。解釈を加える必要もないほどに自明のことだ。そして最後にヘーゲルは政治家の運命をこうまとめる。

⑦政治家を通じて、その段階での絶対理念が実現されると、当該政治家は、豆の莢のように意味のないものになってしまう。

僕自身はヘーゲルの説明で、今回、僕の周辺に起きたことをすべて理解できるし、納得できる。しかし、鈴木さんはこのような形では理解したくないであろう。だから、僕はこのことについては、鈴木さんはもとより、その他の人にもあまり話さないでおこうと考えている。

獄中での持ち時間もいよいよ少なくなってきた。やり残したテーマもいくつかある。

数学

サンスクリット語

に本格的に着手することができずに残念だった。外に出たらこの二つのテーマには直ちに手をつける。それから、

アルバニア語

を勉強したいと思っている。アルバニア正教会の創設者ファン・S・ノーリについて以前から研究したいと思っていたからである。このことについてもあなたに説明したかったのだが、時間切れだ。

ドイツのルター派神学者で、ディートリッヒ・ボーンヘッファー〔一九〇六―四五〕という牧師がいる。ドイツ国防軍の情報将校をつとめ、ヒトラー暗殺計画に加わり、一九四五年四月に処刑された。日本でも翻訳が数多く出ているし、戦後、西ドイツのみならず東ドイツでもボーンヘッファー神学は影響をもった。

一九四三年に逮捕され、獄中で綴った神学メモが『抵抗と信従』という形で出版された。ボーンヘッファーは、現代のような世俗化した世界で、非宗教化は必然的で、非宗教的キリスト教について真剣に考える時代に至ったのではないかという着想をもつに至った。しかし、処刑により、その思惟を発展させることはできなかった。

僕がボーンヘッファーの著作を熱中して読んだのは二〇歳頃なので、もう二三年前になる。しかし、その内容を今も正確に覚えている。

ボーンヘッファーは、ものごとを

「究極的なもの」と

「究極以前のもの」

に分ける。通常のキリスト教神学では「究極的なもの(神)」を重視し、「究極以前のもの」を軽視するとのアプローチをとるのだが、ボーンヘッファーはそうは考えない。「究極的なもの」は「究極以前のもの」を経由してのみ理解も実現も可能と考え、「究極以前のもの」を非常に重視する。

ボーンヘッファーは、キリスト教を理解するにあたって「もはや神という作業仮説はいらないのではないか」とも考える。

ボーンヘッファーの思考は、ナショナリズムを見る際に援用可能だ。民族や国家は「究極以前のもの」だ。これに対し、具体的な人間への愛や一般的な人類愛は「究極的なもの」だ。

日本では誠実なインテリほど民族や国家を「物象化された概念」「疎外態」「虚偽意識」として排除してしまう。

外交官や政治家には、民族や国家が「究極的なもの」に見えてしまう。

ボーンヘッファーは、ナチス第三帝国下で、よきドイツ人でありよきキリスト教徒であるということはどういうことかを考えた。

フロマートカは、共産全体主義体制下のチェコスロバキアで、よきチェコ人であり、よきキリスト教徒で、よき人間であるのはどういうことかを考えた。

僕は、よき日本人であり、よき外交官であり、よき人間であり、よきキリスト教徒であるとはどういうことなのかについていつも考えていた。外交官の仕事をする中ではよき日本人であるとはどういうことなのかというのが最重要テーマだった。これからは、よきキリスト教徒であるとはどういうことなのかというのが主要テーマになるのであろう。しかし、よき日本人であるということも一生僕にとって重要なテーマとなり続ける。

一〇月六日(月)曇り　五一一日目(残三日)

○出廷日だ。獄中からの最後の出廷である。ゴロデツキー先生尋問。
○今日、独房に戻ってからは、ベルトコンベアの上に乗ったごとく事態は進んでいくだろう。これで局面が一つ先に進む。行き先は決まっているのだから、特に悲観する必要も(もちろん楽観する必要も)ないであろう。
○これで確実に一つのヤマを越える。

●一〇月七日(火)晴れ　五一二日目(残二日)

担当の看守に宛てた礼状

担当の先生へ
いつもお世話になっています。

昨日(一〇月六日)夕刻、弁護人が小生の保釈手続きに着手しました。一両日中に何らかの動きがあると思います。

本日で私の勾留も五一一日[★1]になりました。この間、東京拘置所職員の皆様にはほんとうにお世話になりました。感謝しています。特に担当の先生の様々なご配慮には心から感銘を受けました。感謝の気持ちを文字で残しておこうと思います。

私は被疑事件については検察側と全面的に争っています。従って、逮捕・勾留に納得している訳ではありません。検察庁や法務省に対して阿《おもね》るつもりは全くありません。他方、

★1　正確には五一一泊、五一二日目。

拘置所の先生方は、忠実に仕事をしておられるわけで、またその仕事に対する取り組みを目の当たりにするにつけ、私は皆様の人間としての心の温かさに感銘を受けました。マスコミで刑務所や拘置所について報道されるときは、悪い方向での偏見とともに記されていることがほとんどです。真面目に職務を遂行している拘置所職員の姿は世間にはほとんど知られることがありません。そして理不尽なことを言われてもそれに対しては黙ったまま、一生懸命働くしかありません。私自身も公務員ですので、いろいろ考えさせられることがありました。

私自身は勾留生活が人生の無駄になったとは思っていません。私は外交官としての仕事をしながらモスクワ大学、東京大学で一〇年間教鞭を執っていたこともあり、この期間は研究期間と思い、読書とノート作りに専心していました。それと同時に拘置所で、今までと全く別の世界に接することにより、いろいろ考えさせられることがありました。

外交官として私は、ロシア、中東、北朝鮮等、難しい地域の難しい問題を担当していました。恐ろしい目に遭ったことも一度ならずあります。その中で人間を見る目がそれなりについてきたと考えています。日本の歴代総理、様々な政治家、外国要人と面識を得、そのうちの何人かとは親しくお付き合いさせていただきました。その結果、人間の社会的地位とその人のもつ人間性は全く別のものと確信するようになりました。被収容者には様々な人がいます。拘置所の先生方にはとても鋭い人の本質を見抜く目があると思いました。そして心理的に不安定な囚人に対しても、人間的に暖かく接する拘置所職員の人間としての優しさを目の当たりにし、涙が出るほど感動しました。
担当の先生のこれまでのご厚情に感謝します。もし可能でしたら、いつも私の房を回って下さる若い先生、運動の先生、医務の先生、担当の先生が不在の時に回って下さる眼鏡をかけた先生にもよろしくお伝え下さい。
末筆ながら担当の先生のご健勝、ご発展を心からお祈り申し上げます。
平成一五年一〇月七日
元外務省主任分析官
佐藤　優

【弁護団への手紙】――262
昨日(一〇月六日)の公判でもたいへんにお世話になりました。ゴロデツキー先生の論旨は明快だったと思います。また、刑事裁判の通訳の実態には驚きました。「タダより高いものはない」、「タダより恐いものはない」と実感しました。あれが常態ならば通訳ミスによる誤審は十分あります。
今日は朝一番で入浴(昨日入浴できなかったことの代替)、そしてその後は部屋掃除、洗面所、便器をクレンザーで洗い「立つ鳥跡を濁さず」の態勢をとっています。
疲れが相当たまっています。外に出てから気が緩み、体調を崩すことがないように気をつけます。

恐らくこれが獄中から弁護団に宛てる最後の手紙になると思います。これまでほんとうにお世話になりました。今後ともよろしくお願い申し上げます。

一〇月八日(水)曇り　五一三日目(残一日)

○母の誕生日

○さて、今日中に外に出ることができるであろうか?　もっとも今日であろうが、明日であろうが、本質的な違いはない。

○「皇帝フリードリヒ一世が都市の代表者たちにむかって、あなたたちは和議を誓ったのではなかったか、と詰問したとき、代表者たちは、たしかに誓った、しかし、和議をまもるとは誓わなかった、と答えたとのことです」(ヘーゲル『歴史哲学講義』下、273―274頁)

一〇月九日(木)晴れ

○昨日(一〇月八日)は、午後五時過ぎに保釈。手続きに二時間半くらいかかる。

○阿部氏が車で出迎え。

○二〇社ほどプレスがいたが、本気で追いかけてこなかった。(埼玉県)与野(現さいたま市)へ。

○午後七時過ぎに滝田氏合流。

○午後八時過ぎに大室先生合流。
○よく寝つけず。午前六時頃になってようやくうとうとする。起床は午前九時。

終章

正直にいうが、本書の執筆は想像した以上に苦しかった。

技術的にそう難しいはずはなかった。原稿の基になる獄中で書いたノートはB5判六二冊で、ここから適宜抜粋すればよいと考えていたのだが、その作業が難航した。ノートのほとんどは六〇枚つづり(一二〇頁)で、一部に四〇枚つづり(八〇頁)がある。頁数は総計で六〇〇〇頁強、一行あけて筆記したので、一頁あたり平均三五〇字、全体で四〇〇字詰め原稿用紙五二〇〇枚になる。本書ではこれを五分の一に圧縮したのであるが、ノートの読み込みと整理で疲労困憊してしまった。

作業に取りかかる前は想像しなかったのであるが、ノートを読んでいるうちに当時の情景がリアルに甦ってくるというレベルにとどまらず、文字通り再現されるのだ。毎日、監獄の中にいたときの夢を見るようになった。

逮捕されたときの状況や、信頼していた上司や同僚による事実と異なる供述調書が存在することを筆者の取り調べを担当した西村尚芳東京地方検察庁特別捜査部検事(当時、現最高検察庁検事)から知らされたときの「嫌な感じ」が甦ってくる。

ただし取り調べ自体については、あまり嫌な記憶は残っていない。検察官の仕事は私を断罪し、社会的生命を奪うことであることを当時から認識していたし、いまもその認識に変化はないのであるが、西村尚芳検事についての悪印象がまったくないのである。

あるとき私が「西村さん、調書をそっちで勝手に作ってきたら。読まないで署名、指印(左手人差し指に〝黒い朱肉〟をつけて判を押すこと)するよ。担当検察官に点をとらせたいと思うようになった」といって挑発したことがある。私は西村氏が侮辱されたと思い、烈火のごとく怒り出すと予測していた。しかし、西村氏は冷静に「申し出はありがたいけど断る」といって、こんな心境を披露した。

「自分のモラルを落としたくない。あなたにはわかると思うけど、調室の中で僕たちは絶大な権力をもっている。この権力を使って何でもできると勘違いする奴もでてくる。怒鳴りあげて調書を取れば、だいたいの場合はうまくいく。しかし、それは筋読みがしっかりしているときだけに言える話だ。上からこの流れで調書を取れという話が来る。それを「ワン」と言ってとってくる奴ばかりが大切にされる。僕は「ワン」という形で仕事をできないいんだ」

「どうして」

「性格だと思う。自分で納得できないとダメなんだ。最近、国策捜査で無罪をとられる例がいくつかあった。あの種の事件は調べのときに必ず無理があるんだ。だから公判で事故が起こる」

「国策捜査なんてそんなものだろう。組織人なんだから言われたことはやらなくてはならない」

「それはそうだ。しかし、調室でモラルが低下すると、権力を勘違いする。そして、被疑者を殴ったり、電車で痴漢をしたり、あるいは女性検察事務官と不倫をしたりと滅茶苦茶なことになる。そうなりたくない。だから調室では無理をしないことにしている」(佐藤優『国家の罠』新潮社、二〇〇五年、223―224頁)

なんとも形容しがたい不条理かつ不毛な取調官と被疑者の会話であるが、これが国策捜査の実態なのである。西村氏は検察組織の一員として、有罪となる事件を作り上げるという要請と被疑者である私に過度の負担を負わせず、社会的再出発が可能になる方策という複雑な連立方程式を組み立てた。そのことにより西村氏は職業的良心と人間的良心の兼ね合いを図ったのである。

私は西村氏という対論者を見いだし、そこで生まれたインターアクション(相互作用)が獄中記に記されていく。西村氏との「出会い」がなければ、国策捜査の内在的論理について解き明かした『国家の罠』は生まれなかった。

『国家の罠』が読書界に受け入れられ、国策捜査という業界用語が市民権を得たのは、私としては喜ばしいことだったが、ただ一つ気にかかったことは「本音をしゃべりすぎた」といって西村氏が検察組織内において不利な取り扱いを受けることだった。今年(二〇〇六年)、西村氏が水戸地方検察庁からエリートポストである最高検察庁の検事に異動したという話を聞いてほっとした。それと同時に上司の命令を「ワン!」といって聞くような者だけが出世する霞が関(中央官庁)文化の中で、西村氏のような職人を評価する検察庁という組織は、外務省と異なり、まだまだ潜在力があるので、侮ってはならないと気を引き締めた。あえて強調しておくが、私は西村氏を友人と感じたことは一度もない。
結局、私は西村氏とは一度も握手をしなかった。なぜなら国策捜査というこのゲームで、西村氏はあくまでも私の敵で、敵と和解する余地が私にはなかったからである。しかし、西村尚芳検事は、誠実で優れた、実に尊敬に値する敵であった。(同書353頁)
この認識に現在も変化はない。現役外交官時代、私はロシア(ソ連)のインテリジェンス専門家たちと狐と狸の化かし合いのようなことを何度もしたことがある。そのときの優れた敵に対する感情と私の西村氏への思いは比較的近い。尊敬と友情は別の概念である。

ノートを整理していると、近隣の独房に収容されていた死刑囚たちのことが思い浮かんでくる。他の囚人については、時間の経過とともに顔の表情や着衣などがあいまいになってくるのであるが、死刑囚については表情の細かい様子や、漏れ聞こえてきた死刑囚と看守の会話の内容などが記憶に定着して離れていかないのである。死刑囚の獄中での姿はさまざまであった。日替わりで動物になり、フクロウの日には一日中「ホー、ホー」と、猫の日には「ニャー、ニャー」と鳴いていた初老の黒縁眼鏡をかけた男性はどうなっているのか。また、心身に変調を来し、夜中に
「死にたくないよぉ。確かに私は二人殺しました。しかし、二人目は殺意はなかったんですよ。わかってください。私は死刑になるんでしょうか」
と叫び、暴れたので、医務担当職員に担架で移送されていった死刑囚はどうなったのかと

考える。

『国家の罠』にある程度詳しい事情を書いたが、私の隣人で、いつも沈着冷静で、真摯に読書と思索に取り組んでいた確定死刑囚については、ある弁護士の尽力で、この人のお母さんと連絡をとることができた。手紙で息子さんの獄中での様子を伝えたところ、ていねいなお返事をいただいた。息子さんの様子について連絡する機会が得られただけでも私が投獄された意味があると思っている。

吉田松陰の辞世の句が、

「親思ふ　心にまさる親心
けふのおとづれ何ときくらん」

であったが、獄中の確定死刑囚である息子のことを思う母親の気持ちを考えると胸を締めつけられる思いがする。

それから夢の中に拘置所の看守の足音と鍵束の音が毎日でてくるようになった。二―三カ月の勾留生活を経ると聴覚と触覚が研ぎ澄まされる。足音、鍵束の音で、どの看守がどの独房を開けようとするかを正確に予測できるようになる。死刑囚は、扉の鍵穴に看守が鍵を入れてカチャという音がする瞬間に「もう生きてこの独房に戻ることはないかもしれない」と感じるはずだ。

この感覚について連合赤軍事件で死刑が確定した坂口弘さんが歌を詠んでいる。

「雷の　落つる音には　驚かねど

鍵開く　音には驚かれぬる」(『坂口弘　歌稿』朝日新聞社、一九九三年、１３６頁)

この歌のリアリティーがいまも私から去っていかないのである。確定死刑囚の人たちを小菅に残し、私だけが娑婆に出てきたことが申し訳ないと思うようになってくる。外務省に戻りたいとは全く思わないが、小菅の東京拘置所独房にならばもう一度戻って、ゆっくり本を読んだり、ノートを作りながら思索を進めたいと半ば真面目に思っている。

去年秋、自宅から徒歩一五分くらい離れたところに仕事場を借りた。そこの五畳の洋間を当初、東京拘置所の独房のように改造し、小机を入れ、持ち込める本も一〇冊以内にしぼって「思索の間」としたが、どうも小菅の独房のように集中して思索をすることができない。それに扉を閉め切っていると、仕事場で飼っている雄猫が「なにかこの部屋の中では楽しいことがあるのではないか」と思うせいか廊下でニャーニャーと鳴いて落ち着かない。そのうち猫に知恵がついて、扉のノブを下げて部屋に入ってくるようになったので、独房計画はあきらめ、本棚とベッドを置いて仮眠室兼書庫にした。この部屋にはチェコ語の神学書・思想書を置くことにし、執筆作業に飽きると、この部屋でベッドに横になりながら読書をすることにしている。現在は、『獄中記』でも言及した一九世紀チェコの民族思想家フランチシェク・パラツキーの『ボヘミアとモラビアにおけるチェコ民族の歴史(Dějiny národu českého v Čechách a v Moravě)』を読んでいる。平均七〇〇頁、全六巻の大作だ。ていねいに読んでいるので、読み終えるまでに少なくともあと二年はかかると思う。東京拘置所では外国語書籍の差し入れが認められていないので、やはり監獄ではなく娑婆で思索を進めた方がよいと思い直したりする。

獄中ノートでは学術書からの抜粋とそれに対するコメントにもっとも大きな割合が割かれていたが、本書ではその部分をほとんど割愛した。ただし、この部分が、現在、さまざまな執筆活動をする上でとても役に立っている。それから拘置所の食事についてはメニューを毎日記録した。本文にも記したが、東京拘置所の食事はなかなかおいしいのである。それに囚人が購入可能な食料品に関するデータもあわせて、いつか「塀の中のグルメ」についても本を書いてみたいと考えている。

本文の脚注には編集を担当した馬場公彦氏(学術一般書編集部編集長)につけていただいた部分と筆者が書き下ろした部分がある。主なものとして以下の事辞典類を参照した(編者名を略す)。

『岩波哲学・思想事典』一九九八年、岩波書店/『広辞苑 第五版』一九九八年、岩波書店/『岩波キリスト教辞典』二〇〇二年、岩波書店/『岩波イスラーム辞典』二〇〇二年、岩波書店/『岩波仏教辞典 第二版』二〇〇二年、岩波書店/『岩波=ケンブリッジ 世界人名辞典』一九九七年、岩波書店/『岩波西洋人名辞典 増補版』一九八一年、岩波書店/『[現代日本]朝日人物事典』一九九〇年、朝日新聞社/『コンサイス外国人名事典 第三版』二〇〇二年、三省堂/『コンサイス日本人名事典 第四版』二〇〇一年、三省堂/『新訂 現代日本人名録』日外アソシエーツ/『ブリタニカ国際大

百科事典』／『百科事典マイペディア』／『最新昭和史事典』一九八六年、毎日新聞社／『新潮世界文学辞典』一九九〇年、新潮社／『日本現代文学大事典』一九九四年、明治書院／『二〇世紀英語文学辞典』二〇〇五年、研究社／『新版　ロシアを知る事典』二〇〇四年、平凡社／『世界民族問題事典』一九九五年、平凡社／『新宗教辞典』一九九四年、弘文堂／『imidas2006』二〇〇五年、集英社

馬場氏の御尽力に感謝するとともに最終的な文責は私にあることを明らかにしておく。

末筆になるが、感謝の気持ちを伝えたい。

まずは岩波書店の人々に対してである。馬場公彦さんの叱咤、激励なくしては本書が陽の目を見ることはなかった。馬場さんと知り合ったのは、筆者が一九九五年にモスクワから東京に戻り、外務本省国際情報局分析第一課に戻ってから、それほど時間が経っていなかった頃と記憶している。当時、馬場さんは『世界』編集部の編集者だった。それからしばらくして、恐らく『世界』の論調の幅を広げようと考え、「世界論壇月評」というコラムの執筆を外務官僚である私に依頼してきた。当時、外務省は『世界』にきちんとした足がかりをもっておらず、対ロシア外交を進めていく上では同誌の読者であるロシア専門家の理解を得ることが重要であると考え、私は外務省という組織の意向を体現してコラムの仕事を引き受けたのである。「世界論壇月評」執筆陣との月一回の意見交換ではいつも知

的刺激を受けた。同時に馬場氏は大学・大学院で哲学を専攻した関係もあり、神学を基礎教育とする私と波長があった。特に馬場さんの中国哲学やアジア主義に関する言説は興味深い。そもそも筆者のデビュー作である『国家の罠』も馬場さんが「佐藤さんが体験したことは日本のナショナリズムについて考えるよい材料となるので、是非、本にまとめるべきだ。時代に対する責任を放棄してはならない」と「最後の一押し」をしてくれなければ、新潮社から本を出すという決断を私はできなかったと思う。また、編集者の世界には所属組織の利害関係を超える尊敬と協力の文化があるということを私は馬場さんと伊藤幸人さん(新潮社広報宣伝部長)を通じて教えられた。

それから岩波書店では『世界』の岡本厚さん(編集長)と中本直子さんにも感謝の気持ちを伝えたい。二〇〇二年一月末、鈴木宗男バッシングの嵐が吹き荒れ、外務省のラスプーチンこと佐藤優に対するバッシングも強まったが、岡本さんをはじめとする世界編集部の人たちは、私の活動を偏見なく受け止めてくれた。そして、私が逮捕される直前の『世界』二〇〇二年五月号に、恐らくは当時『世界』編集部にいた馬場さんの働きかけがあったものと想像しているが、和田春樹先生の「スキャンダルと外交—日露領土交渉の流れを断ち切るもの」、歳川隆雄さんの「〝ムネオパージ〟で見失った外交・外務省改革」と題する二つの論考が掲載された。この二つの論考のおかげで「思考する世論」の中で私の行動を理解しようとする土壌ができた。二〇〇二年五月一四日に私が逮捕された後も『世界』七月号には和田先生が「テルアビブ国際会議と佐藤優氏について」を、八月号には歳川さんが「劇場型政治の中　根腐れていく外務省―創造的破壊以外に活路はない」(「協力」栗野仁雄氏)を寄稿し、筆者を巡り生じた状況について客観的に解明する努力をしてくださった。

私が現役外交官時代に親しくしていた学者、ジャーナリスト、作家たちは合計すれば二〇〇名以上いた。あの状況で、私にいたわりの声をかけてくれたり、また、逃亡生活に手を貸してくれた人々も少なからずいる。しかし、実際に商業媒体における論考の形態で私を支援してくれたのは、和田春樹先生、歳川隆雄さん、それから作家の米原万里さん(故人、「私の読書日記」『週刊文春』二〇〇二年一一月二五日、米原万里『打ちのめされるほどすごい本』文藝春秋、二〇〇六年に収録)と産経新聞正論調査室長の斎藤勉さん(「元主任分析官『佐藤優』を考える／彼の力量　誰が認めたか」『産経新聞』二〇〇二年三月一日朝刊一面)だけだった。この四名に改めて感謝の気持ちを伝えたい。

いくら記者や編集者が私について、当時、圧倒的な流れだったバッシングと逆の記事を書きたいと思っても、会社の編集方針と対立するので不可能だったというのが実状だった。しかし、岩波書店と産経新聞社は違った。政治的立場が正反対の二つのメディアが私に理解を示したことは偶然ではなく、それなりの根拠があると思う。自らの正しいと信じる筋をたいせつにし、「然りには然り、否には否」をいう岩波書店と産経新聞社の社風である。この社風を体現している岩波書店の山口昭男社長、産経新聞社の住田良能社長を私はとても尊敬している。このような経緯があるので、私は岩波書店の看板誌『世界』と産経新聞社のオピニオン誌『正論』をとてもたいせつな仕事の場所としているのだ。

五一二日間にわたる筆者の獄中生活を支えてくださった大室征男弁護士(半蔵門法律事務所)、大森一志弁護士(サン綜合法律事務所)、緑川由香弁護士(銀座東法律事務所)にも深く感謝している。それから、私が捕まったその日に、早速、「佐藤優支援会」を立ち上げてくれた同志社大学神学部の同窓生滝田敏幸さん、阿部修一さんの義侠心を忘れることも一生ない。

私はもともと人見知りが激しい。現役外交官時代は、仕事であるがゆえにあえて社交的に振る舞っていたが、ほんとうは本を読んだり、思索ノートをつづったり、親しい友人ととりとめのないおしゃべりをするのが好きだ。文筆に従事するようになってからも、個人的に交遊する職業作家は、いまは二人しかいない。「いまは」と限定をつけたのは、今年春までは、もう一人、米原万里さんがいたからだ。獄中ノートをつけていたという話をしたら、米原さんから「あなた、それは絶対に本にしなさい」と強く勧められたことを思い出す。

それからこの『獄中記』が生まれる過程で相談に乗っていただき、さまざまな知的刺激を与えてくださった魚住昭さん(作家)、宮崎学さん(作家)、下里俊行さん(上越教育大学助教授)、鈴木宗男さん(衆議院議員)、東郷和彦さん(元外務省欧州局長)、加藤正弘さん(共同通信社大阪支社社会部デスク)、西村陽一さん(朝日新聞東京本社政治部長)、それからご迷惑をかけることになるので、名前をあげることができない外務省の元上司、元同僚、若き後輩たちにも心の底から感謝の気持ちを伝えたい。

二〇〇六年一一月一〇日、武蔵野の仕事場で

佐藤　優

付録

ハンスト声明

鈴木宗男衆議院議員の逮捕に抗議します。

鈴木代議士とともに、私、東郷氏は、歴代官邸の指示と、時の国策に基づく、日露平和条約の早期締結にむけ全力を尽してきました。

その私どもが、現在、新たな国策に基づき葬り去られようとしています。

私にしても、鈴木代議士にしても、経済犯として捉えられておりますが、その背後にある政治的動機を正確に捉えて下さい。

私はただ今より、鈴木代議士の逮捕に抗議し、四八時間のハンガーストライキに入ります。

佐藤　優

(平成一四年六月一九日)

鈴木宗男衆議院議員の第一回公判に関する獄中声明

一．本日、東京地方裁判所で、鈴木宗男衆議院議員に対する第一回公判が行われます。私は、鈴木議員に関する事件も、私に関する事件も、いわゆる国策捜査に該当するものと考えます。

二．歴代政府首脳の特命を受け、鈴木宗男衆議院議員、東郷欧亜局長を先頭に、私たちは、北方四島の帰属の問題を解決し、日露平和条約を早期に締結すべく全力を挙げて取り組んできました。鈴木議員は、この国策の実現に政治生命をかけたのです。

三．鈴木宗男衆議院議員に対する「疑惑」報道の過程で、日露平和条約交渉も大きなテーマになりました。日露両国の戦略的提携を深める中で、北方領土問題を解決しようとする、当時、鈴木議員が、官邸・外務省とともに構築した路線は、現在も、「鈴木宗男なき鈴木宗男路線」として継続しています。

四．他方、現在、歴史の書き換えが進められています。

本年九月、外務省が発行した「われらの北方領土　二〇〇二年版」からは、

平成一二年一二月二五日の鈴木宗男衆議院議員とセルゲイ・イワノフ安全保障会議書記との会談

平成一〇年六月二三日から同二六日の鈴木宗男北海道・沖縄開発庁長官による、初の我が国閣僚の北方四島訪問

平成九年一二月二七日の鈴木宗男北海道・沖縄開発庁長官による、初の我が国閣僚のサハリ

ン訪問
などの鈴木宗男衆議院議員の関与した日露関係における歴史的に重要な出来事が消し去られています。
五．対露政策を巡る当時の官邸、鈴木議員、外務省の関係について、真実を明らかにすることにより、鈴木議員の活動が「不当介入」ではなく、国策そのものであったことが明らかになると信じます。

佐藤　優

(平成一四年一一月一一日)

現下の所感——東京拘置所にて

佐藤　優

私は東京拘置所に背任事件で勾留中の刑事被告人であり、かつディーゼル発電に関する偽計業務妨害容疑の被疑者でもあり、九月一七日に予定されている第一回公判まで、弁護人以外との接見、文書(新聞・雑誌・書籍を含む)の授受を禁止されている。従って、私は私の独白を弁護人に語り、その独白を伝え聞いた人が公表してくれるのを待つより発表の手段はない。

「テルアビブ事件」で何が問題となっているかについては、『世界』七月号に掲載された和田春樹論文で言い尽くされていると思う。現時点で私がそれに付加すべきことはない。

私は刑事被告人となった今も、裁判所、検察、外務省を含む日本国家機関に対して敬意をもっている。つい数カ月前まで、末端であるとはいえ国家権力を行使する側に一七年間いた私にとって、国益を基本とする立場から抜け出すことはできないし、また、抜け出すつもりもない。それは私の過去を全否定することになるからだ。

今回の私の事件は、背任という経済事件であるが、私がターゲットとされた真の理由は、現在、東京拘置所で私の「同居人」となっている鈴木宗男衆議院議員と私が親しい関係にあるからだ。私は外務省員としても、私個人としても鈴木宗男という政治家を尊敬してきたし、この気持ちは獄中にいる今も変わらない。国家権力が、ある特定の個人をターゲットとするのは、恨みや憎しみによるからではない。ひとつの時代に終止符を打つために象徴的な事件を作り、特定の個人を断罪することにより、一種の「けじめ」をつけて、新しい時代へ向けた踏み台にしようということなのであろう。この様な思惑で国家中枢が意思決定を行えば、有能な司法官僚はその任務を忠実に遂行する。ただそれだけのことである。現在、捜査する側が異様な熱気に包まれていることは間違いない。私にはこの熱気が懐しい。なぜならこれが「東京宣言に基づき、二〇〇〇年までに平和条約を締結するよう全力を尽す」(一九九七年一一月の「クラスノヤルスク合意」)という国策の中で、私たちが体験した熱気に似ているからだ。あの頃は戦場にいる様な毎日だった。「テルアビブ事件」もこの過程で起きた。

私も当時の国策に基づき業務を遂行する中で「蟻地獄」を掘ったことが一度もないとは言えない。それだけに私に対して掘られたこの「蟻地獄」から抜け出すことがほぼ不可能であるということもよくわかっている。このゲームは「双六《すごろく》」に譬えるならば、途中で道はいくつも分かれているが、最後に行きつく「あがり」は全て地獄である。この様な基本認識を私は有している。

外務省は、「テルアビブ事件」を鈴木宗男の「側近中の側近」である佐藤優元主任分析官の個人犯罪として処理しようとしている。つい先日まで、私と決して悪い関係にあったわけではない外務省幹部たちも私に全責任を負わせるべく画策していることもよく見える。これも組織防衛の観点からは極めて自然な行動である。もし本件で逮捕されたのが別の人物で、私に組織防衛という任務が与えられたならば、ありとあらゆる知恵と手段を駆使し、私も本件を個人犯罪に抑え込もうとしたであろう。

不思議に思われるかもしれないが、検察に対しても、外務省に対しても、怒りとか恨みとかいう感情が私には全く湧かない。「組織とはそんなものだ」というのが率直な感慨である。

それにしても私、鈴木宗男、イスラエルは不思議な縁で結ばれている。鈴木宗男の外交活動について、対露外交、対アフリカ外交については、それなりに知られているが、鈴木がイスラエル、在米ユダヤ人団体と強い人脈をもっていることは案外知られていない。私が鈴木宗男と初めて出会ったのは、まさに鈴木がユダヤ人社会との関係を深める契機を通じてであった。

一九九一年八月のソ連共産党守旧派によるクーデター未遂事件後、バルト三国(リトアニア、ラトビア、エストニア)の独立が各国により認められ、同年一〇月、日本政府もこれら諸国との外交関係樹立のために政府代表を派遣することになった。そして、当時外務政務次官をつとめていた鈴木宗男が政府代表に命じられ、在モスクワ日本大使館三等書記官として民族問題を担当していた私が通訳兼身辺世話係として団員に加えられた。鈴木との出会いが後の私の運命に大きな影響を与えることになろうとは、当時は夢にも思っていなかった。

鈴木は杉原千畝《すぎはらちうね》(イスラエルではセンポ・スギハラと呼ばれることが多い)元カウナス領事代理が外務本省の訓令に違反してポーランドからのユダヤ系亡命者に日本の通過査証《ビザ》を与え、六〇〇〇名の生命を救った史実に大きな感銘を受け、当時の外務省幹部の反対を押し切り、杉原夫人を外務省飯倉公館に招き、謝罪している。外務本省は、訓令違反をし、外務省を退職した外交官を褒め讃える鈴木の言動に当惑し、この話題がランズベルギス・リトアニア最高会議議長との会談で提起されることを警戒していた。私は別の観点から杉原問題をランズベルギスに提起することには反対であった。実は、ランズベルギスの父親がソ連併合前のリトアニア民族主義政権で地方産業大臣をつとめ、ユダヤ人弾圧に手を貸した経緯があり、また、一九九一年時点でのランズベルギスを中心とするリトアニア民族主義者とユダヤ人団体の関係もかなり複雑だったからである。私は鈴木にランズベルギスの背景事情を説明し、杉原問題を提起することは不適当であると直言した。鈴木は私の意見によく耳を傾け、しばらく考えた後にこう言った。

「佐藤さん、あなたの言うことはもっともだ。しかし、ランズベルギス議長は、ソ連共産全体主義体制と徹底的に闘って、リトアニアに自由と民主主義をもたらした人物である。それであるならば、杉原さんの人道主義を理解することができるよ。一流の政治家というのはそういうものだ」

鈴木はランズベルギスとの会談で杉原問題を提起した。ランズベルギスは「命のビザ」の話に感銘を受け、カウナスの旧日本領事館視察日程を組み込む様に同席していた外務省儀典長に指示するとともに、ビリニュス市の通りの一つを「杉原通り」に改名すると約束した。私は一流の政治家が大所高所の原理で動く姿を目の当りにし、少し興奮した。

この話は、イスラエルやユダヤ人団体ではよく知られている。鈴木が内閣官房副長官時代に小渕恵三総理訪米に同行したとき、シカゴの商品取引所会頭が「杉原ビザ」の写しを示し、「私はこのビザで救われました。あなたがその杉原さんの名誉回復をしてくれたのですね」と話しかけてきたとのエピソードを鈴木は私に語ったことがあるが、イスラエルの外交官、学者が鈴木をユダヤ人に紹介する際には、「鈴木宗男さんがセンポ・スギハラの名誉回復をしました」といつも初めに述べるのが印象的であった。鈴木のイスラエル、ユダヤ人社会における高い評価は、私たちがイスラエルの政府関係者、研究者との関係を深める際にも大いに役立った。

今回の事件で問題となっているテルアビブ大学主催国際学会を私は途中で抜け出し、（二〇〇〇年）四月四日、モスクワ・クレムリン宮殿で行われた鈴木宗男・小渕総理特使とプーチン・ロシア大統領の会談に同席した。この会談は、プーチンが大統領に当選した後、初めて行われる外国政府代表との会談でもあり、内外の注目を集めた。鈴木は会談直前に森喜朗自民党幹事長の電話連絡を受け、日露首脳会談の日程を取り付けるべくプーチン大統領に働きかけ、同年四月のサンクトペテルブルグ非公式首脳会議、七月の沖縄サミット、九月の大統領公式訪日の日程を固める。鈴木・プーチン会談は外交的には大成功であった。また、同時期にテルアビブ大学で行われた国際学会「東と西の間のロシア」も大成功であった。しかし、日本国内政治の観点からは、このあたりを機に、これまで「黒衣役」であった鈴木の姿が世間によく見える様になり、それだけ反発を受けることも多くなった。政治家の反発は嫉妬と複雑に絡みあっている。さらに、政治家の嫉妬は権力欲と結びついているので恐ろしい。このことをロシア政治エリートの抗争を見る中で私は何度も痛感してきたが、鈴木も私も大きな仕事を首尾よく仕上げた二〇〇〇年四月の出来事が、現在の奈落に向う分水嶺となる危険性については、全く自覚していなかった。

さて、今回の事件を、表面上の経済事件に置くならば、その全体構造を見失う危険性がある。私の理解では、今回の事件の「見どころ」は、「これまでの国策」によって全力疾走してきた私たちが「新たな国策」により徹底的に断罪され、潰されていく過程にある。この過程を悲劇として描くのは、あまりにも淋しいので、出来ることならば悲喜劇としたい。この悲喜劇に出演せざるを得なくなった私としては、法的外被に隠れた政治性を明らかにしないと今次事件の本質がわからなくなると深く確信しているものである。

私が断罪されていく過程を一つの「道具」として現下の日本が抱えている問題を整理してみたい。その際、「こちらが正しくて、あちらが間違えている」という様な二項対立図式は出来るだけ排除したい。しかし、「白黒をはっきりつける」というまさに二項対立そのものである裁判の中で二項対立図式を超克することは至難の業である。私の弁護団は私の考えを完全に理解している。私と弁護団の関係は、強い信頼関係により結ばれている。従って、リーガルマインドに欠ける私が法廷で活躍する場はあまりないと思う。私は法廷外の知的対話の場で問題の本質をより明らかにすることに力を注ぎたい。

それでは具体的にどのような論点が考えられるであろうか。率直に言って、私の考えもまだ完全にまとまっているわけではない。とりあえず頭出しだけをしておく。

第一に、議院内閣制の下で政官関係が引き起こす問題である。外務省は鈴木宗男の「恫喝」、佐藤優の「横暴」に脅える弱々しい小羊集団という形で括れるようなヤワな組織ではない。日本の外務官僚の能力は、外交交渉のみならず国内政局動向を見据えた駆け引きにおいても極めて高い水準にある。この点が今後の過程でどこまで見えてくるかである。

第二に、「密室外交」と「劇場型政治」の間で引き起こされる軋轢の問題である。領土交渉のような機微な外交案件について「閉ざされた扉」の中で交渉を行うことは避けられない。私たちは時の官邸・外務省幹部の指示に基づき与えられた課題を忠実に遂行してきた。現在、「密室外交」の破綻というもっともらしい解説がなされるが、過去数年の対露外交は、一部政治家や外務官僚の暴走ということで整理できる問題ではない。まさに当時の国策そのものであった。小泉政権下、「劇場型政治」が進行する中で全てを国民の目に晒すことが流行になっているが、外交の世界には、決して人前に晒すことのあってはならない秘密が存在する。その様な交渉に関与した政治家、外交官はその秘密を場合によっては墓まで持って行かなくてはならない。これが国際的に確立した厳粛な「ゲームのルール」である。時代の流れに反する議論と思うが、国益のためには「密室外交」が必要な場合もあるという前提で、情報公開、国民の「知る権利」との関係でどの様な「ゲームのルール」を構築すべきかについて考えていきたい。

第三に、国民の「知る権利」と報道攻勢のかねあいの問題である。本年一月末、国会や永田町で私と鈴木宗男の関係について数多くの怪文書が流れ、それを基にした国会質問が行われた関係で、私もマスメディアの取材攻勢を受け、自宅にも帰れず、仮宿を確保したが、その帰宅途上、連日、数時間も尾行され、テレビカメラが頭や腕に当り、痛い思いをしたことも数回ある。この様な状況が二月初めから逮捕される五月一四日まで続いた。私は単身なので家族について配慮する必要はなかったが、私の同僚、友人たちが強引な取材に閉口していたのも事実である。私は取材には基本的に応じなかった。しかし、記者が強引な取材を試みるのも国民の「知る権利」に基づいているのだと理解するように努め、不愉快な状況にも耐えた。「テルアビブ事件」を巡る報道攻勢の中で、あえて固有名詞をあげることは避けるが、私の盟友が心身に変調を来した。この盟友は再起不能になるかもしれない。人権上問題があると思う。この点についても議論したい。

本来ならばこの様な議論をビールのジョッキを傾けながら行いたいのであるが、いつになったら外に出ることができるのか皆目見当がつかない。また、接見禁止が続いている間は手紙も着かない。弁護人との面会だけが唯一の外界との窓である。情報の双方向性が担保されないのは残念であるが、外に出てからの課題にしよう。

以上

（二〇〇二年七月二二日）

（未発表）

冷戦後の北方領土交渉は、日本外交にどのような意味をもったか

佐藤　優

ここに紹介するのは、現在拘置中の元外務省主任分析官・佐藤優氏の「日露外交」に関する論文である。読者もご承知のとおり、氏は、本誌の連載「世界論壇月評」に、九八年一月号の開始から昨年夏に逮捕されるまで、ロシア部分を担当執筆されていた。元々この論文は、氏が弁護団に基礎的な知識を与えるため書いた書面だが、「その内容を読むにつれ、弁護団だけがその知識の恩恵を受けるべきではないと思慮し」(大室征男弁護士から本誌編集長への書簡)、裁判と関係のない部分を論文のかたちに整えて、弁護団から本誌に提供されたものである。

——編集部

はじめに

本稿は一定の制約条件の下で書かれている。私は、昨年(二〇〇二年)五月一四日、テルアビブ国際学会への国際機関支援委員会からの支出が背任にあたるとして逮捕された後、東京拘置所に勾留されており(更に七月三日、国後島へのディーゼル発電供与事業に絡む偽計業務妨害

容疑で再逮捕)、情報が限られている上に、日露平和条約交渉(北方領土交渉)は、今後妥結する可能性のある「生きている外交」だ。外交交渉には相手があるので、私が知っていることの全てを語ることはできない。しかし、同時に現時点で私が明らかにしておかなくてはいけないこともある。過去十数年間、私は日露両国の歴代首脳を含め、平和条約交渉を巡る関係者の動きを間近に見る機会に恵まれた。この経験を踏まえ、あの時代がどのようなものであったかについて私なりの整理を試みてみたいと思う。

一　東からのユーラシア外交

日露関係が本格的に動き出したのは、一九九七年からである。この背景にはNATO(北大西洋条約機構)の東方拡大がある。NATOの東方拡大のロシアに与えた衝撃を正確に理解することが、その後の北方領土交渉活性化を解く鍵になるのである。

ロシア人にとって、冷戦下の「ゲームのルール」はわかりやすかった。つまるところ、共産主義陣営対資本主義陣営、全体主義対自由主義、その呼び方はどうでもよいが、世界は敵と味方に分かれており、「敵は絶対に間違っていて、味方は絶対に正しい」ということになっていた。

しかし、ロシア(旧ソ連)は、核兵器が存在する状況でこのような冷戦構造が続くと核戦争で人類全体が破滅してしまう危険性があると考えた。そこでこのような冷戦構造を転換し、民主主義と市場経済という人類に普遍的と言われている価値観を受け入れた。しかし、西側、特に米国はロシアの「善意」を理解せず、冷戦に対する唯一の勝利者として一極支配の実現に腐心している。NATOの東方拡大は一極支配の象徴である。

しかもNATOの東方拡大の対象となった諸国(ポーランド、チェコ、ハンガリー)はいずれも歴史的に西ローマ帝国文明圏(カトリシズム・プロテスタンティズム世界)に属する。冷戦後の新世界秩序では、米国による一極支配下、「彼ら」の文明圏に属する国のみが「エリート・クラブ」NATOの会員になることができる。ロシアは東ローマ(ビザンツ)帝国文明圏(正教世界)に属するので、新世界秩序の下では二流国の地位を甘受せざるをえない。

国家としての名誉と尊厳を傷つけられたと感じたロシアは、多極化世界の構築を指向するようになった。米国の同盟国であり、民主主義・市場経済という価値観を共有するが、欧米とは別の文明圏に属する日本の声にロシアが素直に耳を傾ける土壌が生まれたのである。

一九九七年七月二四日の橋本龍太郎総理の経済同友会演説について、日本では、新たに打ち出された対露三原則(信頼・相互利益・長期的視点)が注目されたが、ロシアではその基礎となる東からのユーラシア外交ドクトリンが注目を集めた。

米国による西からのユーラシア外交がNATOの東方拡大であり、(ロシアの受け止めでは)ロシアを封じ込める動きであったのに対し、橋本総理の提唱した東からのユーラシア外交は、日本がロシアをアジア太平洋地域に誘《いざな》う姿勢を鮮明にした。その根拠として、冷戦後のアジア太平洋地域の秩序は日米中露の四カ国が形成するとのパワーポリティックスの「ゲームのルール」が提示され、その中で最も距離のある日露関係を接近させることは、日本にとってもロシアにとっても、更にはアジア太平洋地域の安定と発展にとっても貢献するとの認識が示された。橋本総理は、「長期的視点」に立って日露双方の国益に合致する戦略的、地政学的提携を実現するために「喉に刺った刺《とげ》」となっている北方領土問題を解決することを呼びかけたのである。

これまで北方領土問題は、第二次世界大戦の戦後処理問題として扱われていたが、橋本経済同友会演説以後、「冷たい戦争」の戦後処理としての要因が加わり、「二重の戦後処理」としての性格を帯びるようになった。

ＮＡＴＯの東方拡大という「北風」により傷つき、閉塞感を感じていたロシアにとって、日本のイニシアティブは「太陽」と映った。エリツィン大統領は「橋本は頭がよい人間だ」と何度か述べたことがあるが、私が承知する限り、他の外国政治家についてエリツィンが「頭がよい」という評価をしたことはない。ロシアは、日本がロシアの国益とも嚙み合う形で領土問題の解決を真剣に模索していると受け止め、この外交ゲームに参加することにしたのである。

二　首脳間の信頼関係

「新しい皮袋には新しいブドウ酒を入れる必要がある」。日露外交にも新たな器が必要になった。外交交渉をまとめあげるためには、国際環境(客観的な条件)とともに双方の国家の意志(主体的条件)が必要とされる。国家意志は首脳によって体現される。ロシア人の理解では、大統領になった瞬間から、ボリス・エリツィンであれウラジーミル・プーチンであれ、私人ボリス、私人ウラジーミルであることを止め、二四時間、ロシアの国益を体現するエリツィン大統領、プーチン大統領としてしか行動できない。ロシア人は身内の会話では、エリツィンであれプーチンであれ辛辣に批判をする。しかし、外国人がその話題に加わり、うっかり少しでも批判的言辞を吐くと、さっきまで辛辣な批判をしていたそのロシア人から「わが大統領に対して何を言うのか」と言って吊しあげられる。ロシア人にとって、対外的にはロシア国家は大統領に文字通り体現されているのである。領土問題のようなロシアの国民感情と密接に絡む外交案件も大統領が決断すれば、最終的に国民はそれについてくる。このロシア人の論理に嚙み合う外交手法が必要とされる。

「不信から信頼へ」、「信頼から合意へ」、「合意から実行へ」というプロセスは、首脳によって政治的に、外務省をはじめとする関係省庁によって事務的に担保される必要があった。日本側において、歴代官邸主導で進められた日露平和条約交渉を政治的に支えたのが鈴木宗男衆議院議員で、事務方でそれを支援した外交官の一人に私がいた。

首脳外交では、相手国情勢を的確に分析することに加え、会談相手の内在的ロジックを把握することが決定的に重要である。ここでは私たち「黒衣《くろこ》」の果たす役割が大きい。日本の「黒衣」は情報収集・評価・分析に加え、基本戦略に役立つシナリオ作りと演出も担当している。強い酒を酌み交わしながら得られる情報の中にヒントがある。ウオトカが相当回ったところで大統領側近が世間話のついでに、

「日本側はオヤジ(エリツィン大統領)の心理研究が不十分である。お前たちは「もし北方四島に対する日本の主権が確認されるならば、返還の時期・態様・条件については柔軟に対処する」というような言い方をするが、それでは一〇〇年経ってもオヤジはオーケーしない。オヤジは「もし……ならば……してやる」という駆け引きをもっとも嫌う。日本は出来ることをあえてやらず、ロシアを試していると受け止める。

レトリックが重要だ。「お前、嘘をつくな」と言うのと「お互い正直にやろう」と言うの

では内容が同じでも受け止めは全く異なってくる」と言う。「黒衣」はこのような話を聞き逃さない。

一九九八年四月の川奈会談で、橋本総理が、

「私とボリスの関係は「あれをすればこれをしてやる」、「あれをしなければこれをしない」というような関係ではない。「私はこれをする。ボリスにはあれをしてほしい」と素直に言えるような関係だ」

と言うと、エリツィンは身を乗り出して「その通りだ」と応え、両首脳は踏み込んで領土問題について協議したのである。

首脳会談は全人格がぶつかり合う場でもある。一九九八年一一月、小渕恵三総理がクレムリンを訪れたとき、エリツィン大統領の体調は決してよくなかった。日本側はこの会談で元島民が北方四島に自由訪問できる新たな枠組を是非とも作りたいと考えていた。しかし、ロシア外務省との事前折衝から実現は難しいとの感触を得た。小渕総理は二度、「自由訪問を実現してほしい。人道的見地からよろしくお願いする」と言ったが、エリツィンの反応はなかった。小渕総理はエリツィン大統領を見つめて、

「元島民は七〇代、八〇代と高齢で余命もいくばくもない。是非、元気なうちに故郷の地をもう一度この目で見てみたいと思っている。孫に島を見せてあげたいと考えている。人道的観点から自由訪問を是非実現してほしい。ボリス、頼む」

と言った。エリツィンは目に涙を浮かべ「よいでしょう」と答えた。小渕総理のエリツィンの心に訴える呼びかけがなければ自由訪問は実現しなかった。

森喜朗総理とプーチン大統領も強い信頼関係で結ばれていた。この信頼関係がなければ、一九五六年日ソ共同宣言の有効性をロシア側が文書で確認することはなかったであろう。

三　北方領土問題解決の理念型

二〇〇〇年一二月二五日、森総理親書を携行した鈴木宗男衆議院議員がプーチン大統領最側近のセルゲイ・イワノフ安全保障会議事務局長と会談した。その際、イワノフ事務局長は、

「領土問題の解決案について、これまでに露日両国の専門家はそれこそ嘗めるようにして全ての可能性、選択肢を検討してきた」

と述べたが、まさにその通りである。平和条約交渉でテーブルの上に載る可能性のある案は限られている。

本稿では現実性を持ちうる選択肢について、その理念型を提示してみたい。ここで私が提示するのはあくまでも理念型であり、実際にこのような提案がなされたことを確認するものではない。また、これらの理念型を折衷した提案も現実性をもつ。

理念型についての説明に入る前に概念の整理をしておきたい。日本と米国の戦争状態は一九五一年のサンフランシスコ平和条約で終結した。しかし、沖縄、小笠原等は米国の施政権下に置かれた。沖縄では通貨としては米ドルが用いられ、裁判権も米国がもった。だが、このことは沖縄が米国領になったことを意味するものではない。これを日米両国は、沖縄は米国の施政権下に置かれているが、潜在主権は日本にあると整理した。従って、日本は米国に対し、沖縄の施政権返還を要求し、それは一九七二年に実現したのである。

いまここで、完全な主権は施政権と潜在主権によって構成されると考える。また、本稿で返還という場合、潜在主権の確認のみではなく施政権も日本側が行使することを意味する。

①四島一括返還　日本が四島に対する完全な主権(施政権＋潜在主権)を一挙に回復しようとする要求である。

冷戦による緊張が高まった時期、ソ連は「ソ日関係にはいかなる領土問題も存在しない」との姿勢を繰り返し表明していた。このような状況では日本としても拳をできるだけ高く振り上げ、北方領土問題をソ連に認知させる必要があった。そのために「直ちに四島一括返還を実現せよ」とソ連に対して強く要求し、四島即時一括返還を日本政府のスローガンとした。もちろん、ソ連が四島即時一括返還に応じる可能性がないことは日本政府もよくわかっていた。

一九九一年八月のソ連共産党守旧派によるクーデター未遂事件後、ソ連解体過程が進むなかでソ連(ロシア)の北方領土問題に対する姿勢も柔軟になってくる。この中で日本政府は、四島即時一括返還をソ連(ロシア)側に要求することを止め、

「四島への日本の主権が確認されれば、実際の返還の時期、態様及び条件については柔軟に対応する」

と立場を転換した。一九九一年一二月のソ連崩壊後、日本政府がロシア政府に対して四島一括返還を要求したことは文字通り一度もない。

昨年(二〇〇二年)、鈴木宗男衆議院議員を巡る「疑惑」報道の中で、鈴木、東郷和彦外務省欧州局長、私が「国是」である四島一括返還に反する「私的外交」を行ったというような報道

や論議がなされたが、一〇年以上前に日本政府は四島一括返還から政策を転換したというのが実態である。この路線転換により、平和条約交渉の幅が広がった。

②潜在主権方式　北方四島に対する日本の潜在主権を確認することにより平和条約を締結する。施政権はとりあえずロシア側に残る。施政権が今後どうなるかについては交渉事となる。日本の立場からすると領土問題の解決は、潜在主権の確認のみでは不十分で、施政権も取り戻さなくてはならないので、平和条約が締結された後に施政権返還条約を締結する必要がある。北方領土問題の段階的解決に向けたアプローチと言えよう。

一九五一年にサンフランシスコ平和条約が締結されてから、一九七二年に施政権が日本に返還される前までの沖縄と同じ状態を北方四島に作り出すと考えていただけばよい。

③賃貸(借)方式　②の潜在主権方式とは逆に、潜在主権はロシア側に残し、施政権を日本側が行使するという考え方である。例えば、ロシアによる北方四島の賃貸(日本から見れば賃借)はこの考え方の一つである。

主権(潜在主権)問題を先送りにするものなので日本としてはこの方式をとることはできない。ただし、ロシアの学者や北方四島住民の一部にこの考えがあった。

賃貸に「X《エックス》年」という期限を付ければ、ロシアを中国、日本を英国に見立てた「香港」方式になる。因みに、「香港」方式については、日露どちらが中国側に立つかで、その意味が異なってくる。ここで述べたロシアの潜在主権を前提とする「香港」方式に日本が応じることはできない。しかし、日本を中国に、ロシアを英国に見立てた、北方四島に対する日本の潜在主権を前提とする「香港」方式ならば②の潜在主権方式に時限性の縛りをつけた変形なので、「X年」の期限にもよるが、基本的には平和条約を締結することができる。

④「2＋2」方式　一九五六年日ソ共同宣言第九項後段により、平和条約締結後、ロシアが歯舞群島と色丹島を日本に「引き渡す」ことについては既に両国間に合意が存在する。従って、日本の立場からすると、歯舞群島、色丹島の帰属問題については解決している(つまり日本の潜在主権が確認されている)ので、施政権返還についての交渉が残るのみであるが、国後島、択捉島については帰属の問題について交渉しなくてはならない。このような歯舞群島、色丹島の二島と国後島、択捉島の二島について、これまでの日露平和条約交渉で得られた合意のレベルの相違に注目したのが「2＋2」方式である。

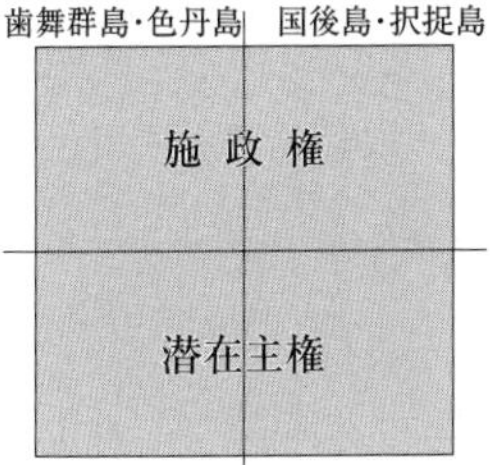

図①

図②

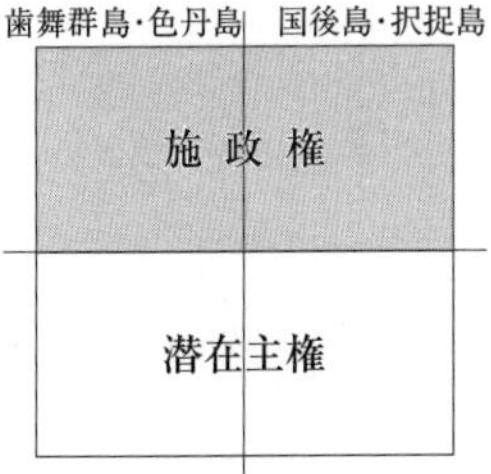

図③

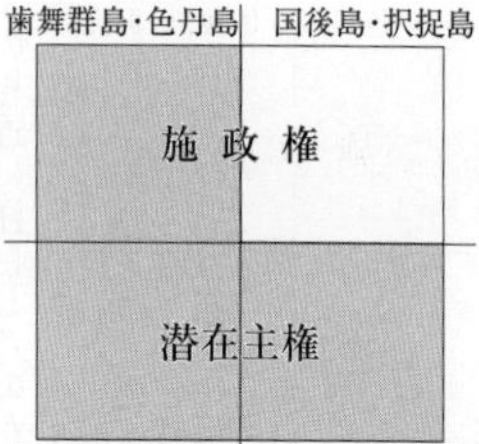

「二島先行返還」による平和条約
図④A

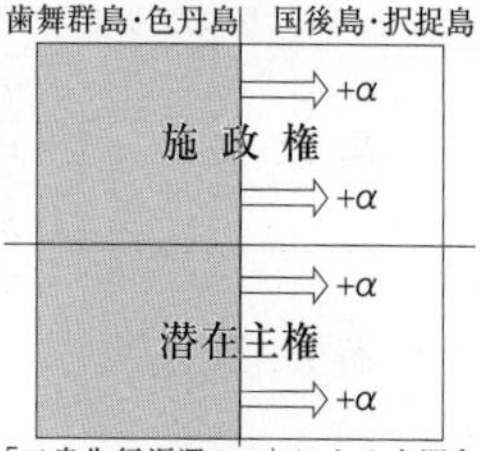

「二島先行返還+α」による中間条約
図④B

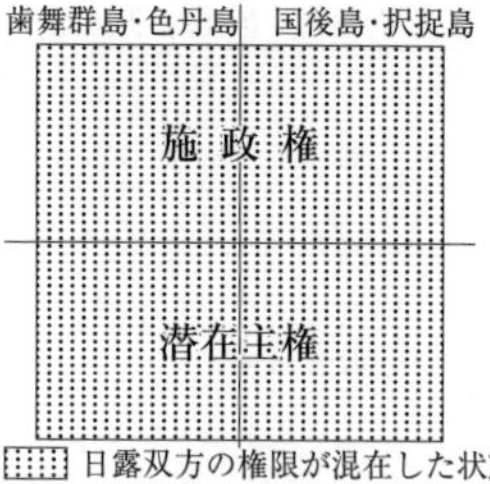

日露双方の権限が混在した状態
図⑤

「2＋2」方式が「二島返還論」であるとか「二島先行返還論」であるとの見方もあるが、ここで冷静に議論を整理しておきたい。領土問題は国民感情を刺激しやすいので、四島一括返還以外を唱えるのは国賊だという雰囲気に流されやすい。しかし、勇ましい口調で日本の最大限要求を掲げることだけが国益に合致するとは言えないと私は確信している。これまでのところ、日本政府が「二島先行返還」をロシア側に正式に提案したことがないというのは事実である。しかし、このことと四島一括返還以外の方式、例えば、歯舞群島、色丹島の完全な主権（施政権＋潜在主権）を回復し、国後島、択捉島については「時差」をつけて領土問題の最終解決を図るという選択肢を日本が初めから排除するというのは別の話である。

北方四島に対する日本の主権（含潜在主権）が認められない限り、平和条約を締結することができないというのは日本政府の原則である。原則は譲れない。従って、二島返還による平和条約締結の可能性は全く存在しない。

それでは、まず歯舞群島、色丹島の日本への返還を確保することにより平和条約を締結することは可能か。この質問にこれだけの条件で答えることはできない。全ては、国後島、択捉島の帰属問題がどうなるかにかかっている。国後島、択捉島に対する潜在主権が確認されるならば、歯舞群島、色丹島については完全な主権(施政権＋潜在主権)が担保されているのであるから、「二島先行返還」による平和条約の締結は可能である。これは②の潜在主権方式にプラスして歯舞群島、色丹島の施政権が日本に返還されるということである。

「2＋2」方式による交渉の結果、歯舞群島、色丹島については日本の完全な主権(施政権＋潜在主権)が確認されたが、国後島、択捉島については合意に至らず、継続協議になった場合、この条件では国後島、択捉島に対する日本の主権(含潜在主権)が確認されないので平和条約を締結することはできない。ここで交渉を決裂させるのも一つの選択肢である。しかし、歯舞群島、色丹島が返還されるということは日本にとって明らかにプラスであるので中間条約を締結して、国後島、択捉島の日本への帰属確認に向け、鋭意交渉を継続していくとの選択肢もありうる。ここでは、国後島、択捉島の帰属に関する継続協議にどこまで日本にとって有利な条件(プラス・アルファー)が含まれるかが鍵になる。例えば、数年程度の交渉期限(時限性)、更に国後島、択捉島の帰属について日本の立場を強化する文言(方向性)が担保されるならば、「二島先行返還」による中間条約を締結するとの選択肢は現実性をもつことになる。この場合、中間条約も北方領土問題の段階的解決を目指すものである。

逆に、プラス・アルファーの条件が日本にとってあまり有利でなく、歯舞群島、色丹島の

「二島先行返還」、国後島、択捉島の継続協議で中間条約を締結することにより、平和条約を締結することができなくなるとの見通しが強まれば、ロシア側が歯舞群島、色丹島を日本に「引き渡す」と言っても受け取らず、四島一括返還もしくは四島一括潜在主権確認を求め、交渉を継続していくことになる。

いずれにせよ、中間条約の締結に応じるか否かは高度な政治決断の問題である。

「2＋2」方式により交渉を進めることで、「二島先行返還」による平和条約もしくは中間条約を締結する可能性は排除されないのである。

さらに、「2＋2」方式で、歯舞群島、色丹島返還の具体的条件について協議するうちに、現在、色丹島に居住するロシア系住民対策(歯舞群島は無人島)等の難しい問題が出てくることにより、ロシア側が、「施政権の返還はちょっと待ってほしい。四島に対する日本の潜在主権の確認で平和条約を締結したい」と言ってくるならば、日本側は、「2＋2」方式から潜在主権方式に転換することもできるのである。

「2＋2」方式はいわば入口で、それがどのような出口に繋がるかは交渉を進めてみなくてはわからないのである。二〇〇一年三月のイルクーツク首脳会談で森総理がプーチン大統領に提案した「2＋2」方式を二〇〇二年にロシア側が断ったという形でとりあえず整理されているが、「2＋2」方式が交渉の幅を広げるアプローチであることに変わりはない。

⑤共同統治・共同管理方式 コンドミニウムとも呼ばれる共同統治・共同管理方式には多くの種類があるが、当面の間、四島に対する主権を日本のものともロシアのものとも確定しない

で、いわば両国の主権が混在する状態で、両国が共同して施政権を行使するということならば、北方四島に対する日本の主権確認に向けて一歩前進と言えないこともない。この場合も政治決断により中間条約を締結する可能性が完全に排除されているわけではない。

しかし、共同統治・共同管理と言っても、例えば、四島で共住する日本人とロシア人の間で交通事故が発生した場合、警察権、裁判権はどうなるのか、また企業の法人税や事業税はどのような法律に従いどこに納めればよいのか、労働基準法についてはどうなるのか等、メカニズムの構築に事実上、新国家を創るのと同じ様な労力がかかるので、現実性はそれ程高くないシナリオである。プリマコフ元首相が世界経済国際関係研究所（ＩＭＥＭＯ）所長をつとめていた時期にこの方式に強い関心をもっていた。

＊＊＊

これまで述べてきた方式のうち、四島一括返還（図①）でなくとも、四島に対する潜在主権確認（図②）、「二島先行返還」と国後島、択捉島の潜在主権確認（図④Ａ）によっても平和条約を締結することは可能である。

「二島先行返還」と国後島、択捉島の帰属に関する継続協議（図④Ｂ）、共同統治・共同管理（図⑤）の場合には、政治決断による中間条約締結の可能性が排除されない。

二島返還、四島の施政権のみを日本が行使するとの方式（図③）では、平和条約はもとより中間条約も締結できない。

四　一九五六年日ソ共同宣言と一九九三年東京宣言

一九五六年日ソ共同宣言と一九九三年東京宣言があたかも対立する、より端的に言うと日ソ共同宣言が「二島返還論」で東京宣言が「四島一括返還」を意味するものであるかの如き誤解が存在する。

通常、平和条約には、戦争状態の終結、外交関係の回復等について定めるとともに、領土問題、国境問題がある場合には、それについても解決することが必要とされる。日ソ間で平和条約が締結できなかったのは、領土問題について双方の見解が一致しなかったからで、共同宣言方式による国交回復を先行させた。日ソ共同宣言は「宣言」という名称であるが両国国会で批准された法的拘束力をもつ条約である。これに対して東京宣言は政治的に重要な合意文書ではあるが、法的拘束力はもたない。

日ソ共同宣言第九項は以下のように定めている。

「日本国及びソヴィエト社会主義共和国連邦は、両国間に正常な外交関係が回復された後、平和条約の締結に関する交渉を継続することに同意する。

ソヴィエト社会主義共和国連邦は、日本国の要望にこたえかつ日本国の利益を考慮して、歯舞群島及び色丹島を日本国に引き渡すことに同意する。ただしこれらの諸島は、日本国とソヴィエト社会主義共和国連邦との間の平和条約が締結された後に現実に引き渡されるものとする」

平和条約交渉に領土問題が含まれることは、松本俊一全権とグロムイコ外務第一次官の往復

書簡で、

「ソヴィエト政府は、前記の日本国政府の見解を了承し、両国間の正常な外交関係が再開された後、領土問題を含む平和条約締結に関する交渉を継続することに同意することを言明します」

と明記されているので異論はありえない。

日本の立場としては、平和条約は四島に対する日本の主権が確認されない限り締結できない。しかし共同宣言第九項後段では、平和条約締結後は歯舞群島と色丹島の二島を「引き渡す」ことにしか合意していない。しかもこの二島についても日本の主権を確認するとか返還するということではなく、ソ連が日本に贈与するとの説明が可能になる「引き渡し」という表現が用いられている。日本としては満足できない内容だが、当時のわが国力からするとここで妥協する以外の方策はないと政治決断をしたのである。

これに対して、東京宣言は、領土問題が四島の帰属を巡る係争であるという「土俵」について定めた点は重要であるが、平和条約締結により北方四島がどの国に帰属することになるかについては何の合意もなされていないのである。少し長くなるが関連箇所(第二項前段)を引用する。

「日本国総理大臣およびロシア連邦大統領は、両国関係における困難な過去の遺産は克服されなければならないとの認識を共有し、択捉島、国後島、色丹島及び歯舞群島の帰属に関する問題について真剣な交渉を行なった。双方は、この問題を歴史的・法的事実に立脚し、両国の間で合意の上作成された諸文書及び法と正義の原則を基礎として解決することにより平和条約を早期に締結するよう交渉を継続し、もって両国間の関係を完全に正常化すべきことに合意する。この関連で、日本国政府及びロシア連邦政府は、ロシア連邦がソ連邦と国家としての継続性を有する同一の国家であり、日本国とソ連邦との間のすべての条約その他の国際条約は日本国とロシア連邦との間で引き続き適用されることを確認する」

もちろん、日本の立場からすれば、四島帰属問題の解決は、日本への帰属確認を意味するものである。しかし、東京宣言の文言からは四島の帰属について五通り（日4露0、日3露1、日2露2、日1露3、日0露4）の可能性を排除できない。「法と正義の原則」といっても何をもって「正義」とするかについて国際政治の世界で一義的解答を見出すことは不可能である。これまでの交渉経緯からしても、両国の外交官が誠実に法的、歴史的協議を重ねても、突破口を見出すことはできない。問題の解決は最高首脳の政治決断にかかっているのである。

プーチン大統領が一九五六年日ソ共同宣言の有効性を認め、二〇〇一年三月のイルクーツク声明で、同宣言が「両国間の外交関係の回復後の平和条約締結に関する交渉プロセスの出発点を設定した基本的法的文書であること」が明文化されたことは、法的には過去の条約を再確認したに過ぎない「当り前」のことである。しかし、歴代ソ連・ロシア首脳は共同宣言の確認を避け、「当り前」でない状態が続いていた。これをプーチンが「当り前」の状態に戻したことは大きな政治決断なのである。

一九六〇年の日米安保条約締結に際して、ソ連政府は、歯舞群島、色丹島の日本への「引き渡し」について「日本領土からの全外国軍隊の撤退」という追加条件を一方的に付してきた。これにより日本人にソ連は約束を反故にする国であるという不信感が刷り込まれた。共同宣言の再確認は、ソ連と違いロシアは約束を守る国であることを明らかにした道義的意味も大きい。イルクーツクでプーチン大統領は森総理に、

「米国人がどこまで理解しているかわからないが、共同宣言をロシアが認めることは米国にとってもよいメッセージである」

と述べた。プーチン大統領は一九五六年日ソ共同宣言全体の効力を確認することで、日米同盟を前提とした上で日露関係の発展があるとの認識を明確にし、ロシアが冷戦思考と完全に訣別したことを明らかにしたのである。この政治決断の意味を過小評価してはならない。

一九五六年当時、日ソ両国は基本的価値観を異にし、また国力においてもソ連に比して日本は弱かった。しかしそのような状況でも日本はソ連から「日本国の要望にこたえかつ日本国の利益を考慮して」歯舞群島と色丹島の「引き渡し」という政治決断を引き出したのである。いまや日本とロシアは民主主義と市場経済という基本的価値観を共有し、しかも四七年前と比較して日本の国力も飛躍的に強くなった。ロシアから「日本国の要望にこたえかつ露日両国の利益を考慮して」北方四島の返還という政治決断を引き出す可能性を追求する価値は十分にある。

五　休眠する日露関係

現在、日露関係は休眠期に入っている。鈴木宗男衆議院議員が外交プレイヤーから排除されたことも一つの要因をなしているが(この点については別の機会に論じたい)、それよりもずっと大きな要因がある。

橋本経済同友会演説(一九九七・七・二四)からイルクーツク首脳会談(二〇〇一・三・二五)

までは東からのユーラシア外交戦略、すなわち北方領土問題を「二重の戦後処理」というモメンタムにより解しようとする動きだった。しかし、時代は大きく変化した。二〇〇一年九月一一日(米国連続テロ事件)は東からのユーラシア外交を含む「冷戦後(ポスト冷戦)」の時代が終焉した日でもあった。反テロ国際協力を軸に「冷戦後という時代の後(ポスト・ポスト冷戦)」の時代の外交戦略が必要になった。日本としては、反テロ、大量破壊兵器不拡散の分野でのロシアとの戦略的提携と北方領土問題解決について連立方程式を立てる必要に迫られた。このヒントは、中央アジア、トランス・コーカサスにおける日露協力にあると思われるが、これまでのところこの可能性については真剣に追究されていない。

「ポスト冷戦後」の外交戦略として、プーチン大統領は、当面、ロシアを欧州国家として発展させることを考えているようである。ユーラシア主義がロシアの国家戦略に占める位置は小さくなっている。

このような状況で本年一月の日露首脳会談の最大の成果は「正しい休眠手続」をとったことであると私は見ている。「休眠」は死ではない。いつか起きる日が来る。小泉純一郎総理、プーチン大統領の間で署名された「日露行動計画」では、

「これまで継続されてきた両国間の精力的な交渉の結果、一九五六年の日ソ共同宣言、一九九三年の東京宣言、一九九八年のモスクワ宣言、二〇〇〇年の日露首脳声明、二〇〇一年のイルクーツク声明を含む重要な諸合意が達成された」

と明記されたが、この内、東京宣言を除く四文書は一九九七年から二〇〇一年の首脳レベルでの外交努力による成果である。因みに田中真紀子前外相が「北方領土交渉の原点である」と何

度も強調した一九七三年に田中角栄総理とブレジネフ書記長が署名した「日ソ共同声明」は「日露行動計画」に明記されていない。

＊＊＊

国民国家体制には種々の問題もあるが、予見される未来にこのシステムが完全な機能不全に陥ることはないであろう。国民国家体制は産業社会が続く限り、人類にとって宿命なのかもしれない。領土は国民国家の礎で、原則は譲れないし、譲るべきではない。日本はロシアとの間に北方四島、韓国との間に竹島という領土問題を抱えている。同時に日本にとってロシアも韓国も死活的に重要な隣国であり、基本的価値観を共有している。

国民国家体制とナショナリズムは表裏一体の関係にある。ナショナリズムの世界では、「より過激な主張が正しい」、「自分の受けた痛みは大きく、他者に与えた痛みは小さく感じる」という類の非合理的認識構造が存在する。従って、政治的ハンドリングを誤るとユーゴ型の民族浄化への道を進んでいく危険性がある。ナショナリズムを煽ることではなく、ナショナリズムを抑え、国際協調を追求することが真の国益に適うこともある。ナショナリズムと国際協調の折り合いについては、抽象的に述べても意味はなく、具体的外交案件を処理する中で解決するしかないのであろう。

一九九七年から二〇〇一年までの日露平和条約交渉は、北方四島の日本への帰属確認という国民国家の原則を日露の戦略的・地政学的提携という国際協調の精神に即した形で実現しようとする試みであった。この試みは、北方四島の日本への帰属確認という目標を達成することはできなかった。しかし、これまで領土問題に関する両国の立場の違いが障害となり実現できなかった四島周辺の操業メカニズムができ、日本漁民がロシア側から銃撃されることはなくなった。また、冷戦時代には不可能と考えられていた元島民の自由訪問も実現した。これらは、最終目標からすると小さな歩みに過ぎないが、領土問題に関して小さな風穴があいたことは間違いない。

この交渉を通じ、日露の信頼関係の水準は確実に高まった。日本外交は「ポスト冷戦後」の外交で「ロシア・カード」をもつようになった。北朝鮮問題で日本がロシアの協力を得られるようになったのはその一例である。

国章が双頭の鷲《わし》であることに象徴されているが、ロシアは東と西を同時に睨んでいる。現在、ロシアの関心は西に集中しているが、数年経てば再び東を向いてくる。そのときに日本外交が元気に起きることができるように今はゆっくりと眠っておく必要があるのかもしれない。

（二〇〇三年五月二一日脱稿）

（『世界』二〇〇三年七月号）

「塀の中で考えたこと」

佐藤　優

一　はじめに

本日（二〇〇四年一月二七日）、参集していただいたことに感謝する。この機会に、支援会関係者の長期にわたる物心両面の支援に心から感謝する。

昨年（二〇〇三年）一〇月八日の保釈後、まとまった話をする初めての機会だ。公判継続中で、戦術的観点から言いたいことを全て言うことはできない。同時に、私を支援してくださる人達には言っておかなくてはならないことがある。

保釈後、今日までの三カ月間に、何を発言すべきかのバランスについて考えていた。

公判の状況については、別途、弁護団から説明があった通りである。

起訴された二つの事件に関する私の認識は以下の通り。

国後島ディーゼル発電機供与事業に関して、積算価格を三井物産に漏洩するというような不正行為に直接もしくは間接に私が関与したことは一切ない。従って、本件に関して私が逮捕・起訴された理由が私には全く理解できない。

テルアビブ大学主催国際学会への日本人学者等の派遣、それからゴロデツキー・テルビブ大学教授夫妻の訪日招聘に支援委員会の資金を支出したのは、外務省の組織決定に従ったからであり、それ故に組織の一員として業務を遂行した私たちが刑事責任を追及される筋合いはない。以上に尽きる。

二 「塀の中」で考えたこと

しかし、重要なことは、なぜこのような事件が作られ、私が断罪されなくてはならないかということの論理連関だ。

一見、当事者には理不尽に見えることでも、少し距離を置いて、歴史的見方をすれば、その内的ロジックが見えてくることもある。

私の獄中生活は、五百十二日にのぼった。五百十二日間、四畳(六・六平方メートル)の独房に閉じこめられていた。去年(二〇〇三年)三月に新獄舎に移る前は、冷暖房がなかったので、夏は実に暑く、冬は実に寒かった。最初の半年は、自殺防止用の特別独房があてがわれた。しかも接禁措置がとられたため、弁護人以外との面会や文通が一切認められず、新聞も他の囚人は朝日新聞か読売新聞のいずれかを購読できるのであるが、私の場合は認められなかった。弁護人の機転で二〇〇二年末から『日刊スポーツ』を差し入れてもらい、その社会面やテレビ・ラジオ欄、週刊誌の広告から外界の様子を推察していた。クレムノロジーの手法、つまり、体制にとって都合のよくないニュースが伏せられていた旧ソ連の新聞『プラウダ』や『イズベスチヤ』を読んだときの手法を用いて、行間から政治状況を読みとることにつとめたが、これはなかなか楽しい作業だった。

特に最後の数カ月、両隣の独房に収容されていた人達は死刑囚だった。死刑囚は未決の私とは異なり、ビデオを週に一―二回見ることができる。

私が独房で本を読んだり、ノートにメモを記していると、隣の独房からかすかに『男はつらいよ』や『千と千尋の神隠し』の音楽と死刑囚の笑い声が聞こえてくる。しかし、それを聞きながら、「僕は近い将来に外に出ることができるが、隣の人達は生きて外に出ることができない」と思うと何とも言えない気持ちになる。

また、独房に収容されている囚人の中には精神に変調を来す人達もいる。そのような環境に一年半近くいると精神がかなり研ぎ澄まされてくる。私自身、このような体験を経たことにより、以前よりも少しだけ忍耐力がついたような気がする。

そのような中で、私はいったい今回の国策捜査が何故になされたのか徹底的に考え、それをできるだけメモにすることにした。学術書を中心に二百五十冊近くの本を読み、四百字詰め原稿用紙五千枚、大学ノート六十二冊のメモを作ったが、これも全て私に起きた出来事を私自身が正確に理解するためだった。

三　国策捜査の歴史的必然性

本件は国策捜査である。

普通の捜査は、犯罪を摘発するために行う。

これに対して国策捜査とは、政治的思惑から、まず特定の人物がターゲットに設定される。

そしてターゲットに設定された人物に何としても、検察はそれこそ念力でも眼力でも犯罪を見出そうとするか、見出せない場合には犯罪を作ることになると私は理解している。

国策捜査は、それ程珍しいことではない。私は、社会主義時代のソ連やチェコスロバキアで国策捜査の例をたくさん見てきたので、いわば「心の準備」ができていた。

そもそも、私は国策捜査の主要ターゲットではなかった。鈴木宗男さんが標的で、そこに行き着くために私を捕まえることが必要だった。そして、鈴木さんと私が絡む刑事事件を作ることによって、従来の政官関係を断罪するというのが東京地検特捜部の戦略だったと私は見ている。

しかし、鈴木さんと私が直接絡む事件を検察は作ることができなかった。検察の戦略はその当初目標を達成できなかったのである。このこと自体、きわめて興味深い。検察は世論を煽り、そして検察自体が世論に煽られ、相当無理をして私たちを捕まえ、事件を作ったわけだが、鈴木・佐藤を直接絡める事件を作ることができなかった。この現実をどう理解すればよいのだろうか？

東京地検特捜部の能力と当時の世論の追い風を考慮するならば、事件を作ることはできたと私は考えている。しかし、検察はそれをしなかった。私個人にとって、これはたいへんに大きな幸運だったが、このことが今回の国策捜査の性格をよく表している。

体制側を標的とする政治事件というものは、相当無理をして、摘発がなされるが、徹底的に事件を掘り下げ、拡大することはできない。なぜなら検察も日本国家機構の一部であり、国策捜査が摘発しようとしている構造は、現下日本の国家メカニズムから必然的に生まれてくる歪みだからである。そして、この歪みに徹底的にメスを入れると国家機構自体が崩れてしまうのである。これは検察の望むところではない。従って、国策捜査には「一定の幅」があるのだ。

換言するならば、政治的思惑から国策捜査は相当無理な形で開始されるが、メディアを活用し、ターゲットとした人物の断罪をある程度行い、世論の「ガス抜き」を済ませたら、その後、事件が生じた構造を徹底的に解明し、断罪することまでには踏み込まない。踏み込まないと言うより、踏み込めないのである。そして、ある程度の時間を経て、今度は事件の形態と登場人物を替えて、再び国策捜査が展開される。

このことを私の事件にもう少し引き寄せて述べてみよう。

議院内閣制の下、日本には独特の政官関係がある。外交の場合、北方領土問題、日朝国交正常化問題のような大きな案件を動かす場合には政治の力が不可欠だ。しかし、この政官関係については、明文化された「ゲームのルール」が存在しない。ここに焦点をあてれば、ある意味で、日本の「権力構造の歪み」が明らかになる。しかし、この歪みの構造は決して解明してはならない「秘密」なのだということを、今回の国策捜査の対象となった経験を通じて私は確信した。従って、国策捜査は今後もなくならない。

私は検察や東京拘置所に対して阿《おもね》るつもりはない。但し、私の接触し、体験した範囲内の出来事を基にして言うならば、東京地検特捜部の検察官は仕事熱心で、公益に対するそれなりの信念をもっており、人間として尊敬できる人物だった。また、東京拘置所の看守たちも囚人心理の洞察に優れ、人間的優しさをもった好感をもてる人々であった。検察官にせよ、看守たちにせよ、職業的良心と人間的良心の葛藤の中で今回の国策捜査に対峙していたと私は認識している。

四　日本国家のパラダイム転換

（1）二つの柱によるパラダイム転換

過去二、三年の日本国家の政策には二つの柱からなる顕著な特徴がある。一つの柱は、競争原理を強化し、日本経済を活性化し、国力を強化することである。もう一つの柱は、日本人の国家意識、民族意識の強化である。

この二つの柱は従来の日本の国のあり方を大きく変化させるものである。それと同時に、私の見立てでは、この二つの柱は異なる方向を指向しているので、このような形での路線転換を進めることが構造的に大きな軋轢を生み出す。この路線転換を完遂するためにはパラダイム転換が必要とされることになるであろう。

（2）公平配分から傾斜配分へ

「小さな政府」、官から民への権限移譲、規制緩和などは、社会哲学的に整理すれば、ハイエク型自由主義モデルである。このモデルでは、個人が何よりも重要で、個人の創意工夫を妨げるものは全て排除することが理想とされる。経済的に強い者がもっと強くなることによって社会が豊かになると考える。それでは、経済的に強い者と弱い者の関係はどのように整理されるのであろうか？　経済的に強い者が機関車の役割を果たすことによって、客車である弱い者の生活水準も向上すると考えるのである。

例えば、五十年前にエアコンは、ほんとうに大金持ちの家にしかなかった。三十年前には、各家庭の一部屋にエアコンがつくようになったが、学生下宿にエアコンがあるなどということはまず考えられなかった。十年前には学生下宿にもエアコンは標準装備になった。そして、去年から東京拘置所にもエアコンがつくようになった。このように同じ時間で切れば、経済的強者と弱者の間には大きな差があるが、時間の経過と共に弱い者もかつて強い者がもっていた恩恵にあずかることができると考える。

しかし、ここには大きな制約条件がある。持続的経済成長が可能であるという前提だ。しかし、地球温暖化問題をはじめ生態系の現状を考えるならば、このような前提を維持することが適当かどうかについてこそ問われなくてはならないのである。

鈴木宗男さんは、ひとことで言えば、「政治権力をカネに変える腐敗政治家」として断罪された。

これは、ケインズ型の公平配分の論理からハイエク型の傾斜配分の論理への転換を実現する上で好都合の「物語」なのである。鈴木さんの機能は、構造的に経済的に弱い地域の声を汲み上げ、それを政治に反映させ、公平配分を担保することだった。

鈴木さんを断罪することの背後には、このような社会・経済モデルの転換がある。しかし、この要因だけならば、鈴木さん以外の多くの政治家がそのターゲットになりうる。そこで、鈴木さん独自の要因として、もう一つの要因であるナショナリズムの昂揚が大きな意味をもつ。

(3) 国際協調的愛国主義から自国中心的ナショナリズムへ

誰もが自分の国家、民族を愛する気持ちをもっている。特に国際政治や外交案件に従事する経験を積むとともに政治家、外交官は、愛国心を強くもつようになる。同時に、極端な自国中心的ナショナリズムが日本の国益を毀損するとの認識も強くもつようになる。

ナショナリズムには、いくつかの非合理的要因がある。例えば、「自国・自民族の受けた痛みは強く感じ、いつまでも忘れないが、他国・他国民に対して与えた痛みについてはあまり強く感じず、またすぐに忘れてしまう」という認識の非対称的構造である。また、「より過激な主張がより正しい」という法則である。国際協調主義と両立する健全な愛国主義と自国中心のナショナリズムの境界線はひじょうに脆《もろ》い。

自国中心のナショナリズムでは、民族的帰属によって人間を区分し、この民族が国家と一体になり、あたかも意思をもった主体であるかの如く行動する。社会哲学的にはヘーゲル型有機体モデルになる。

自国中心のナショナリズムを野放しにすると、それは旧ユーゴやアルメニア・アゼルバイジャン紛争のような「民族浄化」に行き着く。東西冷戦という「大きな物語」が終焉した後、ナショナリズムの危険性をどう制御するかということは、責任感をもった政治家、知識人にとっての最重要課題と思う。

国際協調を考慮し、時には自国中心のナショナリズムを抑えることが日本の国益を増進することもある。真に国を愛する政治家、外交官はこのことをよくわかっている。

北方領土問題について、鈴木さん、東郷和彦さんと私は、「四島一括返還」の国是に反する「二島返還」、あるいは「二島先行返還」という「私的外交」を展開したと非難されたが、これは完全な事実誤認に基づくものだ。この点について、私は獄中から総合雑誌『世界』二〇〇三年七月号に寄稿した「冷戦後の北方領土交渉は、日本外交にどのような意味をもったか」の中で詳述したので、この場では繰り返さない。

しかし、事実誤認に基づく非難がこれほどまでに国民世論を掻き立てたことについては冷静に分析する必要がある。北方領土問題について妥協的姿勢を示したとして、鈴木さんや私が糾弾された背景には、日本のナショナリズムの昂揚がある。換言するならば、国際協調的愛国主義から自国中心的ナショナリズムへの外交路線の転換がこの背景にある。

鈴木バッシングの過程で昂揚したナショナリズムは、その後の日朝国交正常化交渉にも大きな影を落としている。このようなナショナリズムの昂揚が、日本の国益に合致するかどうかについても冷静に検討しなくてはならないのだが、そのような声は現下の状況では聞き入れられないであろう。

(4) 鈴木さんがターゲットにされた理由

鈴木宗男さんは、公平配分モデルから傾斜配分モデルへ、国際協調的愛国主義から自国中心のナショナリズムへという現下日本で進行している国家路線転換を促進するための格好の標的になった。鈴木さんをターゲットとしたことによって、二つの大きな政策転換が容易になった。このように整理すれば、鈴木疑惑の背景にある構造が見えてくるようになる。

そして今回の路線転換がこのまま進めば、同一土俵上の軌道修正ではなく、ゲームが行われる基盤自体を変えるパラダイム転換を引き起こす。

「鈴木政治」を断罪することで、パラダイム転換に向けての流れが一挙に加速したように私には見える。

先程、頭出しをしたが、ハイエク型自由主義モデルとヘーゲル型有機体モデルは両立できない。ハイエク型自由主義モデルでは、究極的には外部に対する「窓」を持たない個人が基礎単位となるのに対して、ヘーゲル型有機体モデルでは個人ではなく民族や国家が基礎単位となるからである。

ハイエク型自由主義モデルでは、強い者が日本人である必然性はない。規制緩和は外国人に対しても完全に開かれている必要がある。そしてこの自由主義モデルを徹底すると国家も民族も必要なくなる。

本来、両立しえない二つの目標を掲げ、現下日本の政策転換が進められているように私には思えてならない。この絶対矛盾が自己同一を達成し、新たなパラダイムを構築するのであろうか？　それとも、この矛盾が解消されず、現在断罪されつつある鈴木さんに代表される公平配分路線、国際協調的愛国主義の価値がもう一度見直されることになるのか？

私はもはや時代と共に歩むことはやめたが、今後とも時代の流れを注意深く観察していきたいと考えている。私が時代と共に歩むことをやめた理由は、自己の置かれた状況を悲観して自暴自棄になっているからではない。私の利害関心は二つある。

第一に、私が文字通り生命を賭けて従事してきた日露平和条約交渉の中で達成された「こと」を残したい。

第二に、私と共に仕事をしてきた仲間たち、特に若い外交官たちが私との親しい関係をもった故に不愉快な環境で仕事をするような状況が生じることだけは避けたい。

私は情報《インテリジェンス》関連の仕事に従事することが多かったが、その中で諸外国の情報・分析専門家と「一流の情報専門家とは何か」ということについて話をすることが何度かあった。彼らは異口同音に次のようなことを言っていた。「優れた情報専門家の資質としては、カネ、出世、名誉を追求しない高いモラルをもつ必要がある。しかし、これだけでは不十分だ。プライドを捨てることだ。しかし、プライドを捨てることは実に難しい」。この話を聞いて、私は陸軍中野学校の教育を思い出した。戦前日本軍では「生きて虜囚の辱めを受けることなかれ」と教育した。しかし、陸軍中野学校では「日本軍将校は捕虜にならないという常識を逆用し、君たちは捕虜になれ。そして、敵が判断を誤るような操作情報を提供せよ。君たちは皇軍の恥となり家族も故郷で肩身の狭い思いをする。それに耐えよ」と教育した。中野学校に「石炭殻のように」というスローガンがある。燃え尽きたら石炭殻のように道端に捨てられていくのが情報専門家だという考え方である。私も石炭殻である。それは覚悟していたことである。私もプライドを捨てることにした。そして、国益のために外務省で私が作ってきた「こと」と人材を保全したい。

五　何が問題として残ったのか？

国策捜査は、いわゆる冤罪事件とは異なる。冤罪事件とは、捜査当局が犯罪を摘発する過程で無理や過ちが生じ、無実の人を犯人としてしまったにもかかわらず、捜査当局の組織保全や面子のためにそれを認めず、犯罪として処理することを強行することだ。

これに対して、国策捜査とは、私の理解では、国家がいわば「自己保存の本能」に基づいて、検察を道具にして政治事件を作り出していくのである。初めから特定の人物を断罪することが想定された上で捜査が始まるのである。従って、冤罪と国策捜査の構造的相違が理解できないと、腹にストンと落ちる形で、国策捜査の本質を捉えることはできないのである。

一部に最近、国策捜査が多発していることは、検察の政治化で、この状況を放置すれば、戦前・戦時中のように国民の権利自由が直接侵害されるような事態が生じることを懸念するとの意見もある。「検察ファッショ」という言葉を使う人もいる。しかし、私の見立てでは、この議論には飛躍がある。なぜなら、国策捜査のターゲットとなるのは、国民一般ではなく、第一義的に国家の意思形成に影響を与える政治家であり、第二義的にその政治家に繋がる官僚であり経済人だからである。

私は、日本外交の意思形成過程を内側から見る機会に恵まれた。現在の日本の政治システム、官僚システムでは、東西冷戦後、そのパラダイムが根本的に変化した国際情勢に適応できない面が多い。しかし、国際情勢の現実は、日本の国家メカニズムが再編されるまで待ってはくれない。その中で、政治家も官僚も、国益のために、工夫しつつ、時にはリスクを背負いつつも業務を遂行するのである。

日露平和条約交渉は、時の総理が国策であると決断した重大政治案件であった。それを遂行するためには、政治家も官僚もリスクを冒さざるを得なかった。しかし、そのリスクはあくまでも政治的リスクで、刑事責任を追及される筋合いのものではない。

業務を遂行する中で、リスクを負って仕事をした人々が国策捜査の対象となり、刑事責任を追及され、失脚するような状況が続けば、誰もが自己保身に走り、「本当はこうすればよい」

と思っていても、それを口に出さず、また行動もしない。政治家、官僚の「不作為体質」が蔓延することにより、結局、国益が毀損される。しかし、不作為による国益の損失は目に見えにくいのである。この点にこそ、今回の国策捜査がもたらした最大のトラウマがあるのだと思う。そして、このトラウマを放置しておくと、数年を経ずして日本の外交能力は内側から著しく低下し、回復不能な状況に陥ることを私は危惧している。もっとも、この見立てについては、現在困難な状況に置かれているが故に私の観測が過度に悲観的になっている可能性も排除されない。いずれにせよ私は時代と共に歩んでいくことをもうやめたのであるから、今後の予測に関する発言はこの程度にとどめておきたい。

以上

（二〇〇四年一月二七日）

（未公刊）

岩波現代文庫版あとがき
――青年将校化する特捜検察――

私はいまでもときどき東京拘置所の独房で暮らしていたときの夢を見る。夢の中で獄中生活のさまざまな局面が再現される。

獄中規則では、日中、囚人は、原則として独房の廊下よりの隅に座っていなくてはならない。目の前の小机に向かって、文字を書いているか、本を読んでいるかのいずれかが私の日課だった。

独房には大きな扉がついているが、それが開かれるのは、取り調べ、弁護士面会、入浴、運動のために房の外に出るとき以外、ほとんどない。入浴は、原則、週二回であるが、夏期は三回になる。そして、入浴がない日には三〇分間の運動がある。私は小学校のときから運動は苦手なので、三カ月に一回くらいしか運動場に出ることはなかった。運動場といってもコンクリートの板で四方が囲われた檻で、コンクリートの床の上に人工芝のカーペットが敷かれている。「運動箱」といった方が正確だ。運動箱の天井は金網で、看守が巡回している。看守は白い二メートルくらいの縄を数本、もっている。縄跳び用の縄だ。囚人が「縄跳びをお願いします」というと、その縄を上から投げてくれる。一〇分経つと、別の看守が運動用の檻の鉄扉を開けて、縄跳びを回収する。そして、次の希望者に縄を渡す。

床から網の天井までは四メートルくらいある。縄を結びつけて首を吊ることはできないが、何かあってはいけないと縄跳び中の囚人を特に厳重に監視する。

いちど好奇心から縄を回してもらったが、一〇回くらい縄跳びをしただけで息切れがしたので、すぐに縄を看守に返した。しかし、あのときの看守の私を監視する目が夢の中によく出てくるのである。

ほんとうは、コンクリートの板で蔽われた運動箱のような場所には行きたくないのだが、囚人はそこでしか爪切りを貸してもらうことができない。手の爪は歯でかみ切ることができる。しかし、足の爪は難しい。そこで三カ月に一回くらい運動箱に出て、爪を切り、その後は動物園の熊のように運動箱の中を歩き回っていた。

五一二泊五一三日の獄中生活で、この運動箱のなかにいたのは合計で数時間にも満たない。しかし、なぜか夢に出てくることがいちばん多いのは運動箱のコンクリートの壁なのだ。

最近は、毎日のように運動箱の夢を見る。これは、二〇〇九年三月三日、東京地方検察庁特別捜査部が、小沢一郎民主党代表の公設第一秘書・大久保隆規氏(四七歳)を政治資金規正法違反容疑で逮捕し、そのニュースが連日マスメディアで流れているからだ。大久保氏にかけられた容疑は、準大手ゼネコン「西松建設」から違法と知りつつ企業献金を受け、虚偽記載を行ったということだ。

同二月中旬、特捜検察と公安警察の内部事情に詳しい某氏から、「準大手ゼネコン『西松建設』の関係で特捜が小沢一郎民主党代表を本格的に狙い始めた」という情報が筆者のところに入ってきた。ただし、「西松建設ではサンズイ(贈収賄)には至らないので、岩手での別ヤマ(事件)を狙っている」という話だった。それだから、三月三日に大久保氏の逮捕について知らされたときもそれほど驚かなかった。西松建設から違法と知りつつ企業献金を受け、虚偽記載などを行ったことが政治資金規正法違反にあたるという。

ところで、政治家の犯罪には「品格」がある。特捜が狙う政治家らしい「品格」のある犯罪は、受託収賄や斡旋収賄など国会議員の特権をカネにかえる犯罪とか、脱税など、当該人物が国民の代表としてふさわしくないことが一目瞭然となるような事案だ。

政治資金規正法違反容疑というのは、政治の世界では限りなく形式犯に近い、誰でもやっているような犯罪である。もちろんドライバーがスピード違反や駐車違反をしてはいけない。同様に、政治家やその秘書が政治資金規正法違反をすることはよくない。もっとも道路交通法違反でも、飲酒運転とスピード違反ではその悪質性がかなり異なる。企業から政治献金を受けているにもかかわらずその事実を記載しないならばヤミ献金でかなり悪質だ。検察が言うように、西松建設のダミー政治団体から、小沢氏の政治団体が政治献金を受けていたとしても、それが大久保氏の身柄を拘束するような事案であるとは、筆者には思えない。企業が政党支部に政治献金を行うことは合法だ。小沢氏は民主党の支部長でもある。ここに西松建設からカネが入っていたならば、何の問題もないことだった。「以後気をつけるように」と注意すれば済むことと思う。

もし小沢氏秘書に対するのと同じ基準で、政治資金規正法違反の摘発を行えば、国会議員の三分の二が引っかかると思う。これに引っかからないのは、個人資産が潤沢にあり、自分のカネで政治活動を行っている富豪議員と、企業が政治献金を行う必要がないと考える無力議員だけだと思う。

今回、興味深いのは、大久保氏の逮捕が、この解説を書いている三月一九日時点で別件の贈収賄事件につながっていかないことだ。仮に検察が政治資金規正法違反だけで大久保氏を起訴し、起訴事実を大久保氏が否認すれば、判決が有罪になっても法曹界の相場観では特捜の敗北だ。特捜検察は何かをあせっている。

民主党関係者は、本件を「国策捜査」と激しく批判した。

次期総選挙で政権交代をめざしている民主党執行部が展開したのは、麻生政権による「国策捜査」批判だった。

「陰謀があるなという感じだ。政権与党側とすれば、いま必死なんでしょう。何もないところから、おかしなことをつかみ取ろうみたいな話が出てきているんじゃないか。断固闘わなきゃいけない」

民主党の鳩山由紀夫幹事長は三日の小沢氏との幹部協議後、記者団にこう語った。

幹部協議は、公設秘書の逮捕前に党本部で開かれた。小沢氏は「全く心当たりもないし、きちっとやっている。何でこういう事を言われるのか、全く分からない」と説明したという。幹部らはこの説明を受け入れ、あくまで潔白を主張する構えを見せている。

党執行部が強調するのは、麻生政権が劣勢を跳ね返すために、内閣の権限を用いて捜査を主導しているという主張だ。ある幹部は「西松建設からは自民党議員も献金を受けている。なのに小沢氏だけをやるのなら国策捜査だ」と批判。別のベテラン議員も「完全に政治的捜査だ」と憤り、幹部らは「国策捜査」批判で足並みをそろえた。(三月四日朝日新聞朝刊)

国策捜査という業界用語が一般に流通するようになったきっかけは拙著『国家の罠　外務省のラスプーチンと呼ばれて』(新潮文庫)の刊行だった由で、大久保秘書が逮捕されたとの第一報以降、筆者の携帯電話に頻繁に電話がかかってくる。照会してくる記者や国会議員は筆者から、「これは国策捜査だ」という批判が返ってくることを期待していたようだが、筆者は「国策捜査でないと思う」と答えている。ムネオ事件、ホリエモン事件と比較すると、大久保氏の事案には、国策捜査の二つの典型的要素が欠けている。

第一に、国策捜査は「時代のけじめ」をつけるために象徴的な事件を摘発する(もしくは創る)ものだ。鈴木宗男の事案は、政治力で公共事業を誘致するという日本型社会民主主義(田中角栄型政治)を終焉させるという意味をもった。それによって規制緩和、新自由主義的改革を進めるように「時代のけじめ」をつけようとする思惑が検察にあった。ホリエモン(ライブドア)事件の場合は、「稼ぐが勝ち」、「カネで買えないものはない」というような行きすぎた新自由主義に歯止めをかけたいという思惑を検察はもって、堀江貴文氏(当時ライブドア社長)を逮捕、起訴したのであろう。

しかし、今回の大久保氏逮捕の事案は、政治資金規正法違反容疑で、そこに「時代のけじめ」をつけるような象徴性はない。

国策捜査が「時代のけじめ」をつけるためのものであるというのは、私の分析ではない。私を取り調べた東京地方検察庁特別捜査部の西村尚芳検事が取調室で語ったのである。

国策捜査は「時代のけじめ」をつけるために必要だというのは西村氏がはじめに使ったフレーズである。私はこのフレーズが気に入った。

「これは国策捜査なんだから。あなたが捕まった理由は簡単。あなたと鈴木宗男をつなげる事件を作るため。国策捜査は『時代のけじめ』をつけるために必要なんです。時代を転換するために、何か象徴的な事件を作り出して、それを断罪するのです」

「見事僕はそれに当たってしまったわけだ」

「そういうこと。運が悪かったとしかいえない」

「しかし、僕が悪運を引き寄せた面もある。今まで、普通に行われてきた、否、それよりも評価、奨励されてきた価値が、ある時点から逆転するわけか」

「そういうこと。評価の基準が変わるんだ。何かハードルが下がってくるんだ」

「僕からすると、事後法で裁かれている感じがする」

「しかし、法律はもともとある。その適用基準が変わってくるんだ。特に政治家に対する国策捜査は近年驚くほどハードルが下がってきているんだ。一昔前ならば、鈴木さんが貰った数百万円程度なんか誰も問題にしなかった。しかし、特捜の僕たちも驚くほどのスピードで、ハードルが下がっていくんだ。今や政治家に対しての適用基準の方が一般国民に対してよりも厳しくなっている。時代の変化としか言えない」

「そうだろうか。あなたたち(検察)が恣意的に適用基準を下げて事件を作り出しているのではないだろうか」

「そうじゃない。実のところ、僕たちは適用基準を決められない。時々の一般国民の基準で適用基準は決めなくてはならない。僕たちは、法律専門家であっても、感覚は一般国民の正義と同じで、その基準で事件に対処しなくてはならない。外務省の人たちと話していて感じるのは、外務省の人たちの基準が一般国民から乖離しすぎているということだ。機密費で競走馬を買ったという事件もそうだし、鈴木さんとあなたの関係についても、一般国民の感覚からは大きくズレている。それを断罪するのがぼくたちの仕事なんだ」(佐藤優『国家の罠　外務省のラスプーチンと呼ばれて』新潮文庫、二〇〇七年、366―367頁)

西村検事が述べた、〈外務省の人たちの基準が一般国民から乖離しすぎている〉という指摘は確かに本質を衝いていた。私も、二〇〇三年一〇月八日、保釈され、官僚生活から離れ、学生時代の友人とさまざまな話をし、また、作家になってから、編集者や読者と意見交換をするうちに外務省の常識、特に金銭感覚が世間一般からずれていることが、ようやく皮膚感覚で理解できるようになった。

外務省では、本給と別に在外手当がある。この在外手当は、経費であるにもかかわらず、精算義務がない。また、免税である。この手当を蓄えて、三〇歳代で都内にマンションを購入する例はごく普通であるが、仕事のための手当を税金も支払わずに、自らの資産にするのは、社会通念では横領に該当すると思う。また、外交の世界、特に特殊情報(インテリジェンス)の世界では、協力者を獲得するために、必要ならば数千万円を投入する。意見交換の場も、高級ホテルやレストランだ。自然に、常識とは異なった金銭感覚になる。もっともこれは職務遂行上、仕方のない面もある。国民から理解が得られないのは当然だ。

私の場合、公金の不正蓄財や、ギャンブルや女性に貢ぐなどの犯罪がでてこなかったのは、私にそういう趣味がなく、また仕事で忙しすぎたからである。また、鈴木宗男氏も公私の区別がきちんとついた政治家で、私生活は質素だった。それに鈴木氏は潤沢な、年間数億円の政治資金を集めていた。仮に、プレーヤーが私と鈴木氏でなく、別の外務官僚と政治家だった場合、あるいは私と鈴木氏がギャンブルや蓄財を好む性格だったならば、外務省から億単位のカネを流用することは可能だったと思う。検察の目の付けどころは悪くなかった。別の外務官僚と政治家を摘発すれば、特捜の思いどおりの事件に仕上げることも可能だったと思う。

外交の世界、特にインテリジェンスの世界には、一般常識で通用しないような話はいくらでもある。高級レストランに相手を招待したり、出張のとき、高級ホテルのセミスイートルームに泊まったりするのは、こちらがどれくらい権限をもっているかをさりげなく示す小道具でもある。権力を実際にもっている人は、仕事で多額のカネを使う権限があるというのは、外交やインテリジェンスの世界では常識である。外交官の序列は、大使、公使、参事官、一等書記官、二等書記官、三等書記官、外交官補以下となっている。東京で駐在している外交官でも、シティーホテルのレストランに昼間、お客さんを招待して三五〇〇円のランチを御馳走してくれる中年の公使よりも、ランクは二等書記官でも、同じホテルのレストランで、夜、シャンペンと高級ワインをあけて、キャビアと松阪牛のステーキを奢ってくれる青年外交官の方が、圧倒的に権限や情報をもっていると見て間違いない。そういう人々と付き合うときに、相手に経済的な「借り」をつくってはならない。それでこちらも同じクラスのレストランで奢り返したり、京都に一泊旅行に相手を誘う。それによって、例えば、北朝鮮のミサイルに関する情報や、北方領土問題に関するクレムリン(ロシア大統領府)の秘密会議の様子がわかるならば、国益の観点から見て、費用対効果は十分につりあうのだ。通常人の生活感覚で裁断されては、外交活動やインテリジェンス活動はできない。このことについても、私は検察官と率直に議論した。

「一般国民の目線で判断するならば、それは結局、ワイドショーと週刊誌の論調で事件ができていくことになるよ」

「そういうことなのだと思う。それが今の日本の現実なんだよ」

「それじゃ外交はできない。ましてや日本のために特殊情報を活用することなどできやしない」

「そういうことはできない国なんだよ。日本は。あなたはやりすぎたんだ。仕事のためにいつのまにか線を越えていた。仕事は与えられた条件の範囲でやればいいんだよ。成果が出なくても。自分や家族の生活をたいせつにすればいいんだよ。それが官僚なんだ。僕もあなたを反面教師としてやりすぎないようにしているんだ」

西村氏は、自分に言い聞かせるようにそう言った。

鈴木氏が逮捕される直前、西村氏は「鈴木先生だって、納得できないと思うよ。『やまりん』なんて、既に国会質問でクリアーされた事件で逮捕されるんだから」と切り出した。東京地検特捜部が鈴木宗男氏逮捕の突破口にした事件は、北海道の伐採会社「やまりん」から五百万円を受領した斡旋収賄容疑であった。鈴木氏は、「やまりん」から受け取ったのは内閣官房副長官への就任祝いとしての四百万円で、林野庁にも不当な働きかけはしておらず、しかもこのカネは後で返却していたので、賄賂ではないと主張している。私が注意深く耳を傾けると西村氏はこう続けた。

「賄賂だって、汚いのとそうじゃないのがある。鈴木さんの場合はそうじゃない方だ。潰れかけているかわいそうな会社を助けたわけで、道義的には恥ずかしい話じゃない。しかし、賄賂は賄賂だ。この辺は法適用のハードルが低くなってきたんだから、諦めてもらわなくてはならない」

「それは諦めきれないだろうな。それに可罰的違法性の観点からも問題があるんじゃないか」

前にも述べたが、可罰的違法性の観点とは、厳密に言えば法律違反だが、誰もがやっていることなので、あえて刑事罰を与えるには及ばないという意味だ。要するに「お目こぼし」の範囲内ということだ。

「可罰的違法性については、一般の公務員が十万円現金で賄賂をもらったら、確実にガチャン(手錠をかけられるの意味)なんで、問題ないよ。以前のように、政治にはカネがかかるという常識を国民が認めなくなったから、『やまりん』でも鈴木さんがやられるようになったんだよ」

「ちょっと表現が違うような気がするな。検察がメディアを煽った効果がでたので、『やまりん』でないところから事件を作ることができるようになったということじゃないかい」

「いや。そんなことはないよ。国策捜査は冤罪じゃない。これというターゲットを見つけだして、徹底的に揺さぶって、引っかけていくんだ。引っかけていくということは、ないところから作り上げることではない。何か隙があるんだ。そこに僕たちは釣り針をうまく引っかけて、引きずりあげていくんだ」

「ないところから作り上げていくというのに限りなく近いじゃないか」

「そうじゃないよ。冤罪なんか作らない。だいたい国策捜査の対象になる人は、その道の第一人者なんだ。ちょっとした運命の歯車が違ったんで塀の中に落ちただけで、歯車がきちんと嚙み合っていれば、社会的成功者として賞賛されていたんだ。そういう人たちは、世間一般の基準からするとどこかで無理をしている。だから揺さぶれば必ず何かがでてくる。そこに引っかけていくのが僕たちの仕事なんだ。だから捕まえれば、必ず事件を仕上げる自信はある」

「特捜に逮捕されれば、起訴、有罪もパッケージということか」

「そういうこと。それに万一無罪になっても、こっちは組織の面子《メンツ》を賭けて上にあげる。十年裁判になる。最終的に無罪になっても、被告人の失うものが大きすぎる。国策捜査で捕まる人は頭がいいから、みんなそれを読みとって、呑み込んでしまうんだ」(前掲書367―370頁)

「時代のけじめ」をつけるための国策捜査がどういうものであるかについては、この記述に尽きている。

私が本件を国策捜査と考えない第二の理由は、大久保氏の逮捕劇をめぐる検察のマスメディアに対する対応が従来と異なるからだ。国策捜査は、マスメディアに対するリークを先行させ、それによって「巨悪の像」をつくりあげることを先行させる。世論によって、「あんな悪い奴など早く捕まえてしまえ」という雰囲気をまず醸成する。そして、強力な世論の後押しを得たところで逮捕に踏み切る。

私の場合も、まず朝日新聞が、逮捕より二カ月以上前の二〇〇二年三月二日に一面トップで疑惑報道を行った。

出張費、支援委回し　協定違反の疑い　ロシア外交巡る国際会議
イスラエルで〇〇年に行われた国際学会への参加費用を、外務省が旧ソ連諸国への支援事業を行う国際機関「支援委員会」にねん出させていたことが、一日わかった。各国と日本の協定によると、協定締結国からの要請がなければ支援委からの支出は認められておらず、こうした支出は極めて異例。関係者は朝日新聞の取材に対し、当時の東郷和彦欧亜局長(現・オランダ大使)から指示され、虚偽の理由書を作成したことを認めた。同省の内部調査チームもこの事実をつかみ、協定違反にあたる疑いがあるとみて関係者の聴取を進めている。

この国際学会は、ロシアの外交政策をテーマにテルアビブ大学が主催した。〇〇年四月三日から同五日までテルアビブで開かれ、米国やドイツなど欧米の関係者も参加。日本からは外務省が依頼した袴田(はかまだ)茂樹・青山学院大教授や山内昌之・東大教授

ら学術関係者七人が参加し、外務官僚六人が同行した。

関係者の話を総合すると、派遣事業が具体化したのは学会開催の一カ月ほど前。自民党の鈴木宗男代議士との深い関係が指摘された国際情報局の佐藤優・前主任分析官が中心になって準備作業を進めた。学会には佐藤氏も同行した。

しかし年度末の急な派遣で、本来、費用を支出すべき同省ロシア課の出張予算が不足。支援委に負担させる案が浮上したという。

ところが、日本と旧ソ連諸国が九三年に結んだ「支援委員会の設置に関する協定」には、事業の実施について「協定の締約国(受益諸国を構成する国に限る)の要請につき検討を行うこと」(二条)と明記されている。このため、ロシア課内で支援業務を担当するロシア支援室や条約課の担当者は「締約国の要請がない」として、支援委への付け替えに反対したという。

佐藤分析官はこれに反発。東郷氏に掛け合い、最終的には東郷局長自身が反対を押し切る形で「付け替え」をロシア支援室に指示、担当者が「ロシア支援にからむ専門家の派遣事業」という理由書を作成し、支援委から要請があったとする虚偽の文書も作ったという。

当時の関係者の一人は「無理な指示だと思ったが、佐藤分析官や東郷局長は鈴木氏の威圧をちらつかせるなどし、逆らうことはできなかった」と話している。

鈴木氏との極めて親密な関係などを理由に更迭されることが固まった東郷氏は、朝日新聞の取材に対し「すべては調査チームの方々にお話しし、明らかにしたい」としている。また学会に参加した袴田教授は「内容は有意義な学会だったが、旅費のねん出に問題があったとは知らなかった」と言う。

ロシア支援室によると、過去に協定締約国以外の要請で支援委から費用が出された事例は「ほとんどない」。杉山明・ロシア支援室長は「費用が支援委から支出されたのは事実だが、どうしてそうなったのかは調査中でわからない。ロシア支援事業の一環と考えたのではないか」と話している。

〈支援委員会〉　市場経済への移行を目指す旧ソ連諸国の改革を支援するため、日本政府と各国政府との間で結ばれた協定に基づき九三年、設置された国際機関。事務局は東京にある。日本政府は政府の途上国援助（ＯＤＡ）とは別枠で当初約二二〇億円、その後も毎年約一〇億円を拠出し続けている。実施事業は大きく分けて技術支援と人道支援。チェルノブイリ原発事故被災者への医療支援や経済分野の講座・セミナー開催など多岐にわたる。現在はロシア支援と北方四島住民支援が主な事業になっている。（二〇〇二年三月二日朝日新聞朝刊）

その後、特捜が作り出す筋書きは、すでにこの記事で先取りされている。ただし、疑惑の中心人物は私よりも東郷和彦氏になっている。この筋書きが、いかに無理であるかは、『国家の罠』と『獄中記』を読んでくださった読者にはわかっていただけると思うが、特捜はこのようにして、世論を醸成していくのである。

しかし、今回、大久保氏はいきなり逮捕された。小沢一郎氏に対する疑惑情報のリークはその後なされている。これは国策捜査の手口ではない。

麻生政権が一〇%前後の支持率に苦しみ、このまま総選挙に突入すると民主党政権ができることを恐れ、政権側が検察を使って国策捜査を行ったという見方もあるが、それは検察官という人々の内在的論理を理解していない妄想だ。検察官は、弱体化した麻生政権に義理立てするようなお人好しではない。「検察の文法」に従って、行動している。筆者が恐ろしいと思うのは、この「検察の文法」だ。

大久保氏の逮捕が国策捜査でないとすると、いったい何が起きているのだろうか? 私の認識は次のとおりだ。

《特捜の現場の検察官が、いわば戦前の二・二六事件の青年将校化している。政府は弱体化している。政党は、自民党も民主党も腐敗している。マスメディアも軟弱になって、社会の木鐸の役割を果たしていない。リーマン・ブラザーズ破綻以降の世界不況が日本に及び、まさに国難だが、政治家に対応能力はなく、また、経済人も私利私欲を追求するだけだ。これでは日本の国がおかしくなってしまう。もはや公益の番人であるわれわれ検察官が社会の前面に出て、「世直し」をしなくてはならない。》

筆者は、本件は国策捜査ではなく、政治がだらしない状況で「世直し」を真剣に望む特捜の現場検察官たちが劇画「巨人の星」の主人公・星飛雄馬のように瞳に炎を浮かべた「正義の味方」たちが、戦前の青年将校のような気運で、「悪い奴らは俺たちが全部成敗してやる」と頑張っているのだ。

検察官は、サッカーでいうならばゴールキーパーだ。人間社会も一種の有機体だ。それだから、排泄物もでてくる。それを処理するための汚水処理場が検察なのである。それだから、人を逮捕したり、私邸や会社を捜索するなどの強制捜査権をもっているのだ。そして、起訴便宜主義によって、起訴、起訴猶予、不起訴について検察官が決定することができる。ゴールキーパーが最後の砦として、手を使うことが認められる唯一の選手であることに似ている。ゴールキーパーは、限られた場所にとどまって、コートの中心にでてきて手を使ってゲームをしてはならないのである。

これに対して、フォワードは政治家が行う。民主国家において、政治家は国民の選挙によって選ばれる。選手にふさわしくないと国民が考えるならば、そのような選手をチームからはずすことができる。

現下日本の状況は、フォワード(政治家)が弱いので、チーム(日本国家)が衰退していくのに苛立ったゴールキーパーが、コートの中心に出てきて、プレイをしている。しかもゴールキーパーなので、手を使ってボールを抱きかかえている。そのように手を使いながらプレイするようになるとサッカーという試合自体が滅茶苦茶になる。しかもこのゴールキーパーは、国民の選挙によって退場させることができないという特権的地位を占めている。検察官も官僚だ。戦前の二・二六事件に決起した青年将校も国家から俸給を得る官僚だった。官僚による「世直し」は、国家の暴力的機能を強化する傾向にあることを忘れてはいけない。かつて外務官僚であった私には、国家の力を背景に、紙に書いた構想を「教えたとおりにやれ」と社会に命じ、自らが望む状態をつくろうとする官僚の暴力性が皮膚感覚でよくわかる。今回の大久保氏の逮捕が、私の理解では、国策捜査ではなく、自らが信じる正義に忠実な青年検察官のきれいな社会をつくろうとする欲望に支えられた「世直し」であるから、その行き着き先の状況を懸念しているのである。

この『獄中記』を、国策捜査の対象となった人々が必死になって読んでいるという話を複数の人から聞いた。そういう人々の実務的需要を満たし、読者の好奇心を満たすために、このあとがきでは、珍しい文書を紹介することにしたい。

その前に、二〇〇二年五月一四日夕刻、私が東京拘置所に連れて行かれた時点に読者を御案内したい。

西村尚芳《ひさよし》検事と検察事務官の引率で、私は小菅《こすげ》の東京拘置所に着いた。

西村氏は、「これから手続きがあります。ちょっと屈辱的な検査もありますが、気にしないでください。後でまたお会いしましょう」と言って、私を拘置所職員に引き渡した。

初老の職員はニコニコ笑っていて、「あちらのカウンターに行ってください」と言う。空港のチェックインカウンターのようなところに並ぶと職員が人定質問をはじめた。

「氏名、住所、生年月日、本籍地、現住所、職業」の順に尋ねられ、私が答えると、隣のカウンターに行けと言われる。

今度は、「生年月日、西暦では、星座は、干支は、本籍地は、出身小学校は、最終学歴は、干支は、お母さんの名前と誕生日は、生年月日は、星座、干支は、本籍地は」と矢継ぎ早に尋ねられる。これで氏名、住所、経歴などに嘘がないかチェックしているのであろう。なぜか干支だけ三度きかれた。質問が終わると、「外務省の方ですか。鈴木宗男さんの関係で捕まったんですね」と言う。どの職員の応対もとてもていねいなので拍子抜けした。

それから、体育館のような場所に移動して、靴を脱いでサンダルに履き替えた。灰色と水色の混じったビニール製のなんとも形容しがたい不思議なサンダルだ。だいぶすり減っていた。時計、財布、万年筆などを預けて受取証をもらう。切手だけは獄舎にもっていってよいと言われる。

これから身体検査があるという。西村検事が言うところの「屈辱的な検査」とは、小説で読んだ肛門検査のことであろう。ガラス棒でも突っ込まれるのだろうかと考えていた。

検査は身長、体重、視力、写真撮影、レントゲン撮影、血圧測定、心電図測定、既往歴に関する問診などで、期待の肛門検査は、「立ったまま後を向いてください。ちょっとお尻を手で開いてください。それで結構です」とあっさり終わってしまった。

若い看守が私に札を渡す。そこには「一〇九五」と書かれている。

「佐藤さん、これは称呼《しょうこ》番号といって、これから佐藤さんの名前は原則として呼ばずに番号で呼ぶことになります。早く覚えておかれた方がいいと思います。いろいろ慣れないこともあると思いますが、何でも遠慮せずに聞いてください。佐藤さんは独房暮らしになります。これから新北舎にご案内します。ここでいちばん新しい建物です」

拘置所の看守はもっと乱暴な扱いをすると思っていたのに、実に意外な感じだった。

戦前に建設されたであろうコンクリートの獄舎を抜け、五分くらい歩いたところに四角い団地のような建物があった。新北舎だ。建物に入ると消毒液の臭いがする。看守から廊下の隅を示され「線で囲ってある中に入ってください。ここで手を上にあげてください。検身をします。毎回、何か禁制品をもっていないか、一応チェックします」と言われた。

三階まで上がり、廊下をしばらく歩き、中央にある受付台に連れていかれる。若い看守が「またお会いできるといいですね」と小声で私の耳元で囁いた後、大声で、「一名連行しました」と叫んで敬礼する。

四十代後半と思われる身長百七十センチ強、小太りの看守が、「ごくろう」と言って答礼する。

この小太りの看守が、この階の担当責任者で、私の生活の面倒を五百十二日間みてくれることになる。実に人情味があって、気持ちのよい人物だったが、その時の私は、拘置所職員は検察と一体になって自白を強要するのだと思い、全身が緊張と警戒で硬直していた。

看守に案内されたのは、受付台からそれほど離れていない第十房だった。三畳の畳にコンクリートの床が一畳分ついており、そこに水洗便所と洗面台がある。思ったよりも広いと感じた。部屋の端に布団と毛布がたたんである。天井が高い。三メートルくらいあるだろうか。蛍光灯の間に穴があいていて、そこにカメラがついている。二十四時間監視体制に置かれているのだろう、きっと音もとられているのだろう。一切油断できないと思った。（前掲書264―267頁）

この独房の壁に「所内生活の心得」と書かれたB6判の印刷物が、壁にぶらさげられていた。壁にはプラスチック製のフックが接着剤で貼られている。観察してみると、重い物をかけると剝がれ落ちる仕掛けになっている。印刷物は、手垢でぼろぼろになっている。ワープロではなく、活版で作成されている。つくられてから三〇年は経過していると思った。黒い背表紙が糊で貼られているが、はげかけている。縦書き、右綴じで、右上に金具で補強された丸穴があり、そこにひもで輪が作られ、壁にかけるようになっている。五一二日間の独房生活で、「所内生活の心得」を繰り返し、何度も読んだ。私の前にこの独房に収容された人も読んだのであろう。その中には死刑囚がいたかもしれない。

この文書をコピーで複写することはできない。独房の外に持ち出すこともできない。ただし、ノートに書き写すことは禁止されていない。そこで私はこの文書の全文をノートに書き写した。その内容を復元し、読者に紹介したい。

まずは目次だ。

所内生活の心得　東京拘置所　新北舎三階一〇

目次

二　弁護人の選任

三　勾留

四　接見等の禁止

五　上訴

六　出廷時の心得

七　その他

第四　不服申立

一　面接

二　情願

第五　賞罰

一　賞

二　罰

第六　国民年金制度

第七　インフルエンザの予防接種

新北舎三階には、国策捜査で逮捕された者、確定死刑囚、公安事件関係者(オウム真理教を含む)などが含まれている特に入念な監視がなされている獄舎だ。一階が雑居房で、二—四階が独房、そして屋上に運動場がある。もっともこの運動場は、冒頭の私の夢にでてくる新獄舎の運動場とはことなり、コンクリートの板の間に二—三㎝の隙間があいていて、そこから外界を見ることができる。また、天井の金網から空を見ることもできる。ちなみに二〇〇三年三月に新北舎三階の囚人は、「小菅ヒルズ」と通称される新獄舎B棟八階に移動した。担当看守もほぼ全員、移ってきた。先生とともに新校舎に引っ越したような気分だった。

まずまえがきがある。

所内生活の心得

まえがき
この「所内生活の心得」は、当初《ママ》で生活するにあたって、知っておかなければならないことのあらましをまとめたものです。不自由なことや、心配なことが多いと思われますが、この「心得」をよく読んで、わからないことは職員に尋ね、規則正しい生活を送るように心がけて下さい。

拘置所暮らしは、心配なことだらけである。初日、独房でアンケートを書かされる。職を失うことに不安があるかとか、収監されたことが家族関係に及ぼす不安、持病や健康に関する不安などの質問が続き、このアンケートに答えているとかえって不安が強まってくる。そして、最後に身体的特徴という記入事項があった。これを読んで、私は別世界にやってきたと痛感した。

身体的特徴という頁に「入れ墨、指詰め、玉入れ」という項目があった。「入れ墨、指詰め」は意味がわかったが、「玉入れ」がわからないので、看守に聞いてみた。
「あなたには関係ないと思いますが。男の棹《サオ》に手術でシリコン玉を入れることです」という答だった。雑居房に移ると「入れ墨、指詰め、玉入れ」の三点セットが揃った人たちがたくさんいるのかと思うと、いつまでも独房で暮らしたいと思った。(『国家の罠』269頁)

いずれにせよ、このアンケートに答える過程で、私は自らが囚人になったということを強く自覚した。

ちなみに拘置所職員に対して「看守さん」と声をかけることは、だれもしない。職員は、囚人に対して名字も名前も名乗らない。従って、「担当の先生」(階の責任者)、「めがねの先生」(階の準責任者)、「運動の先生」(運動箱や風呂への誘導を行う。担当の先生の統括下にいる)、「医務の先生」というように呼び分ける。

それでは、「基本の心得」の中でも「一般の心得」と題された拘置所生活の基本中の基本について説明する。

第一　基本の心得

一　一般の心得

1．収容中は、法令、この「心得」及び職員の指示に従い、秩序正しく行動すること。

2．他人に迷惑をかける行為はしないこと。

3．他の居室の人又は室外にいる人と話をしたり、合図をしたりしないこと。

4．室外では整列して行動し、職員の許可なく走ったり、ひとり歩きしたり、みだりに話をしたりしないこと。

5. 許可なく裸になったり、はちまきをしたり、その他不体裁な服装はしないこと。
6. 居室へ出入りするとき及び職員が指示したときには、衣服及び所持品並びに身体の検査に応じること。
7. 職員が指示したときには、いつでも居室内の検査を受けること。
8. 手紙や書類はわかりやすく書くこと。読み書きのできない人は職員に申し出、お互いの間で代筆をしないこと。
9. 書類または願せんに押印を必要とする場合は、左手人差指の指印を用いること。
10. 暴行されたり、おどかされたり、不正なことを強要されたりしたときは、すぐ職員に申し出ること。
11. 地震や火災等天災事変の場合は、あわてることなく、職員の指示に従って行動すること。

何をもって、「秩序正しい行動」、「他人に迷惑をかける行為」、「不正なこと」に該当するかは、拘置所職員の胸先三寸で決まる。獄中で看守は囚人の文字通り、生殺与奪権を握っている。従って、拘置所生活を快適に過ごすには、いかに看守と「握る」(犯罪者用語で仲良くすること)かにかかっている。私の場合、看守と「握った」わけではないが、本書『獄中記』を読んでいただければ、拘置所職員に人格者が多いことはよくわかると思う。おかげさまで獄中では快適な生活を送ることができた。

他の房にいる囚人と話すことは「通声《つうせい》」といって、懲罰の対象になる。一般の刑事犯については、通声も大目にみられることもあるが、特捜に逮捕された国策捜査の被疑者や、確定死刑囚の通声について、拘置所側は神経を尖らせている。

「裸になってはいけない」という規則は、本来、上半身についても適用されるが、七―八月の猛暑の時期は、職員が小声で「暑ければ上半身は裸になっていいよ。ただし、(朝晩の)点検(後述)のときはシャツを着てね」といって黙認してくれる。もっとも猛烈に暑いときは、Tシャツを着て汗をかき、その気化熱で涼しくなるので、私は半裸になることはめったになかった。

弁護士面会や取り調べ、更に公判のために独房が所在する階からそとに出るときは検査を受ける。ポケットや下着の間にメモを隠していないか、独房から書籍を持ち出していないかなどをチェックする。弁護士と打ち合わせるときに書類やノートをもっていくときは、「携行願」という願箋《がんせん》(囚人の要望を書くB7判のわら半紙)を提出する。

二―三週間に一回、捜検《そうけん》という独房の検査がある。私の場合、捜検で二回引っかかったことがある。梅干しの封に使われていた輪ゴムを書類を整理するために用い、食パンが入った袋を分別用ゴミ袋として使っていたら、規則違反で摘発されたが、担当の先生がうまく取りはからってくれたおかげで、懲罰を受けずに済んだ。

拘置所も役所なので、手続きの際には印が必要となる。しかし、囚人は印鑑を所持することができない。そこで、左手のひとさし指を「黒い朱肉」につけて、印鑑代わりにする。

拘置所の職員は、ほぼ全員、懐中時計のような「黒い朱肉」を常時携帯している。

独房は、ちょっと小さなワンルームマンションのようなものだ。ただし、部屋の内側から扉を開けることができず、ドアノブもついていない。のっぺりとした鉄扉と向き合っていると、地震や火事がおきたらどうなるのだろうかと不安になる。

拘置所のラジオで、定期的に以下の地震の際の注意が読み上げられる。この内容は、「所内生活の心得」とは別の「もし地震が起こったら　東京拘置所」という表題の小冊子になって、壁のフックにぶらさがっている。読んでいただければわかるが、内容はブラックユーモアそのものだ。

もし地震が起こったら

わが国は、世界の中でも有数の地震国です。そのため地震に対する普段からの心構えが大切なのですが、突然大きな地震に直面するとなかなか適切な行動がとれないものです。

そこで、これから地震が起きた場合、皆さんがどのようにこれに対処すべきかをお話ししましょう。

まず、東京拘置所の建物は、地震に強いということです。地震が発生しても皆さんが居房の中にいる限り絶対といっていいほど安全なのです。

具体的に説明しますと、

東京拘置所が建てられている地盤ですが、当所の建設時におけるボーリング調査の結果、有楽町層・七号層・埋没段丘層・東京層などと呼ばれている地層で形成されており地震に対する地層の強度は強く地盤が崩れる不安はまずないということが判明しています。

建物についても関東大震災の経験を基に専門家が綿密な設計をして建築したものであり、更に地盤を強固なものとするため、直径八〇センチもある銅管杭が地下四〇メートルまで何本も打ち込まれております。これは、コンクリート杭と比較した場合、衝撃に強く、かつ柔軟性があることから使われているものです。

また、舎房の壁は、一般の鉄筋コンクリート建築と比較して、その厚さが一・一六倍あり、建物に継ぎ目がないばかりか各居房が壁で仕切られ、開口部には鉄格子が入っていることなどにより堅固な構造になっています。

そして専門家の耐震診断を受けた結果、基礎工事・建物とも耐震基準にかなったものであり、関東大震災級の地震が発生しても当所の建物が倒壊するおそれは全くないということが分かっています。

地震により電気、水道、交通等が途絶する非常事態が発生したときのために東京拘置所では、非常用食糧及び飲料はもちろん、自家発電装置も完備されているので、これらが復旧するまでの間、何ら不安もなく生活が送れるように万全の準備をしております。

これで皆さんがいかに安全なところに収容されているか理解できたことと思います。

しかし、地震による災害から身を守るため一番大切なことは、皆さんが、職員の指示に従い、落ち着いた行動をとることです。

そこで地震に対する皆さんの心構えについてお話ししましょう。

1．過去の大地震の災害をみると、グラグラッときたとき建物が倒壊するのではないか、という恐怖感から外へ飛び出したために落下物に当たり、あるいは塀や門柱が倒れ、その下敷きになって死亡した事例が多いのです。しかし、皆さんは、倒壊のおそれの少ない建物の中にいるのですから、まず「グラッ」ときたら身を潜めて布団や毛布などを頭からかぶって窓ガラスの破片等による被害から身を守り安全と思われるまで静かに待って下さい。

慌てたり、恐怖にかられて叫んだりすると不必要な動揺と混乱を来す原因にもなりますから大声を出すことは、絶対にしないで下さい。

2．次に、職員から指示や情報の伝達がありますから、落ち着いてよく聞き、指示に従って行動して下さい。職員の指示を信頼して行動する事が、事故防止の最良の方法であることを忘れないで下さい。

なお、平素から心掛けておくことは、房内の棚など高いところに重量物(缶詰、図書等)を置かないようにして下さい。地震のときこれらのものが落下してけがをしないようにするためです。

そして房内の私物(図書・衣類・食糧品等)や備品(容器・掃除用具その他)は、いつも整理・整とんしておくことです。これは、突然地震が起こったとき慌ててこれらにつまずいて転倒したりして思わぬけがをしないためです。

〃グラッ〃ときたら布団をかぶれ。

私がいるときにも有感地震は何度かあった。特に二〇〇三年五月二六日午後六時二四分に発生した三陸南地震は、現地で震度六弱を観測したので、拘置所内で流れるラジオがすべて地震中継になった。獄舎もそこそこ揺れたが、布団をかぶるほど切迫した感じではなかった。

それでは、房内での心得に進もう。

二　室内の心得

1. 居室は指定する。都合により居室を変更する場合も指示には従うこと。
2. 室内はきれいにし、ちりくず類は備え付けのかごに入れること。
3. 残飯・汚水・空かん・紙くずなどを窓から投げ捨てないこと。
4. 窓・鉄格子に衣類・タオル等を掛けないこと。
5. 備え付けの物品はていねいに扱い、別表一のとおり整理しておくこと。（注：別表一は記載されていない）
6. 室内の設備が故障し又は備え付けの物品が不足し、若しくはこわれたときは、すぐ職員に申し出ること。
7. 水道は出し放しにせず、水を節約すること。
8. 便所の排水管はつまりやすいから、ちり紙以外の物は絶対に捨てないこと。洗面所には、ごみくず、残飯などを捨てないこと。
9. 室内の座席は別表二のとおりとする。室内では、みだりに立ったり、横になったり、寝具によりかかったりしないこと。(注：別表二も記載されていない)
10. 窓のあけたては静かに行い、ガラスなどをこわさないように注意すること。
11. 落書きやはり紙をしないこと。

冷暖房がない新北舎では、看守の配慮で、夏は北側、冬は南側の独房があてがわれた。これが逆だったらかなり苦しかったと思う。特に夏、少しだけであるが直射日光が入る南側の独房では気温が四〇度近くになるので、脱水症状を起こしかねない。

ゴミは週二回、火曜日と金曜日に「ゴミ上げ」という号令がかかり、順番に独房の扉があけられるので、そのときに捨てる。独房のゴミ箱は一つしかないが、可燃物と不燃物の分別が行われている。前に述べたように私の場合、食パン用のビニール袋を不燃物のゴミ入れにしていた。隣の独房の確定死刑囚は、新聞紙で、第二のゴミ箱をつくっていた(ゴミを捨てるときにのぞき見た)。

独房内では、廊下側で、食事などを出し入れする小窓の横に囚人は原則としてすわっていなくてはならない。正座は義務づけられず、膝をくずしても構わない。

拘置所での日常生活はきわめて規則正しい。「所内生活の心得」では以下のようになっている。

第二　日常の生活

一　一日の動作時間

1．一日のおもな動作時間は左表のとおりとする。

休日	平日	日課
7：30	7：00	起床
7：50	7：15	点検
8：00	7：25	朝食
11：50	11：50	昼食
(この間12：15―14：45まで、昼寝可)↓午睡		
16：40	16：40	夕食
17：00	17：00	安息時間
21：00	21：00	就寝

備考(1)請願作業に従事する者(注：未決囚で作業報償金を得るために独房内で袋貼りなどの作業に従事する者。日当は一日一〇〇円に満たない)の動作時間は別に定める

(2)ラジオ放送は原則として午後九時までとする
2．動作は、オルゴール・チャイム又は号令に従い、静かに行うこと。

二 点検

1．点検は、通常朝及び夕の二回行い、必要があるときには臨時に行う。
2．点検は、「点検用意」の号令に始まり、「点検終了」の号令で終わる。
3．点検は、別表三(注：別表三も記載されていない)の位置で、居室の入り口に向かってすわり、番号をはっきりととなえること。
4．点検中は、読書したり、交談したり、番号以外のことを言うなど、点検を妨げる行為をしないこと。

三 食事

1．食事は支給するが、差し入れ又は購入により自弁(自己負担)することもできる。
2．食事は別表四の位置で食べること。
3．食べ残したものは、残飯集めの際に出すこと。

四 安息時間及び就寝

1．安息時間の合図があった後は、別表五の位置に布団を敷いて横臥することができる。
2．就寝の合図とともに減灯になるから読書・交談などをやめ、床に入って静かにやすむこと。

3．寝るときは、毛布や布団などで顔をおおったりしないこと。
4．安息時間以降起床時間前は、他人の迷惑になるような騒音をたてないように注意すること。

点検とは、「点検用意」という掛け声があって、それから三〇秒くらい経って「点検」という掛け声とともに三人の拘置所職員が独房を次々と回る。房の番号を言われたら、称呼番号で答えなくてはならない。称呼番号とは、囚人がもつ番号で、拘置所に移送されたときに与えられる。私の称呼番号は一〇九五番だった。

点検のときは、

「一〇房、番号」

「一〇九五番」

と答える。

囚人は、普段は壁を背にして座っていなくてはならないが、点検のときだけは九〇度向きを変えて、廊下の方を向く。点検のときは、手を下に下ろしておく。私が一度、何気なく腕組みをしてたら、看守から大きな声で「腕組みをしない」と指導された。

朝食のメニューは、ご飯(大麦三割、白米七割)、味噌汁、おかずの三品だ。味噌汁の具は、わかめ、いんげん、豆腐、なめこ、茄子、キャベツ、油揚げ、麩などの一品もしくは二品が入っている。味噌は銚子の刑務所で造られているものという話だ。おかずは、ふりかけ(のりたま、たらこ)、わさび漬け、なめたけ、でんぶ、納豆、焼のり、梅干し、のりの佃煮、あみの佃煮などが交替ででる。昼食、夕食のご飯と較べると、朝食のご飯は、熱く、少し硬い。

昼食、夕食は、なかなか豪華だ。いくつか具体例を、アットランダムに抜き出してみよう。

二〇〇二年五月二八日(火)
昼食　ご飯、春巻き、切り干し大根、野菜(サトイモ、人参、インゲン)の煮付け
同年五月二八日(月)
夕食　ご飯、ビーフカレー、イカと野菜のサラダ(サウザンドアイランド・ドレッシング付)、福神漬け、ヨーグルト・ドリンク
同年六月一三日(木)
昼食　ご飯、ミートコロッケ(わらじくらいの大きさがある)、ミックスベジタブル(コーン、グリーンピース、人参)、じゃがいもとベーコンのあえもの、野菜スープ。
夕食　ご飯、担々麺、サトイモと鶏肉の煮付け、レンコンの酢の物、バレンシアオレンジ
同年八月五日(月)

昼食　ご飯、鰈の煮付け、野菜とちくわの汁、こんにゃく・大豆・鶏肉の煮付け
夕食　ご飯、ビーフシチュー、玉子・ハム・キャベツ・人参の炒め、キュウリの漬け物

さらに土曜日の昼食には焼きたてのコッペパンがでる。これがなかなかおいしい。

同年九月八日(土)

昼食　コッペパン、チキンクリームシチュー、うずら豆の甘煮、ジャム、マーガリン

同年一〇月五日(土)

昼食　コッペパン、ビーフシチュー、小豆の汁粉、チーズ、ピーナツクリーム

特に獄中では、甘い物が欲しくなるので、土曜日の昼食が水曜日くらいから楽しみになる。

「所内生活の心得」では、昼食が11：50となっているが、実際はもう少し早く、11：30頃、夕食が16：40となっているが、実際は16：20頃である。

平日は21：00から07：00、休日は21：00から07：30までが睡眠時間だ。一〇時間以上の睡眠時間というのも苦痛だ。もっとも、監視するために睡眠時間中も独房内は消灯とならず、照度を落とす減灯となる。このため、看守との関係が良好だと、読書をしていても黙認される。

日中は、12：15から14：45までが横になることができるが、敷布団を敷くことは認めら

れない。掛布団か毛布をかけて昼寝をする。特に12：15―13：00は、洗面所やトイレの使用が禁止される。この間は、監視の看守が一人だけになり、他の職員は昼食をとる。17：00以降は、敷布団を敷いて、本格的に寝ることが認められている。もっとも一〇時間、床に就く生活が強要されているので、よほど体調がよくないとき以外は、それ以外の時間に横になりたいと思わなかった。

先に進もう。

五　保健・衛生

1．衛生に注意し、健康を保つように努めること。
2．性病・結核・皮膚病など、伝染病の病気にかかっている人は、すぐに職員に申し出ること。
3．診察の受付は、指定された日に行う。ただし、急を要する場合は職員に申し出ること。
4．医療については、医師の指示に従うこと。診察を受けるときは、病状をありのままに説明し、偽りや大げさな訴えをしないこと。
5．投与された薬は、必ず指示されたとおり使用すること。使用しないときは、理由を付して返すこと。
6．薬品の自弁は、原則として許可しない。

六　洗濯

1. 衣類の洗濯は、宅下げして行うこと。ただし、ハンカチ又はシャツ・パンツ・くつ下などの下着類は、室内で洗濯することができる。

2. 夕点検以後朝点検終了までの間は、洗濯をしないこと。

七　運動

1. 戸外運動は、日曜日・祝日・土曜日・入浴日及び降雨等で運動場が使用できない日を除き、原則としておおむね三〇分行う。

2. 戸外運動に出るときは、ハンカチ・タオル・ちり紙以外の物は持ち出さないこと。

3. 室内体操は、毎日午前・午後の二回行う。室内体操の方法は室内に掲示する。

八　入浴

1. 入浴はおおむね週二回とする。

2. 入浴時間は一五分以内とする。

3. 湯水は節約すること。

4. 湯ぶねの中で身体を洗ったり、タオルを使ったりしないこと。

九　理髪

1. 理髪は無料とする。

2. 男子の定期理髪は、おおむね二〇日ごとに一回顔剃りは週二回行う。定期以外に理髪を希望する人には、特に必要と認められる場合に限り、日時を指定して行う。

3. 女子の調髪は、おおむね三〇日に一回、適宜の方法で行う。

日曜日に診療、投薬の受付があり、内科は月曜日、外科は木曜日の診察だった。

独房の囚人の入浴は、ユニットバスで行われる。廊下の中心に監視台があるが、その向い側にユニットバスが四つある。入浴は週二回であるが、七―八月は三回になる。まず、看守が「風呂用意」といって回ってくる。そうしたらパンツ一枚になって、タオル、石鹸、シャンプーをもって独房から外に出る準備をする。二―三分後に独房の鍵が開けられるので、風呂に向かう。このとき、規則では禁止されているが、他の独房の様子をのぞく。好奇心が満たされる数少ない機会だ。風呂に入っていると扉が開いて「三分前」という声がかかる。そうすると身体を拭いて、風呂から出る準備をする。

男子の定期理髪は、おおむね二〇日ごととなっているが、実際は月一回だ。理髪の一週間くらい前に申し込みがある。理髪は、犯罪者用語で「ガリ屋」と呼ばれる二人組みの懲役囚が行う。看守台の横、ユニットバスの向かい側に理髪室がある。そこで、まず職員に丸刈りか長髪かを申告する。五分刈り以外は、スポーツ刈りもすべて長髪になる。一〇分くらいで、懲役囚が電気バリカンで髪を見事に刈ってくれる。独房の洗面所で頭を洗うことは禁止されているが、理髪の日だけは例外的に許可される。

十　金品の取扱い

1. 金銭・衣類・日用品など一切の金品は、不適当とみとめられるものを除き、すべて当所の台帳に登記のうえ、出所する時まで保管する。これを領置という。
2. 領置物のうち、所内生活に必要な物は、願い出により、制限の範囲内で所持することができる。これを舎下げという。
3. 金銭を所内で所持することはできない。
4. 所内使用予定額を除いて二〇万円以上の領置金を所持する人で、適当な宅下げの相手がないときは、郵便貯金にして保管することができる。
5. 郵送された金品で、差出人が判らないときは、交付しないことがある。
6. 舎下げした物品のうち、手元に置く必要が無くなった物については、領置又は廃棄の手続きをとること。
7. 領置中の金品は許可を受けて家族などに渡すことができる。これを宅下げという。宅下げには、窓口宅下げと郵送による宅下げとがある。
8. 窓口宅下げの手続をとった人は、面会の際そのことを面会立合職員に申し出ること。
9. 衣類・寝具は自弁が原則であるが、自弁できない人には貸与する。
10. 自弁を認められる衣類・寝具の品目・数量は別表六のとおりとする。

11. ちり紙・歯ブラシ・歯磨粉・石けんなど日常生活に必要なものは支給するが、自弁することもできる。
12. 差し入れ又は購入を許す物品の範囲は別に定める。
13. 差し入れ又は宅下げについて不正が認められるときは、これを許さないことがある。

囚人(民)から拘置所当局(官)への物の流れを「上げる」といい、拘置所当局(官)から囚人(民)への流れを「下げる」という。領置した本を独房に入れてもらうことを「舎下《しやさ》げ」、拘置所経由で下着を家族や弁護士に渡すことを「宅下《たくさ》げ」という。これに対して、ゴミ捨ては、ゴミを拘置所に渡すので「ゴミ上げ」になる。

拘置所から無料で支給される物品について、ちり紙は、今では珍しい四角い灰色のちり紙、歯ブラシは軸が白くナイロンの硬い毛がついているが、メーカー名が書かれていない。歯磨き粉はライオンの粉歯磨きだ。石鹸は、二種類支給される。刑務所でつくられているものだ。化粧石鹸は白色でYOKOSUKAと、洗濯石鹸は灰色でATAMIと書かれている。化粧石鹸については、市販の石鹸よりも泡立ちがよく、手に優しい。使い残しを保釈のさいに持ち帰ろうとしたが、官給品なので認められないということで、あきらめた。

十一 筆記

1．筆記を希望する人は、職員に申し出て所定の手続きをとること。
2．室内で所持できる筆記具は、当所において指定した売店で販売しているボールペン黒・赤・青各一本及び替しん各五本以内とする。
3．筆記用紙は、当所で指定した売店で販売しているノート、便せん、けい紙及び白紙の四種類と、必要と認められる場合にはカーボン紙の使用を許す。
4．ノートは原則として一冊とする。特に必要があると認められたときは、三冊まで使用できる。
5．ノートの使用にあたっては、別に定める心得に従うこと。
6．使用済のノートは、領置又は廃棄とすること。ただし、許可を得て五冊を限度として、居室内で所持することができる。
7．使用済のノートは、特に必要と認められる場合に限って宅下げをみとめる。

ボールペンは、外部からの差し入れが認められない。囚人が自己資金で購入するしかない。私が逮捕されたのは火曜日で、ボールペンなどの日用品の購入を申し込むことができるのは金曜日で、交付されるのが翌週の水曜日なので、七日間、筆記が不可能な状態で、検察の取り調べと対峙することになった。もっともメモをとらずに記憶しなくてはならないという状況に置かれたため、記憶力が刺激され、この一週間の取り調べの状況は、あれから約七年を経た現在でも、ほぼ正確に再現することができる。

拘置所で購入できるノートは、四〇枚綴りであるが、拘置所の指定売店から差し入れができるノートは六〇枚綴りだ。独房に保管できる使用済みノートが五冊までに制限されているので、六〇枚を用いれば、四〇枚と比較して一・五倍のデータを保存することが出来る。そのため、ノートは原則として、弁護士からコクヨのB5判普通罫六〇枚綴りのノート(ピンク色の表紙)を差し入れてもらうことにした。ノートもときどき検閲される。このことについては興味深いエピソードがあるので記しておきたい。

五月二十一日に弁護人が差し入れた大学ノートが一冊届いた。二十二日には、購入した大学ノートが三冊とボールペンが届いた。私にとっては重要な武器だ。大学ノートは、訴訟用、自由筆記、学習用計三冊までしか独房内で所持できないので、一冊は泣く泣く拘置所の倉庫に預けた(拘置所用語では領置という)。

担当看守が裏表紙を開けて、「ここに署名・指印して」と言う。ノートの裏表紙には、ノート使用許可願という書類が貼られている。拒否するとノートが使えなくなるので、おとなしく署名・指印した。その時、担当看守が突然上の方を向いて言った。

「これから言うのは俺の声じゃないぞ。天の声だ。ノートに大切なことは書くな。ときどき覗く奴がいるからな。取り調べについて重要なことは書いたらだめだぞ」

その後、担当看守は何事もなかったように立ち去っていった。(『国家の罠』291頁)

十二　手紙と電報

1．封書又ははがきの発信は、日曜日・祝日及び年末年始の休庁期間中並びに、土曜日を除き、毎日一通とし、受付は午後三時までとする。ただし、土曜日は午後〇時まで。

2．封書に用いる便せんの枚数は制限しない。便せんは罫線のあるものを利用し、ひとつの欄に一行だけ書き、欄外や裏には書かないこと。

3．電報の発信は、日曜日・祝日及び年末年始の休庁期間中並びに、土曜日を除き、毎朝点検後すみやかに申し出ること。同時に発信する電報の通数は制限しない。

4．発信地は「東京都葛飾区小菅一丁目三十五番地一のA（郵便番号124—0001）」とすること。

5．封書・はがき及び電報はすべて検閲する。封書を発信したいときは、封をしないで提出すること。

6．封書・はがき及び電報の内容が次に当る場合は、その一部を消し又は発受を許さないことがある。

（一）　被疑・被告事件について不当な連絡をしようとするもの

（二）　恐喝・脅迫などの犯罪を構成するもの

（三）　郵便法規に反するもの

(四) 逃走・暴動等刑事施設の事故を具体的に記述したもの
(五) 規律違反行為の手段方法を示唆する等、施設の秩序及び人乱をあおりそそのかす内容のもの
(六) 施設の構造を詳述し又は職員を著しく誹謗する等、公正な職務執行を阻害するおそれのある内容のもの
(七) 収容中の他の人の犯罪を記述し、又は動静を伝える等、名誉を侵害する内容のもの
(八) その施設の規律及び管理運営上重大な支障がある内容のもの

7. 前項、(一)(二)及び(三)にあたると思われる封書・はがき及び電報は、関係官庁に通報することができる。

8. 封書・はがき又は電報には、暗号や符号を使ったり、許可なく外国語を使用したりしないこと。

9. 受取人を二人以上連記した封書・はがき又は電報は、筆頭受取人に対して交付し、その他の人には交付しない。

10. 郵便切手やはがき等は各自で保管し、他人と貸し借りをしないこと。

11. 読み終った封書・はがき又は電報は、領置又は廃棄の手続きをとること。

郵便物は、平日に一通しか発信できない。ただし、「特別発信」という制度があり、拘

置所当局が「特に必要である」と認めると、追加的発信ができる。看守と「握って」おくことが、この点でも重要だ。

ちなみに取り調べ期間中は、被疑者が発送する手紙は、検察官にも回される。従って、検察官にさりげなく伝えたい内容を手紙にあえて書くというのも「情報戦」として効果がある。かなりこの手法を用いて、検察官の関心を誘導することができたと思う。

受信は、すべて開封され、検閲印が便箋の右下に押されて独房に届く。郵便はだいたい昼前に独房に配達された。筆者の場合、接見等禁止措置(罪証湮滅の恐れがある被疑者、被告人について、弁護人以外との面会、文通、印刷物[書籍を含む]のやりとりを禁止する措置。他の囚人と会話することも禁止されるので、接禁がつくと必然的に独房暮らしになる)がつけられ、弁護士以外との文通が認められなかったので、その他の人々からの手紙や葉書は二〇〇三年一〇月八日、保釈になるときにまとめて受け取った。

私の手紙が検閲に引っかかったのは一回だけだ。独房の移動があり、その場所を書いたら、その部分だけは黒塗りにして発信するという了承を求められた。

十三　面会

1. 面会は一日につき一回とし、面会所で行う。同時に面会できる面会人の人員は、三人までとする。
2. 休日・年末年始の休庁期間中は、面会は行わない。

3. 面会の受付時間は次のとおりとする。
八時三〇分から一一時三〇分まで。
一二時三〇分から一六時まで。
4. 面会のとき、起訴状などの書類又はメモ用紙を携行したい人は、あらかじめ職員に申し出ること。
5. 次の場合は、面会を中止することがある。
(一) 職員の指示に従わないとき
(二) 筆談、動作又は暗号などによって不正に連絡をしたとき
(三) 被疑・被告事件について証拠を隠滅する会話をしたとき
(四) 恐喝・脅迫などの言動をしたとき
(五) 許可なく外国語を使ったとき
(六) 施設の規律又は管理に支障があると認められるとき

私の場合、前に述べたように、接禁が付されていたので、弁護人以外との面会はできなかった。最初から、「そういうものだ」と思っていたので、面会に制限があることを特に苦痛とは思わなかった。

拘置所で勾留された経験のある人に聞くと、面会が何よりも楽しみだったということだ。接禁は部分解除することができる。取り調べ担当検察官から「会いたい人がいるならば、

接禁を解除するので、遠慮なく言ってくれ」と言われたが、「僕はインドアー派なので特に会いたい人はいません」とていねいにお断りした。検察の思惑が、私と親しいのは誰であるかを接禁解除という餌でチェックし、その人々に揺さぶりをかける可能性があると考えたからだ。

十四　読書と娯楽
1．官本を借りたい人は、職員に申し出ること。
2．私本は、差し入れ又は購入することができる。
3．私本、新聞及びその他の文書図画は、その内容を審査し、次の(一)から(七)に該当するときは、その一部を削り又は閲覧を不許可とすることがある。
(一)　罪証隠滅に利用するおそれのあるもの
(二)　逃走、暴動等の事故を取り扱ったもの
(三)　所内の秩序びん乱をあおりそそのかすおそれのあるもの
(四)　規律上問題となるような露骨な描写のあるもの
(五)　犯罪の手段、方法を詳細に記述し、あるいは当所収容者の犯罪を記述したもの
(六)　通信文又は削除し難い書きこみがあり、あるいは故意に工作を加えたもの
(七)　その他施設の規律に違反し又は管理運営上支障のあるもの

4．所内で同時に所持できる私本の冊数は次のとおりである。
(一)　雑誌・単行本　三冊以内
(二)　辞書・辞典・学習用図書等で特に許可を受けたもの　七冊以内
(三)　パンフレット類　一〇部以内
ただし、パンフレット類は、合冊して保管することができる。合冊した一部の厚さは一〇センチメートル以内とする。
5．官本・私本及びパンフレット類は、閲読期間を定める。きめられた閲読期間を過ぎたときは、すぐに職員に申し出て官本は返納し、私本は領置又は廃棄の手続きをとること。引き続いて閲読したいときは、期間更新願を出すこと。
6．閲読後に雑誌・新聞及びパンフレット類は、特別に許可を得た場合のほかは領置および宅下げを認めないので、廃棄の手続きをとること。
7．官本、私本及びパンフレット類は、破ったり、書きこんだり他人と貸し借りなどしないこと。
8．新聞は、通常紙については選定した二紙のうち一紙に限り購読することができる。通常紙以外の新聞は、一人につき一種類に限り、差入れにより閲読することができる。
9．写真は一〇枚以内所持することができる。
10．二人以上の人が同室する部屋には将棋を貸与する。将棋は、朝食後一九時までの、他の動作にさしさわりのない時間中に限り、他人の迷惑にならないよう注意して使用すること。

11．ラジオは静かに聞き、拍手したり、高声を出したりしないこと。

拘置所が持っている官本というと宗教書や古典文学が中心と思ったが、そうではなかった。約半数が犯罪小説で、四分の一がヤクザのしきたりに関する本で、残りが小説と、少しお色気のある漫画だ。拘置所に収容されているのは、未決収容者がほとんどなので、無罪推定が働くため、官本について矯正的配慮はあまり働いていないようだ。出所する囚人が残していった私本が、官本に組み入れられていく。図書係の懲役囚が、実質的に蔵書を決めているということだ。

官本の房内で所持できる数は二冊以内、私本は三冊以内である。私本と官本を組み合わせると二冊以内になる。読書は私の獄中生活において、死活的に重要だった。独房内の書籍保持数が一冊減らされるため、官本を借りることはほとんどなかった。

私本の場合、宗教経典、学習書、辞書と認められれば、三冊の枠とは別に七冊まで「冊数外」の扱いとなり、認められることがある。私の場合、神学書はすべて宗教経典、歴史書も学習書の扱いを受けたので、助かった。これも看守との「握り」にすべてがかかっている。「冊数外」の許可を得るためにも願箋を提出する必要がある。

東京拘置所の場合、私費で朝日新聞、読売新聞のいずれかを購入することができる。私の場合、接禁がつけられていたために新聞購読が最後まで認められなかった。なお二〇〇二年秋から、弁護人が指定の売店から日刊スポーツを差し入れることは認められるようになった。

ラジオは囚人にとって、大きな楽しみだ。囚人がラジオの局を選ぶことはできず、拘置所が、時間ごとに局を切り替えたり、録音を流す。

平日は次のように放送がなされる。

一〇時からストレッチの音楽が約五分間かかり、その後、一五分間、前日のNHK「昼の歌謡曲」の録音が流れる。

一一時五五分頃から、朝七時のNHKニュースの録音を一五分間流す。NHKニュースに関しては、検閲され、東京拘置所に収容されている被疑者のニュースは原則として流れない。「それでは、次のニュースです。鈴木宗男衆議院議員と外務省……」とアナウンサーが言いかけたところで、数分間ニュースが途絶えたことが印象的だった。一時から三〇分間FM放送、一五時から五分間体操の音楽が流れる。一七時から二一時まで、二局くらいの切り替えでラジオが流れる。

休日は、NHKニュースは平日と同じだが、九時から一一時まで、一三時から一六時、一七時から二一時までラジオが流れる。大相撲、野球中継が優先される。ほぼ一日中、ラジオを聴きながら過ごすことになる。

ラジオについては、一年に一回、好きな番組のアンケートがとられ、これは番組の選択に忠実に反映される。私は、NHK・FMの放送劇「青春アドベンチャー」と文化放送で野村邦丸アナウンサーがナビゲートするワイド番組が好きだった。その御縁で、現在は毎月第一金曜日朝の「くにまるワイド」に私はレギュラーコメンテーターとして出演している。

独房内にラジオのボリュームはない。独房の外に「切、1、2、3」という回転式スイッチがついているので、音量を変えたり、ラジオを切るときは、報知器を押して、看守に依頼する。

十五　願いごと

1．所内生活について、わからないことや、一身上のことで相談したいときは、職員に申し出ること。

2．居室において、願いごとその他の用件があるときは、報知器を押し、静かに職員の来室を待つこと。

3．発信・診察・物品の購入・宅下げ・舎下げ等は、指定された日時に申し出ること。

未決勾留囚は、無罪推定が働いているという建前だが、実際はほとんどすべてのことが禁止され、毎回、願箋で「願いごと」をするという形態になっている。

「所内生活の心得」では、裁判に関する記述があるが、刑事裁判の手続きについて、正確でわかりやすい記述となっている。これについては、追加的解説を加える必要はないであろう。

第三　裁判と出廷

一　裁判

1. 裁判には、むずかしい法律上の知識が必要であるから、弁護人とよく相談すること。

2. 公判期日は、あらかじめ裁判所からの召喚状の送達又は公判廷での口頭の告知によって指定されるので、正確に覚えておくこと。

3. 第一審の裁判は、おおむね次の順序で行われる。

(一) 裁判官による人定尋問

(二) 検察官による起訴状の朗読

(三) 裁判官による権利保護事項の告知

(四) 罪状の認否(被告人が起訴事実について意見を述べる)

(五) 証拠調(冒頭陳述を含む)

(六) 検察官による論告(求刑)

(七) 弁護人の最終弁論及び被告人の最終陳述(結審)

（八）　判決の宣告

二　弁護人の選任

1. 被疑者（起訴以前の者）、被告人（起訴された者）は、何時でも自費で弁護人を選ぶことができる。

2. 自費で弁護人を頼むことのできない人は、裁判所に国選弁護人請求願を出し、国の費用で弁護人をつけてもらうことができる。

3. 裁判所から、弁護人の選任について照会があったときは、すぐ回答すること。

三　勾留

1. 被疑者の勾留期間は一〇日で、この期間に起訴されないときは釈放される。ただし、勾留期間は一〇日以内延長されることがあり、更に、特殊な場合には重ねて五日以内延長されることがある。

2. 被告人の勾留期間は、起訴の日から二か月であるが、更に一か月ごとに更新されることはある。

3. 勾留更新決定の告知を受けた人は、勾留更新決定簿に指印を押すこと。

四　接見等の禁止

1. 裁判所から、接見・書類及び物の授受の禁止決定を受けた人は、弁護士又は弁護人になろうとする者以外の人と、面会・通信及び文書又は物の授受をすることはできない。

2. 接見等禁止の決定に対しては、書面を裁判所に提出してその解除を願い出ることができる。

五　上訴

1. 裁判所に不服があるときは、上級裁判所に救済を求めることができる。これを上訴という。

2. 上訴には、一審の判決に対する控訴、二審の判決に対する上告、決定に対する抗告等がある。

3. 控訴と上告は、判決の言渡しのあった日の翌日からかぞえて一四日以内に申し立てなければならない。この期間を上訴期間という。

4. 抗告のうち、即時抗告は、決定の言渡しがあった日又は決定の謄本が送達された日の翌日から、それぞれ三日以内にしなければならない。

5. 控訴又は上告したときは、裁判所から趣意書を提出するように文書で指示される。これは、上訴理由を書くものであり、指定期日までに裁判所に到達しなければならないから、十分に注意すること。

6. 控訴又は上告は、いつでも書面によって取り下げることができる。公判廷では、口頭でも取り下げをすることができる。

7. 上訴権を放棄するときは、上訴期間内に上訴権放棄申立書を、言渡し裁判所に提出すること。

8．いったん上訴を取り下げ又は放棄すると、その事件について更に上訴することができないから注意すること。
9．自分又は代理人の責任によって、上訴期間内に上訴しなかったときは、上訴権回復の請求をすることができない。したがって、弁護人・家族等が上訴したと思い違いをしないように注意すること。

六　出廷時の心得
1．裁判で必要な書類・ノート又はメモ用紙等を、出廷の時に携行したい人は、前日までに申し出て許可を受けておくこと。
2．護送車内では、用便ができないから、出発前に居室ですませておくこと。
3．護送車内で他の人と話をしたり、合図をしたりしないこと。
4．法廷では静かにし、裁判内容を能く聞いておくこと。
5．法廷で、暴言・暴行その他不穏当な言動があったときは、発言を禁止され、あるいは退廷を命ぜられるほか、過料、留置などの処分を受けることがある。
6．無罪・免訴・刑の免除・刑の執行猶予・控訴棄却・罰金又は過料の言渡しを受け、釈放されたときは、いったん拘置所に戻り、預けてある金品を受け取る等の手続きをすること。

七　その他
1．被告人は、保釈の申し出をすることができる。保釈金や身元引受人については、弁護人や家族とよく相談すること。

2．訴訟書類には、様式の定められたものがあるから、事情がわからない場合は弁護人又は職員に相談すること。

3．貧困のため、訴訟費用を払えないときは、刑が確定した日から二〇日以内に免除の申請をすることができる。

4．罰金又は過料の納付（完納又は分納）を希望する人は、職員に申し出ること。

囚人の中には、毎日のように処遇に対する不満を強く訴える人もいるが、職員たちはきちんと話を聞いている。精神的に不安定な状況に陥った囚人に対しても、「担当の先生」はカウンセラーとしての役割を果たしていた。拘置所の看守というと、乱暴な人が多いような印象をもっていたが、実際には、人間性の優れた人が多かった。

第四　不服申立

一　面接

1．当所の処遇について不服があるときは、係長以上の職員に面接を願い出ることができる。

2．面接を希望する人は、願せんに具体的な理由を記載して職員に申し出ること。

3．面接の願い出があったときは、面接を求められた職員又は代理の職員が面接をする。

二　情願

1. 自己に対する当所の取り扱いについて不服があるときは、法務大臣又は巡閲官に対して情願を申し立てることができる。

2. 申し立ての内容が、単なる感想や希望を申し述べるもの又は他人に関するものは、情願の対象とならない。

3. 法務大臣に対する情願は、いつでも書面(情願書)によって申し立てることができ、巡閲官に対する情願は、巡閲の際、書面又は口頭により申し立てることができる。

4. 情願書を作成したいときは、書面で申し立てること。

5. 情願書は、秘密を保持するため検閲しない。

6. 作成中の情願書類は、あらかじめ交付する袋に入れて保管すること。

7. 情願書を提出するときは、次のことに注意すること。

(一)　情願書に他の物を同封しないこと

(二)　情願書は、封をして提出すること

(三)　封筒には、切手をはらないこと

懲罰は、私がいちばん恐れていたことであるが、幸い適用されることはなかった。しかし、これも拘置所職員の胸先三寸で決まる。例えば、差し入れられた私本にシャープペンシルで傍線を引いても、懲罰の対象になる。クロスワードパズルの本に答えを書き込んでももちろん懲罰対象だ。極端な場合、風呂に行く途中、他の独房を覗いても「わき見」ということで懲罰対象になる。

第五　賞罰

一　賞

1．次の行為があったときは、賞を与えることがある。

㈠　人命を助けたとき

㈡　逃亡を防止したとき

㈢　火災等の非常事態に際し、功労のあったとき

2．賞は、賞金を与える。

二　罰

1．次の行為があったときは、規律違反として懲罰を受けることがある。

㈠　監獄法令・所内規則及びこの「心得」に基づく職員の指示に従わないとき

㈡　職員の職務上の質問に対し、偽りの申告をしたとき

㈢　定められた場所から許可なく離れたり、独歩したり又は逃走を企てたとき

㈣　自分の身体を故意に傷つけ、もしくは自殺を企てたとき

(五)　不必要な診察・治療又は投薬を強要したとき
(六)　他の人に窓越しに話しかけ、合図をし、若《ママ》しくは文書を交付するなど、不正な連絡をしたとき
(七)　外部の人と不正に連絡し又は連絡しようとしたとき
(八)　みだりに大声を発し、放歌し、口笛を吹き、扉や壁をたたき又は足蹴りするなど、他の人の迷惑になるような騒音を発したとき
(九)　けんか・口論をし又は粗暴な行為もしくはわいせつな行為をしたとき
(十)　他の人に対して暴言を吐き又は暴行し、もしくは暴行の気勢を示したとき
(十一)　他の人を誹謗・中傷し、若《ママ》しくは侮辱したとき
(十二)　他の人に対し脅迫を加え、もしくは強要したとき
(十三)　酒類を所持し、授受し又は飲酒し、もしくは飲酒しようとしたとき
(十四)　タバコを所持し、授受し又は喫煙し、もしくは喫煙しようとしたとき
(十五)　マッチ・ライターを用い又は他の手段を用いて火を発しもしくは火を発しようとしたとき
(十六)　物品を不正に持ち込み又は隠とくしたとき
(十七)　物品を不正に作り又は所持していたとき
(十八)　物品を不正に授受し又は授受しようとしたとき
(十九)　他の人の飲食物その他の物品を窃取し又は喝取しもしくはしようとした

とき

(二十) 賭博や、それに類似した行為をしたとき

(二十二) 他人の物を故意に汚損し、又は破損したとき

(二十三) 残飯やごみ等を所定の場所以外に投棄又は放置し、たんつばを吐き散らすなど環境保全及び保健衛生に害のあることをしたとき

(二十四) 建造物・設備・備え付けの物品又は貸与品を故意に破損し、もしくは落書する等汚損したとき

(二十五) 規律違反行為をそそのかしたり、あおったり、もしくは規律違反行為のほう助をしたとき

(二十五) その他刑罰法令にふれる行為をしたとき

2. 規律違反が刑罰法令にふれる場合は、犯罪として検察庁に通報することがある。

3. 懲罰の種類は次のとおりであり、二つ以上の懲罰をあわせて科せられることがある。

(一) 叱責

(二) 文書図画閲覧の三月以内の停止

(三) 請願作業の一〇日以内の停止

(四) 自弁に係る衣類・臥具着用の一五日以内の停止

(五) 糧食自弁の一五日以内の停止

（六）　運動の五日以内の停止
（七）　作業賞与金計算高の一部又は全部削除
（八）　二月以内の軽屏禁
4．規律違反の疑いがあったときは、必要に応じて独居拘禁に付し、事実について取調べを行う。
5．懲罰は、取調べの結果を審査し、弁解の機会を与えた上で決定する。決定された懲罰はすみやかに執行される。
6．懲罰中改悛の情が著しいときは、残りの懲罰期間の執行を免除することがある。
7．次のときは、懲罰の執行を停止する。
（一）　出廷の当日
（二）　他の施設へ移送されるときは、移送の前日及び移送期間中
（三）　疾病のため懲罰の執行が困難のとき
（四）　本人願い出があり、相当の理由があると認めたとき
（五）　その他特に必要があると認められるとき

酒類、タバコの所持は厳禁されている。例えば、拘置所で、レーズンパンや干しぶどうを購入することができない。以前は可能であったが、干しぶどうから酒を造った囚人がいたために購入リストから外されたという。

軽屏禁は、書籍、ノートなどがない独房で一日中座らせられるという懲罰だ。膝はくずしても構わない。また、食事量は減らされない。かつては、腹と背中に板をあてて縛られ、手錠をつけられ、光のあたらない穴蔵の独房に閉じこめられる「重屏禁」という懲罰があったが、現在は行われていない。その代わり、暴れると「沈静房」という独房に、手錠を掛け、着衣のまま排泄できる下半身に大きな裂け目が入ったズボンをはかせられて、収容されることがある。自殺、自傷防止という口実で、この独房が、実質的には軽屏禁よりも重い懲罰として用いられているという。

第六　国民年金制度

国民年金制度については、施設収容中であっても、保険料の納付や各種届け出をしなければならない場合があるので、別紙「国民年金制度について」を参照すること。

(注：別紙「国民年金制度について」は資料的価値が低いので割愛する。)

第七　インフルエンザの予防接種

当所では、予防接種法に基づくインフルエンザの予防接種を実施するので、次の一に該当する人で、接種を希望する人は、職員に申し出なさい。

ただし、予防接種の実施前にインフルエンザにかかったり、健康上の理由などから予防接種を行うことが不適当であると医師が判断した人は、接種できないことがあります。

一　六五歳以上の人。

二　六〇歳以上六五歳未満の人で、心臓、じん臓又は呼吸器の機能に日常生活の活動が極度に制限される程度の障害を有する人。

インフルエンザが蔓延していても、六五歳未満で持病をもっていない囚人は予防接種を受けることができないのである。

「所内生活の心得」には、房内に所持できる物品と領置品の制限量に関する表が付されていた。

別表第一、第二、第三、第四、第五省略(各居室に掲示する)(注：第一〇房には掲示されていない)

別表六　衣類と寝具(名称下の数字は原則として独房内に所持できる数)

一　和服類

長着　二

羽織　一

半てん・ちゃんちゃんこ　一
じゅばん　二
じんべい(上下)　一
帯　△一
帯あげ(女)　△一
伊達巻(女)　△一
帯じめ(女)　△一
腰ひも(女)　△一

二　洋服類
背広スーツ等(上下)・ジャンパー・トレーニングウエア(上下)　二
オーバー・コート(革製・擬革製を除く)　○一
ズボン・半ズボン・スラックス(女)　一
スカート(女)　二
チョッキ・セーター・カーディガン　二
ワイシャツ・開襟・スポーツシャツ・ブラウス(女)　三
ガウン　○一

三　下着類
はだ着上(シャツ類)　三

はだ着下(パンツ類)　三
ズボン下(ステテコ・ももひき類)　三
足袋・短靴下　三
ブラジャー(女)　二
シュミーズ・スリップ(女)　二
タイツ(女)　△一
パンティストッキング(女)　△一
腰巻(女)　△一
生理帯(女)　二

四　寝具類

敷布団　一
掛け布団(襟布を含む)　一
毛布・タオルケット(襟布を含む)　三
敷布　一
枕(枕カバーを含む)一
寝衣・パジャマ・ネグリジェ(女)　二

五　その他

座布団(カバーを含む)　一

腰巻(輪状様のものに限る)　一
手袋　○一
草履・スリッパ　一
註　△印は、出廷の際に限って使用を許す
○印は、冬期間に限って使用を許す

領置物基準保管数量(男)

一　基準保管量
内寸が幅三二㎝、長さ四八㎝、高さ三〇㎝、容量四六ℓの領置箱で、二・五箱(内、衣類一・三箱、その他の物一・二箱)とする。

ただし、裁判所等公務所からの送付文書、信書、寝具及びトランク(大型バッグを含む)は、この保管量から除く。

二　衣類の基準保管数

種類	点数	品目名
上着	一三	背広上、ブレザー、トレーナー上、セーター等
下衣	六	ズボン、トレーナー下等
下着上	九	メリヤスシャツ、半袖シャツ等
下着下	一五	メリヤス下、ズボン下、パンツ等

靴下類　二　　靴下、足袋、手袋
防寒具　二　　コート、オーバー、ガウン等
三　寝具類の基準保管数
種類　　点数
敷布団　一
掛布団　一
枕　　　一
座布団　一
毛布又はタオルケット　三
敷布、枕、座布団カバー　各二
四　基準保管数量を超えたときは、宅下げ等により領置物の減少を図るよう職員が指導するが、その指導に応じないときは、購入及び差し入れを制限する。

じんべい、半てんなど、一昔前の衣類が想定されていることが興味深い。

また、囚人が自費で購入できる物品、独房内の備品リスト、差し入れが認められる物品は次のとおりである。この表は、別のクリアーファイルに用紙が差し込まれ、壁にかけられている。

自弁物品購入価格表（消費税を含む）　平成一三年八月一日

（食品）

品名	単価
食パン	一六七
ドーナツ	九〇
アンパン	九〇
ジャムパン	九〇
クリームパン	九〇
納豆	五四
栗まん	五〇
ようかん	二七〇
白砂糖	五一
焼きのり	六二
カリン糖	一四五
ゴマ塩	八六
せんべい	一七六
南京豆	一〇五
チョコレート	九三
グリンピース	一〇五
氷砂糖	一三七
塩辛	二六〇
マヨネーズ（五袋一組）	七三
味の素	一五六
キャラメル	九四
ガム	九四
唐辛子	五六
さけ缶	三四六
ミルクチューブ	二九五
さば缶	一八三
いわし缶	一六五
みかん缶	一四四
ソーセージ缶	三九六

肉大和煮缶　四〇七
小豆缶　一五六
パイン缶　二八三
桃缶　二四一
ラッキョウ　一三三
ソース　二一〇
しょうゆ　一三〇
マーガリン　一五〇
やきとり缶　一三二
チーズ(丸)　三二五
チーズ(角)　三四五
明治マーガリン　一七〇
明治チーズ(丸)　三一〇
バナナ　一五六
貝柱缶　七二三
イカ缶　二二九
赤貝缶　一四五
福神漬缶　二四四

ビスケット(しるこサンド)　一五六
アメ　一七六
チップスター　一〇五
切パン　一五六
いちごジャム　一三八
ピーナツクリーム　一三八
のり(佃煮)　一七〇
ブッセケーキ　二六〇
(時季物)
大福　七五
甘夏みかん　時価
みかん　時価
梨　時価
キムチ　一八八
(総菜)
新香　一〇七
梅干　一〇七
(牛乳等)

牛乳(常温) 八八
オレンジジュース(常温) 八八
コーヒー牛乳(常温) 八八
アイスクリーム(夏季期間) 六〇
アイスクリーム(大)(夏季期間) 一〇〇
コーヒー(二個組) 一二三
紅茶(二個組) 一二三
弁当 五二五
切花 三〇〇
書籍 郵券
(雑品)
チリ紙(上) 一一五
チリ紙(下) 九三
便箋六五枚 一四六
封筒(上) 八三
封筒(下) 五七
茶封筒(大)(二四〇×三三二) 一〇
茶封筒(中)(一二〇×二三五) 五

罫紙(A4事務用箋)五〇枚 一六〇
ノート(A)四〇枚 一三五
ノート(B)一〇〇枚 一二三
ボールペン(黒) 五九
ボールペン(赤) 五九
ボールペン(青) 五九
ボールペン替芯(黒) 四八
ボールペン替芯(赤) 四八
ボールペン替芯(青) 四八
筆ペン 一八八
サインペン 九三
オート鉛筆 八三
オート鉛筆替芯(HB) 一八八
オート鉛筆替芯(2B) 一八八
筆入れ 二一四
下敷 一一七
下敷(A4) 一六〇
定規 一一五

砂消しゴム　五一
消しゴム　四五
カーボン(片面)(A４)　三三一
半紙(上)　四
半紙(下)　二
白タオル　二二五
黄タオル　二二五
青タオル　二三五
牛乳石けん(赤)　九八
牛乳石けん(青)　七八
洗濯石けん　一〇一
ナイロンハブラシ　一〇五
毛ハブラシ　一三五
ハブラシ入　一一二
デンター練歯磨九〇g　一四六
デンター練歯磨(塩つぶ)一八〇g
　三六六
コールドクリーム二四〇g　五九八

バニシングクリーム六〇g　五九八
クリーム(小)スキンクリーム五〇g
　四二
シェービングクリーム八〇g
　二三〇
ヘアークリーム一五〇g　五九八
ポマード六三g　四二九
エッセンシャルシャンプー二〇〇ml
　二七二
メリットシャンプー三〇〇ml　四一五
リンス入りシャンプー　三三一
くし　三〇
ヘアーブラシ　二六一
耳かき　六一
耳栓　四一七
容器(大)一四cm　二三〇
容器(中)八・五cm　一一〇
箸　一〇五

箸箱　一九八
コップ　二三〇
つまようじ　七六
衣紋掛け　六一
洋服カバー　三〇五
スリッパ　二五四
ヘップサンダル　一一二
ゴム手袋三一五
白ハンカチ(綿)　二一〇
青タオルハンカチ　八六
花差し　五二五
白糸　七三
黒糸　七三
ゴム紐　幅七㎜、三〇㎝単位　一〇
シッカロール　二六一

パフ　二五〇
電気カミソリ　四五六四
交換用電池(四本入)　一八三
風呂敷(小)　二三〇
足袋(二六㎝)　一一四四
足袋(二七㎝以上)　一二一三
仁丹　五一九
そばがら枕　七六四
パイプ枕　八六六

(時季物)
カイロ(一〇個入)　三〇五
手袋　一一五
ジャンボバッグ(移送・出所時の荷物入)　四七一

独居房備品一覧表　新舎

品目	員数		
所内生活の心得	一	バケツ	一
もし地震が起こったら	一	洗いおけ	一
小机	一	髭剃容器	一
ほうき	一	クレンザー容器	一
はたき	一	パン皿	一
チリとり	一	やかん(小)	一
衣類籠	一	スポンジタワシ・食器用、便所用	二
ゴミ箱	一	雑巾	二
		布巾	一

※注意事項

1　備品は勝手に処理してはならない。使用に耐えなくなったときは、現品を担当に提出して交換を願いでること。

2　備品は大切に取扱い保管に注意すること。

3　備品を破損又は許可なく交換してはならない。

日用品等の差入れ及び購入取扱物品一覧表（未決拘禁者）

品目	数量	備考
1. 日用品		
◎タオル	一枚	バスタオルを除く
◎ハンカチ	一枚	タオルハンカチとどちらか一点
◎タオルハンカチ	一枚	ハンカチとどちらか一点
○浴用石鹼	一個	
○洗濯石鹼	一個	
◎石鹼箱	二箱	不燃性で普通型のもの
◎歯ブラシ	一本	不燃性のもの
◎歯ブラシ入れ	一個	不燃性・透明・普通型のもの
○半練り歯みがき粉	一個	練りチューブとどちらか一点
○練りチューブ	一個	半練り歯みがき粉とどちらか一点
○チリ紙	四〇〇枚	女子は八〇〇枚まで
●はし	一膳	
●はし箱	一箱	
○草履	一足	草履・スリッパ・サンダルのうち一足

○スリッパ	一足	草履・スリッパ・サンダルのうち一足
●ヘップサンダル	一足	草履・スリッパ・サンダルのうち一足
●爪楊枝	一包	
●耳掻き	一本	
●衣紋掛け	二個	
●洋服カバー	二袋	
◎風呂敷	一枚	雑居のみ・普通型
●容器	五個	大・中あわせて二五個
●コップ	一個	
●ゴム手袋	一双	
○くし	一個	金属製を除く
○ヘアーブラシ	一個	金属製を除く
●シャンプー	一個	
●リンス	一個	
●耳栓	一個	
○切り花	一束	
●花差し	一個	
●ゴムひも	必要数	必要と認めたとき

●とじひも　必要数　必要と認めたとき
●糸(黒・白)　必要数　必要と認めたとき
●包装紙　必要数　必要と認めたとき
●包装ひも　必要数　必要と認めたとき
●荷札　必要数　必要と認めたとき
●クリーム(小)　一個
●コールドクリーム　一個
●バニシングクリーム一個
●シェービングクリーム　一個
●ヘアークリーム　一個
●ポマード　一個
●シッカロール　一個
●パフ　一個
●髪止め用ゴム　一本　女子のみ
●スキンミルク　一個　女子のみ
●ヘアーピン　必要数　女子のみ
●バック止め　二個　女子のみ
○ナプキン　一袋　女子のみ

◎数珠　一個　必要と認めたとき
◎ロザリオ　一個
○仁丹　二袋

2. 文具品

○ノート　三冊　自由筆記・訴訟用・学習用各一冊
○便箋　五冊
○封筒　四袋　一重のもの
○茶封筒(大・中)必要数　必要と認めたとき
○カーボン紙　二〇枚
○セロハン紙　二〇枚
●いた目紙　必要数　必要と認めたとき
●インデックス　必要数　必要と認めたとき
●内容証明用紙　必要数　必要と認めたとき
●原稿箋　必要数　必要と認めたとき
●原稿用紙　必要数　必要と認めたとき
●コピー用紙　必要数　必要と認めたとき
●集計用紙　必要数　必要と認めたとき
●半紙　必要数　必要と認めたとき

○罫紙　必要数　必要と認めたとき
●ボールペン　二本　黒・赤各一本（実際は三本　黒・赤・青各一本）
●ボールペン替芯　一〇本　黒・赤各五本（実際は一五本　黒・赤・青各五本）
●オート鉛筆替芯　一箱
●サインペン　一本　黒色に限る
●筆ペン　一本
●消しゴム　一個　砂消しゴムを含む
●下敷き　一枚　不燃性のもの
●定規　一本　必要と認めたとき
筆入れ　一箱

3．郵券等

◎はがき　範囲内　一回二五〇〇円まで
◎郵便書簡　範囲内　一回二五〇〇円まで
◎切手　範囲内　一回二五〇〇円まで
◎印紙　必要数

4．電気器具

●電気カミソリ　一個
●乾電池　一袋　電気カミソリ用四個入

●外刃　一枚　電気カミソリ用
○内刃　一枚　電気カミソリ用

1　◎は、購入のほか差し入れを認めるもの(ただし施設の管理及び規律維持上不適当なものは除く)。
○は、購入のほか当所の指定する差し入れ業者による差入れを認めるもの。
●は、購入品に限るもの。
2　数量欄の数は、房内所持が認められる数である。

私とは、「私自身と私を取り巻く環境」であるが、本書『獄中記』が書かれたときの環境は、このようなものであった。

(二〇〇九年三月一九日脱稿)

獄中読書リスト

I 獄中で読んだ書籍のリスト

青木康征『海の道と東西の出会い』山川出版社，1998年
浅田彰『構造と力』勁草書房，1984年
阿部謹也／網野善彦『中世の再発見　市・贈与・宴会』平凡社ライブラリー，1994年
網野善彦『異形の王権』平凡社ライブラリー，1993年
──『無縁・公界・楽　日本中世の自由と平和』平凡社ラブラリー，1996年
ベネディクト・アンダーソン『想像の共同体─ナショナリズムの起源と流行─』リブロポート，1987年
安藤英治『マックス・ウエーバー』講談社学術文庫，2003年
石川達夫『チェコ語初級』大学書林，1992年
──『チェコ語中級』大学書林，1996年
石田友雄他『総説旧約聖書』日本基督教団出版局，2000年
市川浩『ベルグソン』講談社学術文庫，1991年
稲垣良典『トマス・アクィナス』講談社学術文庫，1999年
今泉忠明『世界珍獣図鑑』人類文化社，2000年
『岩波イスラーム辞典』岩波書店，2002年
『岩波国語辞典』(第六版)岩波書店，2000年
『岩波講座世界歴史』(全31巻)岩波書店，1978─80年(第三次)
『岩波哲学・思想事典』岩波書店，1998年
『岩波講座日本歴史』(全23巻)岩波書店，1967─68年(第三次)
ウィリストン・ウオーカー『キリスト教史』(全4巻)ヨルダン社，1983─1987年
『宇野弘蔵著作集』(全10巻・別巻)岩波書店，1973─74年
ジョージ・オーウェル『象を射つ／イギリス人』(英日対訳)南雲堂，1957年

―― 『動物農場』(英日対訳)南雲堂，1957年
大津留厚『ハプスブルク帝国』山川出版社，1996年
岡野裕『チェコ語常用6000語』大学書林，1989年
『おもろさうし』(上下)岩波文庫，2000年
柄谷行人『終焉をめぐって』講談社学術文庫，1995年
―― 『〈戦前〉の思考』講談社学術文庫，2001年
―― 『ヒューモアとしての唯物論』講談社学術文庫，1999年
―― 『マルクスその可能性の中心』講談社学術文庫，1990年
ロジェ・ガロディ『偽イスラエル政治神話』れんが書房新社，1998年
河原温『中世ヨーロッパの都市世界』山川出版社，1996年
木田献一(監修)『新共同訳旧約聖書略解』日本基督教団出版局，2001年
木村靖二『二つの世界大戦』山川出版社，1996年
サム・キーン『敵の顔　憎悪と戦争の心理学』柏書房，1994年
邦光史郎『鬼の伝説』集英社，1996年
栗本慎一郎(編著)『経済人類学を学ぶ』有斐閣，1995年
ロバート・グレーヴズ『アラビアのロレンス』平凡社ライブラリー，2000年
アーネスト・ゲルナー『イスラム社会』紀伊國屋書店，1991年
―― 『民族とナショナリズム』岩波書店，2000年
『研究社露和辞典』研究社，1988年
『現代チェコ語日本語辞典』大学書林，2001年
『広辞苑』(第五版)岩波書店，1998年
エドワード・サイード『オリエンタリズム』(上下)平凡社ライブラリー，1993年
在間進『詳解ドイツ語文法』大修館書店，1992年
薩摩秀登『プラハの異端者たち』現代書館，1998年
佐藤昭子『決定版　私の田中角栄日記』新潮文庫，2001年
佐藤和雄／駒木明義『検証日露首脳交渉』岩波書店，2003年
カルパナ・サーヘニー『ロシアのオリエンタリズム　民族迫害の思想

と歴史』柏書房，2000 年
司馬遷『史記列伝』(1) (2) (3) 岩波文庫，1975 年
志村有弘『鬼と天狗の物語』勉誠社，1996 年
上智大学中世思想研究所(編訳／監修)『キリスト教史』(全 11 巻)平凡社ライブラリー，1996—1997 年
──『中世思想原典集成　第 3 巻　後期ギリシア・ビザンティン思想』平凡社，1994 年
──『中世思想原典集成　第 4 巻　イスラーム哲学』平凡社，2000 年
『思想(スピノザ特集)』岩波書店，2003 年 6 月号
『宗教改革著作集　第 1 巻　宗教改革の先駆者たち(オッカム，ウィクリフ，フス)』教文館，2001 年
ポール・ジョンソン『ユダヤ人の歴史』(上下)徳間書店，1999 年
『新英和辞典』(第 4 版)研究社，1977 年
『新現代独和辞典』三修社，2001 年
『スターリン全集　2』(復刻版)大月書店，1980 年
『スターリン全集　7』(復刻版)大月書店，1980 年
アンソニー・スミス『ナショナリズムの生命力』晶文社，1998 年
──『ネイションとエスニシティー　歴史社会学的考察』名古屋大学出版会，1999 年
『聖書　新共同訳　旧訳聖書続編つき　引照つき』日本聖書協会，1993 年
『太平記』(全 4 冊)小学館，1998 年
高崎直道(編)『唯識思想』春秋社，2001 年
多川俊映『はじめての唯識』春秋社，2001 年
竹村牧男『唯識の構造』春秋社，2001 年
田中利光(改訂版)『ラテン語初歩』岩波書店，2002 年
アントン・チェーホフ『殻に入った男』(露日対訳)大学書林，1955 年
──『結婚申込み／熊』(露日対訳)大学書林，1960 年
カレル・チャペック『山椒魚戦争』岩波文庫，1978 年
常木実『標準ドイツ語　新訂版』郁文堂，1970 年

『ドイツ語の鍵』郁文堂，2000 年
西岡敏／仲原穣『沖縄語の入門――たのしいウチナーグチ』白水社，2000 年
馬場あき子『鬼の研究』ちくま文庫，1988 年
ユルゲン・ハーバーマス『公共性の構造転換』未来社，1994 年
――『コミュニケイション的行為の理論』(上中下)未来社，1985―87 年
――『哲学的・政治的プロフィール』(上下)未来社，1999 年
――『認識と関心』未来社，2001 年
――『晩期資本主義における正統化の諸問題』岩波書店，1979 年
――『理論と実践』未来社，1975 年
林佳世子『オスマン帝国の時代』山川出版社，1997 年
林望『イギリスはおいしい』文春文庫，1995 年
カール・バルト『キリスト教倫理』(Ⅰ―Ⅳ)新教新書，1961 年
――『バルト自伝』新教新書，1961 年
廣松渉『廣松渉コレクション』(全 6 巻)情況出版，1995 年
――『廣松渉著作集』(全 16 巻)岩波書店，1996―97 年
ミシェル・フーコー『監獄の誕生　監視と処罰』新潮社，1977 年
エミール・ブルンナー『ブルンナー著作集　第 2 巻　教義学Ⅰ』教文館，1998 年
――『ブルンナー著作集　第 3 巻　教義学ⅡⅠ』教文館，1998 年
――『ブルンナー著作集　第 4 巻　教義学Ⅲ(上)』教文館，1998 年
――『ブルンナー著作集　第 5 巻　教義学Ⅲ(下)』教文館，1998 年
藤本隆志『ウィトゲンシュタイン』講談社学術文庫，1998 年
ヘーゲル『精神現象学』(上下)平凡社ライブラリー，1997－98 年
――『歴史哲学講義』(上下)岩波文庫，1994 年，ワイド版 2003 年
『暴走する「検察」――情報漏えい，ねつ造，ウラ取引，国策捜査』宝島社，2002 年
細川滋『東欧世界の成立』山川出版社，1997 年
カール・ポパー『開かれた社会とその敵　第 1 部プラトンの呪文』未来社，1980 年

――『開かれた社会とその敵　第2部予言の大潮』未来社，1980年
エリック・ホブズボーム『二十世紀の歴史　極端な時代』(上下)，三省堂，1996年
堀越宏一『中世ヨーロッパの農村世界』山川出版社，1997年
マルコ・ポーロ『完訳東方見聞録』(1，2)平凡社ライブラリー，2000年
松平千秋／国原吉之助『新ラテン文法』南江堂，1968年
真鍋俊照『邪教・立川流』筑摩書房，1999年
水谷智洋『古典ギリシア語初歩』岩波書店，1990年
三井環『告発！　検察「裏ガネ作り」』光文社，2003年
南清彦『鬼の絵草子――その民俗学と経済学』叢文社，1998年
宮本袈裟雄『天狗と修験者――山岳信仰とその周辺』人文書院，1989年
デズモンド・モリス『キャット・ウォッチング　ネコ好きのための動物行動学』平凡社，1987年
――『キャット・ウォッチング　Part II』平凡社，1988年
ユルゲン・モルトマン『イエス・キリストの道　メシア的次元におけるキリスト論』新教出版社，1992年
――『いのちの御霊　総体的聖霊論』新教出版社，1995年
――『神の到来　キリスト教的終末論』新教出版社，1996年
――『三位一体と神の国　神論』新教出版社，1990年
――『創造における神　生態論的創造論』新教出版社，1991年
山内眞(監修)『新共同訳新約聖書略解』日本基督教団出版局，2001年
――『総説新約聖書』日本基督教団出版局，2003年
山本芳彦編『高等学校　数学I改訂版』啓林館，1997年
――『高等学校　数学II改訂版』啓林館，1998年
――『高等学校　数学III』啓林館，1998年
――『高等学校　数学A改訂版』啓林館，1997年
――『高等学校　数学B改訂版』啓林館，1998年
――『高等学校　数学C』啓林館，1998年

山室惠『刑事尋問技術』ぎょうせい，2000 年
エバーハルト・ユンゲル『神の存在』ヨルダン社，1984 年
横山紘一『やさしい唯識』日本放送出版協会，2002 年
横山靖『独文解釈の秘訣 1』郁文堂，1978 年
――『独文解釈の秘訣 2』郁文堂，1978 年
歴史の謎研究会(編集)『秘められた日本史　妖怪の謎と暗号―鬼・天狗・河童―異形の姿に封じられた驚きの真相』青春出版社，1997 年
コンラート・ローレンツ『ソロモンの指環　動物行動学入門』早川書房，1986 年
和久利誓一『テーブル式ロシヤ語便覧』評論社，1961 年
渡辺淳一『夜に忍びこむもの』集英社文庫，1997 年
ウォルター・ワルゲリン『小説「聖書」使徒行伝』徳間書店，2000 年
――『小説「聖書」新約篇』徳間書店，1998 年
――『小説「聖書」旧約篇』徳間書店，1998 年

II 本文で言及したが，獄中に差し入れられなかった書籍

浅田次郎『初級ヤクザの犯罪学教室』幻冬舎，1998 年
――『殺(と)られてたまるか』学研，1991 年
――『プリズンホテル』集英社文庫，2001 年
ハナ・アーレント(大久保和郎，大島通義，大島かおり・訳)『全体主義の起原』1―3，みすず書房，1972―1974 年
内村剛介『生き急ぐ ―― スターリン獄の日本人』三省堂新書，1967 年
宇野弘蔵編『経済原論』青林書院，1955 年
遠藤周作『沈黙』新潮文庫，1981 年
北畠親房『神皇正統記』岩波文庫，1975 年
佐々木毅他『代議士とカネ ―― 政治資金全国調査報告』朝日新聞社，1999 年
澤正彦『南北朝鮮キリスト教史論』日本基督教団出版局，1982 年

カール・シュミット(田中浩，原田武雄・訳)『政治的なものの概念』未来社，1970 年
『神学論集，レニングラード神学アカデミー175 周年記念号』邦訳なし
スウィフト(平井正穂・訳)『ガリヴァー旅行記』岩波書店，1980 年
高橋和巳『黄昏の橋』新潮文庫，1975 年
ニコライ・チェルヌイシェフスキー(金子幸彦・訳)『何をなすべきか』上下，岩波文庫，1978—80 年
歳川隆雄／二木啓孝『宗男の言い分』飛鳥新社，2002 年
永山則夫『木橋』河出文庫，1990 年
──『無知の涙』河出文庫，1990 年
夏目漱石『こころ』岩波文庫，1989 年
──『それから』岩波文庫，1989 年
──『吾輩は猫である』岩波文庫，1990 年
ニェズナンスキイ『犯罪の大地──ソ連捜査検事の手記』中央公論社，1984 年
ヤン・フス『教会論』(ラテン語)邦訳なし(抄訳教文館)
──『ベツレヘム教会説教集』(チェコ語)邦訳なし
ヨセフ・ルクル・フロマートカ『宗教改革から明日へ』(邦訳なし)
──『破滅と復活』(土山牧羔・訳『破滅と再建』創元社，1950 年)
──『人間への途上における福音』邦訳なし
ニコライ・ベルジャーエフ『ロシア共産主義の歴史と意味』『ベルジャーエフ著作集　第七巻』白水社，1960 年
エンベル・ホッジャ『スターリンと共に』邦訳なし
──『帝国主義と革命』邦訳・人民の星社，1979 年
──『中国についての回顧録』邦訳なし
──『フルシチョフ主義者たち』邦訳なし
デートリヒ・ボンヘッファー『抵抗と信従』『ボンヘッファー選集　第五』新教出版社，1964 年
トマシュ・ガリグ・マサリク『現代文明の傾向としての自殺』邦訳なし

――『社会問題』邦訳なし
――(石川達夫，長與進・訳)『ロシアとヨーロッパ』1―3，成文社，2002―2005年
カール・マルクス(廣松渉・編訳，小林昌人・補訳)『ドイツ・イデオロギー』岩波文庫，2002年
毛沢東『毛沢東選集』1―5，北京・外文出版社
――(東京大学近代中国史研究会・訳)『毛沢東思想万歳』上下，三一書店，1974―1975年
――『毛沢東著作選』北京・外文出版社
ジョルジ・ルカーチ(城塚登，古田光・訳)『歴史と階級意識』白水社，1975年
ウラジーミル・レーニン(宇高基輔・訳)『帝国主義』岩波文庫，1956年
魯迅(竹内好・訳)『野草』岩波文庫，1955年
渡邉雅司『美学の破壊――ビーサレフとニヒリズム』白馬書房，1980年

獄中記

2009年4月16日　第1刷発行
2016年2月25日　第8刷発行

著　者　佐藤《さとう》　優《まさる》

発行者　岡本　厚

発行所　株式会社　岩波書店
〒101-8002 東京都千代田区一ツ橋2-5-5

案内 03-5210-4000　販売部 03-5210-4111
現代文庫編集部 03-5210-4136
http://www.iwanami.co.jp/

印刷・精興社　製本・中永製本

ISBN 978-4-00-603184-8　　Printed in Japan

岩波現代文庫の発足に際して

新しい世紀が目前に迫っている。しかし二〇世紀は、戦争、貧困、差別と抑圧、民族間の憎悪等に対して本質的な解決策を見いだすことができなかったばかりか、文明の名による自然破壊は人類の存続を脅かすまでに拡大した。一方、第二次大戦後より半世紀余の間、ひたすら追い求めてきた物質的豊かさが必ずしも真の幸福に直結せず、むしろ社会のありかたを歪め、人間精神の荒廃をもたらすという逆説を、われわれは人類史上はじめて痛切に体験した。

それゆえ先人たちが第二次世界大戦後の諸問題といかに取り組み、思考し、解決を模索したかの軌跡を読みとくことは、今日の緊急の課題であるにとどまらず、将来にわたって必須の知的営為となるはずである。幸いわれわれの前には、この時代の様ざまな葛藤から生まれた、人文、社会、自然諸科学をはじめ、文学作品、ヒューマン・ドキュメントにいたる広範な分野のすぐれた成果の蓄積が存在する。

岩波現代文庫は、これらの学問的、文芸的な達成を、日本人の思索に切実な影響を与えた諸外国の著作とともに、厳選して収録し、次代に手渡していこうという目的をもって発刊される。いまや、次々に生起する大小の悲喜劇に対してわれわれは傍観者であることは許されない。一人ひとりが生活と思想を再構築すべき時である。

岩波現代文庫は、戦後日本人の知的自叙伝ともいうべき書物群であり、現状に甘んずることなく困難な事態に正対して、持続的に思考し、未来を拓こうとする同時代人の糧となるであろう。

(二〇〇〇年一月)

S255
〈子どもとファンタジー〉コレクションⅡ ファンタジーを読む
河合隼雄 河合俊雄編
ファンタジー文学は空想への逃避ではなく、時に現実への挑戦ですらある。心理療法家が、ル＝グウィンら八人のすぐれた作品を読む。〈解説〉河合俊雄

S256
〈子どもとファンタジー〉コレクションⅢ 物語とふしぎ
河合隼雄 河合俊雄編
人は深い体験を他の人に伝えるために物語をつくった。児童文学の名作を紹介しつつ、子どもと物語を結ぶ「ふしぎ」について考える。〈解説〉小澤征良

S257
〈子どもとファンタジー〉コレクションⅣ 子どもと悪
河合隼雄 河合俊雄編
創造的な子どもを悪とすることがある。理屈ぬきに許されない悪もある。悪という永遠のテーマを、子どもの問題として深く問い直す。〈解説〉岩宮恵子

S258
〈子どもとファンタジー〉コレクションⅤ 大人になることのむずかしさ
河合隼雄 河合俊雄編
カウンセラーとしての豊かな体験をもとに、現代の青年が直面している諸問題を掘り下げ、大人がつきつけられている課題を探る。〈解説〉土井隆義

S259
〈子どもとファンタジー〉コレクションⅥ 青春の夢と遊び
河合隼雄 河合俊雄編
文学作品を素材に、青春の現実、夢、遊び、性、挫折、死、青春との別離などを論じ、人間としての成長、生きる意味について考える。〈解説〉河合俊雄

2016. 2

岩波現代文庫［社会］

S260
世阿弥の言葉
―心の糧、創造の糧―
土屋恵一郎

世阿弥の花伝書は人気を競う能の戦略書である。能役者が年齢とともに試練を乗り超えるためのその言葉は、現代人の心に響く。

S261
戦争とたたかう
―憲法学者・久田栄正のルソン戦体験―
水島朝穂

軍隊での人間性否定に抵抗し、凄惨な戦場でも戦争に抗い続けられたのはなぜか。稀有な従軍体験を経て、平和憲法に辿りつく感動の軌跡。いま戦場を再現・再考する。

S262
過労死は何を告発しているか
―現代日本の企業と労働―
森岡孝二

なぜ日本人は死ぬまで働くのか。株式会社論、労働時間論の視角から、働きすぎのメカニズムを検証し、過労死を減らす方策を展望する。

S263
ゾルゲ事件とは何か
チャルマーズ・ジョンソン
篠﨑務訳

尾崎秀実とリヒアルト・ゾルゲはいかに出会い、なぜ死刑となったか。本書は二人の人間像を解明し、事件の全体像に迫った名著増補版の初訳。〈解説〉加藤哲郎

S264
あたらしい憲法のはなし 他二篇
―付 英文対訳日本国憲法―
高見勝利編

日本国憲法が公布、施行された年に作られた「あたらしい憲法のはなし」「新しい憲法 明るい生活」「新憲法の解説」の三篇を収録。

S265
日本の農山村をどう再生するか
保母武彦

過疎地域が蘇えるために有効なプログラムが求められている。本書は北海道下川町、島根県海士町など全国の先進的な最新事例を紹介し、具体的な知恵を伝授する。

S266
古武術に学ぶ身体操法
甲野善紀

桑田投手が復活した要因とは何か。「ためない、ひねらない、うねらない」、著者が提唱する身体操法は、誰もが驚く効果を発揮して各界の注目を集める。〈解説〉森田真生

S267
都立朝鮮人学校の日本人教師
―一九五〇―一九五五―
梶井陟

朝鮮人の子どもたちにも日本人の子どもたちと同じように学ぶ権利がある！　冷戦下、廃校への圧力に抗して闘った貴重な記録。〈解説〉田中宏

S268
医学するこころ
―オスラー博士の生涯―
日野原重明

近代アメリカ医学の開拓者であり、患者の心を大切にした医師、ウィリアム・オスラー。その医の精神と人生観を範とした若き医学徒だった筆者の手になる伝記が復活。

S269
喪の途上にて
―大事故遺族の悲哀の研究―
野田正彰

かけがえのない人の突然の死を、遺された人はどう受け容れるのか。日航ジャンボ機墜落事故などの遺族の喪の過程をたどり、悲しみの意味を問う。

S270
時代を読む
―「民族」「人権」再考―
加藤周一
樋口陽一

「解釈改憲」の動きと日本の人権と民主主義の状況について、二人の碩学が西欧、アジアをふまえた複眼思考で語り合う白熱の対論。

S271
「日本国憲法」を読み直す
井上ひさし
樋口陽一

日本国憲法は押し付けられたもので時代にそぐわないから改正すべきか？　同年生まれで敗戦の少国民体験を共有する作家と憲法学者が熱く語り合う。

S272
関東大震災と中国人
―王希天事件を追跡する―
田原　洋

関東大震災の時、虐殺された日本在住中国人のリーダーで、周恩来の親友だった王希天の死の真相に迫る。政府ぐるみの隠蔽工作を明らかにするドキュメンタリー。改訂版。

S273
NHKと政治権力
―番組改変事件当事者の証言―
永田浩三

NHK最高幹部への政治的圧力で慰安婦問題を扱った番組はどう改変されたか。プロデューサーによる渾身の証言はNHKの現在をも問う。各種資料を収録した決定版。

S274-275
丸山眞男座談セレクション（上・下）
丸山眞男
平石直昭編

人と語り合うことをこよなく愛した丸山眞男氏。知性と感性の響き合うこれら闊達な座談の中から十七篇を精選。類いまれな同時代史が立ち上がる。

岩波現代文庫[社会]

S276
ひとり起つ
―私の会った反骨の人―
鎌田　慧

組織や権力にこびずに自らの道を疾走し続けた著名人二二人の挑戦。灰谷健次郎、家永三郎、戸村一作、高木仁三郎、斎藤茂男他、今も傑出した存在感を放つ人々との対話。

S277
民意のつくられかた
斎藤貴男

原発への支持や、道路建設、五輪招致など、国策・政策の遂行にむけ、いかに世論が誘導・操作されるかを浮彫りにした衝撃のルポ。

S278
インドネシア・スンダ世界に暮らす
村井吉敬

激変していく直前の西ジャワ地方に生きる市井の人々の息遣いが濃厚に伝わる希有な現地調査と観察記録。一九七八年の初々しい著者デビュー作。〈解説〉後藤乾一

S279
老いの空白
鷲田清一

〈老い〉はほんとうに「問題」なのか？　身近な問題を哲学的に論じてきた第一線の哲学者が、超高齢化という現代社会の難問に挑む。

S280
チェンジング・ブルー
―気候変動の謎に迫る―
大河内直彦

地球の気候はこれからどう変わるのか。謎の解明にいどむ科学者たちのドラマをスリリングに描く。講談社科学出版賞受賞作。〈解説〉成毛　眞

2016. 2

岩波現代文庫[社会]

S281
ゆびさきの宇宙
福島智・盲ろうを生きて
生井久美子

盲ろう者として幾多のバリアを突破してきた東大教授・福島智の生き方に魅せられたジャーナリストが密着、その軌跡と思想を語る。

S282
釜ケ崎と福音
―神は貧しく小さくされた者と共に―
本田哲郎

神の選びは社会的に貧しく小さくされた者の中にこそある！ 釜ケ崎の労働者たちと共に二十年を過ごした神父の、実体験に基づく独自の聖書解釈。

S283
考古学で現代を見る
田中琢

新発掘で本当は何が「わかった」といえるか？ 考古学とナショナリズムとの危うい関係とは？ 発掘の楽しさと現代とのかかわりを語るエッセイ集。〈解説〉広瀬和雄

S284
家事の政治学
柏木博

急速に規格化・商品化が進む近代社会の軌跡と重なる「家事労働からの解放」の夢。家庭という空間と国家、性差、貧富などとの関わりを浮き彫りにする社会論。

S285
河合隼雄の読書人生
―深層意識への道―
河合隼雄

臨床心理学のパイオニアの人生に影響をおぼした本とは？ 読書を通して著者が自らの人生を振り返る、自伝でもある読書ガイド。〈解説〉河合俊雄

2016.2

岩波現代文庫［社会］

S286
平和は「退屈」ですか
―元ひめゆり学徒と若者たちの五〇〇日―
下嶋哲朗

沖縄戦の体験を、高校生と大学生が語り継ぐプロジェクトの試行錯誤の日々を描く。社会人となった若者たちに改めて取材した新稿を付す。

S287
野口体操入門
―からだからのメッセージ―
羽鳥操

「人間のからだの主体は脳でなく、体液である」という身体哲学をもとに生まれた野口体操。その理論と実践方法を多数の写真で解説。

S288
日本海軍はなぜ過ったか
―海軍反省会四〇〇時間の証言より―
澤地久枝
半藤一利
戸髙一成

勝算もなく、戦争へ突き進んでいったのはなぜか。「勢いに流されて――」。いま明かされる海軍トップエリートたちの生の声。肉声の証言がもたらした衝撃をめぐる白熱の議論。

S289-290
アジア・太平洋戦争史（上・下）
―同時代人はどう見ていたか―
山中恒

いったい何が自分を軍国少年に育て上げたのか。三〇年来の疑問を抱いて、戦時下の出版物を渉猟し書き下ろした、あの戦争の通史。

S291
戦下のレシピ
―太平洋戦争下の食を知る―
斎藤美奈子

十五年戦争下の婦人雑誌に掲載された料理記事を通して、銃後の暮らしや戦争について知るための「読めて使える」ガイドブック。文庫版では占領期の食糧事情について付記した。

2016. 2

岩波現代文庫［社会］

S292
食べかた上手だった日本人
—よみがえる昭和モダン時代の知恵—
魚柄仁之助

八〇年前の日本にあった、モダン食生活のユートピア。食料クライシスを生き抜くための知恵と技術を、大量の資料を駆使して復元！

S293
新版 報復ではなく和解を
—ヒロシマから世界へ—
秋葉忠利

長年、被爆者のメッセージを伝え、平和活動を続けてきた秋葉忠利氏の講演録。好評を博した旧版に三・一一以後の講演三本を加えた。

S294
新島襄
和田洋一

キリスト教を深く理解することで、日本の近代思想に大きな影響を与えた宗教家・教育家、新島襄の生涯と思想を理解するための最良の評伝。〈解説〉佐藤優

S295
戦争は女の顔をしていない
スヴェトラーナ・アレクシエーヴィチ
三浦みどり訳

ソ連では第二次世界大戦で百万人をこえる女性が従軍した。その五百人以上にインタビューした、ノーベル文学賞作家のデビュー作にして主著。〈解説〉澤地久枝

S296
ボタン穴から見た戦争
—白ロシアの子供たちの証言—
スヴェトラーナ・アレクシエーヴィチ
三浦みどり訳

一九四一年にソ連白ロシアで十五歳以下の子供だった人たちに、約四十年後、戦争の記憶がどう刻まれているかをインタビューした戦争証言集。〈解説〉沼野充義

2016. 2